AF169760

LUIS SELLANO

Portugiesisches Schicksal

EIN LISSABON-KRIMI

WILHELM HEYNE VERLAG
MÜNCHEN

Sollte diese Publikation Links auf Webseiten Dritter enthalten,
so übernehmen wir für deren Inhalte keine Haftung,
da wir uns diese nicht zu eigen machen, sondern lediglich
auf deren Stand zum Zeitpunkt der Erstveröffentlichung verweisen.

Penguin Random House Verlagsgruppe FSC® N001967

Rezepte auf U2/U3 aus Sylvie da Silva, Lissabon – Das Kochbuch
mit freundlicher Genehmigung des Südwest Verlags.
Abbildungen © Virginie Garnier

Karte auf Seite 5: Johannes Wiebel | punchdesign, München
3. Auflage
Originalausgabe 04/2021
Copyright © 2021 by Luis Sellano
Copyright © 2021 dieser Ausgabe
by Wilhelm Heyne Verlag, München,
in der Penguin Random House Verlagsgruppe GmbH,
Neumarkter Str. 28, 81673 München
Dieses Werk wurde vermittelt durch die
Literarische Agentur Schlück GmbH, 30161 Hannover
Redaktion: Tamara Rapp
Printed in the Czech Republic
Umschlaggestaltung: Johannes Wiebel | punchdesign, München,
unter Verwendung von Motiven von © Shutterstock.com (eskystudio,
lauravr, Pakhnyushchy, Tetiana Chernykova, PhuchayHYBRID)
Satz: Satzwerk Huber, Germering
Druck und Bindung: CPI books GmbH, Leck
ISBN: 978-3-453-42454-8

www.heyne.de

Prolog

Dunkelrote Rinnsale bahnten sich ihre gewundenen Wege über die Stirn, längs der Schläfen und dann die Wangen hinab. Die Frau schrie laut und schrill. Gerade so, als steckte ein Messer in ihrer Brust. Völlig unverhältnismäßig, fand Henrik.

Steif aufgerichtet saß sie da und fuchtelte mit den Armen, während sich nun auch der Kragen ihrer weißen Bluse rot färbte. Das war der Moment, der ihren Begleiter aus seiner Starre riss. Er schoss von seinem Stuhl hoch, griff sich die Stoffserviette neben dem Teller und war mit drei ungelenken Schritten um den Tisch herum. Bei ihr angelangt, schien er allerdings nicht zu wissen, wohin er das gestärkte Leinen zuerst pressen sollte. Verunsicherung und Wut funkelten aus seinen Augen.

»Desculpe!«, entschuldigte sich Henrik Falkner zum dritten oder vierten Mal und wich einen weiteren Schritt zurück, um dem Mann mehr Platz für seine Erstversorgung zu lassen. Unter seinen Fußsohlen knirschte es; er war in die Glasscherben getreten, die auf den gebohnerten Holzdielen verstreut lagen.

Die beiden Gäste kamen aus Belgien, soweit er das ihrer Unterhaltung hatte entnehmen können. Der Mann war groß und breit und hatte schon vor dem Debakel eine ungesunde Röte im Gesicht gehabt, die nun prompt in einen Purpurton überging. Die Frau schrie noch immer wie am Spieß. Dafür war es um sie herum still geworden. Bis auf das enervierende Kreischen der Belgierin existierten quasi keine anderen Geräusche mehr in dem lang gestreckten Raum. Endlich drückte der Mann ihr die Serviette ins Gesicht, so unbeholfen, dass es aussah, als wollte er sie vor allem zum Schweigen bringen.

»Desculpe, Senhora!«, murmelte Henrik erneut. *Ich sollte ihm irgendwie helfen*, dachte er, auch wenn er nicht wusste, wie. Denn ohne Frage würde jede weitere Geste von ihm, jede gut gemeinte Form der Unterstützung die Situation nur noch verschlimmern. Bevor er sich noch einmal entschuldigen konnte, wurde er ruppig zur Seite gestoßen. Robert schob sich zwischen ihn und das Paar, dem Henrik mit einem einzigen Moment der Unachtsamkeit den Abend verdorben hatte. Der stiernackige Robert, der vorgab, Franzose zu sein, was man ihm nur schwer abnahm, weil er den unverkennbaren Akzent dermaßen übertrieb, dass es sich eher wie eine Parodie anhörte. Robert mit seiner lächerlich dick aufgetragenen Arroganz, der ihn eingestellt hatte und mit dem er es sich keinesfalls verscherzen durfte. Robert, sein neuer Chef.

Soeben hatte er nicht nur Henrik, sondern auch den Begleiter der Frau zur Seite gedrängt, ohne das offenbar zu merken. »Verschwinde!«, zischte er jetzt über die Schulter und begann dann der Belgierin den Rotwein von den Wangen zu tupfen, den ihr Henrik vor kaum zehn Sekunden über den Kopf gekippt hatte. Zugleich wandte er sich mit mantraartig wiederholten Entschuldigungsfloskeln an die beiden Gäste, in einer Sprache, die sich tatsächlich einigermaßen französisch anhörte.

Henrik musste sich beherrschen, um sich nicht nach den Scherben des Weinglases zu bücken, in denen er stand. Er krampfte seine Hände um das Tablett, auf dem er eben noch den vollmundigen, samtrot schimmernden Douro durch die Gaststube balanciert hatte. Dann endlich, nach einem weiteren, wilden Schnauber Roberts in seine Richtung, schaffte er es, sich abzuwenden, und flüchtete mit eingezogenem Kopf am Ausschank vorbei in die Küche. Er hatte es wirklich vermasselt.

»Geile Show!«, empfing ihn Nuno mit einem breiten Grinsen. »Voll über die Birne, Meisterleistung, Senhor Falkner. Schade, dass ich zu ölige Finger habe, um mein Handy aus der Tasche zu ziehen. Und hör nur, alemão, sie schreit immer noch!« Der rundliche Koch, der für die Beilagen zuständig war, feixte. Von seinem Arbeitsplatz aus verfügte er über eine gute Sicht in den Gastraum und konnte daher alles haarklein verfolgen. Offensichtlich fühlte er sich bestens unterhalten durch das Chaos, das Henrik gerade angerichtet hatte.

»Danke für die Anteilnahme«, knurrte Henrik. Er beobachtete, wie zwei seiner Kolleginnen aus dem Service ihrem Chef zu Hilfe eilten, bevor ihm klar wurde, dass er auch hier im Weg stand. Die Leute draußen warteten auf ihr Mittagessen, und er blockierte den Durchgang von der Küche ins Restaurant. Also verdrückte er sich in Richtung der Spülecke, in der ein Pakistani, dessen Namen er sich noch nicht hatte merken können, Essensreste von den Tellern spritzte. Das würde vermutlich bald seine Aufgabe sein – vorausgesetzt, dass ihn dieser Vorfall nicht komplett den Job kostete. Das war es dann wohl mit seiner Karriere als Kellner gewesen …

Dabei konnte er eigentlich gar nichts für das Malheur. Das volle Weinglas war ihm nur deshalb vom Tablett gerutscht, weil ein Gast am Tisch neben den Belgiern eine unachtsame, ausholende Bewegung machte, der Henrik in einem Reflex ausgewichen war. Was nicht nur ihn, sondern vor allem den Rotwein in eine unwiederbringliche Schieflage gebracht hatte. Ehe er noch länger über die Sache nachdenken konnte, stürmte Robert herein und brüllte seinen Namen, was ohne Frage nicht nur hier in der Küche zu hören war.

»'enrik! Verflucht, 'enrik!« Der zum Cholerischen neigende Restaurantleiter entdeckte ihn, stapfte auf ihn zu und hob drohend den Zeigefinger. »Wir sprechen uns nach der Schischt!«, zischte er, schnappte dann nach Luft wie ein Karpfen auf dem Trockenen, drehte sich um und ließ ihn stehen.

Henrik sah sich um. Keiner in der Küche wagte es, den Kopf zu heben. Entweder weil keiner von ihnen angepflaumt werden wollte, oder aber um die Schadenfreude darüber zu verbergen, dass es diesmal Henrik erwischt hatte. Der eine oder die andere unter dem Küchenpersonal war sicher nicht unglücklich darüber, dass soeben die Chancen gestiegen waren, den neugierigen *alemão* endlich loszuwerden. Welcher Art auch immer die Gefühle dieser Leute ihm gegenüber waren, sie beschäftigten sich auffällig hingebungsvoll mit ihren Aufgaben. Die scharfen Küchenmesser tanzten nur so über die Schneidebretter und hackten Knoblauch, Kräuter und Gemüse in irrwitzigem Tempo klein. Das Olivenöl zischte in den Pfannen, während die Zwiebelwürfel glasig wurden, die Hitze die Poren des Fleisches verschloss oder den Fisch auf den Punkt garte. Teller klapperten, Töpfe scharrten über den Gasflammen. Die Spülmaschinen pumpten und gurgelten. Ein Dutzend Frauen und Männer, Köche und Küchenhilfen, werkelten vor sich hin, als ginge es um ihr Leben, aber niemand blickte in seine Richtung. Henrik stand da, das Tablett schützend wie einen Schild vor die Brust gepresst. Sollte Robert ihn jetzt tatsächlich hinauswerfen, wäre der ganze Aufwand, den er die letzten Tage betrieben hatte, völlig umsonst gewesen. Und das war es, was ihn wirklich wurmte. Es ging ihm nicht um den Anschiss, den er von Robert kassieren würde. Den konnte er wegstecken. Nicht aber eine fristlose Entlassung. Noch nicht! Schließlich hatte er immer noch keine brauchbare Vermutung, wer von den Angestellten des *Pôr do sol* derjenige war, den er zu identifizieren versuchte. Nein, er konnte hier nicht weg. Nicht bevor er herausgefunden hatte, wer von diesen Leuten ein Mörder war.

MONTAG

Menu do dia

Feijoada com polvo
Bohneneintopf mit Oktopus

Espetadas
Rinderfiletspieße mit gebackenen Kartoffeln und Tomaten

Suspiros
Baisers mit Datteln und Feigen

1

»Man riecht es immer noch!«

Erschrocken fuhr Henrik herum und schrammte mit der Schulter am Regalbrett entlang. Bücher polterten zu Boden. Eines platschte in den Farbeimer zu seinen Füßen, und die Tünche schwappte über seine Sportschuhe.

»Merda!«, fluchte er, weil ihm beim Versuch auszuweichen auch noch der Malerpinsel aus der Hand rutschte. Weiße Farbe spritzte überallhin. Adriana stand im Mittelgang und lachte. Sie musste sich regelrecht angeschlichen haben, was nicht schwer war, da wegen der Malerarbeiten die Tür zum Antiquariat sperrangelweit offen stand. So konnte das Glockenspiel darüber keine Besuche ankündigen. Henrik blickte auf seine mit Farbe verschmierten Hände und liebäugelte kurz mit dem Gedanken, sie zur Strafe dafür, dass sie ihn erschreckt hatte, zu umarmen. Da würde ihr das freche Grinsen sicher sofort vergehen. Offenbar erahnte sie seine finsteren Absichten, denn sie hob abwehrend den dicken Aktenordner.

»Ich war gerade in der Gegend, da dachte ich, ich bringe dir ein paar alte Steuerunterlagen vorbei, die bei mir nur Platz wegnehmen. Platz, der ja jetzt in deinem Laden wieder zur Genüge vorhanden ist.«

Jetzt, da ein großer Teil des Inventars abgefackelt ist, dachte Henrik den Satz zu Ende. Leider war der Laden von dem Feuer betroffen und nicht das Büro, was wesentlich weniger schmerzhaft gewesen wäre. »Leg sie auf den Tresen«, bat er und blieb in der Farbpfütze stehen, weil er nicht noch mehr Flecken verursachen wollte. Er hätte sich nicht nur mit einer alten Zeitung als Unterlage für den Farbkübel begnügen, sondern großflächig Plastikplanen auslegen sollen, selbst wenn es nur ein paar Stellen waren, die er noch auszubessern hatte. Aber hinterher war man ja immer schlauer.

Vor mittlerweile über vierzig Jahren war Henriks Onkel Martin Falkner seiner Liebe nach Lissabon gefolgt und hatte damals in der Rua do Almada dieses Antiquariat erstanden. Samt dem Haus, in dem sich der Laden befand und in dem darüber noch Wohnungen waren, die Martin vermietete, bis auf die eine, die er selber bezog. Und dann, nach all der Zeit in Portugal, war ihm nichts Besseres eingefallen, als das Ganze seinem Neffen zu vererben – obwohl sie sich nie persönlich kennengelernt hatten. Henrik hatte sich dieser Sache also nur unter größten Vorbehalten genähert. Und das durchaus zu Recht, da sich bald nach Antritt seines Erbes herausstellte, dass mehr dahintersteckte als verstaubte Bücher und Antiquitäten. Viel mehr!

Seit dem Feuer vor drei Monaten, das ebenfalls diesem *viel mehr* zu verdanken war, war einiges passiert. Die meisten Schäden, die von den Flammen verursacht worden waren, wie die zerstörten Regale oder der angesengte Holzboden, waren repariert. Der Bestand an Büchern, Gemälden, Möbeln und sonstigem Inventar, das nicht mehr zu retten gewesen war, hatte er längst entsorgt. Dennoch musste er Adriana recht geben. Wenn man das Antiquariat betrat, stieg einem immer noch der typische beißende Geruch kalter Asche in die Nase, offene Ladentür hin oder her. Dieser eindringliche Gestank war wie eine Mahnung. Nicht alles konnte mit frischer Farbe überstrichen oder mit neuem Holz verkleidet werden. Wie sehr man sich auch bemühte, es blieb immer etwas zurück.

»Wie wäre es mit einem Kaffee?«, fragte Adriana, nachdem sie den Aktenordner neben die Kasse gelegt hatte.

Die schöne Adriana. Die Frau mit der erotischsten Unterlippe, die ihm je untergekommen war. Wie immer sah sie hinreißend aus, selbst in ihrem Businesslook, der wie fast immer aus einem marineblauen, eng taillierten Kostüm bestand, dessen Rock gerade so übers Knie reichte. Darunter trug sie die klassische weiße Bluse, und Henrik hielt es durchaus für Absicht, dass diese weit genug aufgeknöpft war, damit die Spitzen ihrer Unterwäsche gerade so zu erkennen waren. Zu diesem Outfit gehörte auch der strenge Knoten, in dem ihr Haar nach hinten gebunden war – Haar, aus dem neuerdings der rötliche Glanz von polierten Kastanien leuchtete. Die Frisur betonte ihre hohen Wangen und die Herzform ihres Gesichts. Doch egal, worin sie steckte und wie auch immer sie ihre Haare arrangierte, sie hatte stets dieselbe unwiderstehliche Wirkung auf ihn, und das wusste sie verdammt gut.

»Ich ...« Er streckte die Arme von sich und sah an sich hinunter. Die Wandfarbe klebte nicht nur an seinen Händen. »So?«

»Handwerker finde ich irgendwie sexy«, meinte sie und lächelte provozierend.

Er unterdrückte einen Seufzer. »Adriana, was willst du eigentlich?«

»Ach, sei nicht gleich wieder eingeschnappt. Denkst du etwa immer noch, dass ich für den *Feind* arbeite?« Sie setzte das Wort Feind mit ihren Fingern in Anführungszeichen. »Glaubst du nach wie vor, dass ich dich bespitzle, so wie ich es angeblich schon bei deinem Onkel getan haben soll? Ernsthaft, denk mal darüber nach, wie dämlich sich das auf Dauer anhört! Als hätte ich nichts Besseres zu tun ...«

Er war nicht überzeugt. Sie konnte ihre Unschuld noch so oft beteuern, er war nicht davon abzubringen, dass sie genau mit der Aufgabe betraut war, die sie so vehement leugnete. »Den Kaffee serviere ich dir ein anderes Mal, versprochen«, beschwichtigte er sie. »Ich muss das heute endlich fertig machen.« Er deutete auf die halb gestrichene Wand mit den hässlichen Flecken. Sie lächelte, aber nun kam es ihm gezwungen vor. Sie konnte es überhaupt nicht leiden, wenn man ihr eine Abfuhr erteilte. »Ich nehme dich beim Wort«, erwiderte sie halb bissig, halb spöttisch. »Und vergiss nicht, meu coração, ich behalte dich im Auge!« Sie wandte sich ab, und er sah ihr nach, bis sie aus der Tür war.

Denkst du etwa immer noch, dass ich für den Feind arbeite?

Der Feind.

Er hob den Pinsel auf und warf ihn in den Farbeimer. *Der Feind hat nun schon sehr lange Zeit stillgehalten.* Eine Stille, die Henrik mit einem Mal recht trügerisch vorkam. Mit dem Kopf voller düsterer Gedanken stieg er hinauf in seine Wohnung, um sich zu waschen.

2

Er konnte Catia im Laden hören, und augenblicklich fiel ihm die Sauerei mit der Wandfarbe wieder ein, die er vorhin hinterlassen hatte. Leise schlich er um die Regale herum. Sie hockte auf den neu verlegten Holzbohlen und versuchte, die weiße Tünche wegzuschrubben.
»Du musst das nicht tun!«, sagte er harscher als beabsichtigt.
Sie drehte sich nicht nach ihm um, scheuerte einfach weiter mit dem Putzlumpen zwischen ihren knochigen Händen. »Es macht mir nichts aus«, erwiderte sie.
»Ich habe das Chaos verbrochen, ich beseitige es auch!«
Da endlich hörte sie auf. Sie ließ den Lumpen in der milchigen Brühe liegen und erhob sich, wobei sie das Regal zu ihrer Rechten zu Hilfe nahm. Langsam drehte sie sich zu ihm um. Ihr störrisches Haar steckte unter einem bunt gemusterten Seidentuch, doch eine Strähne war herausgerutscht und hing ihr ins Gesicht. Mit einer fahrigen Bewegung wischte sie die Haare mit dem Handrücken zur Seite und hinterließ dabei einen blassen Farbstreifen auf ihrer Stirn. Schweiß glänzte auf ihrem schmalen Nasenrücken. Nach wie vor wirkte sie ausgezehrt und zerbrechlich. Obwohl sie nun schon seit einem Vierteljahr wieder für ihn im Antiquariat arbeitete, hatte sich ihre Verfassung nicht gebessert. Sie war psychisch angeschlagen, und das spiegelte sich auch in ihrer Körperhaltung wider. Er wusste nicht mehr, was er noch für sie tun konnte, wie er mit ihr umgehen sollte. Freundlichkeit und Nachsicht halfen genauso wenig wie Distanziertheit. Mehrfach hatte er ihr versichert, dass es vorbei und die Zeit der Unruhe und Kämpfe ausgestanden war. Dass man sie nun in Frieden lassen würde.

Doch sie hielt nichts von seinen Beteuerungen. Was vermutlich in erster Linie daran lag, dass er es selbst nicht glaubte. Es waren leere Phrasen, um sie zu besänftigen, und auf die fiel sie nicht herein.

»Gut, dann sortiere ich Bücher«, gab sie trotzig zurück. Er sah auf die Uhr an seinem Handgelenk, dann zu Boden. »Das reicht auch morgen, du kannst für heute Schluss machen!« Er versuchte milde zu klingen, doch Catia stand vor ihm, als wäre sie festgewachsen. Schließlich war er es, der sich abwandte und um den Tresen herum ins Büro ging. In die Abstellkammer, die ein schwerer Brokatvorhang vom Verkaufsraum trennte. Vor dem Schreibtisch blieb er stehen und horchte. Irgendwann vernahm er ihre leisen Schritte und wenige Sekunden darauf das Knarzen der Holztreppe, über die sie hinauf in ihre Wohnung unterm Dach stieg. Dort oben hatte er ihr zwei Zimmer überlassen, weil derjenige, der sie einst bewohnt hatte, nicht wieder aufgetaucht war. Henrik wusste, dass sie dort oben ausharren würde bis zum nächsten Tag – oder besser gesagt bis zu dem Moment, da er ihr wieder gestattete, im Antiquariat ihre Arbeit zu verrichten. Er wusste, dass die Musiker, die eine Etage tiefer wohnten, für sie einkauften, weil Catia das Haus nicht verließ. Sie wollte nicht oder konnte nicht. Vermutlich eher Letzteres. Ihre seelische Verfassung schien es einfach nicht zu erlauben. Auch darüber hatte er versucht mit ihr zu reden, nur um festzustellen, dass er nicht gut darin war. Er taugte nicht als Therapeut. Jeder Ansatz eines Gesprächs, das er in diese Richtung hatte führen wollen, versandete, ehe es wirklich in Gang kam. Sie brauchte professionelle Hilfe, daran hatte er keinen Zweifel, denn ihr Zustand war besorgniserregend. Und dabei hatte er ihr das Schlimmste noch gar nicht offenbart. Seit einem Vierteljahr kannte er die Wahrheit über den Verbleib ihres Sohnes Flávio, dem man ihr kurz nach der Geburt weggenommen hatte. Wie sollte er ihr jemals über dessen Schicksal berichten, ohne dass sie völlig daran zerbrach?

Überrascht stellte er fest, dass er den Aktenordner, den ihm Adriana vorhin auf die Verkaufstheke gelegt hatte, in den Händen hielt. Er hatte ihn mit ins Büro genommen, ohne es zu bemerken. Statt ihn zu den anderen Steuerunterlagen der letzten fünfzehn Jahre ins Regal zu stellen, setzte er sich damit an den Schreibtisch. Es hatte bislang keinen Anlass gegeben, an Adrianas Arbeit zu zweifeln. Nicht wenn es um fiskalische Aspekte ging. Da vertraute er ihr tatsächlich ohne großes Nachdenken. Das Finanzamt stellte seine Forderungen, die er noch immer pünktlich hatte leisten können und auf denen stets die Beträge ausgewiesen waren, die ihm Adriana vorweg genannt hatte. Keine Beanstandungen also, weder vom Finanzamt noch von ihm. Hier war diese Frau ein Profi, genau wie bei der anderen Sache. Eigentlich öffnete er den Ordner also nur, um ihn oberflächlich durchzublättern. Mehr um sich abzulenken als aus echtem Interesse. Die ersten Seiten umfassten maschinell erzeugte Schreiben des Finanzamts, von denen er mit seinen Portugiesischkenntnissen nur wenig verstand. Lediglich die Zahlentabellen sah er sich genauer an. Jene Summen, die von dem Geschäftskonto abgingen und von Geldern ausgeglichen wurden, die nicht in erster Linie von den Einnahmen aus den Verkäufen im Antiquariat oder den Mietentgelten seiner Mitbewohner stammten. Den größten Teil seiner Ausgaben deckte nämlich ein Fonds, den Martins ehemaliger Lebensgefährte, der Kunstmaler João de Castro, eingerichtet hatte. Eine lange Geschichte. Lang und traurig – denn beide waren längst tot. João ebenso wie Henriks Onkel.

Henrik versuchte auch diesen Gedanken sogleich wieder loszuwerden. Er hatte sich vorgenommen, nach vorne zu schauen. Die Probleme der nahen Zukunft anzupacken und die Vergangenheit ruhen zu lassen. Zumindest für eine Weile. Doch beides gestaltete sich gleichermaßen schwierig.

Das Antiquariat warf kaum etwas ab, und momentan befand Henrik sich ohnehin auf einer Durststrecke, bedingt durch die Renovierung des Hauses, die immer noch anhielt. Die Handwerker hatten keine Eile – sofern man überhaupt welche bekam. Der durch den portugiesischen Wirtschaftsaufschwung erfolgte Bauboom in der Stadt machte es manchmal unmöglich, Leute zu finden, die Böden verlegten oder Schreinerarbeiten verrichteten. Hinzu kam, dass die hohe Nachfrage die Preise nach oben trieb. Das Darlehen, das Henriks Mutter ihm für die Bauarbeiten am Haus in der Rua do Almada zur Verfügung gestellt hatte, schmolz schneller dahin als erwartet. Schließlich handelte es sich nicht mehr nur um die Schäden, die ein leckes Wasserrohr im Gemäuer des zweihundert Jahre alten Hauses verursacht hatte. Nicht allein um die durch Taubenkot und Abgase entstandenen Emissionsschäden an der Fassade. Oder um das marode Dachgebälk. Nein, da war auch noch das Feuer vor drei Monaten, das einen Teil des Ladens gefressen hatte. Ein mutwillig gelegter Brand, der Spuren vernichten sollte – und gleichzeitig neue Wahrheiten zutage gefördert hatte ...

Alles hängt irgendwie zusammen! Ja, diese Einsicht quälte ihn schon, seit er sein Erbe in Lissabon angetreten hatte. Doch auch diese Dämonen wollte er ruhen lassen, bis er sich ausreichend erholt hatte. Oder bis sich neue Erkenntnisse einstellten, die ein weiteres Handeln unumgänglich machten. Besonders, was diese *eine* Sache anging. Kaum regte sich dieser Gedanke in seinem Kopf, fühlte er wie immer tiefe Betroffenheit. Nicht alle seine privaten Ermittlungen konnte er wirklich ruhen lassen. Wenn er sich in seiner Phase der Rekonvaleszenz auf etwas konzentrieren wollte, dann darauf, endlich Licht in das rätselhafte Ende seines Freundes Bruno zu bringen.

Der Geistliche – ein Priester der Kirchengemeinde São Vicente de Fora – war vor rund drei Monaten tödlich verunglückt. Mit dem Fahrrad. Diese Todesursache stellte für Henrik eine schmerzhafte Parallele zum Tod seiner Ehefrau Nina dar, die auf ihrem Fahrrad von einem unter Drogen stehenden Mann überfahren worden war. Nun gab es also noch jemanden, der ihm nahegestanden und den er auf tragische Weise verloren hatte. Und zwar durch die Schuld eines anderen. Jedenfalls glaubte er das, obwohl er damit bislang alleine auf weiter Flur stand.

Ja, es lag noch einiges im Argen in der Stadt am Tejo, was es umso schwerer machte, sich positiv auf die Zukunft auszurichten. Vor allem, weil sein Erscheinen in Lissabon immer wieder Auslöser für Ereignisse gewesen war, die eine Gefahr für Leib und Leben mit sich brachten – nicht nur für ihn selbst, sondern bedauerlicherweise auch für einige andere Leute. Pater Bruno mit seinem fragwürdigen Unfall zählte definitiv dazu. Und es waren in den vergangenen Jahren auch noch andere Verbrechen verübt worden, die bis heute nicht gesühnt waren. Allen voran der Tod seines Onkels. Auch dessen Mörder, der sich weiß der Teufel wo verkrochen hatte, war weiterhin auf freiem Fuß. Das Gleiche galt natürlich für den Auftraggeber des Mordes. Noch eine offene Rechnung, die es irgendwann zu begleichen galt.

Und dann war da leider Gottes noch Rafael de Bragança. Ebenfalls ein Mörder, nicht verurteilt, ja nicht einmal angeklagt. Die Beweise, dass der Adelige einst Martins Lebensgefährten João de Castro umgebracht hatte, wurden von Henrik sicher verwahrt. Auch in diesem Fall wartete er auf eine Gelegenheit, das Material der Polizei zu übergeben. Eine nervenaufreibende Lage, in der er da steckte, und das bei seinem nicht gerade geduldigen Temperament. Doch da hatte sich etwas verändert in den letzten Wochen, ohne dass er dafür eine echte Erklärung fand. Er hoffte nur, dass es ihm gelang, sich diesen indifferenten Zustand zu bewahren, ohne irgendwann zu explodieren.

Doch im Moment schien jegliche Konfrontation wie auf Eis gelegt, und auch wenn es Henrik einerseits ein Gräuel war, dass dieser Mensch trotz seiner Verbrechen immer noch alle Freiheiten besaß, war er doch andererseits froh über die Verschnaufpause, die ihm gerade gegönnt war. Vielleicht hatte de Bragança sich in seinem Palast in den Sintra-Bergen verkrochen oder irgendwo auf einer Insel in der Karibik. Henrik wusste es nicht. Er wusste nur, dass er keine Sekunde unaufmerksam sein durfte, solange der *Dämon*, wie ihn sein Onkel genannt hatte, irgendwo dort draußen lauerte. Es war ebenso unmöglich, seinem Einfluss zu entkommen, wie ihn selbst zu fassen zu kriegen. So viel stand fest. Doch irgendwann in unbestimmter Zukunft würde Henrik sich damit befassen müssen, damit er wirklich ungetrübt nach vorn blicken konnte.

Und bis es so weit war, musste er sich zusammenreißen und durfte sich nicht von Wut und Verzweiflung treiben lassen. *Schau nach vorne!* Eine Parole, die er sich momentan ständig auferlegte, ganz so, wie es ihm seine Mitmenschen in Lissabon vormachten. Einen Schritt nach dem anderen. Von einem Tag auf den nächsten. Sich nicht von vornherein damit verrückt machen, was der neue Tag brachte, oder gar die neue Woche, der neue Monat. *Lebe im Jetzt, dann lebst du besser!*

Seine blätternden Finger waren mittlerweile bei den Rechnungen angelangt, die Martin für das Steuerjahr 2015 eingereicht hatte. Die üblichen Firmen, Lieferanten und Abgaben, nichts, was er nicht schon einmal gesehen hatte.

Plötzlich hielt er inne und blätterte drei Seiten zurück.

Pôr do sol? Schon wieder?

Henrik wischte nochmals ein paar Blätter zurück, dann wieder weiter nach vorne. Verglich die Datumsangaben. Öffnete schließlich den Bügel, um die abgehefteten Quittungen herauszunehmen und in einer Reihe vor sich auf den Schreibtisch zu legen. Fünfmal innerhalb von drei Wochen hatte Martin zwischen Mai und Juni 2015 in einem Restaurant namens Pôr do sol gegessen. Zweimal mittags, dreimal abends, offenbar immer allein. Keine Geschäftsessen also, weshalb Henrik sich fragte, warum er die Bewirtungsbelege überhaupt eingereicht hatte. Abgesehen davon, dass es Adriana vermutlich trotzdem geschafft hatte, dass ihm die Mehrwertsteuerbeträge angerechnet worden waren, kamen ihm diese Restaurantrechnungen einigermaßen seltsam vor. Unwillkürlich spürte er ein bedeutungsvolles Kribbeln unterm Zwerchfell. *Verdammt!* Er hatte doch eigentlich genug andere ungeklärte Dinge am Hut.

Henrik meinte, von dieser Lokalität schon gehört zu haben, die sich oben am Schlossberg befand und seine Gäste neben dem kulinarischen Angebot vor allem mit einer traumhaften Aussicht über das Alfama-Viertel, den Hafen und den Sund der Tejo-Mündung verwöhnte. In erster Linie ein Touristenlokal, gehobene Preisklasse, wie er zu wissen glaubte. Kein Etablissement, das wirklich zu Martin gepasst hatte. Von einer plötzlichen unterschwelligen Erregung gepackt, überprüfte er die restlichen Belege aus dem Steuerordner und dann auch diejenigen aus dem Vorjahr – ohne jedoch noch mal auf eine Quittung aus dem Pôr do sol zu stoßen. Wie es aussah, war es bei diesen fünf Besuchen aus dem Jahr 2015 geblieben. Vielleicht sollte er einfach Adriana anrufen, um sie zu bitten, auch die Unterlagen von 2016 für ihn durchzusehen. Nein, besser nicht, entschied er nach kurzer Überlegung. Sie würde Fragen stellen, und das wollte er unbedingt vermeiden. Was hätte er ihr auch antworten können? Alles, was er hatte, waren eine Handvoll Belege von einem exklusiven Restaurant in der Costa do Castelo – und ein Bauchgefühl.

3

Der November war erst wenige Tage alt und fühlte sich immer noch an wie ein sonniger Oktober. Dieses Jahr war ungewöhnlich heiß und viel zu trocken gewesen. Die Leute klagten. Besonders weil das warme Wetter und die damit verbundene Wasserknappheit weiter anhielten. Ein Drama für die Landwirtschaft, nicht nur in Portugal, wie er wusste. Dennoch war hier keine Klimahysterie zu spüren, wie er es von Fernsehbildern aus Deutschland her kannte. Noch ein guter Grund, um in Lissabon zu bleiben, wo in der Regel alles im erträglichen Rahmen der Normalität ablief.

Über der Stadt strahlte auch heute ein endlos blauer Himmel. Das Thermometer war zum Nachmittag hin wieder bis an die Zwanzig-Grad-Marke geklettert. Nur in den Windböen, die vom Atlantik her den Fluss heraufbliesen, konnte man eine Spur der Kühle erahnen, die einen vor der Tür stehenden Winter ankündigte. Die Lisboetas waren auf den zu erwartenden Wetterumschwung schon länger vorbereitet oder sehnten ihn womöglich auch herbei. Bereits Anfang Oktober hatten die Ersten ihre Wintermäntel und dicken Jacken aus den Schränken geholt, während die Touristen noch in kurzen Hosen und T-Shirts herumflanierten. Tradition oder übersensibles Kälteempfinden? Wie auch immer, bisweilen sorgte der Anblick von Leuten, die so demonstrativ eingebildeten Minusgraden trotzten, für einige Irritation.

Außer dem nach wie vor prächtigen Wetter genoss Henrik auch die Vorzüge der Nebensaison. Zumindest unter der Woche waren die Straßen seit etwa einem halben Monat deutlich leerer, da im Hafen unter anderem weniger Kreuzfahrtschiffe anlegten.

Das konnte man nur als angenehm empfinden – vorausgesetzt, man war kein Händler und vom Geschäft mit den Touristen abhängig. Wozu Henrik sich keineswegs zählte. Diese Hoffnung hatte er schon früh nach der Übernahme des Antiquariats aufgegeben. An Tagen wie heute fand er es jedenfalls herrlich, über das sahneweiße Pflaster des schachbrettartig angelegten Baixa-Viertels zu schlendern und dabei nicht ständig ins Gedränge zu geraten oder Leuten ausweichen zu müssen, die ihre Umwelt ausschließlich durch Handykameras wahrnahmen.

Allein das schlechte Gewissen darüber, dass er eigentlich Besseres zu tun hätte, als hier durch die Straßen und Gassen zu spazieren, trübte seine Stimmung. Henrik wäre nicht Henrik gewesen, wenn er nach den dramatischen Vorfällen und dem Verlust von Pater Bruno nicht mit dem Gedanken gespielt hätte, Lissabon zu verlassen. Denn wenn er eins nicht wollte, dann eine Marionette von de Bragança zu sein, so wie es sogar sein Onkel auf gewisse Weise all die Jahre gewesen war.

Lissabon verlassen ...

Ein schmerzlicher Gedanke, aber letztlich immer eine Option, die er nie völlig aus seinem Kopf verbannte. Ein Lebensplan B, wenn man so wollte. Jetzt, da das Haus in der Rua do Almada weitgehend renoviert war, wäre es ein Leichtes gewesen, es gut zu verkaufen. Er war sicher, er würde Gewinn machen und seiner Mutter das geliehene Geld unverzüglich zurückzahlen können. Diesen Schritt hätte er freilich auch unternehmen können, direkt nachdem er von dem Erbe erfahren hatte. Vieles wäre ihm erspart geblieben, hätte er das Antiquariat sofort aufgelöst. Dessen Geheimnisse, die so viel Unheil und Schrecken bargen, wären damit unwiederbringlich ausgelöscht worden. Ja, das hätte er tun können. Doch er hatte damals recht schnell gemerkt, dass er nicht loslassen konnte. Und dieses Gefühl überwog auch weiterhin alle anderen. Er wollte nicht loslassen, weder das Antiquariat noch Lissabon. Und schon gar nicht Helena.

Während ihn all diese Dinge beschäftigten, fanden seine Füße den Weg hinauf in die Costa do Castelo. Eine Straße, die er gut kannte, denn gleich sein allererster Fall in Lissabon hatte ihn hierhergeführt. Auch wenn diese traurige und grausame Geschichte erst eineinhalb Jahre zurücklag, kam es ihm wie eine Ewigkeit vor.

An dem Straßenzug, der unterhalb der massiv und hoch aufragenden Burgmauern des Castelo de São Jorge lag, hatte sich indes nichts verändert. Weil der Schlossberg mit seiner imposanten, im 12. Jahrhundert von den Mauren erbauten Anlage jährlich Hunderttausende von Touristen anzog, tat man viel dafür, diesen Teil der Stadt von seiner besten Seite zu präsentieren. Kaum eines der Gebäude, die sich hier aneinanderreihten, war nicht erst kürzlich renoviert oder komplett neu wiederaufgebaut worden. Auch das Restaurant Pôr do sol hatte einen frischen Anstrich in jenem traditionellen Ockerton, der neuerdings eine Renaissance erfuhr und immer häufiger Verwendung fand. Der Eingang wirkte ziemlich unscheinbar, wie auch das Schild darüber. Darüber hinaus sah der Betreiber offenbar keinen Anlass, eine Speisekarte neben die Tür zu hängen. Dafür prangte dort eine Reihe von Auszeichnungen diverser Restaurant- und Reiseführer. Da man von außen nicht sehen konnte, was den Gast drinnen erwartete, wies ein weiteres Schild auf die herrliche Aussicht und das Versprechen hin, diese nicht nur von der Terrasse, sondern auch von den Plätzen im Innenbereich genießen zu können. Was hatte Martin bloß dazu bewegt, dieses Lokal vor fünf Jahren näher unter die Lupe zu nehmen?

Henrik schaute sich um. Die Straße war verwaist. Oben auf dem Platz vor dem großen ehrwürdigen Torbogen, durch den man in die Burg gelangte, herrschte zwar der übliche Trubel, doch je mehr sich die Gassen den Berg hinab verzweigten, um so dünner wurde der Strom der Passanten. Er war unschlüssig, ob er hineingehen sollte. Ganz allein. Außerdem war es viel zu früh. Höchstens kurz nach fünf Uhr, wenn er nach dem Sonnenstand und dem weichen Licht ging, das die Gasse flutete und der Stadt eine goldene Unschuld verlieh, die sie nicht besaß.

Das Lokal hatte durchgehend geöffnet, aber um diese Zeit würde er allenfalls Gäste aus Deutschland, den Niederlanden oder Skandinavien antreffen. Vielleicht noch ein paar Engländer und Iren.

Auf der anderen Straßenseite saß eine ältere Dame auf einem Klappstuhl vor einem Souvenirgeschäft. Das Schaufenster bot das übliche Sammelsurium an Fliesen mit Straßenbahnmotiven, portugiesischen Gockeln in allen Größen, Sardinen aus Stoff zum Aufhängen oder echt und in Blechdosen konserviert, dazu T-Shirts, Tücher, Taschen und Sandalen. Die Frau erwiderte seinen Blick. Es lag eine gewisse Skepsis in ihren Zügen.

»Ist es wirklich so gut, wie man immer hört?«, fragte er und ging zu ihr über die Straße.

Die Senhora, die sich trotz der immer noch milden Temperatur in eine Strickjacke gehüllt hatte und vermutlich schon jenseits der siebzig war, machte keine Anstalten, sich zu erheben. Offensichtlich hatte sie sofort erkannt, dass er nichts bei ihr im Laden kaufen würde, weshalb es sich für sie nicht lohnte, den bequemen Platz aufzugeben.

»Es ist die Aussicht. Da ist dann das Essen weniger wichtig«, erklärte sie.

»Das klingt ja nicht allzu berauschend.«

»Sehen Sie mich nicht so an, glauben Sie etwa, ich kann es mir leisten, dort zu essen? Ich gebe nur weiter, was die Leute so reden.

Aber ich will Sie nicht aufhalten, also nur zu!« Sie wedelte mit der Hand hinüber zum Eingang des Pôr do sol.

Henrik musste lächeln. »Sie haben mich nicht überzeugt, außerdem esse ich lieber traditionell.«

Die Alte nickte. »Da tun Sie auch gut daran. Haben Sie eine Zigarette?«

Leider musste er passen und schüttelte den Kopf. Für ein paar Sekunden tat er so, als interessierte er sich für ihre Auslage. »Kennen Sie den Besitzer?«, fragte er dann möglichst unverfänglich, ohne sie anzusehen.

»Früher kannte ich jeden, der hier in der Ecke einen Laden oder ein Lokal führte, aber heute ... ständig neue Gesichter, neue Inhaber. Es ist ein Graus, wozu diese Stadt verkommt. Fragen Sie die Leute hier im Viertel, wie viele es sich noch wirklich erlauben können, hier zu leben, seit ausländische Investoren alles aufkaufen. Es ist eine Schande, gerade für uns ältere Leute. Wir werden regelrecht vertrieben aus Häusern, in denen wir unser ganzes Leben verbracht haben.«

Henrik schenkte ihr einen mitfühlenden Blick. Er kannte die Thematik. Egal ob bei ihm drüben im Bairro Alto oder hier im Alfama: Wer sein Appartement über Airbnb an Urlauber vermietete, konnte ein Vielfaches von dem verdienen, was er über normale Mieteinkünfte erzielte. Dieser Verlockung war nur schwer zu widerstehen, und so versuchten viele Immobilienbesitzer diejenigen loszuwerden, die seit Jahren oder gar Jahrzehnten in ihren Häusern wohnten.

»Es wird immer schlimmer«, schimpfte die Frau – ungeachtet der Tatsache, dass sie selbst von den Touristen lebte – und empfahl ihm dann entschieden: »Gehen Sie lieber woanders essen!« Sie hatte sich unüberhörbar in Rage geredet. »Was hier serviert wird, bekommt nicht jedem.«

»Jetzt machen Sie mich aber neugierig«, erwiderte Henrik. Sie winkte ab und fing an, an den Knöpfen ihrer Strickjacke herumzunesteln. »Na ja, es ist natürlich schon eine Weile her«, murmelte sie schließlich.

Henrik sagte nichts, signalisierte lediglich durch ein leichtes Nicken, dass er bereit war, weiter zuzuhören.

»Es gibt da so ein Gerücht.« Sie schielte zu ihm hoch, als wollte sie prüfen, ob sie seine ungeteilte Aufmerksamkeit hatte.

»Ein Gerücht?«, wiederholte er leise.

»Wie gesagt, das liegt schon eine ganze Weile zurück, damals gehörte das Restaurant noch jemand anderem ... Na, jedenfalls erzählen sich die Leute aus der Nachbarschaft, dass eine Frau, die dort gegessen hat, kurz darauf gestorben ist.«

4

Diese Information machte es Henrik unmöglich, dem Pôr do sol *keinen* Besuch abzustatten. Durch einen lang gezogenen Gang gelangte er direkt auf die Terrasse und begriff augenblicklich, was mit der *fantastischen Aussicht* über die Stadt gemeint war, von der auf den Bewertungsportalen im Internet zu lesen war. Im Moment wurde das imposante Panorama durch den sich mit intensiven Rottönen ankündigenden Sonnenuntergang jenseits der Brücke des 25. April noch verstärkt und bot ein romantisches Postkartenmotiv, das schon fast kitschig anmutete. Eine Inszenierung, die einen buchstäblich bannte. Weit im Westen konnte man den Atlantik erahnen, der die Sonne in verschwenderischem Farbenspiel bald zur Gänze in sich aufnehmen würde und dessen salzigen Atem man förmlich riechen konnte. Ein Pult hielt Henrik davon ab, direkt an die Brüstung zu treten, um dem grandiosen Schauspiel noch ein paar Schritte näher zu sein. Das Schild davor bat darum, hier zu warten, bis man in Empfang genommen wurde. Großflächige Glaswände erlaubten wie versprochen auch jenen, die drinnen einen Platz gewählt hatten, den Blick über den Fluss zu genießen. Auf der Terrasse selbst waren lediglich zwei Tische besetzt, denn tatsächlich war es mittlerweile zu kühl, um noch draußen zu essen. Soweit Henrik es durch die Fenster beurteilen konnte, war es im Restaurant deutlich voller. Vermutlich wussten die Leute, was man verpasste, wenn man um diese Jahreszeit zu spät für den Sonnenuntergang dran war. Immerhin blieb einem in jedem Fall das Lichtermeer der Stadt entlang des Tejos und von jenseits des Flusses als Entschädigung. Und natürlich die kulinarischen Verführungen. Obwohl ihm bei dem Gedanken an die Speisekarte im Aushang der Magen knurrte, hatte Henrik nicht wirklich vor, hier zu essen. Genau genommen verfügte er über *gar* keinen Plan, wie er seine Anwesenheit erklären wollte. Die Bewirtungsbelege in Martins Unterlagen hatten ihn hergelockt, und die rätselhafte Andeutung der Händlerin hatte seine Absichten verstärkt, sich hier einmal umzusehen. Mehr war da bislang eigentlich nicht, doch gerade dieses Fehlen weiterer Informationen fühlte sich ziemlich intensiv an. Nun, welche Erklärung hatte er, sobald man von ihm wissen wollte, warum er hier am Empfang stand? Er konnte sich wohl kaum danach erkundigen, ob man sich an einen älteren Herrn erinnerte, der hier vor fünf Jahren ein paarmal gegessen hatte. Ebenso unklug wäre es, sich nach einem Todesfall zu erkundigen, den es in Zusammenhang mit dem Restaurant einmal gegeben haben sollte.

»Kommst du wegen des Jobs?«

Verdutzt wandte er sich der jungen Frau zu, die ihn angesprochen hatte – und reagierte zu seiner eigenen Überraschung geistesgegenwärtig. »Sim, sim! Ja, der Job, deshalb bin ich hier!«

Ihre lange, fast bis zum Boden reichende Schürze in Bordeauxrot, die sie eng um die schmalen Hüften gebunden hatte, und die schwarze Bluse, die sie trug, verrieten, dass sie zum Servicepersonal gehörte. Ihr brünettes Haar reichte ihr bis zum spitzen Kinn und war rundherum in der gleichen Länge geschnitten. Sie musterte ihn aus dunklen Augen und legte den Kopf leicht schräg. »Du bist kein Portugiese«, stellte sie fest, kaum dass er den Mund aufgemacht hatte.

»Ist das ein Problem?«, fragte er zurück.

Sie zuckte mit den Schultern. »Muss der Chef entscheiden«, erklärte sie und bedeutete ihm, ihr zu folgen.

Er trottete ihr nach, an der aufgemauerten Theke und der automatischen Schiebetür vorbei, die in die Küche führte und weiter in den Gang, über den man zu den Toiletten gelangte. Am Ende des Korridors gab es weitere Türen, auf denen Schilder darauf aufmerksam machten, dass nur Personal Zutritt hatte. Sie öffnete eine davon, ohne anzuklopfen, und ließ ihm dann den Vortritt. Zusammen mit der Kellnerin fand sich Henrik nun in einem Raum mit hoher Decke und Oberlicht wieder, der halb Lager, halb Büro zu sein schien. Beinahe wie zu Hause in der Rua do Almada, nur mit deutlich mehr Platz. Im vorderen Bereich reihten sich vier mächtige, deckenhohe Stahlregale, vollgepackt mit haltbaren Lebensmitteln und Kram, der wohl für die Dekoration der Tische und des Restaurants Verwendung fand. Ein brusthoher, mit Spirituosen jeglicher Art gefüllter Raumteiler trennte das eigentliche Lager vom Büro weiter hinten. Der billige Schreibtisch aus Pressspan dort war ebenfalls von Regalen umgeben, die hauptsächlich Aktenordner enthielten. Trotz des ganzen Durcheinanders konnte man den massiven, schwarz lackierten Safe, der in der linken Ecke an die Wand gerückt war, nicht übersehen. Ebenso wenig wie den gedrungenen Mann, der zwischen den Lebensmittelregalen stand, ein Klemmbrett in den großen Händen. Er inspizierte offenbar den Lagerbestand. Das grelle Neonlicht spiegelte sich auf dem kahlen Schädel.

»Was?«, zischte er, ohne in ihre Richtung zu schauen.

»Der Neue«, verkündete die Bedienung, hauchte Henrik dann ein sehr leises »Viel Erfolg!« zu und lächelte kurz, bevor sie sich eilig zurück in den Gang verdrückte. Hinter ihr fiel die Tür ins Schloss, und der Lärmpegel aus der Küche verstummte abrupt.

Der Chef des Hauses trug Schwarz. Statt in der Schürze fand sich bei ihm der dunkle Rotton der Hausfarbe in der Krawatte wieder, die er um seinen kaum vorhandenen Hals geschlungen hatte. Er war nicht sonderlich groß, besaß aber die Kompaktheit eines Kampfstiers. Seine Präsenz füllte den Raum. In den Gesichtszügen lag unterschwellige Wut, als hätte man ihn gerade für das Duell mit einem Torero angestachelt und ihn in die Arena getrieben.

»Mein Name ist Falkner!«, stellte Henrik sich vor und bekam damit endlich die Aufmerksamkeit des grobschlächtigen Mannes, der sich von den Paketen mit Nudeln und Bohnen ab- und sehr langsam ihm zuwandte. »'enrik?« Der Mann wippte einmal über Fersen und Ballen und kam dann mit wiegendem Schritt auf ihn zu.

Henrik war sofort versucht zurückzuweichen und konnte sich nur mit Mühe davon abhalten. Der Restaurantchef trat unverhältnismäßig nah an ihn heran, fast als wollte er ihn beschnüffeln. Vermutlich tat er das sogar, ging Henrik im nächsten Moment durch den Kopf. Die Nase des Mannes war breit, wie platt gedrückt, und erinnerte an den lädierten Zinken eines Boxers. *Außerdem wirfst du gelegentlich was ein*, dachte Henrik bei sich, nicht allein der rot geränderten Augen wegen.

»Wo 'er?«

»Deutschland«, klärte Henrik ihn auf, denn seine Herkunft war auf kurz oder lang ohnehin nicht zu verbergen.

»Und dein Portugiesisch?«

»Ich komm zurecht.«

Für einige lauernde Sekunden herrschte Stille, dann entspannte sich das Gesicht seines Gegenübers, und er lachte laut auf. »Isch bin Robert!«, stellte er klar, mit einem französischen Akzent, der so klischeehaft klang, dass man ihn kaum für echt halten konnte. »Du 'ast Erfahrung in der Gastronomie, 'enrik?«

Hatte er nicht, doch er nickte tapfer. Er konnte Robert ansehen, dass dieser ihn durchschaute – und doch sein Flunkern bereitwillig hinnahm, was die Situation noch widersinniger machte. Ihm wurde klar, er war gerade dabei, sich in eine ziemlich verrückte

Geschichte hineinzumanövrieren. Offensichtlich hatte sich heute jemand im Pôr do sol als Kellner vorstellen wollen. Vielleicht war diese Person einfach nur unpünktlich gewesen, vielleicht hatte sie es sich anders überlegt. Was immer sich auch zugetragen hatte oder noch passieren würde, Henrik war gerade im Begriff, den Platz des Unbekannten auf dreiste Weise einzunehmen, ohne irgendeine Ahnung, was hier für eine Arbeit auf ihn wartete. Und der Restaurantchef spielte bereitwillig mit. In der Tat wirkte er, als hätte er sogar Spaß an diesem Husarenstück.

»Wo 'ast du schon überall gekellnert?«

»Drüben im Bairro Alto, im Tasco do Chico und im Do Manel.«

In beiden Lokalen war er vor Kurzem tatsächlich essen gewesen.

»Und im Esquina«, fügte er schnell noch an.

Robert nickte. »Ah, bei Victor.«

Mist, er kennt Victor! Wie leicht musste es für den Restaurantchef sein, diese Angaben zu überprüfen. Und Henrik konnte kaum davon ausgehen, dass sein Nachbar und Barbetreiber Victor ihm den Gefallen tat, seine spontan zusammengedichtete Legende zu bestätigen. Nicht nach allem, was zwischen ihnen vorgefallen war. Er hoffte, ihm stand der Ärger über seine leichtfertige Behauptung nicht allzu auffällig ins Gesicht geschrieben. Doch nun konnte er nicht mehr zurückrudern.

Robert schob sein Boxerkinn vor. »Isch soll also einen alemão einstellen?«, fragte er, mehr an sich selbst gewandt und mit überzogener Theatralik. »Aber klar, wir 'aben 'ier viele deutsche Urlauber, viele Kreuzfahrttouristen ...«

»Da kann das von Vorteil sein«, bestätigte Henrik.

Auffallend laut trommelte Robert mit den Fingern auf dem Klemmbrett herum. »Isch will ehrlisch sein, 'enrik, isch bin skeptisch, das gebe isch offen zu. Das Gastgewerbe ist das 'ärteste Business über'aupt, wir können uns zu keiner Zeit einen Fehler

leisten. Niemals! Andererseits sind wir gerade außer'alb der 'auptsaison, was eine gute Zeit ist, jemanden zur Probe arbeiten zu lassen. Du kriegst den Job als Kellner, allerdings für den Lohn eines Spülers, bis du dich bewährt 'ast. Kannst du damit leben?«
»Probezeit, wunderbar«, sagte Henrik. »Wann fange ich an?«
»Gleisch, alemão, gleisch!«

5

Die digitale Anzeige am Metroabgang auf dem Largo do Chiado zeigte an, dass es beinahe drei Uhr war. Ausgelaugt und müde, wie er sich fühlte, hatte sich sein Denken auf die Befürchtung reduziert, dass er nie wieder aus seinen Schuhen herauskommen würde. Seine Füße brachten ihn um. Es wäre besser gewesen, ein Taxi zu nehmen, aber er musste das Geld zusammenhalten, momentan noch mehr als sonst. Auch wenn er jetzt einen neuen Job hatte. Doch der *Lohn eines Spülers* war ein Witz, der bar auf die Hand ausbezahlt wurde. Ohne Quittung – ein Armutszeugnis für die Branche oder vielleicht auch nur für die Unternehmensphilosophie des Pôr do sol. Was sagten diese kläglichen paar Kröten über die Anerkennung und Wertschätzung aus, die Robert seinen Mitarbeitern entgegenbrachte? Henrik konnte es immer noch nicht fassen, für wie wenig Geld Menschen bereit waren, ihre Zeit und Energie zu verkaufen.

    Nachdem er vor einer halben Stunde seine neue Arbeitsstelle verlassen hatte, war ihm anfangs der Fußmarsch bis hinüber ins Bairro Alto noch wie eine gute Idee vorgekommen, auch wenn seine Beine vom vielen Hin- und Herlaufen schmerzten. Aber als er aus dem Restaurant hinaus auf die Straße getreten war, hatte die Stadt mitten in der Nacht so wunderbar still gewirkt. Und es war vor allem diese Stille, die er nach diesen langen, arbeitsreichen Stunden im Pôr do sol genießen wollte. Zusätzlich zu der klaren, kühlen Luft, die sich herrlich anfühlte in seiner Lunge und vor allem in seinem Kopf. Jedenfalls auf den ersten einhundert Metern. Dann gewann der drückende Schmerz in seinen Schuhen die Oberhand über den versöhnlichen Atem der Stadt, und Henrik fühlte sich plötzlich unangenehm ernüchtert. Wie hatte er nur auf diese Schnapsidee kommen können, als Aushilfskellner anzuheuern?

Auch wenn Robert von Nebensaison gesprochen hatte, war das Restaurant bis vor einer guten Stunde beinahe durchgängig ausgebucht gewesen; kein Tisch war unbesetzt geblieben. Was mochte sich dort wohl erst während der Hauptsaison abspielen …

Den ganzen Abend über war Henrik keine Pause vergönnt gewesen. Nach einer knappen Einführung durch Robert hatte ihn die Kellnerin, die ihn entdeckt hatte, unter ihre Fittiche genommen. In einem Crashkurs von dreißig Minuten erfuhr er von ihr alles darüber, was er im Service zu leisten und auf was er zu achten hatte. Seine Einweiserin hieß Carde, war Anfang zwanzig und studierte Wirtschaftswissenschaften. Dass sie sich nur wenige Stunden nach Schichtende im Vorlesungssaal an ihrer Uni einfinden musste, schien offenbar kein Problem für sie zu sein. Henrik hingegen konnte sich im Moment noch nicht einmal vorstellen, überhaupt je wieder aus dem Bett zu steigen – sobald er es erst mal hineingeschafft hatte. Jedenfalls half Carde ihm nach dem Anlernen noch beim Umbinden der schwarzen Servierschürze und warf ihn dann ins kalte Wasser. So absolvierte er seine ersten acht Stunden als Aushilfskellner in einem der angesagtesten Lokale in Lissabon. Zu seiner Überraschung wirkte selbst Robert nach dieser ersten Schicht zufrieden mit ihm. Irgendwie wenigstens. Er war von seinem zum Aufbrausen neigenden Chef zwar nicht explizit gelobt worden, wurde allerdings auch nicht gemaßregelt, wenn er etwas falsch angepackt hatte. Zumindest nicht, wie er es bei anderen seiner Mitstreiter ab und an erleben durfte. Noch hatte er wohl eine Galgenfrist, wenn er die Blicke und Gesten seiner Kolleginnen und Kollegen richtig gedeutet hatte. Heute durfte der Neue sich das noch leisten, ab morgen sah das womöglich schon ganz anders aus.

Morgen! Während er sich benommen und mit schwerem Schritt die Rua do Loreto entlangschleppte, konnte er sich beim besten Willen nicht vorstellen, morgen noch einmal hinzugehen. Unter dem honiggelben Licht der Straßenbeleuchtung verlief sich um ihn herum das Partyvolk, das aus den Bars und Clubs des Ausgehviertels Bairro Alto heimwärts strebte. Das war der Unterschied zum Alfama, in dem seine neue Arbeitsstelle lag. Dort waren die Gassen und Gässchen um drei Uhr nachts wie ausgestorben. Die Bewohner des Fischerviertels hüteten um diese Zeit längst ihre Betten, genau wie die Touristen, die in den Hotels abgestiegen waren, in ihren Appartements, die sie über Airbnb gebucht hatten, oder die, die in ihre Kabinen an Bord der Kreuzfahrtschiffe zurückgekehrt waren. Dass es im Pôr do sol heute überhaupt so spät geworden war, hatte Robert eine Ausnahme genannt. Wobei Henrik eher vermutete, dass sein neuer Chef ihn damit nur besänftigen wollte, um sicherzugehen, dass er nachmittags wieder auf der Matte stand.

War er verrückt genug, das auch zu tun? Immerhin war er den ganzen Abend so damit beschäftigt gewesen, bei seinem Kellnerjob alles richtig zu machen, dass ihm keine Zeit geblieben war, sich dem zu widmen, wofür er dort eigentlich angeheuert hatte. Und es war nicht abzusehen, ob sich dieser Zustand schnell genug bessern würde. Während seine lädierten Füße mit den Unebenheiten des Kopfsteinpflasters kämpften, bezweifelte er stark, dass es irgendeinen Sinn hatte, diese irrwitzige Idee weiterzuverfolgen. Und so spielte es im Moment auch keine Rolle mehr, wie sehr ihn interessierte, was Martin mit seinen Besuchen im Pôr do sol bezweckt hatte. Oder, genauer gesagt, wen sein Onkel dort vor fünf Jahren ins Visier hatte nehmen wollen.

Im Gehen schüttelte er über sich selbst den Kopf. Es war doch eigentlich höchst unwahrscheinlich, dass die Zielperson seines

Onkels nach so langer Zeit überhaupt noch in diesem Restaurant anzutreffen war. Und das war nicht das Einzige. Natürlich konnte Martins Interesse einem Mitarbeiter gegolten haben, doch es bestand genauso die Möglichkeit, dass er dort einen Restaurantgast observiert hatte.

Gegen all diese Zweifel sprach lediglich sein Bauchgefühl. Und die simple Tatsache, dass es in diesem frühen Stadium seiner Ermittlung in jeder Hinsicht einfacher war, seine Aufmerksamkeit auf das Restaurantpersonal zu richten. Leider hatte es seither auch einen Besitzerwechsel gegeben, was seine Chancen weiter verringerte, unter den Mitarbeitern denjenigen anzutreffen, für den sich sein Onkel *womöglich* interessiert hatte. Diese Ausgangssituation, zusammen mit der arg dünnen Faktenlage, ließ es nicht gerade lohnenswert erscheinen, diese Plackerei noch einmal auf sich zu nehmen.

Eine Frau ist gestorben, nachdem sie dort gegessen hat.

Nun, genau *das* war der Punkt, der ihn bei der Stange hielt. Und dass es sich um jenes Restaurant handelte, zu dem Martin ihn geführt hatte. Zwei bemerkenswerte und verdächtige Umstände verwiesen ihn auf das Pôr do sol, das musste für den Moment genügen.

Eine Frau ist gestorben, nachdem sie dort gegessen hat. Eine Aussage, die vorerst lediglich auf Gerüchten basierte und daher beinahe wie ein Schauermärchen anmutete. Eben eine jener Geschichten, die man zwischen Tür und Angel beim Gemüsehändler oder über den Tresen des Stehcafés hinweg erzählt bekam und auf die man besser nichts gab. Jedenfalls, wenn man nicht zusätzlich noch auf einen Hinweis im Antiquariat in der Rua do Almada gestoßen war. Auf eine versteckte Botschaft von Martin Falkner.

Mit solchen kryptischen Nachrichten hatte ihn sein Onkel postum bereits reichlich versorgt, seit Henrik das Antiquariat und damit auch Martins rätselhafte Sammlung übernommen hatte. Dieses geheimnisvolle Archiv der ungeklärten Verbrechen, das sein Onkel über dreißig Jahre hinweg angelegt hatte. Und zwar nicht deutlich und sauber in Ermittlungsakten dokumentiert, wie Henrik es von seiner früheren Arbeit als Kriminalkommissar kannte. Nein, stets waren Martins Dokumentationen irgendwo versteckt, irgendwie codiert, in Form von Rätseln und nicht auf den ersten Blick zu durchschauen. Und dennoch verbarg sich hinter jeder einzelnen dieser Botschaften, die Henrik hatte entschlüsseln können, eine Geschichte voller Ungerechtigkeit und Leid. Im schlimmsten Fall lenkten Martins archivierte Andeutungen Henriks Aufmerksamkeit auf den Tod eines oder mehrerer Menschen, bei dem es nie zu einer Aufklärung durch die Behörden gekommen war. Warum also sollte er bezweifeln, dass es diesmal anders sein würde?

Martin war in all den Jahren ausschließlich Sammler und Verwalter von Fingerzeigen und Indizien gewesen, die auf verschiedenste Verbrechen hinwiesen. Keines von ihnen hatte er aufgedeckt oder so weit verfolgt, dass es zu einer Anklage hätte kommen können. Erst nach und nach war Henrik klar geworden, warum sein Onkel so gehandelt und sich nie über die Rolle des Archivars hinausgewagt hatte. Diejenigen, welche für diese Vergehen verantwortlich waren, verfügten in der Regel über immensen Einfluss. Jene Personen, die Henrik gerne als die »Namenlosen« bezeichnete, hatten Positionen inne, die sie nahezu unantastbar machten. Sie hockten in den Schaltzentralen der Macht, egal ob in der Politik, in der Industrie oder der Wirtschaft. Sie lenkten die Geschicke der Stadt und des Landes, verfügten über Verbindungen in alle Behörden hinein und besaßen vermutlich gegen alle, die ihnen gefährlich werden konnten, die entsprechenden Druckmittel. Oder es existierten anderweitige Seilschaften, von denen manche bis zurück in die Zeit der Diktatur und zu Salazars Anhängern reichten. Wie auch immer der Hintergrund dieser Leute aussah – keiner, dem sein eigenes Leben und das seiner Familie lieb war, wagte sich wirklich an sie heran. Und dennoch, so viel hatte Henrik inzwischen gelernt, war der Kampf für die Gerechtigkeit nicht immer aussichtslos. Manchmal taten sich Wege auf, das eine oder andere dieser schändlichen Vergehen zu sühnen. Diese Wege zu finden, darin lag Henriks Aufgabe. Eine Aufgabe, der er sich verschrieben hatte, als er das Erbe seines Onkels antrat. Auch wenn alles, was er dafür bekam, oft nur das befriedigende Gefühl war, einem Menschen geholfen zu haben, dem schweres Unrecht widerfahren war. Oder zumindest dessen Hinterbliebenen das Gefühl zu geben, dass es jemanden gab, der sich der Sache annahm und nicht einfach wegsah, wie es die eigentlich dafür zuständigen Behörden in diesen Fällen stets getan hatten.

Ich bin bescheuert, schimpfte er sich, während er die Haustür aufschloss und sich die steile Treppe hinauf in seine Wohnung schleppte. *Völlig bescheuert.*

Er hatte soeben den Beschluss gefasst, morgen wieder im Pôr do sol anzutreten.

DIENSTAG

Menu do dia

Arjamolho
Kalte Gemüsesuppe

Polvo
Krake und Kartoffeln in Rotwein

Sorvete
Melonensorbet mit Portwein

6

Es war Henrik schon seit Ewigkeit nicht mehr passiert, doch als er endlich aufwachte, war es bereits kurz nach zehn Uhr. Der Tag leuchtete hell in sein Schlafzimmer. Natürlich war er spät und wie tot ins Bett gefallen, hatte es nicht einmal mehr geschafft, sich noch den Geruch der Restaurantküche abzuwaschen, der ihm nun aufdringlich in die Nase strömte. Das war so unangenehm, dass er entschied, noch heute das Bett frisch zu beziehen.

Doch zuerst duschte er ausgiebig und freute sich darüber, dass ihm dazu endlich wieder warmes Wasser zur Verfügung stand. Bis vor Kurzem hatte es eine Phase im Rahmen der Umbaumaßnahmen gegeben, in der keine Heizung funktionierte. Warum die Warmwasserversorgung stockte, hatte er nicht wirklich verstanden, denn es war schließlich nicht so, als wäre der Heizofen im Keller ausgetauscht worden. Also musste er dem Installateur einfach glauben – eine andere Wahl hatte er ohnehin nicht. Um nicht weiter über die rettende Sanierung seines Hauses nachzudenken, lenkte er seine Gedanken hin zu der gestern begonnenen Ermittlung. Immer noch war er sich unsicher, ob er weitermachen sollte. In Gedanken reihte er die Gesichter der Kolleginnen und Kollegen vor sich auf, die im Pôr do sol arbeiteten. Im Prinzip hatte er nur eine Schicht kennengelernt. Drei Köche, fünf Küchenhilfen. Sieben Leute im Service und am Ausschank, einschließlich seiner selbst, sofern er richtig gezählt hatte. Und Robert natürlich. Aber er konnte davon ausgehen, dass da noch mehr waren. Aushilfen wie er. Studenten und Studentinnen wie Carde. Wollte er korrekt vorgehen, wie man es ihm bei der Polizei einst beigebracht hatte, musste er mit jedem Einzelnen von ihnen sprechen. Zumindest irgendwie ins Gespräch kommen, sie aushorchen, ohne dass jemand Verdacht schöpfte. Allein das kam ihm schon ziemlich unmöglich vor, denn alles, wofür die Zeit gestern gereicht hatte, war stets nur eine kurze Begrüßung gewesen. *Olá, ich bin Henrik! Ja, ist mein erster Tag. Stimmt, ich komme aus Deutschland.* Jeder weitere Satz, der an ihn gerichtet worden war, enthielt lediglich knappe Anweisungen, was er als Nächstes zu tun hatte. Längere Unterhaltungen fanden quasi nicht statt. Klar, es gab Rauchpausen, aber nur für diejenigen, die tatsächlich rauchten. Und wenn, dann verschwanden höchstens zwei der Leute gemeinsam hinaus in den kleinen Hinterhof, in dem die Mülltonnen standen. Da er diesem Laster nicht frönte, konnte er sich dort nicht einfach so dazustellen. Nicht ohne Zigarette.

Also, wie oft musste er unter diesen Voraussetzungen wohl noch dorthin, bis er über jeden so gut Bescheid wusste, dass er ihn charakterlich einschätzen konnte? Bis er also über so etwas wie ein rudimentäres psychologisches Gutachten jedes Einzelnen verfügte oder in irgendeiner Weise eine Aussage zu dem Vorfall erhalten hatte, der ihn interessierte.

Eine Frau ist gestorben, nachdem sie dort gegessen hat.

Während er eine Sportsalbe in seine verhärtete Unterschenkelmuskulatur massierte, schob er die Gedanken an seine Sisyphusarbeit im Restaurant erst einmal von sich. Er brauchte einfach mehr als nur sein Bauchgefühl, um diesen Aufwand zu rechtfertigen. Also musste er schleunigst in Erfahrung bringen, ob es tatsächlich eine Tote gab, ob überhaupt etwas dran war an dieser Geschichte, und ob der Todesfall unmittelbar mit dem Verzehr von Speisen aus dem Pôr do sol in Verbindung zu bringen war. Und ob gegebenenfalls noch weitere Gäste betroffen waren.

Letzteres erschien auf den ersten Blick unwahrscheinlich, denn mehrere solcher Vorfälle hätten sicherlich weite Kreise gezogen und letztlich das Ende dieser beliebten Lokalität bedeutet. Natürlich, es war offenbar zwischenzeitlich zu einem Besitzerwechsel gekommen, was eventuell als logische Konsequenz aus einem derartigen Skandal gesehen werden konnte. Aber hätte man im Fall einer solchen Affäre dann nicht auch den Namen des Restaurants geändert? Da das seines Wissens nicht passiert war, ging wohl die Öffentlichkeit nicht davon aus, dass die Küche des Pôr do sol eine Gefahr darstellte. Nun, wenn er auf all das brauchbare Antworten haben wollte, gab es nur einen Menschen, der ihm hier und jetzt weiterhelfen konnte.

Nach der Morgentoilette und der Behandlung seiner muskulären Probleme widmete er sich den wunden Füßen. Er stach die Blasen auf, die er sich gelaufen hatte, nicht nur an beiden Fersen, sondern auch an den Ballen. Ohne Frage hatte er gestern die falschen Schuhe getragen und würde das heute und an den nächsten Tagen bitter bereuen. Nachdem er alles einigermaßen verpflastert hatte, suchte er die Sneakers aus seinem Schuhschrank, die ihm für eine weitere Runde im Pôr do sol am geeignetsten schienen. Zum Glück bestand Robert beim Servicepersonal nicht auf polierten Lederschuhen. Er schlüpfte hinein und ging dreimal den Flur rauf und runter. Das würde gehen, entschied er tapfer – auch wenn es besser gewesen wäre, den Rest der Woche die Beine hochzulegen. Doch selbst wenn er die Ermittlungen einstellte, war da immer noch die nicht fertig gestrichene Wand im Laden, die ihm dann ein schlechtes Gewissen bereiten würde. Neben all den anderen, unerledigten Dingen. Manchmal wünschte er sich wirklich, er hätte seine deutsche Gründlichkeit in der alten Heimat zurückgelassen. Eine ordentliche Portion Akribie war andererseits nicht grundsätzlich verkehrt. Vor allem nicht, wenn es um Polizeiarbeit ging. Oder zumindest um so etwas Ähnliches. In jedem Fall konnte er seine bescheidenen Mittel nutzen. Er setzte sich an den Küchentisch und konsultierte das Internet. Wie immer war es ein Geduldsspiel, bis die aufgerufenen Seiten ihm offenbarten, was er wissen wollte. Roberts Name tauchte zwar im Impressum der Website von Pôr do sol auf, laut Handelsregistervermerk gehörte das Restaurant aber einer Firma, die ihren Sitz in Straßburg hatte. Eigentlich keine Überraschung – und doch eine weitere Hürde. Falls es nötig war, die wahren Besitzer zu identifizieren, musste er auch hier auf seine beste und gewissermaßen einzige Quelle zurückgreifen. Doch noch war es nicht so weit.

Catia hatte das Antiquariat bereits geöffnet und war bereit, den Laden für den restlichen Tag zu übernehmen, als er erklärte, dass er heute anderweitig beschäftigt sein würde. Einerseits stand sie Henriks *anderweitigen* Unternehmungen grundsätzlich skeptisch gegenüber. Wenn er so etwas ankündigte, ohne konkret zu werden, ahnte sie selbstverständlich sofort, dass er wieder einem Verbrechen auf der Spur war. Was ihr dabei zu schaffen machte, war der Umstand, dass durch seine Ermittlungen auch das Antiquariat wieder ins Visier derjenigen geriet, denen er mit seinen Nachforschungen auf die Füße trat. Was leider schon mehrfach der Fall gewesen war. Und wenn es den Laden traf, traf es auch Catia, und davor hatte sie Angst. Von daher war es besser, Catia bekam so wenig wie nur möglich mit, was er außerhalb seiner Tätigkeit als Händler von antiquarischen Büchern und antikem Trödel so trieb.

Andererseits war ihr anzusehen, dass ihr seine Abwesenheit grundsätzlich eher gelegen kam. Sie hatte sich von Beginn an nie besonders wohl in seiner Gegenwart gefühlt. Ihm ging es umgekehrt ähnlich. Die Freundschaft, die sie und Martin verbunden hatte – sofern sie Henrik da nicht belog –, würde ihnen beiden nicht beschieden sein. Dafür war zu viel vorgefallen, die Gräben waren zu tief. Vor allem nachdem die Wahrheit über Catia ans

Licht gekommen war. Aus seiner Sicht war das eine Geschichte, die er gegebenenfalls verzeihen konnte, falls sie es wirklich bereute. Nur war Catia dazu bereit?

Nichtsdestotrotz vertraute er ihr, was das Geschäft und seine Kunden anging – sofern tatsächlich welche auftauchten. Das Antiquariat war Catias Heimat, die einzige, die sie überhaupt hatte. Der Ort, an dem sie sich trotz aller Widrigkeiten, die ihr Henriks Aktivitäten bescherten, immer noch am sichersten fühlte.

Was die Renovierungsarbeiten am Haus betrafen, hatte die Baufirma angekündigt, dass sie erst nächste Woche wieder anrücken wollte. Dann wären die Bereiche ausreichend ausgetrocknet, um daran weiterzuarbeiten, so die vage Aussage des Bauleiters. Vage wie immer, doch im Moment verschaffte das Henrik die nötige Luft. Konkretere Auskünfte darüber, wie lange sich die Arbeiten noch hinzogen, bekam er ohnehin nie, also hatte er damit umgehen gelernt.

Um kurz vor halb zwölf trat er hinaus auf die Rua do Almada. Das Wetter war ganz angenehm. Die bisweilen unerträgliche Hitze des Sommers war nur noch eine blasse Erinnerung, verbarg sich aber nach wie vor in den Steinen, mit denen die Gassen gepflastert waren, und im Mauerwerk der Gebäude, die sie säumten. Gespeichert bis weit in den Spätherbst hinein ... oder vielleicht bis in alle Ewigkeit.

Nicht zum ersten Mal betrachtete er für ein paar Sekunden stolz die frisch restaurierte Fassade seines Hauses. Erst vor drei Wochen war das Gerüst abmontiert worden, und nun strahlte die Front des zweihundert Jahre alten Gemäuers in neuem Glanz. Die Gipser hatten hervorragende Arbeit geleistet, soweit er das beurteilen konnte. Die Kapitelle, Arabesken und Schnörkel rings um die Fenster waren ebenso wie die Simse ausgebessert und zum Teil neu modelliert worden. Damit hatte man die Vorderfront, ganz den Auflagen des Bau- und Denkmalschutzamtes folgend, wieder in ihren ursprünglichen Zustand versetzt. Jetzt war die Nummer 38 eindeutig das schönste Haus in der Straße. Ja, darauf konnte er wirklich stolz sein.

Nachdem er die wieder hervorgezauberte, leicht verspielte Pracht eine Weile lang auf sich hatte wirken lassen, schlenderte er vor bis zum Miradouro Santa Catarina. Auch um den beliebten Aussichtspunkt herum wurde viel erneuert und alte Bausubstanz vor der völligen Zerstörung bewahrt. Als Paradebeispiel für diese Renaissance konnte man das im letzten Jahr fertiggestellte Luxushotel bewundern – und natürlich auch bewohnen, wenn man es sich leisten konnte. Der imposante Palácio Santa Catarina aus dem 18. Jahrhundert war aufwendig renoviert worden, und dank seiner eigenen Erfahrungen konnte Henrik inzwischen abschätzen, was das gekostet hatte. So viel Geld musste natürlich erst wieder verdient werden, und das war die Kehrseite des aggressiv vorangetriebenen Erhaltungsprogramms der Stadt. Diejenigen, die in solche Projekte überall in Lissabon investierten, dachten nicht an die Leute, die hier wohnten und die niemals das Geld würden aufbringen können, das die neuen Besitzer nach der Fertigstellung dafür verlangten. Ihm fiel sein Gespräch mit der alten Dame vor ihrem Souvenirladen wieder ein; sie hatte sich genau über diese Entwicklung beklagt.

Doch das war jetzt nicht wichtig. Er war nicht hergekommen, um sich über die ungenügend durchdachte und wenig sozialverträgliche Städteplanung aufzuregen – und leider auch nicht, um die Aussicht auf die Ufer des Tejo zu genießen. Einen guten Kilometer Luftlinie westlich der Aussichtsplattform spannte sich die mächtige, rot gestrichene Hängebrücke Ponte 25 de Abril über den Fluss, die an die Golden Gate Bridge über der San Francisco Bay erinnerte. Und auf der anderen Flussseite erhob sich Cristo

Rei, die Jesus-Statue mit den weit ausgebreiteten Armen auf ihrem fünfundsiebzig Meter hohen Sockel. Das waren die Attraktionen, die die Leute hierherlockten. Noch war es jedoch ruhig, und Henrik konnte ungestört tun, was er sich vorgenommen hatte. Es ging um einen Anruf, den er nicht im Antiquariat und schon gar nicht in Hörweite von Catia tätigen wollte. Ihr misstrauischer Gesichtsausdruck von vorhin war ihm noch sehr frisch in Erinnerung. Misstrauen, gepaart mit Furcht, keine sehr erbauliche Kombination.

Es war keineswegs so, dass er selbst keine Angst empfand. Er hatte weiß Gott mehr als einmal erfahren müssen, wie gefährlich seine privaten Ermittlungen werden konnten. Andererseits konnte er nicht aus seiner Haut. Wenn es ihn packte und er eine Chance sah, der Ungerechtigkeit entgegenwirken zu können, war es schwer für ihn wegzusehen. Selbst wenn seine Aktionen manchmal nur den Tropfen auf dem heißen Stein bildeten, fand er immer wieder den Mut dazu, sich mit seinen übermächtigen Gegnern anzulegen. Er vergaß die Angst oder verdrängte sie zumindest, so gut es ihm eben gelingen wollte.

Henrik setzte sich unterhalb des klobigen, Luís Vaz de Camões gewidmeten Denkmals auf die Steinumrandung, die den kleinen Park oberhalb der Aussichtsterrasse einfasste. Die wärmenden Strahlen der Sonne hatten etwas Tröstliches. Um diese Zeit waren es nur eine Handvoll Leute, die von der Terrasse des Miradouro Santa Catarina über Lissabon blickten. Die Parkanlage mit Aussichtsplateau war ein Ort, der Lisboetas wie Touristen gleichermaßen anzog, vor allem gegen Ende des Tages. An lauen Abenden herrschte hier oftmals ein regelrechter Ansturm, vor allem durch junge Menschen. Dann spielten Straßenmusiker, es wurde getanzt und gechillt, und der süßlich-würzige Geruch von Cannabis waberte einem aus allen Ecken entgegen.

Henrik fischte das Handy aus der Tasche und fühlte, während er seine Kontakte aufrief, wie sich Unruhe in ihm breitmachte. Keine wirkliche Beklemmung, mehr so etwas wie Respekt. Gefühle, die sich nicht immer ganz sauber voneinander trennen ließen. In jedem Fall waren sie nicht besonders angenehm. Dabei sollte er eigentlich erfreut darüber sein, endlich wieder einen Grund zu haben, ihre Nummer zu wählen. *Helenas Nummer.*
Sie war sein Kontakt bei der Lissabonner Polizei. Einer jener Kontakte, ohne die ein Privatermittler eben nicht auskam, weil die Behörden in der Regel über Kenntnisse verfügten, auf die man als normaler Bürger nicht zugreifen konnte. Über die man besser auch gar nicht Bescheid wusste, wollte man ein unbeschwertes Leben ohne allzu viele Sorgen führen. Hier in Lissabon war es Helena, die ihm die entsprechenden Informationen besorgen konnte. Natürlich war das illegal und konnte durchaus ihren Job in Gefahr bringen.

Warum sie es dennoch gelegentlich riskierte, hatte neben ihrem persönlichen Hintergrund und den tragischen Ereignissen aus ihrer Vergangenheit auch mit ihrer Einstellung gegenüber Wahrheit und Gerechtigkeit zu tun. Die Ohnmacht des Polizisten gegenüber der Gesetzgebung, die einen so oft zur Verzweiflung brachte. Vor allem dann, wenn ein Verbrecher mithilfe eines findigen Anwalts durch die Maschen der Justiz schlüpfen konnte. Jedes Mal ein Schlag ins Gesicht für diejenigen, die alles dafür gegeben hatten, den Straftäter aus dem Verkehr zu ziehen. So etwas konnte man auf Dauer nur mit einem dicken Fell und einer gehörigen Portion Sarkasmus überstehen.

Helena litt unter diesen Schlupflöchern im Gesetz, die sie immer wieder bei ihrer Arbeit zurückwarfen, ebenso wie unter der Unzufriedenheit darüber, oft nicht angemessen ermitteln zu können. Dafür war der ganze Polizeiapparat zu tief in Korruption und interne Bündnisse verstrickt. Zwar hätte sie das nie direkt zugegeben, aber so verhielt es sich, und sie wusste das. So kam es eben, dass sie Henrik gelegentlich aushalf und diese Unterstützung mit sich und ihrer trotz allem vorhandenen Loyalität zu ihrem Dienstherrn vereinbaren konnte. Natürlich musste er, wenn er sie um Auskünfte bat, ziemlich überzeugend sein, und zwar gleich in zweierlei Hinsicht.

Denn Helena war nicht nur Polizistin, sie war auch eine attraktive und liebenswerte Frau, und er begehrte sie manchmal mehr, als sein Herz es ertragen konnte. Daher wollte er es sich nicht allein mit der Kriminalkommissarin verscherzen, sondern vor allem nicht mit der Frau hinter der Dienstmarke. Und deshalb verspürte er auch immer diese latente Angst, wenn er sie anrief. So wie jetzt, als er es endlich schaffte, den grünen Knopf zu drücken, damit ihre Nummer gewählt wurde.

7

»Können wir uns treffen?«, fragte er, kaum dass die Verbindung stand. Es war ein spontaner Einfall, der von woher auch immer gekommen war und ihn selbst überraschte.
»Henrik!« Ihrer Stimme fehlte jede Sanftheit. Ein Indiz dafür, dass sie sich irgendwo bei einem Einsatz befand, sagte er sich. Es war nichts gegen ihn persönlich, wenn sie so angespannt reagierte. Sie war ihm nicht mehr böse. Er hatte die Sache, die für eine Weile ihr Verhältnis zueinander getrübt hatte, ausräumen können. Oder?

Zuletzt hatten sie sich vor etwa zwei Wochen getroffen. Nur kurz, auf einen Galão und wie so oft in einer Pasteleria, jenen kleinen Läden, die Café, Bäckerei und Konditorei in einem waren und die es in großer Vielzahl und in unterschiedlichster Ausprägung überall in der Stadt gab. Es war ein Treffen gewesen, das er nach wie vor als Ansatz zu einer Aussprache empfand. Oder als einen weiteren Versuch dafür. So ging es seit Monaten. Schon im Sommer hatte sich angedeutet, dass es irgendwann wieder eine Chance für eine Beziehung zwischen ihnen geben könnte. Der alte Zwist schien mehr und mehr in Vergessenheit zu geraten, sie kamen sich wieder näher.

Gleich nach dem Feuer im Antiquariat, als das Haus noch durchdringend nach Rauch und verkohltem Inventar stank, hatte er sogar ein paar Nächte bei ihr geschlafen. Zwar auf dem Sofa, diesem unbequemen, den Rücken malträtierenden, viel zu kurzen Möbelstück, aber dennoch unter ihrem Dach. Zu seiner Entschädigung hatten sie gemeinsam gefrühstückt. Sich geküsst. Mehrfach, und nicht nur freundschaftlich auf die Wangen, wie es bei den Portugiesen üblich war. Ja, verdammt, es entwickelte sich gut. Das Pflänzchen ihrer Beziehung war wieder am Keimen. Allerdings blieb es bei den Küssen, was in erster Linie an Helenas Tochter Sara lag. Die Wände in Helenas Wohnung waren dünn, und Schlaf- und Kinderzimmer grenzten direkt aneinander.

Sara war fünf und so aufgeweckt, wie es Kinder in diesem Alter eben waren. Er mochte die Kleine, und dennoch hatte er sich gewünscht, dass sie wenigstens für eine Nacht bei ihren Großeltern in Cascais geblieben wäre. Aber natürlich hatte er es tunlichst vermieden, diesen Vorschlag zu machen, und nach rund einer Woche, als sein Haus ausreichend durchgelüftet war, konnte er wieder in seinen eigenen vier Wänden schlafen.

Dummerweise war dann eine Art Rückschlag erfolgt, und prompt hatte sich die Furcht vor einer endgültigen Zurückweisung wieder in seinem Herzen eingenistet, die er nun schon den ganzen Herbst mit sich herumschleppte. Unmittelbar nach der gemeinsamen Zeit in Helenas Wohnung wurde sie nämlich zu einem langwierigen Einsatz abberufen. Sie war mehrere Tage lang nicht für ihn erreichbar – und danach schienen die Woche, die er bei ihr auf der Couch verbracht hatte, die Küsse und gemeinsamen Frühstücke für sie vergessen zu sein. Er wusste nicht, was passiert war, ob es irgendwie mit dem zu tun hatte, was bei ihrer letzten Ermittlung vorgefallen war. Polizeiarbeit, vor allem im Dezernat für Gewaltverbrechen, war ein beinhartes Geschäft und konnte manchmal durchaus verstörende Auswirkungen haben, bis hin zu regelrechten Traumata. Helena jedenfalls wollte nicht darüber reden. Verschloss sich wieder vor ihm, wie es lange Zeit der Fall gewesen war, nachdem er sie in mehrfacher Hinsicht enttäuscht und ihr Vertrauen missbraucht hatte. Nicht was andere Frauen betraf, darum ging es nie. Sondern um seine Ermittlungen und die Schwierigkeiten, die er damit heraufbeschwor.

Diesmal allerdings war es irgendwie anders, weshalb sich in ihm der Verdacht erhärtete, dass ihre Vorgesetzten auf sie eingewirkt hatten, Abstand von ihm zu nehmen. Bei der PSP, der Polícia de Segurança Pública, der Helenas Abteilung, die Divisão de Investigação Criminal, unterstellt war, wurde seine Person vermutlich ähnlich kritisch gesehen wie die gesuchten Terroristen auf den Fahndungsplakaten.

»Ist was passiert?«, fragte sie in seine Gedanken hinein.

»Kann ich noch nicht sagen.«

»Also bist du wieder mal auf etwas aus dem Nachlass deines Onkels gestoßen«, stellte sie unmissverständlich fest. Und noch während er überlegte, wie er seine Antwort formulieren sollte, fügte sie hinzu: »Und jetzt erwartest du eine Auskunft von mir.«

Am liebsten hätte er behauptet, er rufe nur an, um ihre Stimme zu hören, doch sein Ansinnen war nicht schwer zu durchschauen. Was nützte da eine Ausflucht, selbst wenn sie von Herzen kam.

»Nur ein schneller Blick in den Polizeicomputer«, erwiderte er also. »Hast du Zeit für ein kurzes Treffen? Dann erkläre ich dir mein Anliegen im Detail.«

»Besser nicht.«

Er hielt für einen Moment die Luft an und fragte dann ruhig: »Warum weichst du mir eigentlich ständig aus?«

»Das ... ich hab viel um die Ohren.«

»Sie geben dir also wieder relevante Fälle, jetzt, da du dich nicht mehr mit mir triffst.« Der darin enthaltene Vorwurf tat ihm augenblicklich leid, also versuchte er, seine Bitte zu konkretisieren. »Es geht um einen Todesfall nach einem Restaurantbesuch. Die Sache liegt fünf Jahre zurück. Ich muss wissen, ob da was dran ist.«

»Todesfall nach Restaurantbesuch«, wiederholte sie amtlich kühl, als protokollierte sie eine Zeugenaussage.

»Es handelte sich um eine Frau. Das Lokal heißt Pôr do sol.«
»Pôr do sol!« Er konnte ihr anhören, dass der Name ihr etwas sagte. War das womöglich ein gutes Zeichen?
»Ist bei dir drüben«, fügte er an. »Unterhalb der Burgmauer, zum Fluss hin ...«
»Ich weiß«, unterbrach sie ihn.
»Schau einfach nach, ob ihr was darüber habt!«, bat er nun in ähnlich sachlichem Tonfall. »Bitte!«
»Ich kann nichts versprechen«, antwortete Helena und trennte ohne ein weiteres Wort die Verbindung.

Er ließ das Handy sinken und blickte über den Fluss. Das war ja nicht besonders gut gelaufen. Hoch über seinem Kopf raschelte der Wind in den Platanen der Grünanlage, die den Aussichtsterrassen vorgelagert war. *Einfach aufgelegt!* Natürlich musste das nicht unbedingt bedeuten, dass sie nicht angebissen hatte. Im Gegenteil. Vielleicht konnte er ihrer Reaktion sogar etwas Positives abgewinnen. Denn wenn sie sich so impulsiv oder gar abweisend benahm, war es ihm womöglich gerade gelungen, sie neugierig zu machen. Er kannte dieses Verhalten an ihr.

Eine halbe Stunde später saß er vor einem Café auf dem Largo Rafael Bordalo Pinheiro, trank würzig-bitteren Bica, beobachtete die Leute und verlor sich gleichzeitig in seinen Gedanken. Seine Lederjacke hing über der Rückenlehne des Stuhls. Die Mittagssonne verwandelte die windgeschützte Ecke dieses nach Südosten hin schräg abfallenden Platzes in einen warmen, behaglichen Ort, an dem man es aushalten konnte.

Natürlich hätte er gerne so schnell wie möglich eine Auskunft von Helena gehabt. Genau genommen reichte eine Bestätigung, dass es einen Todesfall in Zusammenhang mit dem Restaurant in der Costa do Castelo gegeben hatte. Damit hätte er die Gewissheit, dass es sich durchaus lohnte, wenn er ein weiteres Mal dort aufkreuzte. Sich erneut einen Abend lang dem Stress aussetzte, von den Gästen und von Robert herumgescheucht wurde und dessen Gezeter ertrug.

Na gut, wenn er ehrlich war, wusste er gar nicht, wem er etwas vormachen wollte. Die Sache hatte ihn längst gepackt. Selbst wenn nichts dabei herauskam, war das auch eine Erkenntnis. Dann hatte sich Martin eben diesmal geirrt, und sein Bauchgefühl – nun, darauf war auch nicht zu hundert Prozent Verlass. So gesehen, stand sein Entschluss dranzubleiben fest, selbst wenn Helena sich heute nicht mehr zurückmeldete. Sprich: Eine erneute Schicht im Pôr do sol war die einzige Möglichkeit, an brauchbare Informationen zu kommen.

Dennoch war sein Widerwille groß, als es an der Zeit war aufzubrechen. Um seine Füße zu schonen, nahm er den Bus, der ihn bis hinauf auf den Largo Portas do Sol bringen würde. Von dort war es zwar immer noch ein Stück – noch dazu ein steiles über den Schlossberg –, aber er hatte es nicht eilig und kannte dort mittlerweile Gässchen, in denen ihm keine Touristen in die Quere kamen.

Als er gemächlich seiner Route folgte, stellte er wieder einmal fest, wie sehr er diese Stadt und ihre Besonderheiten mochte, wie gerne er hier mittlerweile lebte, trotz der Widrigkeiten. Dass er sich diese Widrigkeiten zumeist selbst auferlegte, führte ihm aufs Neue seine innere Zerrissenheit vor Augen. Wie lange wollte er noch so weitermachen?

Vor dem Pôr do sol hatte sich eine Menschentraube gebildet. Offensichtlich eine größere Gruppe, die darauf wartete, zu ihren Tischen gebracht zu werden. Oder die darauf hoffte, auch ohne Reservierung einen Platz zu ergattern. Er drängte sich durch den Trupp, der ihn nur ungern vorbeiließ, obwohl er mehrfach darauf hinwies, dass er hier arbeitete. Was diese Leute – vorwiegend ältere Männer mit Bierbäuchen – für ein Benehmen an den Tag legten! Portugiesen gaben sich in solchen Situationen deutlich zurückhaltender und erschienen ihm überhaupt zuvorkommender. Es waren in der Regel Touristen, die unangenehm auffielen.

Verflixt, wenn es dumm für ihn lief, würde er sich gleich mit diesem lautstarken und bereits alkoholisierten Kegelausflug auseinandersetzen und sie freundlich lächelnd bedienen müssen. Diese Einsicht trug nicht gerade dazu bei, seine Laune zu verbessern. Am liebsten wäre er sofort wieder umgekehrt, doch da hatte Robert ihn schon entdeckt. »Wurde auch Zeit! Du arbeitest 'eute in der Küsche«, verkündete sein cholerischer Chef in einem Tonfall, der keinen Spielraum für Verhandlungen ließ.

8

Casimiro, der Maître, ein für seine Zunft viel zu ausgemergelter Mann mit krummem Rücken und hängenden Schultern, teilte ihn zum Kartoffelschälen ein. Der Chefkoch des Pôr do sol musste um die fünfzig sein, auch wenn ihn seine schlechte Haltung und die dicken Tränensäcke unter den stets zu Schlitzen verengten Augen deutlich älter aussehen ließen. Unter seiner Kochmütze blitzten vereinzelte aschgraue Haare hervor. Seine anorektische Statur erweckte jedenfalls den Anschein, dass er selbst keinen Geschmack an den eigenen Kreationen fand. Die Kochjacke hing an ihm, als müsste er noch hineinwachsen, und die karierte Hose flatterte um seine dürren Beine, wenn er mit eigenwilligem Hüftschwung und in hektischer Manier die Pfannen über den Gasflammen schwenkte.

Was die Kartoffeln anging, handelte es sich dabei um eine Anzahl, die nach Henriks Ermessen eine ganze Kompanie ernähren konnte. Doch Casimiro, dem Henriks erstaunter Blick nicht entgangen war, erklärte in rauem Kasernenton, exakt diese Menge würde heute gebraucht. Auf der Tageskarte stand unter anderem Krake, der am Stück in großen Kasserollen und in einer Rotweinsoße zusammen mit Kartoffeln und Tomaten gegart wurde.

Nachdem er die Sache mit dem Küchendienst einigermaßen verdaut hatte, erschien Henrik seine Abberufung in die Küche auf den zweiten Blick gar nicht verkehrt. Solange er mit den Kartoffeln beschäftigt war, brauchte er nicht herumzurennen, was die lädierten Füße schonte. Zudem ergaben sich dadurch womöglich diverse Gelegenheiten, mit einigen aus dem Küchenpersonal ins Gespräch zu kommen.

Für die Mitarbeiter des begehrten Restaurants bedeutete das herbstliche Hoch allerdings eine weitere Schicht ohne wirkliche Pausen. Das Wetter versprach einen malerischen Sonnenuntergang, und deshalb dauerte es nicht lange, bis alle Tische besetzt waren, auch auf der Terrasse, die am frühen Abend noch von der Sonne verwöhnt wurde. Die Leute, die in den allermeisten Fällen im Voraus reserviert hatten, hatten offensichtlich blindlings der Wettervorhersage vertraut. In Anbetracht des vollen Hauses wurde Henrik schnell klar, dass es erneut schwierig werden würde, seine geplanten Interviews zu führen. Es wurde generell nicht viel miteinander geredet. Und das lag nicht zwingend an der Disziplin, denn davon war nicht unbedingt viel zu erkennen, sondern schlicht am Zeitdruck. Wenn gesprochen wurde, drehte sich die Kommunikation ausschließlich um die Arbeitsabläufe bei der Zubereitung der Speisen, und Anweisungen dazu wurden zumeist mit erhobener Stimme weitergegeben. Damit herrschte eine alles andere als freundschaftliche Stimmung und eine strenge, beinahe militärische Hierarchie. Alle um Henrik herum waren intensiv in ihre Aufgaben vertieft, um möglichst wenig angeschrien zu werden, und so lastete über den Köchen, Gehilfinnen und Gehilfen stets die drückende Atmosphäre eines drohenden Gewittersturms.

Bei genauerer Überlegung kam es Henrik allerdings so vor, als könnte das nicht allein dem Hochbetrieb und dem damit verbundenem Arbeitspensum geschuldet sein. Alle waren mehr als angespannt, ohne dass er auf Anhieb feststellen konnte, worin die wahre Ursache dieses gegenseitigen Belauerns und Beschimpfens lag, die für dieses überaus miese Betriebsklima verantwortlich war.

Immer darauf bedacht, sich unter der Zeitvorgabe von vier sauber geschälten Kartoffeln pro Minute nicht in die Finger zu schneiden, konnte er sich während der ersten Stunden zumindest einen vagen Überblick über seine Mitstreiter verschaffen. Neben Casimiro arbeiteten noch zwei weitere Köche an den Gasherden: Marcio und Vasco. Ersterer war ein kräftiger, hochgewachsener Bursche mit einem rundlichen Unschuldsgesicht, das auch einem Viertklässler hätte gehören können. Dieser Eindruck wurde von der ungewöhnlich hohen Stimme noch verstärkt, die gelegentlich über die vollen Lippen dieses Chorknaben drang. Während er die schweren Eisenpfannen schwang oder in den überdimensionierten Kopftöpfen rührte, summte er überdies leise und disharmonisch vor sich hin, was unter missbilligendem Stirnrunzeln geduldet wurde. Vielleicht täuschte sein Milchbubengesicht darüber hinweg, dass der turmhohe Kerl mit dem breiten Kreuz ziemlich unangenehm werden konnte, vor allem, wenn man ihm das Summen untersagte. Unter der geröteten Haut seiner Oberarme lag sicher nicht nur Babyspeck.

Vasco hingegen bemühte sich in keiner Sekunde, mit seiner Übellaunigkeit hinterm Berg zu halten. Der griesgrämige Kerl mit dem löchrigen Gebiss und den trüben Augen war vermutlich schon jenseits der sechzig Jahre und in jeder Hinsicht noch mürrischer als der Chefkoch Casimiro.

Die fünf Küchenhilfen, alles Frauen, waren verantwortlich für Salate, Soßen, Beilagen und dafür, dass die Köche nur nach rechts und links greifen mussten, um ihre Zutaten zu erreichen, vergleichbar mit den Vorgängen in einem Operationssaal. Schwester! *Tupfer, Klemme, Zange, und jetzt absaugen!*

Kaum oder gar keine Beachtung schenkte man innerhalb des Küchenteams den beiden Spülern, einem Pakistani und einem jungen Kerl aus dem Senegal, sofern Henrik dessen ethnische Abstammung richtig mitbekommen hatte. Die zwei unauffälligen Männer verständigten sich untereinander in einer Sprache, die niemand sonst in der Restaurantküche zu übersetzen wusste. Abgesehen von Robert vielleicht, der ab und an etwas in ihre Richtung schnauzte, wenn er seine tigerhaften Runden durch die Küche drehte.

An der Durchreiche hinaus ins Restaurant arbeitete Nuno, der die Speisen jeweils den richtigen Tischen zuwies und auch noch für ansprechende Dekoration in Form von Kräutern, Blüten und hübschen Soßenschnörkeln sorgte. Nuno war ein schlaksiger Typ um die dreißig, der es als Einziger wagte, den Mund gelegentlich für private Kommentare aufzumachen. Wobei er sich dabei im Wesentlichen auf flache Witze und schlüpfrige Bemerkungen beschränkte und außerdem über alles und jeden lachte, auch wenn es völlig unpassend war. Zugleich empfand Henrik ihn trotz seiner komödiantischen Einlagen keineswegs als den Sonnenschein der Truppe, denn schnell ging ihm auf, dass Nuno auch etwas Verschlagenes an sich hatte. Er kam bald zu der Überzeugung, dass der Annonceur schon einmal eingesessen hatte. Vermutlich sogar mehrfach – darauf hätte Henrik ohne Bedenken einen Tageslohn verwettet.

Nuno verrichtete seine Aufgaben an der Anrichttheke nicht alleine. Ihm zur Hand ging ein etwas in die Jahre gekommener Mitarbeiter, dessen Name auch nach mehreren Stunden noch nicht gefallen war. Was vor allem daran lag, dass dieser Mann in sich gekehrt und routiniert vor sich hin arbeitete, besonders bestrebt zu sein schien, sich aus allen Zänkereien herauszuhalten, und sich selbst gegen Nunos Anspielungen als resistent erwies. Er vermied es grundsätzlich, angesprochen zu werden, was offensichtlich recht gut funktionierte. Seine Art machte ihn für Henrik in gewisser Hinsicht sympathisch, auch wenn aus seinem Blick keinerlei Wärme sprach. Dafür aber auch keinerlei Groll.

Schon allein wegen der vielen Leute, die hier beschäftigt waren, vermittelte die Küche eine bedrückende Enge. Dazu kamen die Hitze von den Kochstellen, die unterschiedlichen Dämpfe aus den Töpfen, die Feuchtigkeit aus der Spülecke, das Fett, das in der Luft hing und sich in Schichten auf die Haut zu legen schien. Untermalt wurde das Ganze von dem Lärm, der durch das fortwährende Hantieren mit Kupfer, Stahl und Holz entstand. Vielleicht war es unter diesen Umständen kein Wunder, dass die Charaktere der hier Beschäftigten ab und an heftig aufeinanderprallten. Was auffällig oft zwischen dem Restaurantmanager und seinem Chefkoch der Fall war, ohne dass Henrik auch nur ein einziges Mal verstand, worum es im Detail wirklich ging. Die lautstarken Auseinandersetzungen wurden ihm nur zunehmend peinlicher, da doch davon auszugehen war, dass sie bis hinaus in den Gastraum zu hören waren.

Henrik behielt für sich, was er dachte, schälte seine Kartoffeln, putzte im Anschluss Gemüse nach Anweisung und schnippelte es klein. Dabei musste er besonders darauf achten, dass für jede Sorte eine unterschiedliche Größe an Würfeln oder Streifen verlangt wurde. Es wurde immer schwieriger, sich auf etwas anderes zu konzentrieren als auf seine Tätigkeit und darauf, sich nicht die Fingerkuppen wegzuschneiden. Trotzdem versuchte er weiterhin, seine Kollegen zu beobachten, Unterhaltungen einzufangen und Eindrücke zu sammeln. Er studierte das Verhalten der Leute, machte sich seine Gedanken und vertraute darauf, dass sich irgendwann seine Intuition melden würde, auf die er sich immer verlassen konnte. Jahrelang hatte er dieses Talent im Rahmen seiner Tätigkeit als Kriminalkommissar geschult. Daher verstand er es, auf diese innere Stimme zu hören, und lag damit selten falsch. Zwar waren es verdammt viele Leute, die da in der Küche herumwuselten, und beinahe ebenso viele, die im Service tätig waren und sich um die Gäste kümmerten, aber natürlich brauchte er sich nicht mit allen zu befassen. Genau genommen waren nur die interessant für ihn, die schon vor fünf Jahren hier gearbeitet hatten. Das waren diejenigen, mit denen er reden musste, sobald er sie herausgefiltert hatte.

Es war bereits kurz vor halb neun, als die älteste der Küchenhilfen ihre feuchten Hände an der Schürze trocken wischte und sich in Richtung der Tür bewegte, die hinaus auf den kleinen, umfriedeten Hinterhof führte. Henrik gewährte der Tomate, die er eben zerteilen wollte, eine Galgenfrist, legte das Messer beiseite und ging der Frau hinterher, ohne sich Vascos Erlaubnis zu holen. Trotz der Dunstabzüge und Belüftungsanlage war die Atmosphäre in der Küche vernebelt und stickig, daher schlug ihm die kühle Nachtluft wie ein zurückschnellender Ast ins Gesicht, als er ins Freie trat. Auch wenn es sich dabei nicht um die Art von Luft handelte, die zum Durchatmen animierte. Denn hier draußen dominierte der Gestank aus den Mülltonnen, die im Hof aufgereiht waren. Ein tränentreibendes Odeur, obwohl die Container täglich geleert wurden. Die Essensreste und sonstigen Abfälle gärten selbst bei den niedrigen Temperaturen rasend schnell zu einer nach Verwesung riechenden Masse. Wie bestialisch mochte es hier draußen erst im Sommer stinken?

Die widrigen Umstände hielten das Personal allerdings nicht davon ab, hier ihre Pausen zu machen. In der Regel wurde dabei geraucht, was die Gier nach Frischluft ohnehin obsolet machte. Und selbst wenn einen der vor sich hin gammelnde Müll nicht schnell wieder zurück an die Arbeit trieb, war da noch immer die Mauer, die den Hof einfasste, so hoch, dass niemand darüberschauen konnte, um sich wenigstens für ein paar Minuten an der Aussicht auf den Fluss zu erfreuen, rüber nach Almada, dorthin wo Cristo Rei seine Arme ausbreitete. Alles schien geradezu darauf angelegt, dass sich niemand von den Angestellten länger als für die Dauer einer Zigarette im Hof aufhielt.

Die Küchenhilfe schrak bei seinem Auftauchen zusammen und benötigte daher einen zweiten Anlauf, um mit ihrem Feuerzeug die Zigarette zum Glühen zu bringen.

»Tut mir leid«, entschuldigte er sich.

»Kein Problem, hab nur nicht mitbekommen, dass du auch mal rausmusst«, sagte sie und sog danach kräftig an dem filterlosen Glimmstängel. »Auch eine?«

Hinsichtlich des Gestanks fast eine Verlockung, doch er lehnte dankend ab. »Für den Moment reicht mir die Atlantikbrise.«

Amüsiert sah sie zuerst ihn an und dann hinüber zu den stinkenden Behältern, die keine drei Armlängen von ihnen entfernt waren.

»Ich bin zu alt für dich, Jungchen!« Sie grinste. Im Unterkiefer fehlte ihr ein Schneidezahn. Sie konnte Mitte vierzig, aber auch Mitte sechzig sein. Ihre Haare waren sauber unter der obligatorischen Haube verborgen. Die faltige Haut unter ihren dunklen Augen wirkte bleicher als der Rest ihres verlebten Gesichts. Er erkannte, dass sie vor langer Zeit einmal attraktiv gewesen war, bevor das Leben damit angefangen hatte, eine Karikatur von der Frau zu zeichnen, die sie einst gewesen war.

»Fernanda, nicht wahr?«

Sie nickte und suchte gleichzeitig in seinen Augen nach dem Grund, warum er ihr gefolgt war. Nun, da sie sich nicht mehr rührten, erlosch das von einem Bewegungssensor gesteuerte Licht, das über der Tür angebracht war. Also standen sie im Dunkeln ausschließlich illuminiert von den ewigen Lichtern der Stadt und vom Mond, der blass vom Nachthimmel schimmerte. In einem der Müllbehälter raschelte es.

»Ratten«, kommentierte Fernanda.

»Muss ein Paradies für diese Viecher sein.«

Sie schnaubte leise. »Also, was willst du?«

»Nur plaudern. Wie lange arbeitest du schon hier?«

»Die haben dich doch nicht etwa eingeschleust?«, fragte sie zurück und verzog ihren leicht schiefen Mund zu einem Grinsen, wie um ihm zu zeigen, dass die Frage nicht ernst gemeint war. Paradoxerweise bewirkte das eher das Gegenteil und ließ sie ernsthaft misstrauisch wirken.

»*Die*?«

»Der Wirtschaftskontrolldienst«, half sie ihm auf die Sprünge und grinste noch breiter.

Er lächelte zurück. »Ausgerechnet einen Deutschen?«

»Wieso, passt doch. Seid ihr nicht für eure Gründlichkeit bekannt?«

Er schwieg und suchte ihren Blick.

Sie fixierte für ein paar Sekunden die Glut ihrer Zigarette. »Na, wohl eher nicht«, entschied sie schließlich, als sie die Stille zwischen ihnen nicht mehr aushielt. »Robert hat mich eingestellt«, erklärte sie dann zwischen zwei Zügen.

»Wie lange leitet der den Laden eigentlich schon?«

»Fünf, sechs Jahre, vielleicht auch zehn, ich hab ihn nicht gefragt. Es ist besser, man schaut bei manchen Dingen nicht zu genau hin und stellt vor allem nicht zu viele Fragen … Ich bin jedenfalls noch nicht so lange dabei«, ergänzte sie schnell, fast als ahnte sie, worauf er abzielte.

»Gibt es jemanden, der es länger als eine Saison hier aushält?«

Die Tür flog auf, und diesmal zuckten sie beide zusammen. Der Senegalese blickte ihnen irritiert entgegen, als er sie dort im Dunkeln stehen sah. Eine Sekunde später sprang das Licht an. Sie machten ihm Platz. Ohne etwas zu sagen, schleifte der Spüler einen vollen Abfalleimer hinter sich her zu den Mülltonnen.

»Ich muss dann wieder«, verkündete Fernanda, schnippte die Kippe fort und drängte sich an Henrik vorbei zurück in die Küche.

9

Irgendwie gelang ihm zu fortgeschrittener Stunde noch eine knappe Unterhaltung mit Marcio. Dem Koch mit den kindlichen Zügen war anzumerken, dass er keine Lust auf ein Gespräch verspürte, doch immerhin konnte Henrik ihm aus der Nase ziehen, dass er erst sein zweites Jahr am Gasherd des Pôr do sol verbrachte. Wenn es mit seinen verdeckten Befragungen in dem Tempo weiterging, würde er noch zum Weihnachtsgeschäft hier arbeiten. Einigermaßen frustriert verließ er weit nach Mitternacht die Gaststätte. Heute taten ihm nicht die Füße weh, sondern die Finger. An drei von ihnen trug er durchweichte Pflaster und fühlte ein heftiges Brennen in den haarfeinen Schnittwunden, die er sich im Laufe seiner Schicht zugefügt hatte.

Die schwache Hoffnung, dass er auf dem Heimweg möglicherweise noch ein Verhör würde führen können, erfüllte sich nicht. Er bekam keine seiner neuen Arbeitsbekanntschaften zu fassen. Wer fertig war, brach ohne Zögern auf. Weder schlug jemand vor, auf einen Absacker irgendwohin zu gehen, noch wollte jemand von ihm wissen, wo er wohnte. Jeder flüchtete von diesem Ort, sobald sich die Gelegenheit bot. Frustriert schlug er die Richtung hinunter ins Baixa-Viertel ein. In seinen Ärger hinein meldete sich nach wenigen Metern sein Handy. Das Display kündigte eine SMS von Helena an, was ihn augenblicklich besänftigte – und erstaunte.

Bist du noch wach?

Das war er. Jetzt sogar hellwach. Noch während er über eine unverfängliche Antwort nachdachte, ging ihr Anruf ein. Sie musste gesehen haben, dass er ihre Nachricht gelesen hatte, und war offenbar ungeduldig.

»Estou!«

»Sieh an«, entgegnete Inspetora Helena Gomes, als hätte sie ihn auf frischer Tat bei etwas Verbotenem ertappt.

»Ja, ich bin noch wach«, gestand er und ahnte, dass er nun um eine Erklärung nicht herumkommen würde. Auch wenn die Sohlen seiner Sneakers fast lautlos auftraten, war da dennoch ein leichter Hall auf dem Kopfsteinpflaster und zwischen den eng stehenden Häuserzeilen, durch die er sich gerade bewegte. Ein geschultes Ohr konnte anhand der Akustik und der Hintergrundgeräusche durchaus erkennen, ob sich jemand in einem Raum befand, im Freien oder beispielsweise in einem Auto. Trotz ausgefeilter Technik der neuen Smartphone-Generationen, die das Drumherum bis zu einem gewissen Grad zu unterdrücken vermochte, wusste er, dass Helena darauf trainiert war, diese kleinen atmosphärischen Veränderungen wahrzunehmen. Zwar war er unverzüglich stehen geblieben, vermutete aber, dass dies nicht ausreiche, um sie davon zu überzeugen, dass er schon unter der Bettdecke steckte.

Also rückte er mit einem Stückchen Wahrheit heraus. »Ich bin ganz in der Nähe.«

»Um diese Zeit? Du gehst doch sonst nie aus.«

»Ich konnte nicht schlafen.«

»Und deshalb streifst du nachts durch mein Viertel?«

Er ging nicht darauf ein. »Was ist mit dir? Langer Arbeitstag?«

»Das kannst du dir denken. Aber lenk nicht ab, du stellst doch nicht schon wieder Unsinn an?«

»Höre ich da Sorge heraus?«

Diesmal war sie es, die seine Frage ins Leere laufen ließ. »Es stimmt übrigens nicht, dass du ganz in meiner Nähe bist, falls du dich tatsächlich im Alfama rumtreibst.«

»Ich hatte nur gemutmaßt, dass du vielleicht gerade heimkommst ...«

»Tja, ich umgekehrt auch. Ich stehe gerade vor deinem Laden und war mir bis eben ziemlich sicher, dass du zu Hause bist.«

Damit hatte er nun überhaupt nicht gerechnet. »Aha ... Und wie gefällt dir die Fassade?«

Sie antwortete nicht sofort, und er stellte sich vor, wie sie ihren Kopf in den Nacken legte und im Licht der Straßenlaterne die Stuckarbeiten betrachtete. Doch sie äußerte sich nicht dazu.

»Wie kommst du eigentlich darauf, dass ich zu Hause bin?«, fragte er deshalb in die Stille hinein.

»Du hast das Licht angelassen.«

»Im Antiquariat?«

»Nein, oben in deiner Wohnung!«

Nun, das hatte er sicher nicht.

10

Helena hatte angeboten, unverzüglich hineinzugehen, um nach dem Rechten sehen, jetzt, da auf einmal die Möglichkeit bestand, dass sich jemand unberechtigt in Henriks Wohnung aufhielt. Sie trug ihre Dienstwaffe bei sich, fühlte sich also gerüstet, um sofort einzugreifen. Doch Henrik rang ihr das Versprechen ab, auf ihn zu warten. Dann rannte er los.

Er brauchte zwanzig Minuten bis zum Largo do Chiado, wobei ihn der Anstieg auch noch den Rest seiner Kondition kostete. Von dort waren es immer noch vierhundert Meter bis in die Rua do Almada, doch wenigstens ohne nennenswerten Höhenunterschied. Als er endlich in seine Straße einbog, waren seine Oberschenkel verhärtet, während sich die Kniegelenke gleichzeitig wie Butter anfühlten. Sofort entdeckte er Helena, die brav vorm Haus ausharrte, wie er es verlangt hatte.

»Mittlerweile ist es wieder dunkel«, erklärte sie, kaum dass er sie erreicht hatte. Sie klang enttäuscht. Schwer atmend stützte er sich mit der Hand gegen den Türrahmen. Dass kein Licht mehr im ersten Stock brannte, war ihm schon aufgefallen, obwohl ihm der Schweiß in den Augen brannte.

»Allerdings hat niemand das Haus verlassen«, vollendete Helena ihre Berichterstattung.

Er sparte sich die Nachfrage, ob sie sich sicher war, dass es wirklich eines seiner Fenster gewesen war. Sie war Polizistin, sie irrte sich bei so etwas nicht. Dass bislang niemand aus dem Haus gekommen war, konnte nur bedeuten, dass der Eindringling sich nach wie vor drinnen aufhielt. Das hieß, es handelte sich entweder um einen echten Einbrecher, der inzwischen in einem anderen Raum zugange war. Oder aber um jemanden, der sich berechtigterweise im Haus aufhielt – nur eben in der falschen Wohnung. Einer seiner Mieter also, den die Neugier oder was auch immer dazu verleitet hatte, sich bei Henrik ein wenig umzusehen. Beide Optionen hinterließen kein besonders gutes Gefühl.

»Bist du endlich so weit, gehen wir rein?«, wollte Helena ungeduldig wissen. Erst jetzt, nachdem sein Puls wieder unter die einhundertachtzig Schläge pro Minute gesunken war, kam er dazu, die Kommissarin genauer zu betrachten. Sie wirkte müde, was zu dieser unchristlichen Stunde und nach einem vermutlich langen und harten Tag im Polizeidienst nicht verwunderte. Doch trotz der unübersehbaren Erschöpfung konnte er wie immer nicht umhin, ihre Attraktivität zu bewundern. Wenn sie im Dienst war, trug sie ihr dunkles Haar straff nach hinten zu einem engen Knoten gebunden. Er wusste, dass es ihr weit über die Schultern fiel, wenn sie die lockige Mähne vom Haargummi befreite. Ebenso wie er wusste, wie ihre sinnlichen Lippen schmeckten und wie die weiche Haut in ihrem Nacken roch. Er musste den Impuls unterdrücken, sie in den Arm zu nehmen und an sich drücken. Für einen Moment war ihm selbst der Eindringling in seiner Wohnung egal. Doch dann wandte sie den Blick ab, und ein Teil des Zaubers verflog.

So leise es die alte Holztreppe erlaubte, stiegen sie hintereinander in den ersten Stock hinauf. Die Wohnungstür war geschlossen. Was nichts zu bedeuten hatte. Das Türschloss war ein Witz und mit ein wenig Übung einfach zu knacken. Wie oft hatte er schon mit dem Gedanken gespielt, es gegen eine Sicherheitsschließanlage auszutauschen. Doch in manchen Dingen war er schrecklich nachlässig. Henrik knipste das Licht an und untersuchte den Beschlag, der das Schloss umgab. Im matten Schein der Treppenhauslampe waren keine Einbruchspuren zu erkennen.

»Sieht fast so aus, als hätte noch jemand einen Schlüssel zu deiner Wohnung«, flüsterte Helena.

Ihm fielen gleich zwei Personen ein, auf die diese Aussage zutreffen mochte. Und eine davon wusste auch ziemlich sicher, wann er außer Haus war und wann nicht. Andererseits konnte sie unmöglich wissen, wann er wiederkam. Würde sie unter diesen Voraussetzungen wirklich das Risiko eingehen, sich in seine Wohnung zu schleichen? Und falls ja, warum?

So leise es das alte Schloss zuließ, öffnete er die Tür. Das Licht aus dem Treppenhaus fiel in den leeren Flur. Er lauschte für zwei, drei Sekunden, dann suchte er Helenas Blick, die ihre rechte Hand am Gürtel hatte, dort, wo ihre Dienstwaffe steckte, was vermutlich mehr einem antrainierten Reflex als der Absicht geschuldet war, diese auch zu ziehen. Hintereinander schlüpften sie durch die Tür und postierten sich im Korridor einander gegenüber, jeweils eng an der Wand, als wären sie Teil eines Sondereinsatzkommandos. Henrik schielte auf den Lichtschalter, und Helena schüttelte den Kopf. Doch das Polizistengehabe kam ihm plötzlich widersinnig vor. Jeder andere hätte doch unter diesen Umständen laut und verunsichert gerufen: *Hallo, ist da jemand? Was wollen Sie?*

Er tastete nach dem Lichtschalter und betätigte ihn.

Helena schnappte hörbar nach Luft.

Mit einer Geste gebot er ihr zurückzubleiben und ging dann an der Garderobe vorbei bis zur offen stehenden Küchentür. Er brauchte kein Licht zu machen, um zu erkennen, dass sich niemand dort aufhielt.

Eskortiert von Helena, ging er dann durch die anderen Räume, ohne etwas Auffälliges zu entdecken. Nichts deutete darauf hin, dass jemand etwas durchwühlt oder auch nur leicht in Unordnung gebracht hatte. Alles befand sich an seinem Platz, keine

Schublade war herausgerissen. *Vielleicht hat ja jemand was dagelassen,* überlegte er, teilte den Gedanken aber nicht mit der Kommissarin.

Er zuckte mit den Achseln. »War wohl falscher Alarm.« Sie rollte mit den Augen, auch wenn er es nicht als Vorwurf gemeint hatte. Sie kannte seine Situation, wusste, dass er sich immer wieder Feinde gemacht hatte, seit er nach Lissabon gekommen war, und konnte daher erst recht nicht gutheißen, dass er ihre Beobachtung nun so lapidar abtat. Doch sie ersparte sich weitere Kommentare, weil sie bereits etwas anderes beschäftigte. »Du riechst nach ... Essen«, stellte sie fest.

Tatsächlich war das noch milde ausgedrückt; genau genommen stank er penetrant nach Bratfett und nach was weiß der Teufel noch allem. Dass diese so herrlich duftenden Gerichte, die den ganzen Abend über an ihm vorbei aus der Küche hinaus in den Gastraum getragen worden waren, einen so widerlichen Gestank erzeugen konnten, machte ihn irgendwie betroffen. Helenas Worte klangen verdächtig nach einer Anklage. Konnte sie womöglich ahnen, wo er bis vor einer guten halben Stunde gewesen war?

»Was hat dich eigentlich mitten in der Nacht zu mir getrieben?«, fragte er rasch, bevor sie ihn auch noch auf die Pflaster an seinen Fingern ansprechen konnte.

Für zwei Atemzüge musterte sie ihn herausfordernd, dann holte sie ein zusammengefaltetes Blatt aus der Innentasche ihrer Jacke. »Ich war um die Ecke mit einer Ermittlung befasst, und dann wollte ich dir das schnell in den Briefkasten werfen. Aber vielleicht bist du ja schon viel weiter und brauchst ...«

»Meine Anfrage!«, unterbrach er sie und wollte nach dem Zettel schnappen, doch sie riss die Hand blitzartig zurück.

»An dieser Geschichte ist also tatsächlich was dran!« Er hörte selbst die Aufregung in seiner Stimme. »Jetzt gib schon her, ich bin nämlich absolut noch in den Anfängen!« Er spürte ein vertrautes Kribbeln – und einen nicht unerheblichen Stolz, weil seine Intuition ihn nicht getrogen hatte. Wobei er den ersten Impuls wie immer Martins Vorarbeit verdankte.

»In den Anfängen also«, wiederholte sie und wirkte beinahe amüsiert. »Wie wäre es denn dann mit einem Zwischenbericht? Ich nehme auch gerne ein Glas Wein dazu.«

Es fiel ihm schwer, seine Überraschung zu verbergen. »Äh, gut ... Rot?«

»Rot«, bestätigte sie, ging voraus und setzte sich an den Küchentisch. Auf den Stuhl, den sie auch früher immer gewählt hatte. Henrik holte die guten Gläser aus dem Hängeschrank über der Spüle, die er niemals benutzte, wenn er seinen Wein alleine trank, und füllte sie mit dem kräftigen Rioja, den er bereits gestern entkorkt und probiert hatte. Er ließ sich ihr gegenüber nieder, und sie stießen an. Der glockenklare Klang der Weingläser hallte leise nach, während sie von dem Rotwein kosteten. Das gefaltete Blatt lag neben ihr auf dem Tisch. Es juckte ihn in den Fingern, doch er riss sich zusammen. Sie verfolgte ohne Zweifel eine Absicht, sonst hätte sie ihm den Zettel einfach überlassen. Bot sich ihm vielleicht gerade die ungeahnte Möglichkeit, Helena wieder in seine Ermittlungen einzubinden? Und ihr damit wieder näherzukommen?

Schließlich hielt er es nicht mehr aus. »Erfahre ich aus deinem Mund, was du entdeckt hast, oder darf ich endlich lesen, was du mir mitgebracht hast?«

»Zuerst lieferst mal *du* einen Bericht ab, dann sehen wir weiter!«

Er stieß die Luft aus. »Wie gesagt, ich bin noch nicht besonders erfolgreich gewesen, von daher ist es andersherum mit Sicherheit effektiver. Du erzählst mir, was die Polizei hat, und ich ergänze im Anschluss.«

»Jedes Mal, wenn es so ablaufen sollte, kam ich irgendwie schlecht dabei weg, falls du dich erinnerst.« Sie musterte ihn streng, doch es fehlte die Härte in ihrer Stimme. Im Moment saß nicht ausschließlich die Kommissarin mit ihm am Tisch.

»Wie schmeckt der Wein?«

»Lenk nicht ab!«

»Komm schon, ich brauche was, worauf ich aufbauen kann.« Während sie überlegte, dreht sie den Stiel des Weinglases zwischen Daumen und Zeigefinger. Ihr Blick folgte den rubinroten Lichtreflexen, die der Rioja auf die Tischplatte zauberte. »Na ja, es gibt auch von meiner Seite nicht viel zu berichten. Wir haben die Anzeige eines Mannes in den Akten. Dessen Frau, nein, dessen Freundin ist nach einem Abendessen in diesem Restaurant gestorben. Die Anzeige hat er allerdings wenig später wieder zurückgezogen. Dem Polizeibericht lag ein ärztliches Gutachten bei, das belegt, dass die Frau an einer Herzinsuffizienz gelitten hat, von der ihr Lebensgefährte offenbar nichts wusste. Laut unseren Unterlagen sah man daher auch keine Notwendigkeit mehr, eine Untersuchung der Restaurantküche vorzunehmen. Und so wanderte der Fall, der nie einer war, zu den Akten.« Damit schob ihm Helena das Blatt Papier über den Tisch.

Henrik griff danach und faltete es auf. Eine Seite, der Ausdruck einer Zusammenfassung des Polizeiberichts. Keine Vermutungen, keine Angeblich-Phrasen. Namen, Daten, eine kurze Abhandlung dessen, was sie eben geschildert hatte. Es war nicht viel, und vielleicht gab es auch gar nichts darüber hinaus, da ja die Sache nicht weiterverfolgt worden war. Dennoch war es vertraulich und nicht für jemanden außerhalb von Polizeibehörde und Staatsanwaltschaft bestimmt. Nicht für Henrik Falkner.

»Ein Fall, der nie einer war – und trotzdem hast du mir das da mitgebracht?«

»Die Ermittlungsbeamten haben keine rechtsmedizinische Untersuchung beantragt ... oder der Obduktionsbericht ist verschwunden. Ich habe auch in der Pathologie nachgefragt. Ganz im Vertrauen; einer der Rechtsmediziner ist ein Bekannter. Tiago. Er hat den Todesfall nicht bearbeitet, glaubte sich aber daran zu erinnern.«

»Wieso erinnert sich dein Freund Tiago ausgerechnet an diese Leiche, obwohl er sie nicht einmal selbst obduziert hat? Ich kann mir durchaus vorstellen, dass übers Jahr eine ganze Menge Todesfälle bei ihm landen.«

Helena nickte. »Das war auch meine nächste Frage. Aber er war sich wegen der Details nicht mehr sicher, weshalb er vage blieb. Jedenfalls fand er es wohl seltsam, dass bei der Toten nur eine äußerliche Beschau angeordnet worden war. Und zwar aus der Begründung heraus, dass ein Gutachten ihres Hausarztes vorlag.«

»Der medizinische Bericht, der die Herzmuskelschwäche diagnostizierte?«

Helena nickte. Sie trank einen Schluck Wein und musterte ihn dabei über den Rand des Glases hinweg.

»Was meinst du, bestand von irgendeiner Seite ein Interesse daran, dass der Sache nicht weiter nachgegangen wurde? Hat man jemanden geschmiert?«

»Ich sage nicht, dass es so war, aber falls doch, wäre ich nicht abgeneigt zu erfahren, ob es da etwas gibt, das nicht ans Licht kommen sollte«, erwiderte Helena. »Die Leiche wurde übrigens eingeäschert, es gibt also nichts, was wieder ausgegraben werden könnte.«

Eingeäschert, genau wie Martin, dachte Henrik. *Um allen Eventualitäten vorzubeugen.* »Wer hat das angeordnet?«

»Steht nicht im Bericht. Vermutlich auf Wunsch der Toten oder von deren Angehörigen.«

»Was ist mit diesem Lebensgefährten? Wurde der denn näher unter die Lupe genommen?«
»Nicht bezüglich des Todes seiner Freundin, aber ich habe ihn mir heute mal angesehen.«
Henrik hob überrascht die Brauen. »Das bedeutet, ihr habt ihn im Computer?«
»Er wurde mal erkennungsdienstlich behandelt. Wegen häuslicher Gewalt und später noch mal wegen eines Drogendeliktes. Beides liegt aber schon weit zurück. Annähernd zwanzig Jahre, und es kam in keinem der Fälle zu einer Anklage. Er hatte somit keine Einträge und Vorstrafen, als die Sache mit seiner Freundin passierte, weshalb von unserer Seite nicht weiter nachgefragt wurde.«
»Und dennoch hältst du es für angebracht, dem Herrn mal auf den Zahn zu fühlen.«
»Wie du dir denken kannst, ist mir von offizieller Seite ein Riegel vorgeschoben. Ich kann nicht mal berechtigte Zweifel anmelden, denn ich habe nichts in der Hand, nur dieses vage Gefühl. Definitiv zu wenig, um damit zu meinem Vorgesetzten zu gehen. Der mir ohnehin nur sagen wird, dass ich weitaus Wichtigeres zu tun habe, als in alten Akten zu kramen. Es ist wie immer, Henrik, einerseits habe ich Bauchschmerzen, wenn du diesen Todesfall genauer beleuchtest. Andererseits werde ich dich nicht abhalten … abgesehen davon, dass ich das ohnehin nicht kann. Dafür kenne ich dich zu gut.« Sie lächelte, dann leerte sie das Rotweinglas.

MITTWOCH

Menu do dia

Amêijoas à bulhão pato
Venusmuscheln mit Koriander

Leitão
Gebratene Spanferkelkeule, Migas mit Chouriço an Fenchelsalat

Ameixas d'Elvas
Gebackene Pflaumen in Sirup

11

Es war der kurze Moment der Orientierungslosigkeit, der einem widerfuhr, wenn man noch nicht ganz bei sich, aber auch nicht mehr vollständig vom Schlaf gefangen war. Die wenigen Sekunden des geistigen Taumelns, in denen Henrik der festen Überzeugung war, seine Finger nur ein paar Millimeter bewegen zu müssen, um ihre seidige Haut zu spüren. Doch schon im nächsten Augenblick wusste er, er würde ins Leere tasten. Sie lag nicht neben ihm. Es war nur ein Traum. Außerdem war es kalt, stellte er fest, zog die Zudecke enger um seine Schultern und die Beine an, weil die Kälte in seine Zehen biss.

Nur ein Traum ...

Dabei hatte es gestern für eine Weile tatsächlich danach ausgesehen, als könnten sie sich fallen lassen, um sich gegenseitig wieder aufzufangen. Zu dem Zeitpunkt, als das zweite Glas Rioja geleert war und sich eine Vertrautheit eingestellt hatte, die hoffnungsvoll an die Verliebtheit früherer Tage erinnerte.

Es war nicht so, dass er versucht hätte, sie zum Bleiben zu überreden, obwohl ihm die Worte dazu auf der Zunge lagen und der schwere, süffige Rotwein die Stimmbänder hinreichend geölt hatte. Doch er wusste, dass *sie* es anbieten musste, so wie sie auch von sich aus nach Wein verlangt hatte. *Teil deinen Wein mit mir und dann das Kopfkissen.*

Nur ein Traum.

Nun, vielleicht würde es bald keiner mehr sein. Er fühlte Zuversicht, auch wenn sich dieses Gefühl nicht zum ersten Mal einstellte, seit sie sich im Frühjahr von ihm getrennt hatte, bevor sie überhaupt richtig zusammen gewesen waren.

Draußen dämmerte es. Lange konnte er nicht geschlafen haben. Es war schon reichlich spät – um nicht zu sagen ziemlich früh – gewesen, als er ins Bett gefallen war. Immer noch benommen, stellte er fest, dass das Fenster halb offen stand. Ihm fehlte jede Erinnerung daran, wann er es aufgemacht hatte. Als Folge davon war die Kälte der Nacht bis zu ihm unter die Bettdecke gekrochen. Das mochte ihn geweckt haben. Dieses Frösteln, das er womöglich nicht allein der gefallenen Temperatur verdankte.

Warum bloß steht das Fenster auf? Normalerweise war es nachts zu laut vorm Haus, um bei geöffnetem Fenster Schlaf zu finden. Nicht allein wegen des Verkehrslärms, der in der schmalen Gasse hauptsächlich von knatternden Mopeds verursacht wurde. In erster Linie waren es die Gäste der Bar gegenüber, die sich selbst jetzt im Spätherbst im Freien aufhielten. Um zu rauchen oder auch einfach weil der Schankraum des Esquina zu klein war, um allen Leuten ausreichend Platz zu bieten, die dort bis spät in die Nacht in Feierlaune zusammensaßen. Dementsprechend oft hallte ausgelassener Lärm die paar Meter bis zu ihm herüber.

Und gestern? Gut möglich, dass Victor die Bar schon geschlossen hatte, als Henrik ins Bett gekrochen war. Oder er hatte das Fenster später im Halbschlaf geöffnet, um frische Luft ins Schlafzimmer zu lassen, weil die Hitze ihn nicht zur Ruhe kommen ließ, die Wein und Sehnsucht in ihm entfacht hatten. Oder konnte es sein, dass es schon eine ganze Weile nicht richtig verriegelt gewesen war und er das einfach nicht bemerkt hatte? Er kam nicht umhin, an den Eindringling zu denken, der sich gestern in seiner Wohnung aufgehalten haben mochte …

Es war das Rumpeln der Müllabfuhr, das ihn beim nächsten Mal weckte, und er wunderte sich, wie er überhaupt wieder hatte einschlafen können. Ausgeruht fühlte er sich zwar immer noch nicht, trotzdem knüpfte sein Gehirn nahtlos an die Überlegungen an, die ihn vor seinem erneuten Wegdämmern beschäftigt hatten. Wer war der ungebetene Besucher gewesen? Ein Fremder? Oder jemand Vertrautes – wobei das in diesem Fall nichts mit Vertrauen zu tun hatte. Und was hatte dieser Jemand gewollt? Was gesucht? All diese Fragen verscheuchten die Müdigkeit endgültig aus seinem Schädel.

Wäre nicht Helena bei ihm gewesen, hätte er gestern Nacht gewiss noch bei Catia angeklopft, um sich einen schnellen Eindruck zu verschaffen. Er war sicher, dass er es ihr angesehen hätte, wenn sie der Eindringling gewesen wäre. Oder wenn sie darüber Bescheid gewusst hätte, wer im Haus herumgeschlichen war. Selbstverständlich hegte er dabei einen ganz bestimmten Verdacht, auch wenn er keine rationale Begründung fand, warum *er* sich noch einmal hierherwagen sollte ...

Mittlerweile leuchtete die Sonne ins Schlafzimmer. Er stand auf und schloss das Fenster. Dann ging er in die Küche, checkte sein Handy und spähte für einige Minuten hinunter auf die Gasse. Die Rotweingläser standen noch auf dem Tisch. Daneben lag Helenas Zusammenfassung des Polizeiprotokolls. Darauf waren nicht nur Name und Daten der Toten vermerkt, sondern auch derjenigen, die womöglich noch etwas über die Frau und ihr Schicksal zu sagen hatten. Er beschloss, den Vormittag diesen Personen zu widmen. Vorrangig galt sein Interesse dabei einem Mann, der Danilo Neves hieß und laut dem Bericht der Kripo im Viertel Campo de Ourique gemeldet war, einem Stadtteil, der den westlichen Rand Lissabons bildete und fernab der Touristenströme lag. Da seit dem Tod der Frau fünf Jahre vergangen waren, musste Henrik sich zuallererst fragen, ob die Adressangaben noch stimmten, und das würde er nicht herausfinden, wenn er es nicht vor Ort nachprüfte. Also stieg er eine halbe Stunde später in die

Linie 28, die in diese Richtung weit weniger Fahrgäste beförderte als hinunter ins Baixa-Viertel und hinauf auf den Schlossberg, wo es die Urlauber bei ihrer Stadterkundung hinzog. Genau genommen machte es keinen rechten Sinn, vormittags dort hinauszufahren, denn er musste davon ausgehen, dass Neves wie die meisten Leute tagsüber arbeitete. Allerdings würde er abends im Pôr do sol wieder Kartoffeln schälen oder Champignons putzen und musste sich seine Zeit dementsprechend einteilen.

Beim Campo de Ourique handelte es sich um ein modernes Viertel, in dem die Straßen schachbrettartig von Nord nach Süd und von Ost nach West verliefen. Henrik war noch nie hier gewesen. Die Adressangabe führte ihn von der Straßenbahnhaltestelle zu einem sechsstöckigen Wohnhaus an der Ecke Rua Infantaria und Rua Tomás da Anunciação. Die geschwungene Fassade war in einem Pfirsichpastellton gestrichen und in ihrer gesamten Erscheinung der Art-déco-Bauweise der 1960er-Jahre nicht unähnlich. Direkt gegenüber lag der Jardim da Parada, ein Park mit hohen Bäumen, die älter zu sein schienen als die Bebauung drum herum und die in den heißen Monaten Schatten spendeten für die Leute, die hier lebten.

Danilo Neves bewohnte ein Appartement in der vierten Etage, aber Henrik konnte von der Straße aus nicht beurteilen, welche Wohnung in dem angegebenen Stockwerk die richtige war. Die Klingelschilder gaben, wie in Portugal üblich, keine Auskunft darüber. An den Haustüren standen keine Namen; wer zu Besuch kam, musste vorab wissen, welchen Knopf er zu drücken hatte, oder den Nummerncode kennen. Henrik kam also nicht umhin, jemanden danach zu fragen. Er drehte sich einmal um die eigene Achse. Sämtliche Gebäude beherbergten im Erdgeschoss Läden und Geschäfte. Schräg über der Kreuzung befand sich eine Pasteleria. Wäre er hier zu Hause, dann wäre das morgens seine Anlaufstelle, um einen ersten Kaffee zu sich zu nehmen. Der Gedanke gefiel ihm, daher schlenderte er über die Straße und betrat das Café. Um diese Zeit war er der einzige Kunde. Die ältere Dame hinter dem Verkaufstresen begrüßte ihn mit einem verschmitzten Lächeln. Sie war kaum groß genug, um über die Theke sehen zu können, und bevorzugte einen ähnlich alternativen Kleidungsstil wie Catia, wirkte jedoch um einiges zugänglicher.

»Uma bica e uma água por favor!«, bat er.

Sie nickte und schickte sich sofort an, den Espresso aufzubrühen. Zusammen mit der Flasche Wasser schob sie ihm die Tasse eine Minute später auf einem Tablett an der Kasse entgegen. Er bezahlte und verzichtete auf das Wechselgeld.

»Kennen Sie zufällig Danilo Neves aus der número 63?« Er deutete durch das Ladenfenster hinüber.

Die Frau hörte auf zu lächeln und kräuselte ihre zu zwei dünnen Strichen gezupften Brauen. »Wer will das wissen?«

»Desculpe! Mein Name ist Henrik Falkner. Ich sollte bei Senhor Neves etwas abholen, habe aber vergessen, wo ich zu klingeln habe.«

»Abholen?«, fragte sie vorsichtig.

»Ja, eBay, Sie wissen schon.«

»eBay, aha!«

Henrik warf einen Blick über seine Schulter, dann beugte er sich ein Stück weiter über die Verkaufstheke. »Ich bin ein leidenschaftlicher Sammler von Lego, und Senhor Neves hat kürzlich ein paar interessante Bausätze zur Versteigerung angeboten«, flunkerte er und gab sich dabei etwas verlegen.

»Lego«, wiederholte die Frau und musterte ihn nun noch ausführlicher. Irgendwie sah sie dabei aus, als müsste sie sich bemühen, nicht laut loszulachen. »Und dafür sind Sie extra nach Portugal gereist?«

»Nein, nein, ich lebe in Lissabon«, erklärte er und begann sich bereits für seine Lego-Idee zu verfluchen.

»Rufen Sie ihn doch an«, schlug sie vor.

Die Sache gestaltete sich zäher als erwartet, und er konnte sich dabei nicht einmal sicher sein, ob Neves überhaupt zu den Kunden der Dame zählte oder ob sie nur Spaß an dem Gespräch mit diesem spleenigen Legosammler fand. »Leider hat er mir nur die Adresse geschickt.«

»Senhor Neves. Lego. Totalmente louco!«, murmelte sie sichtlich amüsiert vor sich hin. »Ihre Bica wird kalt!«

Er nickte dankend und nahm das Tablett an sich. »Ich sitze draußen, falls Ihnen noch was einfällt.« Während er hinaus auf den Gehweg trat, hörte er sie hinter seinem Rücken kichern. Er ignorierte das standhaft und setzte sich an einen der Tische, die sich entlang der Fensterfront unter der Markise reihten. Der Tag war wieder warm genug, um nicht frieren zu müssen, auch wenn man nicht direkt in der Sonne saß. Wie sollte er jetzt weitermachen? Noch wollte er sein überstürztes Vorhaben nicht abschreiben, also beobachtete er einfach die Umgebung und trank dazu im Wechsel Kaffee und Wasser.

Henrik fragte sich, wo Neves wohl seine Einkäufe tätigte. Wer ihn in der Nachbarschaft persönlich kennen mochte. Er wusste nicht einmal, ob der einstige Freund der Verstorbenen allein lebte, oder ob ihm womöglich dessen neue Ehefrau öffnete – sollte Henrik je herausbekommen, welchen Klingelknopf er betätigen musste. Natürlich konnte er alle durchprobieren, aber so was kam nie gut an und war allenfalls seine letzte Option. Außerdem würde er dazu bis zum Abend warten müssen, um eine möglichst große Ausbeute an Treffern zu erzielen. Grübelnd blickte er hinüber in den Park, der wie viele dieser Anlagen auch über einen Kinderspielplatz verfügte. Vielleicht hockte dort Senhora Neves auf einer der Bänke und achtete darauf, was ihr Kind oder ihre Kinder auf der Rutsche, auf der Schaukel oder im Sandkasten anstellten. Sollte er rübergehen und dort sein Glück versuchen? Unter den Müttern und Großmüttern, die auf den Parkbänken saßen, in Zeitschriften blätterten, den neuesten Tratsch mit der Nebensitzerin austauschten oder ihren Kleinen hinterhereilten? Nur – welche Geschichte sollte er sich ihnen gegenüber einfallen lassen? Welche Begründung vorbringen, warum er nach Danilo Neves fragte?

Plötzlich bemerkte er, dass die Frau aus der Pasteleria neben ihm stand.

»Lego«, murmelte sie und rieb sich die Nase, um ihr breites Grinsen dahinter zu verbergen.

Er zuckte mit den Schultern und bereute endgültig, diese blödsinnige Geschichte erfunden zu haben. Warum hatte er nicht gesagt, dass Neves ein paar seltene, antiquarische Bücher zu verkaufen hatte? Wieso war ihm das für einen Antiquar Naheliegendste nicht als Erstes eingefallen?

»Senhor Neves arbeitet in der Santander-Filiale, gleich die Straße runter. Sie können hier natürlich gerne warten, bis er um ein Uhr seine Mittagspause macht. Meistens kommt er hierher, er mag meine Sanduíches. Vor allem die mit dem marinierten Schweinefleisch. Das Rezept für die Marinade stammt noch von meiner Avó. Wollen Sie eins bestellen?

Henrik sah zu ihr auf. »Später vielleicht, ich denke, zuerst versuche ich es bei der Bank.«

Sie wirkte nicht enttäuscht, zuckte nur mit den Schultern und tänzelte leichtfüßig in ihre Pasteleria zurück. Plötzlich fragte er sich, ob sie womöglich vor Kurzem etwas geraucht hatte, und er musste seinerseits lachen. Dennoch war er froh, hier wegzukommen.

Wie versprochen führte ihn der Weg einmal quer durch den Park bis direkt vor die Bankfiliale. Danilo Neves hatte nach einer kriminellen Phase in jungen Jahren sein Leben offenbar in den Griff bekommen und beschäftigte sich nun mit Geldtransaktionen, welcher Art auch immer. Womit allerdings nicht zwangsläufig gesagt war, dass bei diesen Bankgeschäften immer alles legal ablief. Vielleicht war er ein Krimineller geblieben, verfolgte weiterhin seine Gaunereien und hatte sich nur äußerlich einen blütenreinen Anstrich verpasst? Unweigerlich musste Henrik an den Bankier José Marques denken, der nach allem, was Henrik herausgefunden hatte, maßgeblich am Tod seines Onkels mitschuldig war, auch wenn jemand anderes für ihn die Drecksarbeit erledigt hatte. Wie auch im Fall Rafael de Bragança hatte Henrik nicht vor, José Marques auf Dauer davonkommen zu lassen. Doch dafür musste er erst seinen ehemaligen Mieter Renato aufspüren. Und nicht nur das. Er musste Renato dazu bringen, eine Aussage zu machen und sich damit selbst der Justiz auszuliefern. Alles in allem ein ziemlich schwieriges Projekt, das noch weit in der Zukunft lag. Also verscheuchte er den von Rachegefühlen durchwobenen Gedanken. Hier und heute war er ins Campo de Ourique hinausgefahren, um Danilo Neves ein paar Fragen zu stellen.

Wie bei einer modernen Bankfiliale üblich, war der Empfangsbereich für Kunden offen gestaltet. Nur zwei Beratungstheken stellten eine unterschwellige Barriere dar. Dahinter gab es Büros, hinter deren milchigen Glaswänden man nur Schemen erahnen konnte. An der linken Theke erwartete ihn ein junger Mann in einem dunkelgrauen Anzug. Die Krawatte war rot wie der Santander-Schriftzug über dem Eingang und das weiße Hemd so steif, dass der Kragen Scheuerspuren am bleichen Hals des Jünglings hinterließ. Henrik brauchte nicht das Namensschild am Revers des Jacketts zu lesen, um zu wissen, dass der kaum der Pubertät entronnene Bankangestellte nicht derjenige war, der ihn interessierte. Wenn die Angaben stimmten, die Helena ihm überlassen hatte, war Danilo Neves mittlerweile Ende dreißig.

»Ich möchte mit Senhor Neves sprechen!«, verlangte er entschieden.

Der junge Mann, bei dem es sich nur um einen Auszubildenden handeln konnte, zuckte sichtlich zusammen. Vermutlich auch wegen Henriks Akzent, der sich für jeden echten Portugiesen schrecklich anhören musste.

»Senhor Neves, sim sim.« Der Grünschnabel blickte über seine Schulter, nur um festzustellen, dass sich hinter ihm niemand aufhielt, der ihm zu Hilfe eilen konnte. Dann suchte er zögernd wieder Henriks Blick, wobei mit einem Mal so etwas wie Zuversicht in den Augen des schmächtigen Bürschchens aufblitzte. Offensichtlich war ihm etwas Wichtiges eingefallen. Er räusperte sich, bevor er fragte: »Haben Sie einen Termin?«

»Selbstverständlich«, log Henrik. »Sagen Sie ihm, ich komme wegen Fabiana Guedes.«

12

Etwas steif stand Neves von seinem Drehstuhl auf, ließ aber sicherheitshalber den Schreibtisch zwischen sich und Henrik. Statt ihm die Hand entgegenzustrecken, nahm er die Haltung eines Torwarts an, der einen Elfmeterschuss erwartete. Es mochte durchaus sein, dass den Mann in irgendeiner Form das schlechte Gewissen plagte und er sich deshalb bereit erklärt hatte, ihn ohne jeden Termin zu empfangen.

Dem Büro fehlte jede persönliche Note, die Einrichtung war rein funktional. Ein Lamellenvorhang sperrte das grelle, vormittägliche Herbstlicht aus und verwehrte einem überdies einen allzu genauen Blick auf den Hinterhof. Es gab keinen Bilderrahmen neben dem Computermonitor. Kein Foto von einer Frau, zu dem der Blick des Bankmanagers in den kurzen Pausen wandern konnte, da er nicht auf die Zahlenreihen und Aktienkurse auf seinem Bildschirm starrte. War Danilo Neves über den frühen Tod seiner Lebensgefährtin womöglich noch nicht hinweg? Noch nicht bereit für eine neue Liebe?

Allerdings sah er nicht gerade wie ein gebrochener Mann aus, stellte Henrik fest. Neves war schlank und etwa einen Meter siebzig groß. Obwohl ihm das Chefbüro eine gewisse Intimität bot und es obendrein stickig warm in dem Glaskäfig war, steckte er in einem taillierten kobaltblauen Anzug. Das dunkelbraune Haar war an den Seiten kurz geschnitten, oben dafür etwas länger, exakt gescheitelt und sauber über den Kopf gekämmt. Vielleicht neigte er zum Haarausfall und kaschierte so die schütteren Stellen – was beides nicht ungewöhnlich war für einen Mann, der auf die vierzig zuging. Ansonsten zeigte er eine gesunde Gesichtsbräune und trug eine moderne schwarze Hornbrille, die auf einer ein wenig krumm geratenen Nase saß.

Es lag nicht allein an der Haltung des Mannes, auch die Mimik verriet, dass er unsicher war, was ihn in den nächsten Minuten erwartete. Neben der offensichtlichen Nervosität sprach auch Aggressivität aus den Zügen des Filialleiters. Henrik störte das nicht. Auf einer derart durchmischten Gefühlswelt sollte sich eine brauchbare Vernehmung aufbauen lassen.

»Ich hoffe, ich habe mich verhört?«, begann Neves und verzichtete damit auf eine formelle Begrüßung.

Henrik schüttelte den Kopf. »Ich komme wegen Fabiana Guedes«, bestätigte er.

»Fabiana ... mein Gott, das ist ...«

»Schon eine Weile her, ich weiß, aber gemessen an Ihrer Reaktion kann ich wohl davon ausgehen, dass Sie sich noch an Ihre damalige Freundin erinnern.«

»Natürlich tue ich das«, empörte Neves sich und klang deutlich frostiger. »Wenn ich auch nicht wüsste, was Sie das angeht. Wer sind Sie überhaupt?« Er hatte sich schnell wieder in den Griff bekommen und die anfängliche Irritation abgeschüttelt. Das war es dann wohl schon mit Henriks Überrumpelungstechnik gewesen. Neves benötigte anscheinend nicht viel Zeit, um sich darauf einzustellen, dass jemand seine vor fünf Jahren verstorbene Freundin als Vorwand nutzte, um mit ihm ins Gespräch zu kommen. Henrik musste sich mit seinem Verhör beeilen, bevor Neves endgültig zurück in der Spur war.

»Mein Name ist Henrik Falkner, ich bin Privatermittler.«

Der Blick des Bankers wanderte für eine Sekunde zu seinen mit Pflastern verklebten Fingern, bevor er nachhakte. »Ein Privatermittler, aha. Und wieso? Ich meine, wer hat Sie beauftragt? Und warum?«

»Ich untersuche den Todesfall von Senhora Guedes. Darüber, wer mich engagiert hat, kann ich Ihnen zurzeit keine Auskunft geben.«

Neves musterte ihn einen Moment lang. »Ich muss nicht mit Ihnen reden«, stellte er dann kühl fest.

»Natürlich ist es Ihr gutes Recht zu schweigen. Aber dann muss ich mich fragen, warum Sie kein Interesse haben, Klarheit in Fabianas Tod zu bringen.«

Neves umklammerte die Kante der Schreibtischplatte. »Klarheit in ihren Tod … Ich verstehe nicht. Sie starb wegen dieser Herz… dieser Herzschwäche.«

»Herzinsuffizienz«, half Henrik.

»Genau. Also, was wollen Sie da noch hinterfragen?«

»Es sind neue Erkenntnisse ans Licht gekommen, die an der damals diagnostizierten Todesursache zweifeln lassen.«

»Neue Erkenntnisse«, murmelte Neves und machte mit einem Mal den Eindruck, als hätte er sich für die falsche Ecke entschieden und der Ball wäre im Netz gelandet.

»Hatten Sie anfangs nicht auch Ihre Bedenken, was Fabianas Tod anging? Deswegen haben Sie doch diesen Verdacht gegen das Restaurant geäußert, in dem Sie kurz davor gegessen hatten. So wurde das zumindest im Polizeiprotokoll erfasst«, half ihm Henrik auf die Sprünge. Neves' Denkpause nutzend, zog er sich unaufgefordert einen der Stühle heran, die um einen kleinen Besprechungstisch an der rechten Wand gruppiert waren, und setzte sich. Der Bankmanager tastete ebenfalls nach seinem Bürostuhl und plumpste hinein. Lange Sekunden starrte Neves ihn an. Rang er innerlich mit sich, ob er das Gespräch fortführen sollte? Oder wog er ab, was genau er bereit war auszuplaudern?

»Ich hatte keine Ahnung, ob sie gegen irgendwas allergisch war. Ich wusste eigentlich nichts über Fabiana«, begann er mit gesenkter Stimme. Plötzlich wirkte er nicht mehr so, als müsste er sich verteidigen. »Wir waren noch nicht lange zusammen. Ich denke, es war das dritte oder vierte Date und ... ja, dieser Abend sollte was Besonderes werden. Das Ambiente war wie geschaffen dafür, die Sache zu vertiefen, wenn Sie wissen, was ich meine. Sie war siebenundzwanzig, wer denkt da an einen kranken Herzmuskel? Selbstverständlich suchte ich im Anschluss an den Vorfall nach dem Naheliegenden und schob es zuerst auf irgendwas in ihrem Essen, das sie nicht vertragen hatte. Vielleicht auch was im Wein. Es ging ja alles so schnell, und ich war total überfordert. Sie brach einfach zusammen, unmittelbar nachdem wir das Lokal verlassen hatten. Soweit ich mich erinnere, ging es ihr aber schon nicht besonders, als wir gerade den Nachtisch hinter uns hatten. Im Nachhinein habe ich mich für meine Enttäuschung geschämt, die mich wegen ihrer plötzlichen Unpässlichkeit überkam. Ich ärgerte mich darüber, dass sie so viel Wein getrunken hatte. Beschuldigte sie innerlich sogar, den Abend ruiniert zu haben ... Sie müssen verstehen, wir hatten dasselbe Menü bestellt, und ich verspürte keinerlei Probleme, während sie mir einfach so auf der Straße wegstarb ... Dann kamen die Sanitäter, kurz darauf die Polizei. Ich war völlig durcheinander – und auch irgendwie wütend darüber, dass mir dieser Abend so entglitten war ...«

»Und Sie wünschten sich irgendeine Erklärung, daher sagten Sie den Polizisten, es hätte am Essen gelegen«, vollendete Henrik den Bericht. »Oder ist da möglicherweise noch was anderes im Pôr do sol vorgefallen, was Sie auf diesen Gedanken gebracht hat? So einen Verdacht hegt man doch nicht von ungefähr.«

»Ich ... nein, keine Ahnung. Das mit dem Essen war schlichtweg das Erstbeste, was mir einfiel.« Er rieb sich mit einem Finger über die Stirn. »Mein Gott, die Sache ist fünf Jahre her, ich kann mich nicht mehr an alle Einzelheiten erinnern ... und wie gesagt, unsere Beziehung stand noch ganz am Anfang.«

»Kreiden Sie es Fabiana an, dass sie Ihnen ihre Herzschwäche verschwiegen hat?«

Neves schnaubte. »Was für eine dämliche Frage, natürlich nicht! Vermutlich hätte sie mich früher oder später eingeweiht.« Er beugte sich vor. »Und jetzt sagen *Sie* mir endlich, wieso Sie diese schlimme Geschichte wieder aufrollen. Da war doch nicht wirklich was in unserem Essen, oder? Ich meine, irgendeine Zutat, die wie auch immer zu einer rapiden Schwächung des Herzmuskels führte? Gab es womöglich später noch ähnliche Vorfälle?«

Henrik schwieg, einerseits weil er keine Antwort darauf hatte, andererseits weil er wollte, dass Neves weiterredete, dabei seine eigenen Schlüsse zog – und dass ihm im besten Fall noch etwas in Verbindung mit dem Pôr do sol einfiel, über das er bislang noch nie nachgedacht hatte.

»Ich hätte auf einer Autopsie bestehen sollen«, murmelte Neves. »Aber ich hatte keinerlei Handhabe. Offiziell waren wir kein Paar, wir waren weit entfernt davon, wie ich bereits sagte. Mir fehlte das Recht für Entscheidungen, die Fabiana betrafen, egal in welcher Hinsicht.«

»Sie wurde dann eingeäschert. Wer hat das veranlasst?«

Neves runzelte die Stirn. »Jetzt, da Sie es erwähnen, ja, es fand ein Urnenbegräbnis statt. Ich vermute, das haben ihre Eltern angeordnet. Oder es war ihr Wunsch, den sie irgendwo hinterlegt hatte. Immerhin lebte sie von Geburt an mit dieser Krankheit und wusste wohl am besten einzuschätzen, wie es um sie stand. Bei so einem medizinischen Hintergrund beschäftigt man sich vermutlich selbst in seinen Zwanzigern schon mit dem eigenen Ableben und trifft entsprechende Vorkehrungen, die Gleichaltrigen noch völlig absurd erscheinen. Ich kann Ihnen beim besten Willen nicht mehr dazu sagen.« Er schüttelte den Kopf. »Ich muss auch gestehen, ich habe nie wirklich mit Fabianas Eltern gesprochen. Wir trafen uns zum ersten und letzten Mal bei ihrer Beerdigung, und dort reichte es lediglich für ein paar bedauernde Worte. Mehr ging nicht, nicht zu diesem Moment. Und nachdem einige Zeit verstrichen war, hielt ich es nicht mehr für angebracht. Ihre Eltern wussten ja nicht einmal von mir.«

Henrik wartete ein paar Sekunden. Dafür, dass Neves zuerst nicht über Fabiana Guedes hatte reden wollen, zeigte er sich nun doch ziemlich gesprächig. Außerdem hatte er schon mehrfach betont, dass die Beziehung eigentlich noch gar keine gewesen war. Auch sein Mitgefühl erschien Henrik irgendwie aufgesetzt, ohne dass er wirklich erklären konnte, warum.

»Waren Sie vor diesem Abend schon mal im Pôr do sol?«

»Ich? Nein! Fabiana hat das Lokal damals vorgeschlagen. Sie kannte es von früher, wie sie mir erzählte. Ich weiß noch, wie ich sie damit aufzog, dass sie womöglich mit all ihren neuen Bekanntschaften dort zum Essen ging. Das war natürlich als Scherz gemeint, auch wenn sie sich darüber nicht besonders amüsierte.«

»Es war ihr peinlich?«

Neves zuckte mit den Schultern. »Anscheinend war sie ja tatsächlich schon mit jemandem dort gewesen, bevor wir uns kennenlernten, wollte mir jedoch nichts darüber verraten. Aber was tut das letztlich zur Sache?« Er schielte auf die goldene, teuer aussehende Uhr an seinem Handgelenk. Henrik konnte auf die Entfernung nicht beurteilen, ob sie echt war. Falls ja, war sie selbst für einen Banker eine kostspielige Anschaffung. Er notierte sich den Gedanken im Hinterkopf, denn jetzt war der passende Moment gekommen, die heikelste, aber häufig auch offensichtlichste aller Fragen loszuwerden, die ein Ermittler für gewöhnlich stellte.

»Könnte es Mord gewesen sein?«

»Mord!« Neves schreckte auf, als hätte er noch nie über diese Möglichkeit nachgedacht. »Das ist doch Unsinn!«

»Nicht unbedingt. Wenn wir einmal hypothetisch davon ausgehen, dass das Essen, das Sie an diesem Abend im Pôr do sol eingenommen haben, den Tod von Fabiana verursachte, dann ist diese Frage durchaus berechtigt. Ich meine sogar, sie *muss* gestellt werden.« Auch die Polizei hätte das sorgsamer untersuchen müssen, doch das war ein Thema, mit dem sich Helena auseinandersetzen würde.

»Ich kann mir beim besten Willen nicht vorstellen, wer Fabiana so etwas hätte antun sollen. Natürlich, wir kannten uns damals erst seit ein paar Wochen. Sie hatte mich bis ... also, bis zu dem tragischen Unglück weder ihrem Freundeskreis noch ihren Eltern vorgestellt. Aber dennoch, ich kann nicht glauben, dass Fabiana ein gezielt ausgesuchtes Opfer gewesen sein sollte. Nein, das halte ich für sehr unwahrscheinlich.«

Ein »gezielt ausgesuchtes Opfer«, das war eine ziemlich interessante Formulierung, doch er sagte nichts dazu. »Was war Fabiana von Beruf?«

Neves überlegte einen Moment zu lange. In fünf Jahren konnte man so einiges vergessen, wie es schien. Oder auch so tun, als wüsste man es nicht auf Anhieb ...

»Sie war noch nicht lange in ihrem Job, kam damals relativ frisch von der Uni. Dort hatte sie irgendwas mit Politikwissenschaften studiert ... Ja, jetzt fällt es mir wieder ein. Als wir zusammenkamen, absolvierte sie gerade ein Volontariat bei einer Tageszeitung. Bei der Público, meine ich.«

»Demnach wollte sie Journalistin werden?«

Neves wackelte unschlüssig mit dem Kopf. Henrik konnte nicht beurteilen, ob der Mann tatsächlich nicht mehr wusste, was Fabiana für ihr Leben geplant hatte. Für einen kurzen Moment fragte er sich, ob Neves den Berufswunsch seiner damaligen Freundin womöglich für Flausen gehalten hatte. War er etwa der vorsintflutlichen Meinung, dass Frauen an den Herd gehörten und sich um den Nachwuchs zu kümmern hatten?

»Hören Sie, ich erwarte gleich einen Kunden«, erklärte Neves plötzlich und stand auf.

Der klassische Rauswurf. Nun, da Henrik Mord ins Spiel gebracht hatte, war dem Filialleiter die Sache wohl doch zu heikel geworden. Nun gut, schließlich hatte Henrik nicht vorgehabt, eine allzu behagliche Atmosphäre für den Banker zu schaffen. Andererseits versuchte Neves, ihn deswegen nun schnell loszuwerden. Er kannte das von früher. Niemand wollte sich mit so einer abscheulichen Tat länger als nötig auseinandersetzen. Nicht einmal mit der Möglichkeit.

Insgesamt musste man Neves zugutehalten, dass er länger mitgespielt hatte, als anfangs zu vermuten gewesen war. Daher kam Henrik der Bitte des Bankers nach und erhob sich ebenfalls. Er dankte ihm für das Gespräch und war schon an der Tür, als er sich, ganz den Gepflogenheiten nervender Ermittler folgend, noch einmal umdrehte. Neves war gerade im Begriff gewesen, sich zu setzen, und fror mitten in einer recht unbequem anmutenden Hockhaltung ein.

»Haben Sie vielleicht ein Foto von Fabiana?«, wollte Henrik wissen. Er konnte zwar davon auszugehen, dass die Polizei ein Bild der jungen Frau in den Akten verwahrte, aber wenn die Chance bestand, auch auf anderem Weg an so eine Aufnahme zu gelangen, wollte er diese nutzen.

»Ein Foto«, murmelte Neves und richtete sich wieder auf. Er sah sich um, als erwartete er, dass er irgendwo in seinem gläsernen Büro eines hängen oder auf den Regalen abgestellt hatte.

»Nein«, erwiderte er schließlich.

»Vielleicht auf Ihrem Handy? Oder Ihrem alten, das noch zu Hause in einer Schublade liegt?« Henriks Einschätzung nach war Neves absolut nicht der Typ, der sich mit einem fünf Jahre alten Smartphone begnügte.

»Das wäre möglich.« Der Bankmanager zuckte die Achseln.

Henrik kramte in seiner Jackentasche, zog eine der Visitenkarten heraus, auf der er neben der Adresse des Antiquariats mit Kugelschreiber seine aktuelle Telefonnummer notiert hatte. Er kehrte zurück zum Schreibtisch und reichte Neves das Kärtchen.

»Antiquário e Antiguidade«, las der Banker und zog die Augenbrauen hoch.

»Tarnung«, raunte Henrik ihm zu. Dann verlangte er in einem Ton, der seinem Gegenüber praktisch keine Wahl ließ: »Schicken Sie mir das Foto per WhatsApp!«

Das brachte Neves wohl endgültig aus dem Konzept, denn diesmal streckte der Filialleiter ihm die Hand entgegen. »Ich hoffe, Sie erfahren, was Sie und Ihre Auftraggeber wissen wollen.«

Es fehlte nur noch die Floskel, dass er gerne auf den Laufenden gehalten werden würde. War dieses Interesse geheuchelt, um jeden Verdacht auszuschließen, ihm wäre nicht an einer Aufklärung des Todes von Fabiana Guedes gelegen? Wie auch immer, Henrik tat sich schwer damit, diese Anteilnahme ernst zu nehmen. Sein Gefühl sagte ihm vielmehr, dass der Bankmanager die Unterhaltung in ihrer Ausführlichkeit nur deshalb über sich hatte ergehen lassen, um weiteren Belästigungen durch Henrik aus dem Weg zu gehen.

Hast du etwas zu verbergen, Danilo Neves?

13

Die Müdigkeit überfiel ihn, kaum dass er die Bank verlassen hatte. Seine Nacht war zu kurz gewesen, und auch die letzten Tage im Restaurant hatte er anscheinend noch nicht verdaut, körperlich wie psychisch. Er überquerte die Straße und ließ sich auf eine der Parkbänke im Jardim da Parada fallen. In den Blättern hoch über ihm rauschte der Wind, und die kühle Luft half Henrik dabei, den Kopf wieder etwas klarer zu bekommen. Nach einer Weile fühlte er sich besser und dazu imstande, über den Fall Fabiana Guedes nachzudenken. Warum ausgerechnet diese Frau? Wer hatte sie ausgewählt?

Aber konnte er es sich überhaupt erlauben, schon so weit vorauszudenken? Er besaß nichts Handfestes, das darauf hindeutete, dass Fabianas Tod bewusst in Kauf genommen worden war. Selbst die Tatsache, dass Martin das Restaurant aufgesucht hatte, stand bislang in keiner unmittelbaren Verbindung zu dem Todesfall. Ausgenommen, was den Zeitraum seiner Restaurantbesuche betraf, denn diese begannen kurz nachdem Fabiana zusammengebrochen und gestorben war. Sonst hatte Henrik nichts. Hätte er als Ermittlungsbeamter mit diesem kläglichen Ansatz bei einem Staatsanwalt vorgesprochen, hätte ihn dieser aus dem Büro geworfen. Und dennoch hielt seine Intuition daran fest, dass sein Onkel das Pôr do sol wegen Fabianas Tod ausgespäht hatte. *Wen hast du dort ins Visier genommen?* Und wer hatte Martin wohl auf diese Sache angesetzt? Das war generell eines der großen Rätsel. Wer trug seinem Onkel die ungesühnten Verbrechen zu, die er dann im Antiquariat archivierte? Wer war seine Augen und Ohren gewesen, überall in Lissabon? Waren Fabianas Eltern zu Martin gekommen, weil sie vermuteten, dass der Todesfall ihrer Tochter durch die Behörden nicht ausreichend untersucht worden war? Hatte sich sein Onkel etwa einen gewissen Ruf in der Stadt erarbeitet? *Wenn die Polizei dir nicht hilft, wende dich an den deutschen Antiquar.* In einigen Fällen mochte es durchaus so gelaufen sein. Martin hatte nach der Wahrheit gesucht, wenn Polizei und Justiz versagten, und den Hinterbliebenen im besten Fall Antworten geben können. Keine Gerechtigkeit, aber immerhin Antworten. Damit hatte er ihnen zumindest die nagende Ungewissheit genommen, in der sie von den Staatsorganen zurückgelassen worden waren.

Also würde Henrik im nächsten Schritt wohl mit Fabianas Eltern reden und sie direkt damit konfrontieren müssen, ob sie den Tod ihrer Tochter je hinterfragt hatten. Er hielt das für unwahrscheinlich. Sie konnten es einfach nicht gewesen sein, die Martins Hilfe erbeten hatten, denn hätten sie die medizinische Diagnose angezweifelt, hätten sie Fabiana nicht einäschern lassen und somit jegliche weitere Untersuchung im Keim erstickt. Taten Eltern nicht alles, um die Wahrheit über den Tod ihres Kindes zu erfahren? Nun, falls die Guedes keinerlei Zweifel hatten, sondern die Todesursache als gegeben hinnahmen, dann waren sie vermutlich auch nicht bereit, mit ihm zu reden.

Henrik konsultierte erneut das Papier, das ihm Helena überlassen hatte. Das Ehepaar Guedes wohnte weit draußen, Richtung Estoril. Er konnte den Zug nehmen, was etwa eine halbe Stunde Fahrt bedeutete. Gut, somit blieb ihm noch ausreichend Zeit. Genau wie bei Neves musste er allerdings damit rechnen, dass sie tagsüber nicht zu Hause waren. Er verfügte über keine Angaben, was die beiden betraf, aber wenn man vom Alter der Tochter ausging, mussten sie noch nicht unbedingt im Ruhestand sein. Und selbst wenn, garantierte das natürlich auch nicht, dass ihm jemand um diese Tageszeit aufmachen würde. Dennoch wollte er die Fahrt nicht länger aufschieben. Als er gerade im Handy die Abfahrtszeiten der Züge unten am Bahnhof Cais do Sodré prüfte, ging ein Anruf ein. Es war Robert.

»Du musst sofort kommen!«, verlangte der Franzose, kaum dass Henrik sich gemeldet hatte. »Fernanda ist ausgefallen, und isch brauche dich 'eute noch mal dringend in der Küsche!«

»Was ist denn mit Fernanda?«, fragte Henrik besorgt. Sofort kam ihm die Unterhaltung in den Sinn, die er gestern Abend mit der Küchenhilfe im Hinterhof des Restaurants geführt hatte. War sie heute nicht aufgetaucht, weil sie gestern zu lange mit ihm geplaudert hatte? Er schüttelte den Kopf. Vermutlich sah er da mal wieder Gespenster. Nicht nur Catia, auch Helena hatte ihm schon mehrfach vorgeworfen, dass er nur zu anfällig für Verschwörungstheorien war. Ein Vorwurf, den er bisher zumeist hatte widerlegen können. Was hier in der Stadt passierte, war zwar manchmal schwer zu glauben, aber leider auch oft genug erschreckend real.

»Was weiß isch, geht disch auch nischts an!«, fauchte Robert und holte ihn damit aus dem Tunnel. »Mach disch auf die Socken, oder sollen wir die Probezeit gleisch mit diesem Telefonat beenden?«

»Schon unterwegs«, murrte Henrik und legte auf. Er brauchte eine gute halbe Stunde, weil er zweimal umsteigen musste und die Busse im Stau standen. Unter den vielen Baumaßnahmen in Lissabon litten im Moment alle. Robert jedenfalls dauerte seine Anreise hinüber ins Alfama zu lange. Der Restaurantmanager empfing ihn mit rotem Kopf. »Wurde auch Zeit, verflucht!«, knurrte er und scheuchte ihn wild gestikulierend hinein. Während seines eiligen Marsches durch die Küche stellte Henrik fest, dass abgesehen von Fernanda die übliche Besetzung an Bord war. Er eilte in den Korridor, über den man ins Getränkelager und zur Kühlkammer gelangte, und dann weiter zu einem schlauchförmigen Umkleide- und Aufenthaltsraum. Miefige Luft schlug ihm entgegen, als er die Tür dazu öffnete. Und er war nicht allein. Marcio war an seinem Spind zugange – Henrik hatte ihn in der Küche gar nicht vermisst. Als der kräftige Koch mit dem Engelsgesicht Henrik bemerkte, schrak er zusammen und fuhr gleichzeitig herum. »Merda!«, zischte er und warf reflexartig und kraftvoll die Blechtüre seines Schranks zu, als hätte er darin eine Leiche versteckt.

Henrik hob entschuldigend die Hände. »Wusste nicht, dass ich klopfen sollte.«

Marcios rundliche Wangen hatten sich hochrot gefärbt. Mit aufeinandergepressten Lippen hakte er ein Schloss in die Spindtür und ließ es einrasten. Dann stürmte er mit hochgezogenen Schultern an ihm vorbei und hinaus in den Flur. Augenblicklich juckte es Henrik in den Fingern, sich das Hängeschloss an Marcios Schrank anzusehen. Nur um abzuschätzen, wie einfach es zu knacken war. Eine Übung, die er mit dem richtigen Werkzeug draufhatte. Bloß was, wenn er nur einen Stapel Pornohefte entdeckte? Obwohl das unwahrscheinlich war. Ein so junger Kerl wie Marcio konsumierte derlei fragwürdige Unterhaltung wohl ausschließlich im Internet. Eher stand da schon der Fund von Pott zu vermuten, vielleicht auch von Amphetaminen oder Kokain. Das gängige Zeug eben, mit dem man sich in der Gastroszene eindeckte, um den ständigen Stress und die üblen Arbeitszeiten zu überstehen. Oder war das ein Klischee? Egal, was er vor seiner Zeit hier darüber gedacht hatte, mittlerweile kam es ihm nicht mehr wie eines vor.

»'enrik!«, hörte er Robert aus der Küche brüllen und besann sich blitzartig darauf, was er hier drinnen wollte. Unter dem von Fett und Staub blindem Fenster, das man trotz des vorhandenen

Hebels nicht öffnen oder wenigstens kippen konnte, hingen, an Haken aufgereiht, ein paar Kochschürzen. Er suchte nach der Schürze, von der er glaubte, sie auch gestern schon getragen zu haben, und band sie sich um. Noch einmal schielte er hinüber zu Marcios Garderobenschrank, wandte sich dann aber ab. Stattdessen betrachtete er seine immer noch mit Pflastern verklebten Hände. »Auf ins Gefecht!«, seufzte er.

Auf der Tageskarte stand heute unter anderem Spanferkelkeule. Als Beilage waren Migas mit Chouriço vorgesehen. Hierzu wurde hartes Weißbrot vom Vortag verwendet. Und zwar Unmengen davon, wie er feststellte, als er an seinen Arbeitsplatz trat. »Würfeln!«, lautete Vascos knappe Anweisung. »Ein Zentimeter Kantenlänge! Und danach die Chouriço!« Die würzige Salami wollte der Koch zu einer Art Hack verarbeitet haben. Henrik war klar, dass er heute Nacht mit fettigen, intensiv nach Knoblauch riechenden Fingern nach Hause schlurfen würde.

Während er vor sich hin werkelte, um seinen Beitrag zum Angebot des *Menu do dia* zu leisten, bastelte er gedanklich weiter an seiner Liste der potenziellen Verdächtigen. Wegen des Vorfalls in der Umkleide behielt er besonders Marcio im Auge. Eigentlich Unsinn, wenn es stimmte, dass der Bursche erst drei Jahre nach Fabianas Tod zu der Truppe gekommen war. Und dennoch ... Vielleicht kam es ihm ja nur so vor, aber der Jungkoch machte den Eindruck, als würde er jeglichen Blickkontakt mit ihm vermeiden. *Was versteckst du bloß in deinem Schrank, mein Junge?*

Henrik verfügte über genug praktische Erfahrung, um zu wissen, dass es falsch war, sich zu früh auf einen Verdächtigen festzulegen. Aber wenn man so viele zur Auswahl hatte, neigte man natürlich gerne dazu, diese Liste möglichst einzudämmen, um sich Arbeit zu ersparen. Das war tückisch – und doch während seiner aktiven Dienstzeit eine gängige Methode gewesen, da sie in seinem Dezernat permanent unterbesetzt waren. Er unterlag zwar keinem Zeitdruck, was die Klärung des Falles Fabiana Guedes anging, aber er hatte auch nicht vor, sich unendlich lange von Robert knechten zu lassen. In jedem Fall hieß es, einen kühlen Kopf zu bewahren, zumindest eine Weile noch. Letztlich konnte jeder in der Küche oder im Service Beschäftigte irgendwie an das Essen kommen, das den Gästen vorgesetzt wurde. Die eigentliche Schwierigkeit lag darin, dass die wie auch immer präparierte oder kontaminierte Speise der richtigen Person vorgesetzt wurde. Sofern überhaupt die Absicht bestanden hatte, gezielt einen ausgewählten Gast zu schädigen. Wenn die Täterin oder der Täter dies also nicht dem Zufall überlassen hatte, bedurfte es einer kniffligen Planung und einer Umsetzung, die vor den Augen vieler Leute passierte. Dieses ambitionierte Vorgehen grenzte den Täterkreis immerhin ein. Aber allem voran brauchte diese Person auch ein Motiv. Und damit landete Henrik erneut bei der zentralen Frage, die seine Überlegungen schon heute Mittag eingebremst hatte. Warum ausgerechnet Fabiana Guedes?

Auch wenn er seinen Onkel nie persönlich kennengelernt hatte, meinte er doch mittlerweile recht gut zu wissen, wie dieser bei seinen speziellen Recherchen vorgegangen war. So war es ziemlich wahrscheinlich, dass irgendwo in Martins geheimen Archiven noch mehr Informationen zu diesem Todesfall versteckt waren. Informationen, die er schlichtweg noch nicht entdeckt hatte. Wollte er mit dieser Sache weiterkommen, kam er nicht umhin, im Antiquariat danach zu suchen. Nur wo? In alten Kochbüchern? Wie auch immer er das in Angriff nahm, es würde Zeit kosten. Es blieb ihm also vorerst keine andere Wahl, als an seinem bisherigen Ermittlungsansatz festzuhalten. Und das bedeutete: Sofern die junge Frau gezielt ausgesucht worden war, musste es eine persönliche Verbindung zum Täter geben. Neves hatte ausgesagt, Fabiana habe das Lokal gekannt. Henrik konnte davon ausgehen, dass es irgendwo Reservierungsbücher gab, in denen vermerkt war, wann und wie oft sie hier gegessen hatte. Wobei der Begriff *Bücher* natürlich einer veralteten Denkweise entsprach. Die Reservierungsanfragen kamen inzwischen meist online und wurden auch so bearbeitet und geführt. Und einen Blick in den zentralen Computer, der in Roberts Büro stand, konnte Henrik sich wohl erst einmal abschminken. Zumindest während des laufenden Betriebs. Von daher war die Frage interessant, ob es überhaupt einen Zeitraum gab, zu dem sich niemand im Restaurant aufhielt. Wenn alle aus Küche und Service ihre Arbeit erledigt hatten und nach Hause gingen, kam das Reinigungspersonal, und danach musste schon wieder jemand vor Ort sein, der die frühmorgendlichen Lieferungen in Empfang nahm. Gemüse, Fisch, Schweinehälften und alles andere. Abgesehen davon, dass so allenfalls nur ein sehr knappes Zeitfenster übrig blieb, in dem er sich ungestört in Roberts Büro umsehen konnte, war er nicht unbedingt der Fachmann dafür, um an digitale Daten zu gelangen. Bereits ein simples Passwort, um den Rechner überhaupt zu starten, wäre schon eine Hürde, die er nicht überwinden konnte. Und davon, dass ausgerechnet der cholerische Restaurantmanager auf so eine Sicherheitsvorkehrung verzichtete, war beim besten Willen nicht auszugehen. So wie Henrik ihn nach drei Tagen einschätzte, war Robert alles andere als vertrauensselig gegenüber seinen Mitmenschen.

Am frühen Nachmittag nahm die Hektik in der Küche etwas ab. Die Mittagsgäste waren weitgehend abgefertigt, und es würde noch eine ganze Weile dauern, bis die ersten Abendgäste zu erwarten waren. Henrik war mit dem Zerkleinern der Chouriços fertig und bekam zum Leidwesen seiner Bindehäute die herausfordernde und tränentreibende Aufgabe des Zwiebelschneidens übertragen. Das Wasser rann ihm längst nicht nur aus den Augen, sondern auch aus der Nase. Obwohl das infernalische Brennen sein Sichtfeld trübte, bemerkte er, wie Casimiro und Marcio wieder einmal aneinandergerieten. Doch diesmal nicht auf die Art und Weise, in der sie sich anzuschreien pflegten, wenn sie mit ihren ausladenden Stahlpfannen hantierten und dabei ab und an vom Öl entfachte Stichflammen hinauf unter die Dunstabzüge schossen. Nein, ihre neueste Auseinandersetzung enthielt weder lautes Gebrüll noch unverständliche Flüche. Sie bestand vielmehr aus Gesten, untermalt von aggressiv gezischten, unverständlichen Worten, wohl um auszuschließen, dass die anderen Köche und Küchenhilfen um sie herum etwas vom Inhalt ihrer Debatte mitbekamen. Schließlich wurde es Casimiro zu dumm, und er schubste seinen jungen Kollegen herrisch vom Herd weg, Richtung Lebensmittellager. Woher der dürre Casimiro die Kraft nahm, so mit seinem ihn um zwei Köpfe überragenden Jungkoch umzuspringen, war Henrik ein Rätsel. Jedenfalls wusste der Maître sich auch körperlich durchzusetzen, was ihn in Henriks Augen noch eine Spur gefährlicher machte. Hintereinander verschwanden sie in den Raum, in dem nicht nur Reis, Nudeln, Kaffee und Gewürze aufbewahrt wurden, sondern der auch Roberts unaufgeräumtes Büro beherbergte. Henrik ließ das Messer sinken.

»Ich muss mich mal dringend waschen«, erklärte er Vasco, der ihn missbilligend anstarrte. Zur Demonstration kniff er seine brennenden Augen noch mehr zusammen und drückte weitere Tränen heraus, die er sich mit dem Handrücken von den Wangen wischte. Ohne auf eine Erlaubnis des alten Griesgrams zu warten, stakste er durch die Küche und hinüber zum Waschraum, der unmittelbar an das Lager angrenzte. Zuallererst trat er wirklich zum Waschbecken, wusch sich ausgiebig die Hände und benetzte danach mehrfach sein Gesicht. Das kalte Wasser war ein Labsal für seine geschundenen Augen, und nur zu gern hätte er das kühlende Nass noch länger ausgekostet. Doch stattdessen tupfte er sich schnell trocken und legte dann sein Ohr an die stumpfen Kacheln, dort, wo sich jenseits der Wand Roberts Büro befand. Dummerweise war alles, was er hörte, das stete Klappern und Scheppern aus der Küche und das Rauschen in den Wasserleitungen. Also verwarf er die Idee und spähte hinaus in den Gang. Niemand trieb sich im Flur herum oder schaute aus der Küche her in seine Richtung. Schnell schlüpfte er hinaus und presste sich nun an die angrenzende Tür des Lebensmittellagers. Hier aber war es erst recht zu laut, um zu verstehen, was dort drinnen gesprochen wurde.

Die Unterhaltung zwischen Robert und seinen beiden Köchen wurde keineswegs leise geführt, dennoch hörte er nur unverständliche Wortfetzen. Ihm fiel ein, dass ihm Fernanda geraten hatte, weder zu viele Fragen zu stellen noch allzu genau hinzusehen. Wobei nach wie vor offen blieb, *wohin* er nicht so genau sehen sollte. Außerdem bürdete er sich doch gerade deswegen diese Schufterei auf. Und irgendwann musste er ja das Risiko erhöhen, wenn er Fakten schaffen wollte. Henrik überlegte nicht länger, holte tief Luft und drückte die Klinke nach unten.

14

Die Jahre bei der Kripo, die unzähligen Verhöre, die er währenddessen geführt hatte, die Begegnungen mit Leuten, die etwas zu verbergen hatten, all diese Erfahrungen trugen dazu bei, dass die Szene, die er vorfand, kaum eine andere Interpretation zuließ: Die Männer, die sich in dem vollgestellten Raum versammelt hatten, fühlten sich ertappt. Der Maître Casimiro und Marcio, das Milchgesicht, belagerten Roberts Schreibtisch. Der Restaurantmanager, der sich auf der anderen Seite der Tischplatte aufgebaut hatte, unterbrach sich mitten im Satz. Irritiert drehten die beiden anderen sich um. Marcio hielt etwas in der Hand, das er augenblicklich hinter seinem langen Rücken verbarg. Für zwei Herzschläge lang blieb Roberts Mund offen stehen, bevor daraus ein knurrendes »'enrik!« entwich, gefolgt von einem Fluch, der weit unter die Gürtellinie zielte.

Henrik gab sich überrascht. »Desculpe! Wollte nicht stören. Ich soll Reis für Vasco holen«, erklärte er und deutete auf das Regal mit der Trockenware.

»Reis?«, fragte Casimiro und kräuselte die Brauen. »Haben wir heute Reis auf der Karte?« Er schien sich als Erster zu fangen und schob seinen Unterkiefer nach vorne. Reis war schlichtweg das Erste, was Henrik in den Sinn gekommen war, und stellte sich nun offensichtlich innerhalb weniger Sekunden nicht unbedingt als die beste Ausrede heraus. Sich zu korrigieren wäre allerdings noch weitaus seltsamer gewesen, also zuckte er nur mit den Schultern. Selbst auf die Entfernung und im Gegenlicht des Fensters, hinter Roberts Schreibtisch, sah er, wie dessen Schläfenadern noch mehr anschwollen. »Raus 'ier, alemão!«, zischte er. Henrik mimte den Verständnislosen, schüttelte den Kopf und trollte sich eilig zurück in den Gang, wobei er sich beeilte, schnell die Tür hinter sich zuzuziehen.

Was war das gerade? Die Situation kam ihm beinahe komisch vor, doch er mahnte sich, sie trotzdem nicht zu unterschätzen. Es hatte nämlich ganz danach ausgesehen, als heckten die drei etwas aus, was nichts mit der Speisenfolge für die nächsten Tage zu tun hatte. Missverständnis ausgeschlossen, dafür waren die Reaktionen der drei zu auffällig gewesen. Ohne Umschweife kehrte Henrik zurück zu seinem Schneidebrett, und gleich darauf bissen ihn die Zwiebeln wieder in die Augen. Durch seinen Tränenschleier sah er nach kaum einer Minute, wie zuerst Marcio und dann Casimiro aus dem Büro ihres Chefs trabten. Beide warfen ihm einen ärgerlichen Blick zu, bevor sie sich wieder mit ihren Pfannen und Töpfen beschäftigten.

Während er weiter seine Würfel hackte, wartete er darauf, dass Robert ihn zu sich zitierte. Doch das geschah nicht, und je mehr Zeit verstrich, desto unruhiger wurde er. Zur Ablenkung versuchte er, das konspirative Meeting, in das er geplatzt war, zu analysieren. Worum mochte es bei dieser Zusammenkunft gegangen sein? Und kristallisierte sich da vielleicht ein Ermittlungsansatz für seinen Fall heraus? Hatten Robert und seine Spießgesellen im Pôr do sol irgendwelche krummen Geschäfte laufen? Ging es um Drogen? Diente das Restaurant der Geldwäsche, mit Robert als Kopf einer mafiaartigen Organisation?

Nun, das hörte sich alles außerordentlich klischeehaft an. Der Pate von Lissabon, ein aufbrausender Franzose, agierte von einem noblen Speiselokal aus ... Aber verdammt noch mal, warum auch nicht? Dazu noch Casimiro, der passende Mann fürs Grobe, und das von allen Gegnern unterschätzte Babyface Marcio.

Hoffentlich hatten sie ihn nicht im Verdacht, sie in irgendeiner Form zu bespitzeln, dann saß er nämlich ruckzuck auf der Straße. Und das war noch die Variante, bei der er am glimpflichsten davonkam.

Womöglich lag es ja nur an den beißenden Dämpfen der apfelgroßen Zwiebeln, dass er so einen Unsinn zusammenfantasierte, denn was sollte Fabiana Guedes mit dem organisierten Verbrechen zu tun gehabt haben?

Moment. Sie hatte doch Journalistin werden wollen. War ihr das vielleicht zum Verhängnis geworden, und zwar noch ehe sie ihre erste große Story hatte landen können? Hatte die junge Frau etwas im Pôr do sol aufdecken wollen, getrieben von tollkühnen Ambitionen?

Sie kannte das Restaurant, hatte Neves behauptet, und war nicht zum ersten Mal dort.

Okay, das Ganze mochte sich im ersten Moment schräg anhören, aber nach allem, was ihm bislang schon in Lissabon widerfahren war, klang es auch nicht so abwegig. Hatte er also endlich ein Motiv für den Mord?

Der Nachschub an dem, was zu putzen, zu schälen und zu zerteilen war, gewürfelt, in Scheiben tranchiert oder klein gehackt werden musste, wurde nicht weniger. Seine Finger schmerzten sowohl von den Schnitten, die er sich ab und an zufügte, als auch von der Tätigkeit selbst, und er musste die Hände in immer kürzeren Abständen strecken und ausschütteln. Im Laufe des Abends kam er zu dem zermürbenden Schluss, dass Robert ihn nur deshalb nicht unverzüglich rauswarf, weil er heute sonst niemanden hatte, der diesen Job erledigte. Morgen konnte das natürlich schon ganz anders aussehen. Henrik lief wirklich die Zeit davon. Doch die stur vor sich hin werkelnden Leute um ihn herum machten es ihm auch heute nicht leicht, sie in ein Gespräch zu verwickeln. Er brauchte definitiv eine effektivere Strategie. Sofern er nach seinem Auftritt vorhin überhaupt noch eine weitere Chance erhielt, musste er Robert irgendwie dazu bewegen, ihn wieder als Kellner einzusetzen. Diese Tätigkeit gewährte ihm zumindest einen größeren Aktionsradius, selbst wenn er dann von den Gästen herumgescheucht wurde ...

Jemand knallte ihm eine Stahlschüssel auf die Arbeitsfläche vor seiner Nase und riss ihn damit jäh aus seinen Spekulationen.

»Mehr Koriander!« Es war der Schweigsame, der Nuno beim Anrichten zur Hand ging und der bislang noch nie ein Wort mit Henrik gewechselt hatte. Die anderen nannten ihn Silva, sonst wusste er nichts über diesen Mann. Silva war schlank, hatte ein langweiliges, nahezu konturloses Gesicht, das er zudem hinter einer altmodischen, mit feinem Goldrand gefassten Brille verbarg. Das Einzige, woran das Auge vielleicht hängen blieb, waren die beiden tiefen Falten, die sich rechts und links der schmalen Nase bis hinab zum Kinn zogen.

Jetzt reckte Silva seinen geierhaften Hals und musterte ihn ungeduldig durch die verschmierten Brillengläser.

Henrik griff nach der Schüssel, in der sich noch Reste des grünen Krauts befanden, das Silva zum Anrichten brauchte. Er hatte den Mann schon mehrfach dabei beobachtet, wie er – je nach Gericht – Gewürze und Kräuter über die Speisen streute, bevor diese vom Servicepersonal an die Tische der Gäste getragen wurden. Das geschah stets mit virtuosen Bewegungen aus dem Handgelenk, wie bei einem Dirigenten, der sein Orchester damit im Takt hielt. Sobald er alles zu seiner Zufriedenheit dekoriert hatte, ordnete er die Essen den jeweiligen Kellnern zu.

»Wie viel soll ich hacken, reicht ein Bund?«

Silva reckte drei Finger seiner feingliedrigen Hand in die Höhe. Er wartete nicht ab, dass Henrik die Order bestätigte, sondern kehrte unverzüglich zurück an seinen Platz bei der Durchreiche. Henrik blickte ihm nachdenklich hinterher. Dieser magere, leichtfüßige Mann mit dem befremdlichen Blick, der seine Zunge verschluckt zu haben schien, gehörte ohne Zweifel zu den Menschen, die man nicht wirklich wahrnahm. Ob das wohl beabsichtigt war? Und wenn ja – reichte dieses Verhalten dann aus, um Silva auf die Liste der Verdächtigen zu setzen?

Der Feierabend kam schließlich doch schneller als erwartet, und irgendwie fühlte es sich an, als hätte er für eine ganze Weile die Zeit vergessen. Sein Körper wusste allerdings ganz genau, was er geleistet hatte. Ihm fehlte sogar die Energie, sich beim Verlassen des Restaurants noch nach einem potenziellen Kandidaten umzusehen, den er noch hätte ein wenig ausquetschen können. Robert hatte ihn nicht in sein Büro zitiert, und so durfte er morgen wohl wieder antreten. Hoffentlich war dann Fernanda wieder einsatzbereit, damit er nicht noch einen weiteren Tag mit Zwiebelschneiden bestraft wurde. Wieder war es – vor allem wegen der späten Essgewohnheiten der Portugiesen – nahezu zwei Uhr geworden. Auch nichts, was er auf Dauer mitmachen wollte. Vor allem in Anbetracht seiner bisherigen Ausbeute. Drei Tage hatte er jetzt im Pôr do sol zugebracht, ohne nennenswerte Informationen zu sammeln. Außer dem auffällig schlechten Betriebsklima, den Anfeindungen unter den Angestellten und einer möglichen Mauschelei des Chefs und zwei seiner Köche, hatte er nicht viel, über das es sich lohnte nachzudenken. Und schon gar nicht konnte er abschätzen, ob seine Beobachtungen ihm im Fall der zu Tode gekommenen Fabiana Guedes weiterhalfen.

Ein beißender Wind pfiff durch die Costa do Castelo, doch sein Kopf wurde davon nicht klarer. Die Böen kamen von vorne, weshalb er den Reißverschluss seiner Jacke bis unters Kinn hochzog und die Hände in die Taschen stopfte. Man mochte es dem Heulen des Windes, seiner Erschöpfung oder auch beidem zuschreiben, jedenfalls bemerkte er erst nach einigen Minuten, dass noch jemand in seine Richtung durch die nächtlichen Gassen unterwegs war. Zuerst war es nur das Echo von Schritten, wenn der Wind kurzzeitig abflaute, doch als er zum dritten Mal zurückblickte, bemerkte er etwa zwanzig Meter hinter sich die hochgewachsene Gestalt. Zuerst ging er einfach weiter, behielt sein Tempo bei und bog um die nächste Ecke. Hier führte ein schmaler Steig abwärts, was zwar keinen Umweg für ihn bedeutete, seine Lage aber auch nicht verbesserte. Der Schatten in seinem Rücken blieb ihm beharrlich auf den Fersen. Dabei vermied er die Lichtkegel der Straßenbeleuchtung, doch die waren in der abschüssigen Häuserschlucht ohnehin dünn gesät. Genau genommen ein völlig überflüssiges Verhalten, weil der Verfolger sich zwar im Dunkeln bewegte, sich aber dafür durch etwas anderes verriet. Kaum war Henrik das bewusst geworden, konnte er spüren, wie ihm das Adrenalin die Müdigkeit aus Kopf und Muskeln spülte. Rasch kalkulierte er seine Chancen, sollte es tatsächlich zu einer körperlichen Auseinandersetzung kommen. Gleichzeitig beeilte er sich, auf eine belebtere Straße zu gelangen. Doch auch die nächste Abzweigung machte deutlich, dass ihm eine Flucht unter Menschen nicht gelingen würde. Die Gasse, in der er landete, war nicht weniger verwaist als all die davor. Und das nach drei Tagen beinahe schon vertraut klingende Summen, das ihn bis hierher durch die Nacht begleitet hatte, war nun unmittelbar hinter ihm. Also blieb er stehen, drehte sich um und wartete darauf, dass Marcio endgültig zu ihm aufschloss.

15

So abrupt, wie er abbremste, hatte der Jungkoch offenbar nicht damit gerechnet, dass Henrik sich ihm stellen würde.

»Hast du dich verlaufen?«

Marcios chorknabenhaftes Summen war verstummt, und er starrte Henrik bloß an. Im matten Licht der Straßenlaterne sah er noch riesiger aus.

»Schickt dich Robert?«

Hatte er in seiner Arbeitskleidung bisher eher plump und unbeholfen gewirkt, sah er jetzt alles andere als harmlos aus. Er trug eine schwarze Lederjacke, bei der er den Kragen aufgestellt hatte und die sich über die massigen Schultern spannte. Vermutlich bestand sein großer Körper aus wesentlich weniger Fett, als Henrik bislang angenommen hatte.

»Sollst du mir eine Abreibung verpassen? Ist das die Art, wie ihr eure Angelegenheiten regelt?«

Anstatt zu antworten, ballte der Koch die Fäuste und kam einen weiteren Schritt näher.

Henrik nahm die Verteidigungshaltung ein, die sie ihm während der Polizeiausbildung beigebracht hatten, und federte leicht in den Knien. *Tai Sabaki.* Ausweichen und den Angriff des Gegners zu ihm zurücklenken. Auf der Matte in der Sporthalle eine leichte Übung. Doch hier, mitten in der Nacht auf Kopfsteinpflaster? »Hat er dir verboten, mit mir zu reden? Warum? Was könntest du denn versehentlich ausplaudern?«

Marcio stürmte los. Stumm entschlossen und ohne Vorwarnung, um zu erledigen, was ihm sein Chef aufgetragen hatte. Er war jung und kräftig. Aber, wie Henrik schon in der ersten Sekunde feststellte, wenig agil und offenbar auch unerfahren. Keineswegs ein Straßenkämpfer. Henrik wich ihm aus, nicht unbedingt elegant, aber effektiv, und ließ ihn dabei nicht nur ins Leere laufen, sondern schaffte es gleichzeitig, ihm ein Bein zu stellen. Neben viel Masse verfügte das Milchgesicht momentan auch über viel Schwung, und beides schleuderte ihn unausweichlich zu Boden. Beim Aufprall entwich ihm ein Laut, der mehr einem jähen Quäken glich als einem Wutschrei. Marcio lag auf dem Pflaster wie ein gestrandeter Wal. Henrik wartete nicht, bis sein Angreifer wieder auf die Beine kam, sondern stürzte sich auf ihn, rammte ihm das Knie zwischen die Schulterblätter und nagelte ihn damit auf dem steinharten Untergrund fest. Er empfand fast ein wenig Enttäuschung darüber, wie einfach der Riese zu besiegen gewesen war, dem jetzt Blut aus der Nase lief und der mit zusammengebissenen Zähnen stöhnte.

»Was läuft da im Pôr do sol?«

»Nichts!«, presste Marcio hervor.

»Und wieso wollte Robert mir eine Lektion erteilen?«

»Ich sollte dich nur ein bisschen erschrecken, mehr nicht. Dir klarmachen, dass es besser für dich ist, das Rumschnüffeln zu lassen.«

»Wenn ohnehin nichts läuft, stört doch ein bisschen Neugier nicht«, konterte Henrik.

Mit einem plötzlichen Aufbäumen versuchte sich der Koch zu befreien, aber Henrik hatte das kommen sehen und erhöhte einfach den Druck seines Knies.

»Ich verrate Robert nicht, dass du deinen Job vermasselt hast, dafür will ich allerdings eine Auskunft!«

»Filho da puta!«, fluchte Marcio keuchend, was Henrik wenig beeindruckte.

»Was weißt du über die Frau, die gestorben ist, nachdem sie bei euch gegessen hat?«

»Keine Ahnung, was du da faselst.« Henrik ließ die Kniescheibe über die Brustwirbel seines Gegners rollen, und der konnte ein Jaulen nicht unterdrücken. »Merda! Das ist doch schon ewig her!«
»Aber du kennst die Geschichte.«
»Casimiro hat mal darüber gesprochen. Wieso interessiert dich das?«
»Wie Robert schon richtig erkannt hat, stecke ich meine Nase gerne in die eine oder andere Angelegenheit. Pass auf, ich verspreche dir, diese Unterhaltung bleibt unser kleines Geheimnis. Weder Casimiro noch Robert werden davon erfahren. Von mir aus darfst du deinem Chef auch gerne berichten, dass du mir ordentlich Respekt beigebracht hast. Dafür packst du jetzt aus!«
Marcio knirschte mit den Zähnen. »Verflucht, was willst du von mir hören?«, knurrte er schließlich.
»Alles, was du weißt!«

DONNERSTAG

Menu do dia

Salada de grão de bico com atum
Kichererbsensalat mit Thunfisch

Bacalhau com natas
Klippfisch-Auflauf mit Béchamelsauce

Pudim caseiro
Karamellflan

16

Gepolter und laute Männerstimmen drangen in sein Bewusstsein. Nur mit einiger Verzögerung begriff er, dass der Lärm nicht zu dem Traum passte, in dem er gerade steckte. Das riss ihn jäh aus dem Schlaf. Während er versuchte, sich zu orientieren, bemerkte er einen quälenden Schmerz im Rücken. Entweder waren es die vielen Stunden, gebeugt über dem Schneidebrett, die seinen Bandscheiben nicht bekommen waren. Oder die kurze Straßenschlacht, die er souverän für sich entschieden hatte, forderte nun doch noch ihren Tribut. Voll mit Adrenalin, wie er gewesen war, hatte er nachts vielleicht einfach nicht bemerkt, dass er sich durch eine zu heftige Bewegung verrenkt hatte. Kein Wunder. Seit er in Lissabon lebte, hatte er kaum mehr etwas für seine körperliche Fitness getan, geschweige denn je wieder ein Kampftraining absolviert. Er musste wirklich wieder mehr an sich arbeiten.

Erneut krachte es draußen vor dem Haus, und das trieb ihn endgültig aus dem Bett. Benommen torkelte er hinüber in die Küche und spähte aus dem Fenster. Vor dem Eingang zum Antiquariat parkte ein kleiner Lastwagen der Baufirma, die die Fassade restauriert hatte. Drei Männer in grauen Arbeitshosen luden lärmend und polternd die Streben, Stangen, Dielen und Verschalungsbretter auf die Pritsche, die beim Abbau des Baugerüsts zurückgeblieben waren und seither vor dem Haus auf dem Gehweg herumgelegen hatten. Henrik hatte schon befürchtet, das Zeug irgendwann selbst entsorgen zu müssen. Nun würde er endlich den letzten Schutt und Baustaub zusammenfegen können, sodass die Gasse vor dem Haus wieder manierlich aussah. Prompt musste er grinsen und ließ seine Stirn gegen die kühle Fensterscheibe sinken. Was für ein typisch deutscher Gedanke! Jeder andere in der Rua do Almada würde einfach warten, bis die Straßenfeger vorbeikamen oder der nächste Regenguss alles fortspülte – dafür war die abschüssige Straße ja quasi prädestiniert.

Das Telefon nahm ihm die Überlegung ab, ob er noch einmal ins Bett gehen sollte. Die Nummer seines Vaters leuchtete auf dem Display. Kurz rang er mit sich, ob er sich wirklich noch vor dem ersten Kaffee des Tages eine Unterhaltung mit Albrecht antun wollte, nahm das Gespräch dann aber doch entgegen. Sie tauschten die üblichen Nettigkeiten aus, was wie immer gezwungen wirkte. Ebenso wie die obligatorische Frage nach dem Wetter.

»Sonnig und angenehm«, erklärte Henrik knapp und kam dann endlich auf den Punkt. »Rufst du wegen was Bestimmten an?«

Sein Vater zögerte mit der Antwort und schnaubte stattdessen laut in den Hörer. »Deine Mutter will wissen, ob du an Weihnachten kommst.«

Weihnachten ist noch verdammt weit weg. Allein um seinen Vater nicht vor den Kopf zu stoßen, hielt er sich mit der Absage zurück, die ihm schon auf der Zunge lag. Bislang hatte er noch keinen einzigen Gedanken daran verschwendet, was er in sechs oder sieben Wochen vorhatte. Über die Feiertage nach Deutschland zu fliegen zählte jedenfalls nicht zu seinen Plänen. »Warum fragt sie mich nicht selbst?«

»Miriam wird mit den Kindern da sein«, wich sein Vater aus. »Warum besucht ihr uns nicht auch zu dritt? Das wäre doch schön – mal wieder richtig Stimmung unterm Weihnachtsbaum.«

»Zu dritt?«, hakte Henrik verwirrt nach.

»Na, du, Helena und ihre Tochter. Dann könnte die Kleine mal Schlitten fahren. Jede Wette, das hat sie noch nie gemacht.«

Henrik rieb sich müde über die Augen. »Papa! Was träumst du dir denn da zusammen?«

»Du stellst dich aber auch immer an«, murrte sein Vater. Leider ließ sich die Szene, die ihm Albrecht eben in seinem Kopf gepflanzt hatte, nicht so leicht wieder verscheuchen. Helena und Sara, zusammen mit seiner Mutter. Dazu seine Schwester Miriam, sein Neffe und seine Nichte, die er seit zwei Jahren nicht mehr gesehen hatte. Hibbelige Vorfreude und Kleinkindergeschrei. Weihnachtslieder, die viel zu kitschig geschmückte Nordmanntanne, große Augen, Plätzchen, Glühwein. Letzteres vor allem, um bis zur Bescherung durchzuhalten. Und dann? Gans am ersten Feiertag?

»Ich ... Im Moment kann ich dir da keine Antwort geben, das ist gerade etwas viel.«

»Ja, ja! Verstehe. Ach, was ist das bloß, dass man von euch jungen Leuten keine Spontaneität mehr erwarten kann? Aber warte nicht zu lange, die Flüge werden nicht billiger«, riet ihm Albrecht. Vermutlich überlegte er jetzt schon, wie groß die Gans sein musste, um sie beim Weihnachtsessen alle sattzubekommen.

»Also ... ich melde mich, sobald ich mich wieder fähig fühle, eine so wichtige Entscheidung zu treffen«, entgegnete Henrik sarkastischer als beabsichtigt.

Aber auch diese Nuance überhörte Albrecht mit Bedacht. »Gut, gut, wir freuen uns. Sag Grüße!«

»Du auch«, erwiderte Henrik reflexhaft, dann legten sie auf.

»Weihnachten«, murmelte er vor sich hin, während er erneut aus dem Fenster sah.

Der Lastwagen der Baufirma war verschwunden. Über der Stadt und dem Sund hingen bleierne Wolken. Heute schien es deutlich kälter zu sein. Offenbar war es nun auch für ihn an der Zeit, die warme Jacke hervorzukramen. Vor allem wenn er vorhatte, hinaus ans Meer zu fahren und sich vom Wind durchpusten zu lassen, der vom Atlantik her wehte.

Er bemerkte erst jetzt, dass über Nacht eine SMS eingegangen war. Die Nummer war ihm nicht bekannt, aber er ahnte, wer dahintersteckte. *Wie besprochen*, lautete die Textnachricht. Kein Absender. Er öffnete den Anhang. Es dauerte lange, bis das Bild sich aufgebaut hatte, doch er hatte gelernt, in diesen Dingen Geduld zu haben. Die zweihundert Jahre alten Mauern, die ihn umgaben, waren einfach zu dick für die heutigen digitalen Übertragungstechniken. Endlich erschien das Foto auf dem Display. Neves hatte Wort gehalten. Sein Handy zeigte ein Foto von Fabiana und Danilo, wie sie vor fünf Jahren in eine Kamera lächelten. Er, der seinen Arm um ihren Rücken geschlungen hatte. Sie, die etwas steif dastand, als käme es ihr ungelegen, dass in diesem Moment ein Bild von ihr gemacht wurde. Vielleicht gefiel ihr auch nicht, dass Neves' Hand in einer Art lässiger Dominanz auf ihrer Hüfte lag. Henrik zoomte Fabianas Gesicht heran. Der Eindruck, den ihre Körperhaltung vermittelte, täuschte nicht. Es waren nur ihre geschminkten Lippen, die lachten, nicht die Augen, die auf dem Foto in ungewöhnlich hellem Blau erstrahlten. Alles an ihr ließ Zurückhaltung erkennen. Eine Beobachtung, über die es nachzudenken galt.

Henrik ließ die Aufnahme wieder auf das ursprüngliche Format schrumpfen und versuchte auszumachen, wo das Bild aufgenommen worden war. Der Fotograf musste einige Schritte entfernt gestanden haben, um das Pärchen in voller Größe ablichten zu können. *Ablichten!* Was für ein unpassender Begriff das mittlerweile war, heute, wo man alles in Pixel zerlegt auf ein Speichermedium bannte. Er schüttelte den Kopf, weil er nicht bei der Sache bleiben konnte, und richtete seine Konzentration erneut auf das Paar. Die Umgebung war nicht richtig zu erkennen. Ein Straßenzug in der Flucht, verschwommene Gebäude. Sehr wahrscheinlich irgendwo in Lissabon, aber ganz sicher konnte er nicht sein. Er würde es Neves nicht ersparen können, noch einmal mit ihm zu reden. Oft genug hatte sich bei seinen früheren Ermittlungen irgendeine Kleinigkeit plötzlich als relevante Information herausgestellt. Daher war es ratsam, gerade zu Beginn einer Untersuchung auch vermeintlich unwichtigen Dingen Aufmerksamkeit zu schenken. Mit einem Mal fühlte er sich wieder ganz wie der Kriminalkommissar, der er früher gewesen war.

Vermisste er seinen alten Job, den er aufgegeben hatte, weil ihn der Schmerz über Ninas Tod zu sehr gefangen gehalten hatte? Wieder ärgerte er sich über die Ablenkung. Doch wenn ihm seine tödlich verunglückte Frau in den Sinn kam, war es auch nach all der Zeit, die seither ins Land gegangen war, schwierig, der überbordenden Trauer zu entkommen. Dann brauchte er stets eine Weile, um sich wieder aus der Fessel dieser starken Emotionen zu lösen. Bewusst fühlte er nach dem Zwicken in seiner Wirbelsäule, um sich von seinem seelischen Schmerz abzulenken. Er atmete zweimal tief durch, bevor er seine Konzentration erneut auf das Handydisplay richtete.

Fabiana und Danilo lächelten ihm entgegen. *Übersehe ich irgendwas?* Neves trug einen Anzug, ganz ähnlich wie der, in dem der Banker ihn gestern empfangen hatte. Gut möglich, dass er sich an dem Tag, da dieses Foto entstanden war, direkt nach seiner Arbeit mit Fabiana getroffen hatte. Die junge Frau an Neves' Seite trug ein kurzes, hell gemustertes Sommerkleid, das ihre langen Beine betonte. Offenbar lag es nicht allein an den hohen Schuhen oder am Aufnahmewinkel, dass sie größer erschien als der Filialleiter. Das dunkle Haar fiel ihr über die nackten Schultern. Ihre Haut war braun gebrannt. Sie wirkte zwar nicht unbedingt verliebt, aber auch nicht krank. Überhaupt nicht. Und doch war das Bild vermutlich nur wenige Tage vor ihrem viel zu frühen Tod entstanden.

Henrik schaltete das Display stumm und steckte das Handy in seine Hosentasche. Zwangsläufig musste er an seine nächtliche Auseinandersetzung mit Marcio denken. Im Nachhinein betrachtet eine glückliche Fügung, denn auf anderem Wege wäre es vermutlich nicht so leicht zu einer derart intensiven Unterhaltung mit dem Koch gekommen. Marcio hatte dabei nicht nur einmal darauf bestanden, dass er lediglich Gerüchte an Henrik weitertrug. Geschichten, die man sich im Pôr do sol hinter vorgehaltener Hand erzählte. Aber Gerüchte hin oder her, das Gesagte bestärkte Henrik nur in seiner Absicht, Fabiana Guedes' Tod und das, was dahintersteckte, weiter zu untersuchen. Fest stand auch, dass er sich Casimiro vornehmen musste, der schon vor fünf Jahren im Pôr do sol gekocht hatte. Sein junger Kollege war zwar vage geblieben, hatte aber durchklingen lassen, dass Casimiro mehr über diesen tragischen Vorfall wusste. Aber darum würde Henrik sich am Abend kümmern. Jetzt plante er, sich anderswo ein paar brauchbare Antworten zu holen.

Dreißig Minuten später betrat er den Bahnhof Cais do Sodré. Noch früh genug, um den Schlangen an den Fahrscheinautomaten zu entgehen, die später am Tag vor allem durch die Urlauber verursacht wurden. Wer eine Zugfahrkarte wollte, musste sich erst mit dem nicht unbedingt sofort verständlichen Menü der Automaten befassen, was zu gewissen Verzögerungen führte. Um hilflos wirkende Touristen beim Erwerb eines Tickets zu unterstützen, standen dann gerne ein paar abgerissene Gestalten daneben. Obdachlose, die ihre Hilfe anboten oder sie durchaus auch aufdrängten, um nach der Transaktion gegebenenfalls das Wechselgeld einzustecken. Was ihnen die entnervten Stadtbesucher oft auch dankbar überließen. Ein gutes Geschäft für alle Beteiligten, sobald anfängliche Berührungsängste abgebaut waren – und sofern der Fahrscheinkäufer nicht beabsichtigte, mit Kreditkarte zu bezahlen.

Henrik benötigte keine Hilfe beim Lösen seines Tickets nach Parede. Auch waren ausreichend Sitzplätze vorhanden, da er genau im Zeitfenster zwischen den Berufspendlern und den Strandausflüglern unterwegs war. Die Fahrt dauerte vierundzwanzig Minuten, zwei Minuten länger, als es der Fahrplan vorsah, ohne dass ersichtlich wurde, was die kurze Verspätung verursacht hatte.

Kaum war er aus dem Zug gestiegen, setzte der Regen ein, was den Ort noch trister machte. Paredes einziger Vorteil war, dass es am Meer lag und einen schmalen Strandstreifen sein Eigen nennen konnte. Den schnitt allerdings die viel befahrene Küstenstraße vom Ort ab, wie selbst vom Zug aus zu sehen war. Ansonsten war die Ansiedlung nur eine von den zahlreichen Gemeinden in der Peripherie Lissabons, die mehr und mehr mit der Metropole am Tejo zusammenwuchsen. Mehrstöckige Mietshäuser bestimmten das Ortsbild rund um den Bahnhof.

Henrik zog sich die Kapuze seiner Jacke über den Kopf und beeilte sich, die Rua de Santa Teresinha zu finden. Westlich des Bahnhofsareals wurden die Straßen von Einfamilienhäusern mit kleinen Vorgärten gesäumt, in denen Palmen und Bananenstauden wuchsen. Mittelstandsbehausungen. Gehobener Mittelstand, wenn man davon ausging, dass einige der Grundstücke auch über einen Pool hinterm Haus verfügten. Auch die Guedes zählten zu den Besserverdienenden. Oder hatten dazu gezählt, sofern das Haus Nummer 17 ihr Ruhesitz war, in den sie vermutlich beizeiten investiert hatten. Die Bauweise unterschied sich nicht von den anderen Häusern in der Straße. Alleine durch den Anstrich und die jeweilige Dekoration vermochte man sich optisch vom Nachbarn abzugrenzen. Was Senhora Guedes vor und um das Haus gestellt hatte, mutete eher geschmacklos an. Kitschige Gipsfiguren im griechisch-römischen Stil und in unterschiedlichsten Größen. Dazwischen Blumenarrangements in Schalen und bauchigen Tontöpfen, deren Bepflanzung das Herbstwetter zum Teil schon aufgelöst hatte. Darum herum Lavasteingranulat statt Rasen, da dessen Pflege in den heißen Monaten vermutlich zu viel Wasser verbrauchte.

Wasser, das jetzt wie aus Eimern vom bleigrauen Himmel fiel. Der Regen prasselte laut auf den raumgreifenden Blättern eines Bananenbaums gleich beim Gartentor, der Henrik kurzzeitig als Unterstand diente. Er konnte nicht beurteilen, ob jemand zu Hause war. Zwar war die Straße zugeparkt, aber wer von den Anwohnern in der Stadt arbeitete oder dort zu tun hatte, ließ vermutlich den Wagen stehen und benutzte den Zug. Bequemer und schneller ging es von hier aus kaum.

Schließlich fasste Henrik sich ein Herz, öffnete das niedrige Tor und hastete durch den Regen über die uneben verlegten Steinplatten zur Haustür. Drinnen bellte ein Hund, von der Tonhöhe her ein handtaschengroßer Kläffer. Einer von der gefährlichsten Sorte also, fies und hinterhältig, weil er nicht mit Körperlichkeit beeindrucken konnte. Er hörte den Hund hektisch gegen die Haustüre springen und mit seinen Krallen am Furnier kratzen. Das hysterische Bellen potenzierte sich noch, nachdem Henrik geklingelt hatte. Selbst als eine Frauenstimme den Köter zur Ruhe mahnte, machte dieser weiter Radau. Die Tür wurde geöffnet, einen sehr schmalen Spalt nur, und Henrik blickte ein argwöhnisches Auge entgegen. Er trat einen Schritt zurück. Der Hund flippte nun völlig aus und kläffte wie rasend durch den Türspalt.

»Que você quer?«, fragte die Frau über den Lärm des Hundes hinweg. *Was wollen Sie?*

»Ich komme wegen Fabiana«, erklärte Henrik unverblümt, da diese Methode schon bei Danilo Neves recht gut funktioniert hatte.

Für Sekunden war nur der Hund zu hören, gegen den Henrik eine zunehmende Abneigung entwickelte. Dann drückte die Frau, von der er annahm, dass es sich um Fabianas Mutter handelte, die Tür wieder ins Schloss.

Unsicher stand er im Regen und wartete. Mittlerweile war er komplett durchnässt, da das Vordach zu schmal war, um ausreichend Schutz vor dem heftigen Niederschlag zu bieten. Plötzlich verstummte der Hund, so abrupt, als verfügte er über einen Schalter, mit dem man ihn einfach ausknipsen konnte. Es dauerte gefühlt eine Minute, bis sich die Tür erneut und diesmal vollständig öffnete. Vor ihm stand eine kleine, etwas untersetzte Frau mit tiefschwarz gefärbten Haaren, die sie kurz geschnitten trug. Er erkannte nichts von Fabiana in der Frau, und für einen Moment dachte er, er hätte sich in der Tür geirrt. Doch dann sah er genauer hin und verstand. Für den frühen Vormittag war ihr pausbäckiges Gesicht übertrieben stark geschminkt. Das dick aufgetragene Make-up wirkte wie eine Maske, und die Antwort auf die Frage, was sie dahinter verbarg, lag auf der Hand: ihre Trauer. Ihre Trauer über den Verlust der Tochter und das, was dieser unbarmherzige, nagende Schmerz nach fünf Jahren von ihr übrig gelassen hatte. Die aufgedunsenen Züge hinter all der Farbe zeugten davon, dass sie sich mit Medikamenten und Alkohol über den Tag und vermutlich auch durch die Nacht half. Das zu enge, bodenlange Kleid, das schrecklich bunt daherkam, betonte das Ganze nur noch, vor allem in Anbetracht des fürchterlichen Wetters. Alles in allem sah sie aus, als hätte sie sich eben darauf vorbereitet, auf eine sommerliche Dinnerparty zu gehen. Nur die Filzpantoffeln an ihren Füßen und die versteinerte Miene passten nicht zu diesem Bild.

»Wer sind Sie?«, presste sie hervor. Wie aufs Stichwort begann der Hund wieder zu bellen, jetzt allerdings gedämpft durch irgendeine Zimmertür im hinteren Teil des Hauses.

»Mein Name ist Henrik Falkner. Ich untersuche den Tod Ihrer Tochter.«

Das ließ sie vollends erstarren. »Das ist unmöglich«, erwiderte sie mit zitternder Unterlippe. Ihre Hand krallte sich um den Türrahmen.

»Ist Ihr Mann zu Hause?«

Obwohl das leicht zu beantworten war, brauchte sie mehrere Sekunden, bis sie den Kopf schüttelte. Henrik blickte schräg nach oben, an der Kante des Vordachs vorbei hinauf in den Regen.

»Wäre es möglich, dass wir uns drinnen unterhalten!« So wie er es sagte, war es nicht unbedingt als Bitte formuliert.

Senhora Guedes atmete in kurzen Stößen. Selbst auf die Entfernung roch er den Alkohol. »Nur ein paar Minuten«, versicherte er, trat ihr einen Schritt entgegen und zwang sie so, zurückzuweichen. Im nächsten Moment stand er im Flur. Wasser tropfte aus seinen Kleidern auf den Boden aus Holzimitat. Hier drinnen dominierte ein schwerer, blumiger Geruch, der sich unangenehm mit den Ausdünstungen der Frau vermischte, sodass sich bei ihm augenblicklich eine Vorahnung von Kopfschmerzen einstellte. Zu lange sollte er sich hier nicht aufhalten. Unaufgefordert ging er bis zu der Tür, die in den Wohn- und Essbereich führte. Durch Regenschleier blickte er hinaus in den hinteren Garten. Über den Pool war eine Plane gezogen, die weit durchhing und mit einer dicken Schicht Laub bedeckt war. In der Mitte der Persenning hatte sich eine morastige Wasserlache gebildet. Offenbar war das Schwimmbecken selbst im vergangenen, extrem heißen Sommer nicht in Gebrauch gewesen. Möglicherweise schon seit Jahren nicht mehr.

Henrik drehte sich nach Senhora Guedes um. Sie stand unschlüssig im Übergang zur Küche.

»Ihr Mann?«, fragte Henrik ein zweites Mal.

Sie musste sich räuspern, bevor sie antworten konnte. »Beim Angeln, draußen am Cabo Raso. Er wird erst zum Abendessen zurück sein.«

Soweit er wusste, handelte es sich beim Cabo Raso um den Leuchtturm an der äußersten Landspitze, zwischen Cascais und Colares. »Bei diesem Wetter?«

»Regen ist gut, da beißen sie«, kommentierte sie knapp. »Tee?«

Sie wirkte konfus. Der Hund schien nun endgültig resigniert zu haben, er war nicht mehr zu hören.

»Gerne!«

Sie schlurfte in die Küche, und er setzte sich an den dunklen, für den Raum viel zu ausladenden Holztisch, über dem eine Leinentischdecke mit landestypischen Stickereien lag. Das Wohnzimmer litt zudem unter einem von Nippes, Tellern und Vasen voller künstlicher Blumengestecke fast platzenden Regal. Sämtliche Abstellflächen waren heillos überfrachtet. An den freien Wänden hingen Fliesen und Kunstdrucke, deren Farbenpracht die düstere Stimmung in diesem Haus dennoch nicht vertreiben konnte. Was ihm nach einem zweiten Blick fehlte, war ein Foto von Fabiana. Vermutlich war irgendwo, vielleicht oben im Schlafzimmer, ein Schrein für sie eingerichtet worden. Er zupfte eine Serviette aus dem Halter auf dem Tisch und tupfte sich die Regentropfen vom Gesicht, die aus seinen nassen Haaren liefen. Die Nässe war auch durch seine Jacke gesickert. Und die Kopfschmerzen waren keine bloße Vorahnung mehr.

Senhora Guedes kam zurück. Er hatte mit einem Tablett mit Teekanne, Tassen, Zuckerschälchen und Zitronenscheiben gerechnet. Doch sie trug nur einen Kaffeebecher vor sich her, den sie vor ihn auf den Tisch stellte. Im heißen Wasser schwamm ein Teebeutel. Selbst der Löffel fehlte. Für sich selbst hatte Fabianas Mutter nichts mitgebracht. Sie setzte sich nicht, sondern blieb mit ausreichend Abstand zu ihm stehen und hielt sich an der Rückenlehne von einem der Stühle fest.

»Warum tun Sie das?«, fragte sie leise.

Er ging nicht darauf ein, entschied, dass es noch zu früh war, ihr darauf zu antworten. »Wie lange wohnen Sie schon hier draußen?«, fragte er stattdessen zurück.

»Mein Mann hat gut verdient. Er war bei der Bank. Caixa Geral. In der Zentrale. Aber er wollte nicht mehr in der Stadt leben. Von seiner Arbeit her wusste er, wo überall gebaut wurde. Das hier hat ihm gefallen.«

»Und Ihnen? Hat es Ihnen auch gefallen?«

»Es ist ... ruhig. Die Luft ist gut. Und das Kind konnte im Garten spielen, das war schön.«

Das Kind. Er musste sich sehr vorsichtig herantasten. »Fabiana war Ihr einziges Kind?«

Ihre Fingerknöchel traten weiß hervor, so heftig umklammerte sie jetzt die Stuhllehne. Sie beantwortete seine Frage nicht. Henrik nickte, nippte vom Tee und verbrannte sich die Zunge.

»Sind Sie nicht auch wegen der Krankheit Ihrer Tochter hierher ans Meer gezogen?«

»Sie war nicht ...« Die Senhora geriet ins Wanken. Henrik sprang auf, eilte um den Tisch und schob sie vor den Stuhl. Er half ihr, sich zu setzen.

»Können Sie ...« Sie deutete in die Küche. »Da steht ein Glas mit Orangensaft neben dem Spülbecken.« Er ging hinüber, um das Getränk zu holen, das garantiert nicht allein aus gepressten Orangen bestand. Er hätte nicht einmal heimlich daran zu riechen brauchen, um das zu beurteilen. Mit zitternder Hand nahm sie das Glas entgegen und setzte es an ihre Lippen. Ein orangefarbener Tropfen blieb in ihrem Mundwinkel hängen, als sie es schließlich abstellte. Nun war ihre Stimme kräftiger. »Als sie klein war, hatte ich immer Angst um sie. Wir fuhren mehrfach nach Fátima, aber die Heilige Mutter schenkte uns keine Erleichterung. Später bekam sie wirklich gute Medikamente, trotzdem waren die Sorgen manchmal nicht auszuhalten. Aber sie war glücklich hier draußen. Vor allem wenn wir unten am Strand waren. Sie liebte es, über die Wellen zu springen, auch wenn sie das schnell erschöpfte.«

Er überlegte, ob das Ehepaar Guedes auf weitere Kinder verzichtet hatte, weil Fabiana ihre ganze Aufmerksamkeit und Zeit beanspruchte. Aber er unterließ es wohlweislich, danach zu fragen. »Wie ging Ihr Mann mit der Situation um?«

Sie blickte ihn forschend an, so als erlebte sie eben den ersten lichten Moment und fragte sich zum ersten Mal, warum dieser Fremde an ihrem Esszimmertisch hockte. »Er hat getan, was ihm möglich war, damit sie glücklich sein konnte.«

Wie war das zu interpretieren? Fabianas Vater hat sich in die Arbeit gestürzt, um sich die Krankheit seiner Tochter leisten zu können? Nun, immerhin hatte es für das Haus mit Pool in Parede gereicht. Zwar kein Meerblick, aber immerhin nah genug, um die salzige Luft schmecken zu können. Senhor Guedes war Banker wie Danilo Neves. Das wäre doch eine gute Überleitung, dachte er, hielt sich aber zurück. Er durfte nicht zu forsch vorgehen, selbst wenn der Alkoholpegel der Senhora sich reguliert und der erste Schock über sein Auftauchen sich gelegt hatte.

»Hat sie auch noch hier gewohnt, während sie studierte?«

»Selbstverständlich. Sie hatte bei mir doch alles, was sie brauchte. Und sie konnte den Zug nehmen. Das war viel besser als so eine überteuerte Wohnung in der Stadt. Oder ein Zimmerchen in einer WG. Nein, das kam für sie nicht infrage. Sie brauchte ihr gewohntes Umfeld, dann ging es ihr gut.« Sie nahm das Glas und wirkte enttäuscht darüber, dass es schon leer war.

»Soll ich Ihnen noch Saft holen?«

Senhora Guedes schüttelte übertrieben den Kopf. Noch reichte ihre Selbstbeherrschung aus, um sich daran zu hindern aufzustehen, in die Küche zu gehen und sich selbst zu versorgen.

»Und als sie ihren Abschluss hatte und als Volontärin bei der Zeitung anfing?«, bohrte er behutsam weiter.

Wieder musterte sie ihn erstaunt. »Sie wissen so viel über Fabiana«, stellte sie fest. »Ich verstehe das alles nicht. Was wollen Sie von meiner Tochter?« Nun hielt es sie doch nicht mehr auf dem Stuhl. Ohne seine Antwort abzuwarten, stemmte sie sich hoch. »Ich muss meine Medizin nehmen«, murmelte sie und verschwand in der Küche. Windböen peitschten den Regen gegen die Fensterfront und die Terrassentür, die in den Garten hinausführte. Irgendwo pfiff es durch eine Ritze. Es dauerte über eine Minute, bis sie wieder auftauchte. Leicht wankend, als hätte der Wind auch sie erfasst.

»Wie gesagt, mein Mann kommt erst gegen Abend zurück, es macht also keinen Sinn, wenn Sie auf ihn warten«, erklärte sie bestimmt.

»Ja, Sie haben recht, das macht keinen Sinn.« Er blickte auf den Becher mit dem Teebeutel darin, der viel zu lange gezogen hatte, dann erhob er sich.

Senhora Guedes bemühte sich um ein Lächeln und deutete matt in den Gang, der zur Haustür führte.

»Was hielten Sie eigentlich von Fabianas Freund Danilo Neves? Auch ein Bankangestellter, wie Ihr Mann, das muss Sie doch gefreut haben.«

»Neves«, murmelte sie. »Nein, nein, der Name sagt mir nichts. Wie kommen Sie darauf, dass meine Tochter mit ihm ... Sie hatte keine Beziehung, auch nicht nachdem sie ausgezogen war.« Beim letzten Satz überschlug sich ihre Stimme beinahe.

»Danilo Neves war es, der damals den Notarzt verständigt und mit der Polizei gesprochen hat. Sie kennen ihn von der Beerdigung.«

Egal was sie vorhin eingeworfen hatte, es war zu wenig, um sie zu beruhigen. »Nein, nein, daran kann ich mich nicht erinnern, nicht an diesen Mann ...«

Das war zu seltsam, um jetzt lockerzulassen. »Aber die Polizei, die war doch hier; Sie wurden befragt, nicht wahr?«

Ihre in Pantoffeln steckenden Füße bewegten sich unbewusst in einem Quadrat, als würde sie unentwegt denselben Tanzschritt wiederholen. »Natürlich. Die Polizei, ja.«

»Haben die Beamten Sie lediglich über den Tod Ihrer Tochter informiert, oder wurde auch über die Todesursache spekuliert?«

Ihr Gesicht zuckte leicht, als wäre die Maske drauf und dran, Risse zu bekommen. »Was? Ich kann Ihnen nicht folgen. Wir wussten doch, dass ihr Herz sie irgendwann im Stich lassen würde. Sie hätte einfach nicht gehen dürfen, verstehen Sie! Hätte sie weiter hier gewohnt ... Aber nein, sie musste ja unbedingt ihren Willen durchsetzen ... Mein Mann, er hätte da nicht nachgeben dürfen.«

Henrik holte tief Luft, ehe er fragte: »Warum haben Sie Fabiana einäschern lassen?«

Wieder schüttelte sie übertrieben heftig ihren Kopf. Ihr Blick huschte hinüber zur Küche, wo ihre hochprozentige Medizin lagerte.

»Niemals«, flüsterte sie.

»Niemals? Was meinen Sie damit?«, fragte Henrik verwirrt.

»Niemals hätten wir sie verbrennen lassen. Auch wenn sie nie wirklich gesund war, so war sie doch so wunderschön. Warum sollte ich nichts als nur ihre Asche behalten wollen?«

Henrik runzelte die Stirn. »Dann hatte also sie das entschieden und diesen Willen hinterlegen lassen?«

»Unsinn! Das war bestimmt dieser ... widerliche Mensch, der das eingefädelt hat.«
»Neves?«
Sie nickte fahrig.
»Ich dachte, Sie kennen Danilo Neves nicht.«

17

Er hatte angekündigt, dass er auch mit Fabianas Vater reden wollte, und vorsorglich eine Visitenkarte auf dem Tisch liegen gelassen. Zu diesem Zeitpunkt war Senhora Guedes aber schon in ihre Küche geflüchtet und hatte die Tür hinter sich zugeschlagen. Woraufhin der Hund wieder mit seinem Gebell angefangen hatte und Henrik hinaus in den Regen geeilt war. Erst als er patschnass wieder im Zug zurück in die Stadt saß, begann er, über das Gespräch mit Fabianas Mutter nachzudenken. Die wichtigsten Hinweise steckten seines Erachtens in dem, was nicht gesagt worden war. Er konnte davon ausgehen, dass durch Fabianas Wunsch auszuziehen ein Konflikt zwischen Eltern und Tochter verursacht worden war, vor allem nachdem sie ihren Wunsch in die Tat umgesetzt hatte. Vielleicht war Fabiana ja weniger krank, als ihre Mutter es gerne gehabt hätte? Ganz generell musste er sich natürlich fragen, wie brauchbar die Aussagen von Senhora Guedes waren. Immerhin war sie während des Gesprächs von Wodka und Psychopharmaka umnebelt gewesen. Was blieb, war daher vor allem eine Sache: Wer hatte Fabiana Guedes' Einäscherung angeordnet? Wer von den unmittelbar beteiligten Personen hatte das größte Interesse daran gehabt, dass man keine genauere Untersuchung zur Todesursache der jungen Frau mehr durchführen konnte? Er musste sich unbedingt den Vater vornehmen. Den Mann, der lieber bei Sauwetter zum Angeln fuhr, als zu Hause seine psychisch labile Ehefrau zu ertragen.

Zur Mittagszeit war er zurück im Antiquariat. Der Duft von erst kürzlich eingelassenem Holz und frischer Wandfarbe strömte ihm in die Nase. Eine Geruchsmischung, die den alten Mief der

Jahrhunderte überlagerte und die ihn versöhnlich stimmte. Die Kopfschmerzen waren nicht schlimmer geworden, er spürte sie nur noch latent im Hintergrund. Catia entstaubte gerade eines der Bücherregale. Neben dem, was das dem steten Verfall ausgesetzte Inventar täglich an Staubpartikeln absonderte, hatte die Renovierung eine Menge Dreck hinterlassen, der aus irgendeinem Grund nicht weniger werden wollte.

»War irgendwas los?«, fragte er seine Mitarbeiterin, um ihr zu vermitteln, dass er sich auch noch fürs Geschäft interessierte. Sie schüttelte den Kopf; offenbar gab es weder Nennenswertes zu berichten noch Kundschaft zu vermelden. Er nickte und schlüpfte durch den Vorhang hinter dem Verkaufstresen. Erst als er hinter seinem Schreibtisch saß, erinnerte er sich wieder daran, dass seine Klamotten klamm vom Regen waren. Doch anstatt sich umzuziehen, holte er einen Block aus der Schublade und legte ihn vor sich hin. Eine konzentrierte Viertelstunde später blickte er auf eine Zusammenfassung dessen, was er über Fabiana Guedes und ihren Tod gesammelt hatte. Das Ergebnis fiel nicht gerade sehr befriedigend aus. Dafür, was er bislang an Zeit investiert hatte, verfügte er über reichlich wenig nützliche Informationen. Es fehlten die Zusammenhänge – oder vielleicht erkannte er sie nur nicht. Bevor er sich weiter das Hirn darüber zermartern konnte, was er übersah, vernahm er Stimmen aus dem Antiquariat. Wenige Sekunden darauf tauchte Ajit Bikkhu durch den Vorhang.

»Bom dia«, Henrik!«

»Bom dia! Komm rein!«

Ajit trat mit verhaltenem Lächeln näher. Der aus Indien immigrierte Mann wohnte mit seiner Frau Jaya und seinen vier Kindern hier im zweiten Stock. Wie lange schon, wusste Henrik nicht, denn es existierten keine schriftlichen Aufzeichnungen oder gar Mietverträge in Martins Unterlagen. Er ging aber davon aus, dass die Bikkhu-Kinder allesamt in Lissabon geboren waren. Zumindest sprachen sie wesentlich besser Portugiesisch als Henrik. Selbst die Kleinste, Akuti, war mit ihren gerade mal zwei Jahren schon eine echte Quasselstrippe. Sie besuchte ihn ab und an im Laden, wobei stets klar war, dass sie sich in einem unachtsamen Moment ihrer Mutter unerlaubt davongestohlen hatte. Ihre drei älteren Brüder waren in dieser Hinsicht wesentlich reservierter ihm gegenüber. Eine Einstellung, die sie von Jaya übernommen hatten, die weitgehend vermied, ihm zu begegnen. Dabei hatte er längst alles ausgeräumt, was wegen Martins Tod zwischen ihnen gestanden hatte. Dinge, die aus seiner Sicht jener Vergangenheit angehörten, die er hinter sich zu lassen gedachte.

»Setz dich!«, forderte er Ajit auf und deutete auf den freien Stuhl.

»Ich will dich nicht aufhalten.«

»Tust du nicht«, ermunterte er den Inder, doch der blieb trotzdem stehen.

»Gut, was kann ich für dich tun?«

Ajit knetete seine Hände und druckste herum. Wie alle aus seiner Familie hatte er diese blauschwarzen Haare, die trotz seiner mittlerweile vierzig Jahre noch keine Spur Grau enthielten. Die Augen lagen tief in den Höhlen. Das einfache indische Leinenhemd, das er trug, wirkte zwei Nummern zu groß. So ausgezehrt war er Henrik bislang noch nie vorgekommen. Offensichtlich war er momentan ziemlich knapp bei Kasse. Er spürte, wie ein lauwarmes Gefühl von Mitleid seine Brust flutete. »Lass mich raten, es gibt im Moment und bei diesem Wetter nicht viele Fenster zu putzen.«

Der Inder lächelte verlegen und nickte zaghaft.

»Du hast das Geld für die Miete nicht?«, tastete Henrik sich weiter vor, und Ajit zog beschämt den Kopf zwischen die spitzen

Schultern. Martin, der ewige Samariter, hatte es zu Lebzeiten stets verstanden, Leute in sozialen Nöten bei sich aufzunehmen und ihnen ein Heim zu geben. Und das, obwohl er die Wohnungen im Haus bei dieser zentralen Lage für viel Geld hätte vermieten können. Doch seinem Onkel war es nie ums Geld gegangen. Henrik brauchte eine Weile, bis er sich damit arrangiert hatte, doch mittlerweile war auch er so weit, nicht auf regelmäßige Zahlungen zu bauen. Ajit verdiente den Lebensunterhalt für sich und seine Familie als Fensterputzer bei einer Gebäudereinigungsfirma. Was konnte man da schon groß von diesem Mann verlangen? Es war ihm ohnehin schleierhaft, wie Ajit mit seinem mickrigen Gehalt sechs Mäuler stopfen konnte. Unter diesen Umständen blieb Henrik im Grunde gar nichts anderes übrig, als auf die Mieteinnahmen zu verzichten. Den Inder samt Familie auf die Straße zu setzen brächte er ohnehin niemals übers Herz. »Alles gut, Ajit, bestimmt brechen bald wieder sonnige Zeiten an, in denen viele Fenster darauf warten, von dir geputzt zu werden.«

Erleichterung füllte die dunklen Augen seines Gegenübers. »Obrigado, muito obrigado! Du weißt, ich zahle, wann immer ich kann, das weißt du, Henrik!«

»Sim, sim, mach dir keine Sorgen, wir bekommen das geregelt.«

Ajit hielt ihm die Hand hin. Henrik wusste nicht, ob er sie schütteln oder abklatschen sollte, also lächelte er einfach zurück.

»Wann immer ich was für dich tun kann, ich helfe dir«, verkündete Ajit dankbar. Irgendwie klang es nicht danach, als redete er vom Wändestreichen.

»Grüß Jaya und die Kinder von mir!«

Nachdem der Inder gegangen war, gelang es Henrik nicht mehr, sich wieder ernsthaft mit den Aufzeichnungen zu seinem jüngsten Fall zu beschäftigen. Trotz Catias Anwesenheit und ihren argwöhnischen Blicken streifte er daher eine Weile durchs Antiquariat in der vagen Hoffnung, auf irgendetwas zu stoßen, das ihm bei Fabiana Guedes weiterhelfen konnte. Doch natürlich kannte er längst jeden Winkel, jede verborgene Ecke und Nische, vor allem nach dem Brand und den darauffolgenden Aufräumarbeiten. Da er noch immer über keinen wirklich brauchbaren Ermittlungsansatz verfügte, wusste er nicht, wonach er eigentlich Ausschau halten sollte. Vielleicht war Martins verborgener Hinweis zum Fall Fabiana Guedes ja auch von den Flammen vernichtet worden. Damit, dass Martins Archiv der ungeklärten Verbrechen nach dem Feuer im Sommer nicht mehr vollständig war, musste er wohl einfach rechnen.

Bald nachdem er seine Suche im Antiquariat aufgegeben hatte, brach er auf, um den Bus hinüber ins Alfama-Viertel zu nehmen. Falls Robert überrascht war, dass er unversehrt zur Arbeit erschien, ließ er es sich nicht anmerken.

»'eute ist dein Glückstag, alemão, Fernanda 'at ihren faltigen Arsch wieder 'ier'erbewegt«, begrüßte er Henrik und grinste maliziös. »Du übernimmst also den Service an den Tischen zwölf bis seschzehn!«

Besagte Tische verfügten über eine deutlich schlechtere Aussicht hinunter auf den Fluss und waren demzufolge nicht sonderlich begehrt bei den Gästen. Sie wurden vergeben, wenn keine anderen mehr frei waren, vorwiegend an Gäste, die nicht reserviert hatten. Die Leute, die dort Platz nahmen, waren demnach ohnehin schon gedämpfter Stimmung, weil ihnen der viel gepriesene Ausblick weitgehend verstellt war, und diesen Missmut ließen sie in der Regel an ihrem Kellner aus. Das war jedenfalls die Erfahrung, die Henrik an diesem Abend machen durfte. Doch davon abgesehen verlief die Schicht zu Beginn reibungslos. Dies änderte sich erst, als Carde ein belgisches Paar an den Tisch Nummer vierzehn führte und dort Platz nehmen ließ.

Die beiden waren bei der Vorspeise, bestehend aus Kichererbsensalat mit Thunfisch, als ihm die Sache mit dem Rotwein passierte. Ein Gast vom Nebentisch machte eine ausholende Bewegung, er wich aus, das Glas kippte vom Tablett, und der Wein ergoss sich über die Belgierin. Sie fing an zu schreien. Er stand unbeholfen und dumm herum, bis Robert heranstürmte und ihn in die Küche scheuchte. Dort wartete er den zweiten Tag auf seinen Rauswurf – der dann doch nicht erfolgte.

Schließlich war es Nuno, der nach ihm rief und ihn aufforderte, sich wieder in Bewegung zu setzen, nachdem er mehrere Minuten wie angewurzelt in der Küche herumgestanden hatte. Die Drohung des Rauswurfs wie ein Damoklesschwert über sich, widmete er sich wieder seinen Gästen. Ausgenommen die Belgier an Tisch vierzehn, die wohlweislich eine Kollegin übernahm. Um halb zwei Uhr konnten die letzten Gäste schließlich in aller Höflichkeit vor die Tür gesetzt werden. Wegen des ganzen Trubels und des Rotweinmalheurs hatte sich ihm auch heute wieder keine Möglichkeit geboten, sich um seine Ermittlung zu kümmern. Letztlich war er einfach nur froh, dass er den Abend überhaupt irgendwie hinter sich gebracht hatte.

»'enrik, du bist 'eute mit Aufstuhlen an der Reihe«, rief Robert hinter dem Tresen hervor, als er bereits Richtung Waschräume unterwegs war.

Aufstuhlen! War das die einzige Strafe für seine Unachtsamkeit? Ließ Robert ihn tatsächlich so glimpflich davonkommen?

Während er versunken in seine Grübeleien über das Verhalten des Restaurantleiters von Tisch zu Tisch ging, um die Stühle hochzustellen, beobachtete er aus dem Augenwinkel, wie die Mitarbeiter des Pôr do sol sich nach und nach verabschiedeten. Als er endlich fertig war, bemerkte er, dass er alleine im Gastraum war. Die Lichter waren bereits zum größten Teil ausgeschaltet. Selbst

Lino, der die Bar machte und nach der Sperrstunde immer noch akribisch seinen Bestand an Spirituosen sortierte, war bereits verschwunden. Was nicht bedeutete, dass niemand mehr hier war. Er konnte davon ausgehen, dass Robert im Büro noch mit der Abrechnung beschäftigt war. Auch aus der Küche waren noch Geräusche zu vernehmen. Er hatte nicht mitbekommen, wer vom Küchenpersonal schon in die Nacht hinausgeflüchtet und wer noch am Werkeln war. Die Neugier verscheuchte seine Erschöpfung. Plötzlich wollte er wissen, wer da noch zwischen den Edelstahlanrichten und Gasherden herumkramte. Er hatte das sichere Gefühl, dass er heute zum letzten Mal im Pôr do sol gearbeitet hatte, und unter dieser Voraussetzung wäre es fahrlässig gewesen, nicht zumindest einen letzten Blick zu riskieren.

Casimiro inspizierte einen der wuchtigen Töpfe, in denen man Kleinkinder hätte baden können, und hatte Henrik den Rücken zugewandt. *Genau mein Mann*, dachte Henrik und trat leise auf ihn zu. Er kam bis auf Höhe der Kochfelder, als ihn jemand von hinten packte und mit Gewalt auf die Arbeitsplatte neben dem Gasherd zwang. Seine linke Wange klatschte auf die ölige, nach Fisch, Knoblauch und aggressivem Reiniger stinkende Oberfläche. Ein kräftiger Unterarm in seinem Nacken nagelte ihn auf dem fettigen Untergrund fest und hinderte ihn daran, seinen Kopf auch nur einen Millimeter anzuheben. Marcio hatte schnell gelernt.

»Hab gehört, du willst dich mit mir unterhalten«, zischte Casimiro, der sich zu ihm umgedreht und hinuntergebeugt hatte. Ein Zahnstocher steckte zwischen seinen gelb verfärbten Zähnen. Einen Moment später richtete er sich abrupt wieder auf, drehte am Regler und ließ die Gasflamme auffauchen, die sich am nächsten bei Henriks Gesicht befand. In aller Seelenruhe schob der Maître den Topf über die Kochstelle. Zwischen der Wandung des Edelstahlbottichs und Henriks Stirn blieb damit nur ein zwei Finger breiter Abstand. Augenblicklich spürte er, wie die bis zum Anschlag hochgedrehte blaue Flamme die Topfwand erhitzte.

»Macht keinen Scheiß, Leute, ich interessiere mich nicht für das, was ihr hier nebenher am Laufen habt«, presste er zwischen zusammengebissenen Zähnen hervor. Die Kante der Arbeitsfläche bohrte sich schmerzhaft in seinen Bauch. Marcios gesamtes Gewicht drückte auf seinen Rücken. Das immer heißer werdende Metall vor seiner Nase trieb ihm den Schweiß aus allen Poren.

»Für wen arbeitest du?«, wollte Casimiro wissen.

»Ausschließlich für das Pôr do sol«, antwortete Henrik.

Dieser klägliche Versuch wurde lediglich mit einem abgehackten Lacher kommentiert.

»In so einer Restaurantküche können krasse Unfälle passieren«, flüsterte Marcio, dessen Lippen nur wenige Zentimeter von Henriks Ohr entfernt waren.

Auch dir wird es demnächst zu heiß, dachte Henrik und konzentrierte sich auf den unausweichlichen Moment, in dem das Milchgesicht etwas von der schnell zunehmenden Hitze abrücken würde.

»Du kannst definitiv kein Bulle sein«, folgerte Casimiro. »Also, wenn ich raten darf, dann hat dich eine Versicherung bei uns eingeschleust, um uns auf die Finger zu schauen.«

»Warum? Weil ihr ab und an was ins Essen der Gäste mischt?«, keuchte Henrik.

Der Druck in seinem Nacken ließ ein wenig nach, doch das reichte nicht, um der Hitze zu entkommen.

»Unsinn!«, zischte Casimiro. »Was redest du da? Unsere Speisen sind tadellos.« Er klang doch tatsächlich beleidigt.

»Ich sag ja, er hat keine Ahnung von den Kreditkarten«, murmelte Marcio.

»Halt's Maul!«, bellte der Chefkoch.

Kreditkarten? Also das war es ... »Ihr kopiert die Kreditkartendaten eurer Gäste?«

»Na toll, dämlicher idiota!«, fluchte Casimiro.

Wäre seine Lage nicht so unangenehm gewesen, hätte Henrik gelacht. »Ernsthaft, das verbirgt sich hinter diesem ganzen Theater? Ihr haltet mich für einen Versicherungsdetektiv?«

»Merda!«, knurrte Marcio und ließ ihm noch ein wenig mehr Luft. »Ich hab's dir doch erzählt, er wollte nur was über die Frau wissen, die damals vor dem Restaurant verreckt ist.«

Casimiro schnaubte. »Und selbst wenn, verdammt, auch das könnte eine Versicherung interessieren!«

»Aber diese Geschichte ist doch schon fünf Jahre her, wen soll das heute noch jucken?«

»Wenn eine Versicherung eingeschaltet wurde, kann sich das hinziehen. Außerdem werden diese Scheißer alles dransetzen, um nicht zahlen zu müssen. So arbeiten die doch immer.«

Redet ruhig weiter, aber bitte kommt trotzdem endlich zum Punkt! Henrik hatte mittlerweile das Gefühl, dass die Haut über seiner Stirn bereits Brandblasen warf.

»Meinst du?« Marcio hörte sich nicht sonderlich überzeugt an.«

»Na ja, wenn er sich nach dieser Tussi erkundigt, will er es vielleicht am Schluss auf unser Essen schieben, dass sie über den Jordan gegangen ist.«

»Wie jetzt?« Der Jungkoch schien den Gedanken seines Kollegen nicht mehr folgen zu können.

Der explodierte. »Maria mãe de deus, stell dich nicht dümmer, als du bist, babaca! Sie war schließlich nicht die Einzige!«

18

Letztlich verdankte er es ihrer Uneinigkeit, dass sie von ihm abließen. Eilig taumelte er zum Spülbecken. Während ihm herrlich kühles Wasser übers Gesicht lief, hörte er sie im Hintergrund mit unterdrückten Stimmen weiterstreiten. Sie redeten zu schnell, als dass er alles mitbekam, aber offenbar diskutierten sie darüber, ob sie Robert einweihen sollten.

Henrik wollte über die Kreditkartenbetrügereien, die hier abgezogen wurden, gar nichts wissen. Er ging davon aus, dass der Restaurantmanager der Drahtzieher war, immerhin war er es, der bei den Gästen abkassierte und dabei mit seinem Magnetkartenlesegerät anrückte, wenn diese Form der Zahlung gewünscht wurde. Aus was genau bei diesem kriminellen Unterfangen die Aufgabe der beiden Köche bestand, war ihm schleierhaft. Aber es interessierte ihn auch gar nicht. Dafür hatte ihn das, was Casimiro zuletzt geäußert hatte, umso hellhöriger gemacht.

Sie war nicht die Einzige!

Gab es tatsächlich noch weitere Personen, denen das Essen im Pôr do sol nicht bekommen war? So wie der Chefkoch sich ausgedrückt hatte, hörte es sich ganz danach an, als wären nur Frauen betroffen. Und wenn ja, dann machte das diese Sache nur umso mysteriöser.

Sie war nicht die Einzige! Das klang verflucht noch mal erschreckend.

Er ließ vom kühlenden Wasserstrahl ab, rupfte ein Papierhandtuch von der großen Rolle, die dort an der Wand hing und tupfte sich sachte das Gesicht trocken. Er musste hier raus, bevor die beiden sich einig wurden oder gar auf die Idee kamen, Robert aus dem Büro zu holen. Kaum hatte er das gedacht, stand der Franzose auch schon vor ihm. »Pack deinen Kram, Falkner, das war's für dich!«

»Wollen wir ihn wirklich so davonkommen lassen?«, warf Casimiro ein.

Roberts Adern an den Schläfen schwollen noch mehr an. »Er arbeitet für eine Versicherung«, ergänzte Marcio.

Henrik hob beschwichtigend die Hände. »Wirklich, ihr reimt euch da bloß was zusammen!«

»Er hat nach der Frau gefragt«, fügte das Riesenbaby hinzu.

»Nach welcher Frau?«, fauchte Robert.

»Du weißt schon«, antwortete Casimiro, »die gestorben ist. Die von dem Typen, der daraufhin die Welle gemacht und uns die Polizei ins Haus geschickt hat.«

»Halt die Fresse«, zischte Robert, der nun offenbar wusste, wer mit *der Frau* gemeint war.

»Was machen wir jetzt mit ihm?«, wollte Marcio wissen.

Robert stemmte die Fäuste in die speckigen Hüften und musterte Henrik zornig. »Wieso, was willst du tun, ihm die Finger brechen?«, fragte er abfällig.

Marcio stierte zu Boden, und auch Casimiro konnte seinen Chef nicht direkt ansehen. »Jedenfalls können wir ihn nicht einfach so gehen lassen, er weiß zu viel«, murmelte er.

»Wir wissen doch, wo er wohnt, oder?« Der Restaurantmanager ließ Henrik nicht aus den Augen.

Henrik nickte. »Ihr seht ja, ich bin euch ausgeliefert.« Himmel, diese Kochmützenmafia bestand wirklich aus ziemlichen Schwachköpfen. Auch wenn Fabiana Guedes auf die Gaunerei mit den Kreditkartendaten gestoßen war – der Zeitungsartikel, den sie darüber hätte verfassen können, wäre doch niemals gedruckt worden. Diese drei Gestalten und ihre kriminellen Machenschaften taugten für keine Story, die in irgendeiner Form hätte Aufmerksamkeit erregen können. Bei Robert und seinen Handlangern war er einfach falsch, mochten sie nun mit Kreditkarten oder Drogen oder sonst was zu tun haben. So unfähig, wie sie sich jetzt gerade präsentierten, wunderte es ihn, dass man ihnen noch nicht von öffentlicher Stelle her auf die Schliche gekommen war. Vielleicht lief die Sache ja auch noch gar nicht so lange. Zumindest noch keine fünf Jahre. Er musste eine Entscheidung treffen, um dieses Schauspiel hier zu beenden.

Also ließ er die Bombe platzen. »Marcio hat recht, ich bin Privatermittler.« Mit einem Schlag trat Stille ein. »Ich untersuche den Tod von Fabiana Guedes, von der besagten Frau.« Er blickte zu Casimiro. »Es gibt Hinweise, dass sie wegen etwas gestorben sein könnte, das sich in ihrem Essen befunden hat. Wenn ihr mir dazu irgendwas sagen könnt, wäre jetzt wohl der passende Zeitpunkt!«

FREITAG

Menu do dia

Rissóis de camarão
Teigtaschen mit Garnelen

Frango na púcara
Hähnchen aus dem Tontopf

Torta de laranja
Biskuitrolle mit Orangenfüllung

19

Im Nachhinein war er ziemlich froh, die Lage und vor allem auch die drei Männer richtig eingeschätzt zu haben. Bei Robert, Casimiro und Marcio handelte es sich um Kleinganoven, die man früher oder später erwischen würde. Sie waren nicht schlau genug, um den Fahndern auf Dauer zu entkommen. Er jedenfalls musste sich nicht weiter mit ihnen befassen. Und er war auch recht zuversichtlich, dass sie ihn trotz des ganzen Drohgehabes in Ruhe lassen würden. Die Auseinandersetzung in der Restaurantküche war der verrückte Höhepunkt von vier völlig irren Tagen gewesen. Allerdings war es damit nicht zu Ende. Nicht für ihn.

Es war nicht allein die nächtliche Kühle auf seinem Heimweg, die ihm bei diesem Gedanken einen Schauder über den Rücken jagte. Falls Fabiana nicht das einzige Opfer war, musste er schleunigst bei Helena nachhaken – ob ihr das nun gefiel oder nicht. Es war an der Zeit, sich durch Polizeiakten zu wühlen. Er brauchte Gewissheiten und deutlich mehr Informationen, denn nach dem Erlebnis mit Robert und seinen Handlangern stand er gewissermaßen wieder bei null.

Natürlich waren das Pôr do sol und seine Angestellten noch lange nicht aus dem Schneider. Auch wenn Casimiro und vermutlich auch Robert nichts mit der Sache zu tun hatten, wussten sie sehr wahrscheinlich irgendetwas. Vor allem der Maître, dem mehr als eine verdächtige Andeutung herausgerutscht war. Schon alleine deshalb konnte er ihn nicht so einfach davonkommen lassen. Obwohl es vorerst ratsam gewesen war, das Weite zu suchen, würde Henrik sich zumindest Casimiro noch einmal vornehmen müssen, wie auch immer er das bewerkstelligen wollte. Vielleicht redete der Kerl, sobald er realisiert hatte, dass Henrik die Betrügereien der drei wirklich nicht interessierten. Ja, womöglich hatten Robert und sein Chefkoch sogar selbst einen Verdacht, wollten aber nichts unternehmen, um nicht das Augenmerk der Polizei auf das Restaurant zu lenken. So gesehen steckten sie in einer Zwickmühle.

Vielleicht lag ja darin seine Chance. Eine kleine Erpressung, bei der er Robert klarmachte, dass er sein Wissen besser mit ihm teilte statt mit den Behörden, und ihm im Gegenzug versicherte, ihn aus der Sache rauszuhalten.

Egal wie er es letztlich hinbog, er musste weiterhin ein Auge auf das Pôr do sol und diejenigen Angestellten haben, die als Verdächtige infrage kamen. So lange eben, bis er endlich herausfand, was wirklich mit Fabiana Guedes passiert war. Und möglicherweise noch mit anderen Restaurantgästen.

Er war schon am historischen Aufzug Elvador de Santa Justa vorbei, als ihm plötzlich auffiel, wie kalt es geworden war. Sein Atem kondensierte in der Nachtluft. Er versuchte, sich daran zu erinnern, was der Wetterbericht vorhergesagt hatte. Kam die Kälte des nahenden Winters dieses Jahr früher als sonst? Nun, passenderweise stand ihm jetzt der Marsch bergan die Rua Garrett hinauf bevor, bei dem ihm sicherlich schnell wieder warm wurde. Um diese unchristliche Zeit war die beliebte Einkaufsstraße, die vom Baixa hinauf ins Chiado-Viertel führte, leer gefegt. Dennoch erhellten die Schaufenster mit ihren luxuriösen Auslagen die gefliesten Gehwege. Schon bald würde man wie überall in der Stadt auch hier die Weihnachtsbeleuchtung anbringen. Dieser Gedanke machte ihn für einen Moment wehmütig. Bestimmt war das Telefonat schuld daran, das er gestern mit seinem Vater geführt hatte.

Deine Mutter will wissen, ob du an Weihnachten kommst.

Warum besucht ihr uns nicht auch zu dritt?
Fragen, die er gerade überhaupt nicht gebrauchen konnte, doch sie ließen sich nicht mehr wegdenken und begleiteten ihn für den Rest der Strecke. Zu Hause angekommen, nahm er das Durcheinander in seinem Schädel mit ins Bett und wurde bald darauf zusammen mit einem Schwall nicht mehr voneinander abgrenzbarer Überlegungen in den Schlaf gesogen.
Nach einer Nacht ohne Erinnerung an irgendwelche Träume betrat er frühmorgens das Antiquariat. Der Geruch der frisch gestrichenen Wände biss ihm heute intensiv in die Schleimhäute. Er ließ die Ladentür offen stehen, durch die sofort unangenehm die Kälte hereinzog. Sie würde vermutlich für die nächsten Stunden der einzige Besucher hier bleiben. Trotz der Einladung einer offenen Ladentür konnte er davon ausgehen, dass niemand vor zehn, elf Uhr seinen Weg zwischen die schwer beladenen Bücherregale fand. Wenn überhaupt. Nach dem Feuer und der Wiedereröffnung hatten sich ein paar Tage lang ständig Leute im Geschäft getummelt. Die meisten davon kamen aus der unmittelbaren Nachbarschaft und hatten nicht die Absicht, Bücher oder sonst irgendwas zu kaufen. Sie wollten einfach nur wissen, was genau vorgefallen war. Einige drucksten herum, andere erfragten ungeniert die Details. Henrik zog es vor, eine erfundene Geschichte über einen Kabelbrand zu verbreiten, doch die erwies sich als zu unspektakulär, um eine Chance gegen die Gerüchte zu haben, die im Viertel kreisten. Leider Gottes kam der Klatsch näher an die Wahrheit heran als seine Mär von einem technischen Defekt in einer Stromleitung. Schließlich musste er feststellen, dass er seinen Ruf bereits weghatte, und gab ab da überhaupt keine Auskunft mehr dazu, warum man seinen Laden hatte abfackeln wollen. Dementsprechend blieben sehr bald auch die Leute wieder fern. All jene zumindest, denen es an der Liebe zu alten Büchern mangelte – also die meisten.

Er versuchte, sich einen Überblick zu schaffen, was Catia in den letzten Tagen, die ihn an das Pôr do sol gebunden hatten, umgesetzt hatte. Nicht weil es ihn wirklich interessierte, was er an Einnahmen verbuchen konnte, nein, er wollte sich einfach ablenken, um sich nicht in seinen Grübeleien über Fabiana Guedes' Tod zu verirren. Gelegentlich war das nötig. Einen Schritt zurücktreten, die Perspektive ändern, indem man sich zwischenzeitlich mit etwas anderem beschäftigte. Das schaffte Luft im Gehirn und im besten Fall auch neue Ansätze, die man dank des zusätzlich zur Verfügung stehenden Raums überhaupt erst wahrnehmen konnte.

Henrik prüfte gerade den Kassenbestand, als jemand durch die Tür trat. Er schielte auf die Uhr. Erst halb neun. Vielleicht ein verirrter Tourist, den die Zeitverschiebung schon früh aus seinem Hotel getrieben hatte?

Erst als der Mann um die erste Regalreihe bog und im Mittelgang auf den Verkaufstresen zustrebte, konnte Henrik ihn genauer mustern. Und er revidierte sogleich seine Vermutung. Ohne dass der ältere Herr, der in einen dicken Mantel gehüllt war, auch nur ein Wort sagte, wusste er, wer so überraschend einen Weg ins Antiquariat gefunden hatte. Die Miene des Mannes verriet unterdrückte Wut, wie er sich da vor der Theke aufbaute, die Hände energisch in die Manteltaschen gestopft.

»Sie wissen, wer ich bin?«, fragte er leise, aber bedrohlich.

Henrik nickte. »Ihre Tochter hatte ihre Augen.«

20

Es gelang ihm nicht oft, eine äußerliche Ähnlichkeit zwischen Eltern und ihren Kindern festzustellen. Doch mit Fabianas Bild im Gedächtnis entdeckte er die Züge der jungen Frau im Gesicht ihres Vaters. Auch wenn dessen Miene gerade überaus frostig wirkte, hart und kantig, wie in Stein gemeißelt.

Der Mann schien sich nur mit Mühe zu beherrschen. »Was fällt Ihnen eigentlich ein? Wie konnten Sie meine Frau so in Aufregung versetzen?«, fuhr er Henrik an.

Henrik ließ sich Zeit mit der Antwort. Er musste dem Mann von vornherein klarmachen, dass er es war, der die Fragen stellte. Allerdings brauchte er auch Senhor Guedes' Bereitschaft zur Zusammenarbeit, um bei der Aufklärung dieses Falles weiterzukommen.

»Warum haben Sie Fabianas Tod nicht hinterfragt?«

Guedes nahm die Hände aus den Taschen und stützte sich auf den Tresen. Schlanke, wie zum Geldzählen prädestinierte Hände, dachte Henrik, und doch auch schwielig und angegriffen vom Salzwasser bei seinen Angelausflügen. Ihm fiel auch auf, dass kein Ehering am entsprechenden Finger steckte.

Jetzt beugte sich Fabianas Vater zu ihm vor. »Das hat Sie nicht zu interessieren!« Hatte der Verlust des Kindes seine Frau in die seelische wie körperliche Selbstaufgabe getrieben, schien sie bei ihm das Gegenteil bewirkt zu haben. Der Mann, der auch bei miesem Wetter hinaus ans Meer fuhr, um Fische zu fangen, wirkte vital und hellwach. Er musste einiges jenseits der sechzig sein, sah aber nicht danach aus. Unter dem schwarzen Wollmantel steckte ein großer und vermutlich auch sportlicher Körper. Sein graues

Haar war noch voll und so kurz geschnitten, dass der Wind es nicht zerzausen konnte. Die Augen waren von hellem Blau, wie bei seiner Tochter.

»Was mich interessiert oder nicht, können Sie getrost mir überlassen, Senhor Guedes. Sie sollten allerdings bedenken, dass Ihre Ignoranz Sie verdächtig macht.«

»Verdächtig für was?«, fauchte der Pensionär.

»Sich der Wahrheit zu verweigern.«

Guedes schnaubte verächtlich.

»Beim Gespräch mit Ihrer Frau habe ich den Eindruck gewonnen, dass *sie* durchaus gerne wissen würde, was wirklich passiert ist. Dass ihr dieses Wissen helfen könnte ...«

»Seien Sie still! Sie haben doch keine Ahnung. Meine Frau lebt schon lange nicht mehr in dieser Welt.«

»Warum setzen Sie dann nicht alles daran, sie wieder in die Realität zurückzuholen? Oder ist es Ihnen womöglich ganz recht, sie in diesem verlorenen Zustand zu wissen?«

Guedes hob drohend den Zeigefinger. »Halten Sie sich zurück, junger Mann!« Speichel spritzte zwischen seinen schmalen Lippen hervor. »Mir leuchtet immer noch nicht ein, wieso Sie sich überhaupt in unsere Angelegenheiten mischen! Jetzt, nach all den Jahren.«

Endlich tat sich ein Ansatz auf, um ihn zu packen. Henrik blickte dem Mann stoisch entgegen und zögerte die Antwort hinaus. »Sie war nicht die Einzige.«

Guedes sog laut die Luft ein, verschluckte sich dabei und begann zu husten. »Was erzählen Sie da! Das kann nicht sein«, krächzte er schließlich.

»Darf ich Ihnen ein Wasser anbieten?«, fragte Henrik.

Guedes wedelte abwehrend mit den Händen. »Wie können Sie so eine Behauptung in die Welt setzen?«

»Ich wollte Ihrer Frau das ersparen, aber Sie sollten wissen, ich ermittle nicht nur im Fall Ihrer Tochter.«

»Und für wen? Für wen ermitteln Sie?«

»Für eine Versicherung«, log Henrik und bediente sich damit der Erklärung, die sich Casimiro zusammengesponnen hatte.

Sämtliche Farbe wich aus dem Gesicht von Fabianas Vater. »Dann lag es doch an dem Essen aus dem Restaurant«, folgerte er mit rauer Stimme. »Dieser ... ihr damaliger Freund ... er hatte recht ...«

Henrik nickte. »Ich trage nur Fakten zusammen, aber ja, meine Auftraggeber gehen davon aus. Sie hätten auf einer ordentlichen Autopsie bestehen sollen. Fabiana einäschern zu lassen war eine vorschnelle und falsche Entscheidung.«

»Werfen Sie mir das nicht vor, das war nicht meine Idee«, verteidigte sich Guedes.

Diese Aussage verwirrte Henrik, denn genau darauf hatte Danilo Neves doch beharrt: dass die Eltern die Einäscherung ihrer Tochter in die Wege geleitet hatten.

»Es war dieser Freund«, fuhr Guedes fort. »Der hat die Feuerbestattung veranlasst, auf Fabianas Wunsch hin, wie uns erklärt wurde.«

Henrik wusste nicht mehr, wem er glauben sollte. Dieses Detail sorgte für Verwirrung und war dabei doch so relevant. »Hat Ihnen Senhor Neves diesen Wunsch Ihrer Tochter persönlich mitgeteilt? Oder wurden Sie vor vollendete Tatsachen gestellt?«

Mittlerweile war Guedes die Verkaufstheke des Antiquariats zur Stütze geworden. Er lehnte sich schwer dagegen. »Ich ... ich kann mich nicht mehr erinnern. Diese Tage waren die Hölle. Ich weiß nicht mehr, mit wem ich alles gesprochen habe. Jedenfalls nicht mit diesem Neves. Dieser Feigling hatte ja nicht mal den Mumm zu kondolieren.«

Für Sekunden legte sich eine bedrückende Stille über den Laden, die nur von Guedes' schwerem Atem durchbrochen wurde. Henrik musterte den Mann nicht ohne Mitgefühl. »Ich verspreche Ihnen, ich werde mich noch einmal mit Senhor Neves unterhalten. Denn wer auch immer für die schnelle Einäscherung Ihrer Tochter gesorgt hatte, legte damit den Grundstein für die Vertuschung der Wahrheit.«

»Vielleicht nehme ich nun doch einen Schluck Wasser.« Guedes' zu Beginn so aufbrausende Stimme war zu einem heiseren Flüstern geschrumpft.

Henrik ging hinüber ins Büro, um das Tablett mit der Karaffe und den Gläsern zu holen. »Kennen Sie das Pôr do sol?«, wollte er wissen, während er Guedes einschenkte und das Glas über den Tresen reichte.

Fabianas Vater trank einen großen Schluck, dann schüttelte er den Kopf. »Wir sind schon damals selten zum Essen nach Lissabon reingefahren. Ich hatte während meiner Arbeit jahrzehntelang den Trubel der Großstadt um mich herum, da wollte ich mir das nicht auch noch in meiner Freizeit antun.«

Henrik sah den Mann vor sich, wie er an der Steilküste draußen in Cabo Raso stand, seine Angel auswarf; in den Ohren nichts als die rauschende Dünung des Atlantiks, die gegen die zerklüfteten Felsen brandete. »Ich habe gehört, Ihre Tochter verkehrte durchaus öfter in diesem Restaurant. Wussten Sie davon?«

Fabianas Vater nickte, trank das Glas leer und reichte es zurück. »Natürlich wussten wir das.«

Henrik runzelte die Stirn. »Ein recht kostspieliges Lokal für eine Studentin oder Berufsanfängerin, finden Sie nicht?«, warf er ein.

In Guedes' Augen kehrte das angriffslustige Funkeln zurück. »Was wollen Sie damit andeuten?«

»Ich mache mir nur meine Gedanken darüber, wer sie dorthin eingeladen hat.« Tatsächlich tauchten da plötzlich Bilder vor seinem inneren Auge auf. Von Fabiana, die einen Studienkredit womöglich dadurch umging, dass sie für einen Escortservice arbeitete. Er hätte Neves danach fragen sollen, wie genau er die junge Frau kennengelernt hatte ...

»Es ist harmloser, als Sie sich jetzt gerade ausmalen, Senhor Falkner«, unterbrach Guedes seine Spekulationen. Das Wasser, das er getrunken hatte, verhalf seiner Stimme zur alten Stärke.

»Gut, dann klären Sie mich auf«, verlangte Henrik.

»Bevor Fabiana diesen Neves kennenlernte, war sie mit einem ehemaligen Kommilitonen zusammen. Ein netter Kerl, der nebenher als Kellner arbeitete, um sich das Studium zu finanzieren. Das tat er unter anderem im Pôr do sol.«

21

Nachdem Guedes das Antiquariat verlassen hatte, musste Henrik sich zuerst einmal hinter seinen Schreibtisch setzen. Fabianas Ex-Freund gehörte also ebenfalls zum Service-Team des Pôr do sol. Zumindest hatte er dazugehört. Das war eine Nachricht, die Henrik erst einmal verdauen musste. Leider hatte sich der pensionierte Banker nicht so recht an den Namen des *netten Kerls* erinnert. Julio oder Cristiano standen zur Option, aber ohne Garantie und auf jeden Fall ohne einen Nachnamen. Auch sonst konnte Guedes keinerlei Auskünfte über den Studenten geben, mit dem seine Tochter liiert gewesen war und den sie gelegentlich bei seinem Schichtende im Restaurant abgeholt hatte.

Klar war nun allerdings, warum sie das Lokal kannte – und dass sie natürlich dem Personal bekannt gewesen sein musste. Ein Stammgast, wenn auch nicht von der zahlenden Sorte, denn sie verbrachte dort ihre Zeit wartend an der Bar, bis ihr Freund mit der Arbeit fertig war. Ein Zugeständnis, das Robert sicher nicht jedem gemacht hätte; aber bei Fabiana handelte es sich nun einmal um eine aparte Erscheinung, die im schummrigen Schein der Barbeleuchtung ganz gewiss ein gutes Bild abgab.

Er hatte Guedes gar nicht danach zu fragen brauchen, ob Julio oder Cristiano immer noch dort arbeitete. Das alles lag über fünf Jahre zurück, also konnte man mit hoher Wahrscheinlichkeit davon ausgehen, dass aus dem ehemaligen Studenten mittlerweile ein Akademiker geworden war, der sich seine Brötchen anderweitig verdiente. Guedes war sich nicht einmal sicher, ob Fabianas Ex-Freund noch im Pôr do sol gejobbt hatte, als seine Tochter dort nach dem Abendessen mit Danilo Neves den Tod fand.

Henrik wollte sich nicht vorschnell mit dem klassischen Motiv Eifersucht zufriedengeben, auch wenn es sich in vielen Fällen als begründet herausstellte. Dennoch war die Information über den Ex-Freund hochgradig brisant. Und damit gab es nun wirklich keinen Grund mehr, noch länger zu warten. Ohne weiteres Zögern wählte er die Nummer, die er schon gestern hatte anrufen wollen. »Können wir uns treffen?«, war wieder einmal sein erster Satz, kaum dass sie das Gespräch entgegengenommen hatte.

»Du wiederholst dich«, stellte die Inspetora trocken fest.

»Es ist wichtig. Die Sache, die ich gerade untersuche, duldet jetzt keinen Aufschub mehr.« Er legte so viel Sachlichkeit in seine Stimme, wie es ihm bei einer Unterhaltung mit Helena möglich war. Zum Glück merkte sie, auch ohne dass er ins Detail ging, sofort, wie ernst es ihm war. Weshalb sie sich auch relativ leicht zu einem Mittagessen überreden ließ. Bis dahin blieben ihm noch zwei Stunden, die er nicht ungenutzt verstreichen lassen wollte. Das Rotweindilemma hatte ihn zwar seinen Job im Pôr do sol gekostet, aber nach allem, was er von Fabianas Vater erfahren hatte, konnte er Robert und seine Belegschaft jetzt erst recht nicht unbeaufsichtigt lassen. Deswegen führte er noch ein zweites Telefonat, auch wenn er zu seinem Bedauern nur die Mailbox erreichte. Um die Sache nicht unnötig in die Länge zu ziehen, kündigte er nach dem Signalton kurzerhand seinen Besuch innerhalb der nächsten Stunde an. Das bedeutete, dass er unverzüglich aufbrechen musste, wenn er seine Termine unter einen Hut bringen wollte.

Wie in den Tagen zuvor fuhr er hinüber ins Alfama-Viertel und hielt so an seinem Tagesablauf seit Beginn der Woche fest. Statt am Largo Portas do Sol auszusteigen, um zum Restaurant zu gelangen, verließ er den Bus der Linie 737 schon am Miradouro de Santa Luzia. Von dort aus waren es nur ein paar Hundert Meter in die Rua do Castelo Picão. Ihr Roller parkte vor dem Haus. Sofern das Teil nicht wieder einmal kaputt war, standen die Chancen demnach gut, sie zu Hause anzutreffen. Es dauerte eine gefühlte Ewigkeit, bis sie endlich die Tür öffnete. So verschlafen, wie sie aussah, hatte er sie aus dem Bett geklingelt; nur mit Mühe verkniff er sich die Frage, mit welchem Job sie sich momentan über Wasser hielt. In jedem Fall musste sie dabei Nachtschichten einlegen, so viel war klar.

»Henrik, merda!«

»Tolle Begrüßung!« Er grinste schief. »Hallo Gisela.«

»Hast du Croissants mitgebracht?«, wollte sie wissen. Selbst schlaftrunken konnte sie rotzfrech sein, man musste sie einfach mögen.

»Wieso, ist das die Voraussetzung, um mich reinzulassen?«

Sie wischte sich ein paar besonders widerspenstige Locken aus der Stirn und zog eine Schnute. Dann gab sie zögernd die Eingangstür frei, durch die man ganz ohne einen Flur in ihre vom Chaos beherrschte Behausung trat. Diese befand sich im Erdgeschoss eines baufälligen, fünfstöckigen Hauses und glich eigentlich mehr einer Werkstatt als einem Wohnraum. Gisela restaurierte alte Möbel, die sie auf dem Feira da Ladra, dem riesigen Flohmarkt, verkaufte, der jeden Samstag rund um das Panteão Nacional abgehalten wurde. Eine echte Attraktion, bei der man so ziemlich alles kaufen konnte, was man brauchte – sowie alles Mögliche, was man absolut nicht brauchte. Neben den Möbeln im Vintage-Style verhökerte Gisela dort auch allerlei Ersatzteile für alte Mopeds und Roller, darunter ganze Motoren, Getriebe, Auspuffanlagen und Karosserieteile. Und wenn gerade nicht Flohmarkt war, lagerte sie den Großteil ihrer gebrauchten Waren innerhalb ihrer vier Wände. Von daher war es nicht leicht, einen Weg durch ihr zugestelltes Reich zu finden, um zu dem Tisch zu gelangen, der höchstens noch zu einem Drittel zum Essen zu gebrauchen war. Denn auch auf der verschrammten Holzplatte türmten sich unterschiedlichste Werkzeuge zwischen Altmetall, Kabelwirrwarr und anderweitigem Krimskrams.

Henrik zwängte sich durch bis zu dem einzigen zur Verfügung stehenden Stuhl, den er allerdings noch von einem Stapel Zeitschriften befreien musste, um sich setzen zu können. »Wie wäre es mit Kaffee?«, fragte er.

Mit skeptischem Blick schielte Gisela hinüber zu der Küchenzeile, die aus bunt zusammengewürfeltem Inventar bestand. »Tee, allenfalls«, meinte sie und gähnte ausgiebig, als erinnerte sie allein die Tatsache fehlender Kaffeebohnen daran, dass sie eigentlich noch hundemüde war.

Henrik winkte ab und musterte sie. Standen sie sich gegenüber, reichte sie ihm nicht einmal bis unter das Kinn – und dennoch wusste sie, wie sie sich durchsetzen konnte, wenn es nötig war. Sie war ein Energiebündel mit gewinnendem Schmachtblick – wenn sie es darauf anlegte –, einem Piercing in der rechten Braue und einem trockenen Humor im Gepäck.

»Schwere Nacht gehabt?«

Gisela blickte an sich hinab und wurde sich offensichtlich erst jetzt bewusst, dass sie nur ein dünnes T-Shirt trug, das kaum bis zu ihren Oberschenkeln reichte. Schnell zupfte sie daran, um mehr von ihrer Blöße zu bedecken. »Ich sollte mir wohl was anziehen«, murmelte sie und huschte ins angrenzende Schlafzimmer.

Henrik grinste in sich hinein. Er mochte Gisela, und nicht allein, weil sie ihn zum Lachen brachte. Es war ihre ungezwungene Art, ihr jugendlicher Leichtsinn, den man einer jungen Frau mit gerade mal zwanzig schnell verzeihen konnte. Erst im Frühjahr hatte er sie während einem seiner Fälle kennengelernt, einer ebenso bedrückenden wie kuriosen Geschichte, bei der sie ihm zur Seite gestanden hatte, ohne dass sie überhaupt eine Ahnung hatte, wer er war und was er wollte. Diese Spontaneität hatte Henrik dermaßen beeindruckt, dass er sie seither gelegentlich mit kleinen Aufträgen betraute. In der Regel erledigte sie für ihn Observationen von Personen, die für seine Ermittlungen nötig oder hilfreich waren. Eine nicht immer ungefährliche Sache, weshalb er sie zumeist mit gemischten Gefühlen auf eine Mission schickte. Es fand es nicht unbedingt richtig, Gisela diesen Risiken auszusetzen, andererseits konnte er nicht alles alleine regeln. Und sie brauchte das Geld, mit dem er sie für diese Dienste entlohnte, vor allem seit sie ihre Stelle als Verkäuferin in einem Heimwerkermarkt draußen in Amadora verloren hatte. Eine Arbeit, der sie nicht sonderlich nachtrauerte, wie er wusste.

Sie war schneller zurück als erwartet, hatte nur schnell eine Jeans übergestreift und ihre Mähne mit einem Haargummi gezähmt. Ihre sandfarbenen Augen suchten seinen Blick. »Du bist doch nicht zufällig vorbeigekommen, oder?«

Er kam gleich zur Sache. »Ich hätte da einen Job für dich. Hast du schon mal gekellnert?«

22

Die Sonne war da, aber sie wärmte nicht. Über dem Atlantik lauerten frostige Luftschichten in der Troposphäre, die von einem Sturmwirbel hinab auf Bodennähe gesogen und von heftigen Böen Richtung Osten durch die Stadt getrieben wurden. Einigermaßen windgeschützt wartete er am Miradouro de Santo Estêvão unterhalb der gleichnamigen Kirche und blickte über das historische Fischerviertel. Ein Flickenteppich aus Tonziegeldächern in allen erdenklichen Rottönen, bestrichen von einer kalten Spätherbstsonne und durchwoben von einer Patina aus Moos, Grünspan, Möwen- und Taubenkot. Noch versperrte kein Kreuzfahrtschiff die Sicht über den Fluss. Ein friedlicher und überraschend stiller Moment, obwohl das in der Metropole am Tejo eigentlich unmöglich war. Doch alles, was er hörte, war der immer gegenwärtige Pulsschlag der Stadt, der ihm mittlerweile so vertraut war, dass er ihn nicht mehr bewusst wahrnahm. Er genoss die Stille, die sich bis in sein Innerstes ausbreitete, bis zu der Sekunde, in der die Glocken der barocken, in reinstem Weiß erstrahlenden Igreja Santo Estêvão die Mittagszeit verkündeten und alle umliegenden Gotteshäuser einem Echo gleich einstimmten.

Pünktlich wie vereinbart, betrat Helena die Aussichtsterrasse unterhalb der Kirche. Der Wind zupfte an ihrem Pferdeschwanz. Sie hatte den Kragen ihrer Lederjacke aufgestellt und die Hände tief in den Taschen vergraben. Als sie bei ihm war, drückte sie sich unvermittelt an ihn. »Kalt«, erklärte sie, und auch wenn er nicht wusste, wie ihm geschah, legte er die Arme um sie. So standen sie für mehrere Sekunden eng aneinandergepresst wie ein Liebespaar. Wie noch vor Kurzem bei der wunderbaren Stille wünschte er sich, dass auch dieser Moment der unerwarteten Nähe niemals enden möge. Doch dann ließ ihn eine Böe erschauern, und Helena drängte ihn zum Aufbruch. Über eine Treppe gelangten sie hinunter zur nächsten Gasse. Von dort ging es im Windschatten weitere Stufen abwärts, zu dem versteckten Hinterhoflokal Pateo 13, das man als Ortsfremder höchstens durch Zufall entdeckte. In dem quadratischen Hof mit dem hoch aufragenden Trompetenbaum mittendrin war es immer noch warm genug, um draußen sitzen zu können. Was gut war, denn die drei Tischchen im Innenbereich des winzigen Restaurants waren natürlich schon besetzt. Um diese Jahreszeit stand ein gasbetriebener Heizpilz parat, falls die Dame frösteln sollte, wie der Kellner betonte. Allerdings war es in dem geschützten Patio so behaglich warm, dass man die Jacke zum Essen ablegen konnte.

In der Glasvitrine rechts neben dem Eingang lag der fangfrische Fisch des Tages auf Eis, dekoriert mit Salatblättern, Orangen- und Zitronenscheiben. Helena entschied sich für eine mittelgroße Dorade, und Henrik nahm zwei nahezu unterarmlange Kalmare. Die Fische würden sogleich auf dem Grill landen und dann mit den gewählten Beilagen serviert werden. Schon beim Gedanken daran, was ihn bald Schmackhaftes erwartete, knurrte ihm der Magen. Wieder einmal wurde ihm klar, wie schnell er vergaß, regelmäßig zu essen, sobald er sich in die Untersuchung eines ungeklärten Verbrechens vertiefte.

Während sie Weißbrot in Olivenöl mit Meersalz tunkten, erzählte Henrik, was er über Fabiana Guedes' Tod in Erfahrung gebracht hatte, und erklärte anschließend, warum er unbedingt Helenas Hilfe brauchte. Er wusste, die Inspetora war nicht leichtgläubig und grundsätzlich erst einmal skeptisch, was Aussagen ohne belegbare Indizien anging. Daher hoffte er, mit seinem sachlichen Bericht eine vertrauliche Basis schaffen zu können, bevor er die verräterische Bemerkung Casimiros an sie weitergab. »Es besteht der Verdacht, dass Fabiana nicht die Einzige war.«

»Wer sagt das?«

»Einer der Köche.«

»Wie kommt er zu der Behauptung?«

Henrik biss sich auf die Unterlippe. »Ich hatte bislang keine Gelegenheit, ihn näher dazu zu befragen. Ohne Polizeimarke ist es nicht so einfach, Leuten auf den Zahn zu fühlen, wie du dir sicher denken kannst.«

Helena lehnte sich in ihrem Stuhl zurück. »Verstehe ich das richtig? Alles, was du hast, ist eine äußerst vage Vermutung, basierend auf der unbelegten Bemerkung eines Kochs?«

»Immerhin ist er Chefkoch und lange genug im Restaurant beschäftigt, um mitzukriegen, dass gelegentlich jemand das Essen nicht überlebt.« Das hörte sich in der Tat ziemlich dramatisch an, aber es galt, Helena endlich zum Einschreiten zu bewegen. »Außerdem hätte er so einen Satz nicht fallen lassen, wenn er nicht zumindest einen Verdacht hegen würde, dass Fabiana nicht alleine betroffen war...«

»Betroffen wovon?«, hakte Helena nach. »Wir verfügen über keinerlei Indizien, ob wirklich das Essen – oder von mir aus auch *etwas* im Essen – den Tod dieser Frau verursacht hat. Außerdem gibt es weder Anzeigen, noch laufen irgendwelche Klagen gegen das Pôr do sol. Todesfälle im Zusammenhang mit dem Lokal wären ja wohl hinlänglich bekannt.«

Endlich kamen ihre Bestellungen, was der verfahrenen Diskussion, in die sie sich gerade hineinmanövriert hatten, die Schärfe nahm. Das appetitliche Essen hatte eine versöhnliche Wirkung aufs Gemüt, und Henrik hoffte, dass dieser Zustand auch noch eine Weile anhalten würde, selbst nachdem die Teller leer waren.

Tatsächlich war es so. Nicht dass Helena gänzlich zur Einsicht kam, doch sie versprach ihm zumindest, in der Polizeidatenbank nach ähnlich gearteten Fällen zu suchen. Das war ein Anfang. Und die Umarmung zum Abschied enthielt so viel Wärme, dass er sich bedenkenlos hinaus in den kalten Wind wagen konnte.

23

Wie vereinbart trafen sie sich am Arco do Castelo, dem Zugang zur ehemals maurischen Festung, die über der Stadt thronte. Von dort waren es nur gut einhundert Meter bis zum Pôr do sol, und Henrik hatte nicht vor, dem Restaurant heute noch recht viel näher zu kommen. Selbst an Tagen, da sich weniger Touristen in Lissabon aufzuhalten schienen, war der Platz vor dem Torbogen sehr belebt. Jedenfalls waren es genug Leute, um unsichtbar zu bleiben. Eine Maßnahme, die er bei diesem aktuellen Fall zwar nicht unbedingt als nötig erachtete – aber es konnte ja nie schaden, sich nicht allzu offensichtlich zu präsentieren. Vor allem sollte niemand sehen, dass Gisela und er sich kannten. Zumindest niemand von den Angestellten des Restaurants, von denen einige über diese kleine Straße an ihren Arbeitsplatz gelangten.

Der Wind hatte nachgelassen. Stand man direkt in der Sonne, fühlte man, wie stark diese sogar im November noch war. Gisela hatte sich dem Anlass entsprechend zurechtgemacht. Das Haar hatte sie sauber hochgesteckt und ein dezentes Make-up aufgelegt, das sie auf raffinierte Weise veränderte und älter wirken ließ. Der Rock und die Bluse, die sie unter ihrem offenen Mantel trug, betonten sehr reizvoll ihre Figur, und ihrem Lächeln konnte man ohnehin nur schwer widerstehen. Wäre er Robert, er würde sie ohne großes Überlegen einstellen. Ja, er war sich ziemlich sicher, dass der Franzose nicht Nein sagen würde. Auch wenn das stereotyp gedacht war, aber so wie Henrik den Restaurantmanager kennengelernt hatte, hatte sein Plan gute Chancen zu funktionieren.

Während sie vorgaben, die Postkarten in einem Drehständer vor einem der Souvenirläden zu studieren, erteilte er ihr letzte

Anweisungen. Nachdem er ihr die Sache in Umrissen offenbart hatte, verlangte Gisela Details. Sie brauchte Transparenz, das hatte sie nach ihren letzten Einsätzen klargestellt. Keine Blindflüge mehr. Sie wollte wissen, worum es in seinem Fall ging und womit sie es zu tun hatte. Es widerstrebte ihm, aber er fügte sich und fasste seine Ermittlung zu Fabiana Guedes und seinen Verdacht gegenüber dem Pôr do sol kurz zusammen. Danach erinnerte er sie aufs Neue daran, dass sich ihre Aufgabe ausschließlich darum drehte, das Personal zu beobachten. Er wollte nicht, dass Gisela verfängliche Fragen stellte oder jemandem aktiv hinterherschnüffelte.

»Halt einfach die Augen auf. Mach dir ein Bild von den Leuten, die dort arbeiten. Sonst nichts!«, bläute er ihr ein.

Sie hob die Hände. »Hey, ich hab's verstanden, bleib gechillt, Mann!« Sie grinste ihm zu, drehte sich um und marschierte die Straße hinunter. Henrik sah ihr hinterher, bis sie in die Costa do Castelo einbog. Er versuchte, keine Bedenken aufkommen zu lassen – ohne dass ihm das wirklich gelang.

Nachdem sie seinem Blick entschwunden war, schlenderte er durch die pittoresken Gassen auf dem Schlossberg in Richtung des Miradouro do Recolhimento, eine Brache mitten in dem dicht bebauten Viertel, auf der nur noch Ruinen oder von Unkraut überwachsene Grundmauern der damaligen Häuser standen. Längst war es zu einem Eldorado für Graffiti-Künstler geworden, die sich der zahllosen Kalksteinwände bedienten. Dazu kamen Leute, die versuchten, dort ihre Handwerkskunst oder gewisse andere Waren an die Touristen zu bringen. Auch Waren, die nicht unbedingt legal waren. Trotz oder gerade wegen der Verwahrlosung und des zwielichtigen Ambiente war es ein höchst interessanter Ort. Nicht allein aufgrund der Subkultur, die sich hier so facettenreich präsentierte, sondern auch aufgrund des Ausblicks, der sich einem bot. Er hatte mit Gisela vereinbart, hier auf sie zu warten, also setzte er sich auf einen der Mauerreste und beobachtete die Interaktionen zwischen den unterschiedlichsten Leuten, Nationen und Generationen, die hier gezielt oder zufällig aufeinandertrafen: Lisboetas, Urlauber, Pikierte, Aufgeschlossene, Neugierige, Interessierte, Wegschauer, die es eilig hatten, den Ort so schnell wie möglich hinter sich zu lassen, und jene, die dort länger verweilten als ursprünglich geplant. Alles in allem ein so abwechslungsreiches Unterhaltungsprogramm, dass er ein wenig zusammenschrak, als Gisela sich plötzlich neben ihn setzte.

»Das war leicht«, erklärte sie und lachte, vermutlich über sein überraschtes Gesicht.

»Wow, ich hätte nicht gedacht ...«

»Ehrlich, kein Wunder, dass dieser Robert kein Personal bekommt, bei den miesen Löhnen, die er zahlt. Mich einstellen zu lassen war echt keine Kunst. Ich musste nicht mal Victor ins Spiel bringen.«

Besser so, dachte Henrik. Das war ohnehin nicht sein bester Einfall gewesen. Für den Fall, dass Robert sich zierte, hätte sie ihm ausrichten sollen, sie käme auf Empfehlung von Victor. Henrik hatte noch nicht wirklich darüber nachgedacht, ob Robert sich mit dem Besitzer des Esquina womöglich über *ihn* ausgetauscht hatte. Und ob nicht sein Nachbar dem Restaurantchef den Tipp gegeben hatte zu hinterfragen, warum ausgerechnet dieser Buchhändler bei ihm angeheuert hatte. So gesehen war es optimal, dass Gisela den Job auch ohne fingierte Referenzen bekommen hatte.

Aber war es nicht etwas zu einfach? Ein ungutes Gefühl rumorte in seiner Magengegend.

»Ich soll auch gleich anfangen«, unterbrach Gisela seine Gedanken. »Ich hab Robert gesagt, ich parke nur noch meinen Roller um. Das heißt, ich muss sofort zurück.«

Wenn es ums Personal ging, machte Robert wirklich keine halben Sachen. Bei Henrik war das ja auch schon so gewesen. »Dann lass ihn bloß nicht zu lange warten«, murmelte er und schluckte seine Bedenken hinunter.

Gisela nickte. Sie wollte aufstehen, doch er legte ihr eine Hand auf die Schulter. »Ich weiß, ich wiederhole mich, aber ... sei bitte vorsichtig!«

Sie verdrehte die Augen. »Ehrlich, Henrik, das hab ich schon beim ersten Mal verstanden.«

»Egal! Sei wachsam, keine unüberlegten Aktionen, nur zuhören und beobachten!« Er wollte noch etwas hinzufügen, doch sie war schon von der Mauer gesprungen. Er wartete, bis sie außer Sicht war, dann folgte er ihr mit ausreichend Abstand. Die nagende Ahnung, sie in Gefahr zu bringen, hatte sich verstärkt.

Er verharrte am Scheitelpunkt der Kurve, in der sich die Casto do Castelo um den Schlossberg schmiegte, und sah zu, wie Gisela im Restaurant verschwand, um dort ihre erste Schicht als neue Servicekraft anzutreten. Hatte er vor einer halben Stunde noch die feste Absicht gehabt, dem Pôr do sol heute nicht zu nahe zu kommen, trieb ihn die Neugier nun doch bis vor die Tür. Ohne bestimmte Absicht überflog er im Vorbeigehen das Tagesangebot auf der Speisekarte. Danach schielte er hinüber zu dem Souvenirgeschäft auf der anderen Straßenseite. Der betagten Besitzerin war es offenbar heute zu frisch, um den Liegestuhl draußen vor ihrem Laden zu belegen.

Er war schon gut zehn Meter weiter, als er sich noch einmal umdrehte. Genau in diesem Moment verließ Silva das Lokal und bog unmittelbar in die entgegengesetzte Richtung ab, sodass Henrik von ihm unbemerkt blieb. Offensichtlich strebte der wortkarge Mann nach der heutigen Mittagsschicht seinem Feierabend entgegen.

Silva! Nun, warum nicht?
Da er ohnehin nicht weiterkommen würde, bis seine Informantinnen ihm weitere Fakten lieferten, überlegte er nicht lange. Wenn sich ihm unverhofft so eine Gelegenheit bot, wäre es fahrlässig gewesen, sie nicht zu nutzen. Immerhin zählte Silva zu denen, die schon länger im Pôr do sol beschäftigt waren. Vielleicht ergab sich doch wider Erwarten die Gelegenheit, ein Schwätzchen mit seinem ehemaligen Kollegen zu halten.

Er folgte Silva hinauf zum Castelo de São Jorge. Für sein Alter legte der Mann ein ordentliches Tempo vor. Man sah es dem dürren Mittfünfziger nicht an, aber Silva verfügte über eine erstaunliche Kondition. Über verschlungene Gässchen und steile Treppen, die Henrik noch nie benutzt hatte, gelangten sie so an der einstigen Maurenfestung vorbei ins nördlich angrenzende Mouraria-Viertel. Dort bog Silva irgendwann nach Westen ab. Sie durchquerten eine unansehnliche Ecke der Stadt, in die sich nur diejenigen Touristen verirrten, die den Stadtplan nicht gelesen hatten oder sich weigerten, auf die digitale Stimme ihrer Smartphone-Navigation zu hören. In all der Zeit, in der er Silva auf den Fersen war, blickte dieser sich kein einziges Mal um. Schließlich betrat der Küchengehilfe in der Rua da Senhora da Glória ein unscheinbares fünfstöckiges Wohnhaus, dessen einzige Eigenwilligkeit darin bestand, dass es direkt an eine Kirche gebaut worden war.

Henrik wartete auf der gegenüberliegenden Straßenseite, bis Silva im Treppenhaus verschwunden war. Da es keinen Sinn hatte, die Beschilderung der Türklingeln zu studieren, widmete er sich dem angrenzenden Kirchenportal. Laut der Steintafel am Eingang der Kirche stand er vor der Igreja da Senhora da Glória, eben jener Senhora, die auch der Straße ihren Namen gegeben hatte. Das Gotteshaus war nicht sonderlich groß und verfügte über eine schlichte weiße Fassade ohne jegliche Schnörkel und sonstige Verzierungen. Die mit dunkelbrauner Farbe gestrichene Tür war verschlossen.

»Kann ich Ihnen helfen?«

Links neben dem Portal stand eine Bank in der Sonne, auf der man es wohl ganz gut aushalten konnte. Der greise Mann, der dort hockte, krümmte seine von Gicht gezeichneten Hände über den gebogenen Griff eines Gehstocks. Wie es sich für einen eingesessenen Lissabonner gehörte, trug er einen Anzug. Dieser war zwar schon äußerst fadenscheinig und in einem ähnlich unattraktiven Braun gehalten wie die Kirchentür, doch er erfüllte den Zweck, ein ordentliches Auftreten in der Öffentlichkeit zu ermöglichen. Zumindest in den Augen seines Trägers.

Der Alte hatte sein schlohweißes, immer noch dichtes Haar zu einem exakten Scheitel gekämmt. Auf seiner knolligen Nase saß eine in vergilbtes Schildpatt gefasste Brille, deren Gläser eine leichte Tönung aufwiesen, durch die er Henrik nun streng musterte.

»Descuple, ich dachte, ich könnte einen Blick in Ihre Kirche werfen«, erklärte Henrik freundlich.

Der Rentner schwang seinen Stock empor und deutete damit auf das Blechschild, das über die Zeiten der Gottesdienste Auskunft gab. »Wenn Sie reinwollen, dann nur um zu beten. Der Herrgott mag nicht einfach nur fotografiert werden.«

Henrik dankte ihm und trat von der Kirchentür zurück. Er warf einen Blick hinüber zu dem Wohnhaus mit seinen moosgrünen Balkonbalustraden.

»Kennen Sie zufällig Senhor Silva von nebenan?«

»Silva?«, wiederholte der Alte argwöhnisch. »Wer will das wissen?«

Henrik entschuldigte sich erneut. »Ich bin ein Kollege von ihm, wir arbeiten beide im Pôr do sol.«

Nun musterte ihn der Alte noch eindringlicher. »Wenn Sie Kollegen sind, dann kennen Sie den Professor vermutlich besser als ich.«

Den Professor!

»Und was soll das überhaupt sein, Pôr do sol?«

»Ein Restaurant«, klärte Henrik ihn auf, doch seine Gedanken waren längst ganz woanders. »Silva ist Professor?«

»Ha! Ich sehe, Sie haben keine Ahnung!«

Nun fühlte er sich genötigt, sich zum dritten Mal zu entschuldigen. »Das ist ja genau mein Problem«, fuhr er dann fort. Er musste die Situation irgendwie retten. »Der ... der Professor redet nicht viel. Darum wäre es schön, ihn näher kennenzulernen. Sie wissen schon ...«

Der Alte schüttelte den Kopf. »Tja, ich hätte nicht gedacht, dass es jemanden gibt, der freiwillig Zeit mit dem Professor verbringen möchte.«

»Nun, vermutlich haben Sie recht. Das war vermessen von mir. Er will wohl einfach nur in Ruhe gelassen werden«, murmelte Henrik vor sich hin, gerade laut genug, um sicherzugehen, dass der Alte seine Worte mitbekam.

»Was sind Sie, Seelsorger?«

»Mir ist lediglich an einem guten kollegialen Verhältnis gelegen«, erklärte Henrik.

»Und darum schleichen Sie dem Professor nach?«

Verdammt! Der Alte hatte mehr mitgekriegt, als ihm lieb war. »Wie gesagt ...« Er machte eine resignierte Geste.

»Woher kommen Sie? Ihr Portugiesisch ist eine Katastrophe!«

»Deutschland.«

Der Greis nickte, schenkte ihm ein breites Grinsen und zeigte ihm dabei ein löchriges Gebiss. Dann erhob er sich mit leisem Ächzen von dem sonnenverwöhnten Platz auf der Bank. »Geben

Sie einen aus?«, fragte er und deutete nach rechts die Straße hinunter. Henrik ließ ihm den Vortritt, und er wackelte los. Dank des langsamen Tempos brauchten sie nahezu fünf Minuten für die Strecke von knapp einhundert Metern, die sie zu einer Eckkneipe namens Lorena führte. Das Inventar war abgewetzt und ungefähr so alt wie das halbe Dutzend Gäste und die Bedienung. Diese war, wie sich später herausstellte, tatsächlich die Namensgeberin des Etablissements. Der Alte an seiner Seite wurde jedenfalls ausgiebig begrüßt, und so erfuhr Henrik, dass er José hieß. Offensichtlich verfügte er über einen Stammplatz am Fenster, von dem aus man optimal die Straße überblicken konnte, ähnlich wie von seinem Observationspunkt auf der Bank vor der Kirche.

Als wollte er Henriks Geduld mit Absicht noch weiter strapazieren, hielt José, nachdem er seine Bestellung losgeworden war, einen ausführlichen Plausch mit der betagten Bedienung. Es war schier unmöglich, dieser Unterhaltung auch nur im Ansatz zu folgen, so schwer verständliches Portugiesisch wurde gesprochen. Schließlich zog sich Senhora Lorena hinter ihren Ausschank zurück. José kramte eine Packung filterloser Zigaretten aus der Innentasche seines Jacketts und zündete sich eine an, ehe er Henrik eine anbot. Der lehnte kopfschüttelnd ab und wedelte den beißenden Rauch fort, den ihm der Alte über den Tisch hinweg entgegenblies.

»José, wie oft noch, wir haben Rauchverbot!«, rief Senhora Lorena quer durch die Gaststube. Das schien nicht besonders ernst gemeint und entlockte dem alten Herrn nur ein müdes Lächeln. Auch einige der anderen Gäste, ausschließlich Männer jenseits der sechzig, ließen Kommentare los, was zu einer kurzen – und nach Henriks Verständnis recht spaßigen – Diskussion in der Gaststube führte. Irgendwann verfielen alle in anhaltendes Gelächter, das wiederum bei einem der Senioren in einen Hustenanfall mündete; zusätzliches Amüsement war die Folge. Zwischendrin wurden der Wein für José und ein Kaffee für Henrik serviert.

»Der Professor hat es Ihnen also angetan«, begann José, dem sein Wein offenbar zusagte. Da er sicher war, in Henrik einen Gönner gefunden zu haben, hatte er ohne Zweifel den edelsten Tropfen auf der Karte verlangt. Henrik konnte nur hoffen, dass diese Investition sich auch lohnte. Bei einem Verhör bewährte es sich häufig, selber erst einmal zu schweigen, bis dem Befragten die Stille so sehr zur Last wurde, dass er von sich aus zu reden begann. Statt also auf die Bemerkung des Alten einzugehen, sah er ihm lediglich stumm dabei zu, wie er erneut vom Rotwein trank und zwischendrin an seiner Zigarette zog.

»Hier im Viertel halten wir nicht viel davon, über die Nachbarn zu tratschen«, verkündete José schließlich.

»Aber was den Professor angeht, machen Sie eine Ausnahme. Für mich, einen Wildfremden, der Ihnen im Gegenzug ein Glas Wein spendiert.« Es war eine kalkulierte Herausforderung.

José rauchte zu Ende und drückte die Kippe mangels eines Aschenbechers in Henriks Untertasse aus. »Verstehen Sie mich nicht falsch, aber der Professore ist ... wie soll ich sagen ... Er ist ein Außenseiter, der nicht wirklich Teil unserer Gemeinde sein will. Außerdem liegt es in meiner Natur, neugierig zu sein.« Er beugte sich ein Stück weiter über den Tisch. »Sie hätten sich eine bessere Geschichte ausdenken sollen, warum Sie Senhor Silva hinterhergeschlichen sind, junger Mann. Früher, in einer Zeit, an die ich mich nicht besonders gerne zurückerinnere, hat man mir beigebracht, seinesgleichen zu erkennen.«

Konnte das möglich sein? Auch Henrik senkte jetzt die Stimme. »Sie waren doch nicht etwa ein Mitglied der PIDE, von Salazars Geheimpolizei?«

Es mochte sich um eine vorüberziehende Wolke handeln, die kurzzeitig einen Schatten über das Gesicht des alten Mannes legte. »Im Nachhinein ist das nichts, worauf man stolz sein sollte, das habe ich mittlerweile gelernt. Aber vor fünfzig Jahren musste man sich entscheiden, auf welche Art und Weise man überleben wollte. Es gab nur Schwarz oder Weiß, verstehen Sie? Und ich war jung und idealistisch; ich hatte nicht die Absicht, nur Dreck zu fressen. Bloß ... wen es nach Besserem verlangte, der musste seine Seele verkaufen. Das war der Preis, Senhor, und ich habe ihn leichtfertig bezahlt. Wie Sie sehen, hat es mir letztlich nicht genug eingebracht, um heute in einem feudalen Landhaus draußen in den Sintra-Bergen zu wohnen. Sie sagten uns, wir seien alle gleich, aber es gab immer welche, die noch gleicher waren. Und daneben solche wie mich, die kleine Rädchen blieben und mit billigen Blechorden ruhiggestellt wurden.«

Seinem zynischen Tonfall nach zu urteilen, wollte er zum Glück nicht bedauert werden – Henrik hätte das auch gar nicht gekonnt. Er kannte die Gräueltaten der Geheimpolizei, die während der Diktatur in einer Weise operiert haben musste wie die Gestapo in Nazideutschland oder ähnliche Organisationen in totalitären Systemen. Er verspürte keinen Drang, dieses Thema zu vertiefen, schon allein damit seine anfängliche Sympathie für José nicht noch mehr schwand. Es war an der Zeit, auf den Punkt zu kommen, bevor der Alte auf die Idee verfiel, noch ein zweites Glas Wein zu verlangen.

»Sie haben also gelernt, Leute zu beobachten und ihr Verhalten zu beurteilen, und tun das nach wie vor, sei es aus Gewohnheit oder Langeweile, richtig? Dann lassen Sie doch mal hören, was Sie über Ihren Nachbarn Senhor Silva so zu berichten haben.«

»Sehen Sie, während meiner aktiven Zeit wusste ich, bei wem ich meinen Report abzuliefern hatte. Und manchmal sogar, warum ich zu tun hatte, was von mir verlangt wurde. Es wäre also durchaus angebracht, zumindest Ihre wahren Ambitionen zu kennen ...«

Henrik kaschierte seinen Ärger über die dreiste Forderung mit einem Lächeln. »Lassen Sie es uns doch so machen: Sie erzählen mir ein wenig von Ihren Beobachtungen, und sofern sich für mich daraus brauchbare Informationen ergeben, setze ich Sie über meine Absichten in Kenntnis.«

»Klingt für mich so, als würde ich in jedem Fall den Kürzeren ziehen«, maulte José, trank vom Wein und verschränkte dann schmollend die Arme vor der rachitischen Brust.

»Wissen die Leute in der Straße, was Sie für Salazar getan haben?«

»Früher konnte man niemandem trauen, unter Umständen nicht mal innerhalb der Familie. Es war eine grausame Zeit, die wir vergessen haben, um das Leben danach überhaupt erträglich zu machen. Deshalb ist hier keiner nachtragend, sonst würde die Gemeinschaft nicht funktionieren.«

Klar, und deshalb flüsterst du auch, dachte Henrik, behielt aber seine freundliche Miene bei. Und überließ vor allem seinem Gegenüber weiterhin das Reden.

»Bom, bom, ich mag Sie irgendwie«, lenkte José nach ein paar Sekunden ein.

Eine Sympathiebekundung, die Henrik beinahe zurückgegeben hätte, aber das gehörte natürlich zur Masche des Alten. Er musste aufpassen. Immerhin saß er einem gelernten Staatsspitzel gegenüber, von dessen greiser Erscheinung er sich nicht täuschen lassen durfte.

»Wohnen Sie im selben Haus wie der Professor?«

Der Alte schüttelte den Kopf. »Gegenüber.«

»Und den Professor, den nehmen Sie gerne ins Visier?«

José musste grinsen. »Das Verhalten des Professors erinnert mich schon sehr stark an früher, an Leute, deren krampfhafter Versuch, unauffällig zu bleiben, sie in meinen Augen erst recht hat auffällig werden lassen. Das macht es mir schwer wegzusehen, wenn er aus dem Haus und die Straße runtermarschiert. Unzugängliche, kontaktscheue Menschen wecken mein besonderes Interesse.« Er zuckte mit den Schultern, als wollte er sich dafür entschuldigen.

»Sind Sie ihm auch mal gefolgt?«

Der Alte deutete auf seinen Gehstock. »Für den Professor bin ich nicht mehr schnell genug.«

Henrik entsann sich des flotten Tempos, das Silva vorgelegt hatte, als er ihm vorhin hinterhergegangen war. Und wie er sich darüber gewundert hatte, wie gut dieser Mann nach einer anstrengenden Schicht in der Restaurantküche noch zu Fuß war, selbst den Berg hoch.

»Wie lange lebt er schon in dem Haus?«

»Zwölf, vielleicht fünfzehn Jahre. In meinem Alter hört man auf, mit der Zeit zu hadern oder Kalenderblätter abzureißen. Jedenfalls ist er dort eingezogen, nachdem sie ihn entlassen haben. Ich kann mir nur schwer vorstellen, was man ausgefressen haben muss, um seine Position als Staatsbediensteter zu verlieren.«

Das war interessant. »Er war Beamter?«

»Man weiß nichts Genaues; alles, was über diesen Mann geredet wird, basiert auf Gerüchten. Jedenfalls wird erzählt, er wäre in der Forschung tätig gewesen. Jemand will gehört haben, dass er Biologe ist. Professor für Entwicklungsbiologie und biochemische Pharmakologie, um korrekt zu sein.«

»Biologe«, murmelte Henrik und versuchte zu sortieren, was er eben erfahren hatte. »Woher wissen Sie das so genau?«

»Es gibt nach wie vor ... Veteranentreffen. Aber damit habe ich schon viel zu viel gesagt.«

Alt-Salazaristen unter sich. Es war in der Tat besser, darüber nicht mehr zu erfahren. Immerhin hatte Henrik vor einer Weile schon einmal in ein derartiges Wespennest gestochen, und das war ihm nicht sonderlich gut bekommen.

»Ich würde Ihnen mehr erzählen, wenn ich mehr wüsste.« José ließ die knochigen Schultern zucken. »Aber der Professor ist eine verdammt harte Nuss, schwer bis unmöglich zu knacken, weil er mit niemandem spricht. Und wer nicht redet, verplappert sich auch nicht.«

»Wissen Sie denn, wie er mit vollem Namen heißt?«

Offenbar der Theatralik wegen überlegte der Alte länger als nötig. Auch wenn er sich harmlos gab, genoss er es sehr, sich zu inszenieren, wie es schien. »Silva, Pascoal Silva«, erklärte der alte Faschist endlich.

»Professor Pascoal Silva«, wiederholte Henrik für sich. »Besucht ihn ab und zu jemand?«

»Guter Versuch«, gratulierte José und grinste, ehe er hinzufügte: »Zumindest nicht durch die Vordertür.«

»Wie meinen Sie das?«

Der Alte rückte noch näher an den Tisch heran. »Ich hab mit Leuten aus dem Haus gesprochen. Silva bewohnt ein Appartement im dritten Stock. Aber dort hält er sich angeblich nie wirklich auf.«

Henrik runzelte die Stirn.

José nickte bedeutungsvoll. »Er ist ein überaus leiser Mieter. Macht keinen Lärm, was bei den dünnen Wänden, die in den Siebzigerjahren dort eingezogen wurden, eine echte Kunst ist. Und das Licht ...«

»Was ist damit?«

»Es geht regelmäßig an und auch wieder aus. Etwas *zu* regelmäßig, verstehen Sie?«

»Zeitschaltuhr.«

José widersprach ihm nicht. »Sind Sie schon ums Haus rumgegangen?«, fragte er stattdessen.

Henrik schüttelte den Kopf. Als er vorhin die Rua da Senhora da Glória entlangmarschiert war, war ihm kein Durchlass aufgefallen, der ihn auf die Rückseite der Häuserzeile hätte bringen können.

»Machen Sie das. Es ist nur ein kleiner Umweg, Sie müssen ganz bis zum Ende der Straße, dann zweimal rechts. Nicht schwer zu finden.« Wieder lachte der Alte still in sich hinein. »Es heißt, er hat den Schlüssel für einen Teil des Kellers im rückwärtigen Teil des Hauses, für den sonst niemand einen hat.« Damit angelte er sich seinen Gehstock und stemmte sich hoch.

»Das war's?«

»Das war's, junger Mann. Für ein Glas Wein waren das mehr als genug Informationen.«

24

José hatte nicht zu viel versprochen, wie Henrik eine Viertelstunde später feststellte. Jenseits der östlichen Häuserzeile der Rua da Senhora da Glória erstreckte sich ein gigantisches Brachland. Ein Loch in der sonst so dichten Stadtbebauung von mehreren Tausend, wenn nicht gar Zehntausend Quadratmetern. Das gesamte Areal fiel steil ab und war komplett eingezäunt. Das Unkraut wucherte selbst zu dieser Jahreszeit noch hüfthoch, dazwischen wuchsen Büsche bis hin zu übermannshohen Baumsprösslingen. Es gab keine Anzeichen, dass diese Böschung jemals bebaut gewesen war. Unweit der Stelle, wo er durch die Maschen des Zauns blickte, hatte die Stadt ein Schild aufgestellt, auf dem der Bau von Wohnhäusern versprochen wurde. Die von Wind und Wetter in Schieflage gebrachte Informationstafel stand dort seit rund fünfzehn Jahren und war mittlerweile so verblasst, dass sie kaum mehr zu lesen war. Kurz spielte er mit dem Gedanken, die aufgeführte Telefonnummer zu wählen, um sich beim Bauamt oder Bauträger nach dem Planungsstand zu erkundigen. Aber vermutlich würde er nur ein dauerhaftes Besetztzeichen erhalten. Hier herrschte offensichtlich kein Interesse, den für Lissabon so wichtigen Wohnungsbau voranzutreiben. Wahrscheinlich empfand jemand den für die Fläche veranschlagten Grundstückspreis noch nicht als angemessen. Oder aber es gab anderweitige Interessen, die einer Urbanisierung im Weg standen. Jedenfalls stank das, was er hier vor sich sah, ziemlich übel nach Korruption. Die Frage war jetzt, warum wollte José, dass er dieses Brachland inspizierte?

Die Sonne stand bereits tief und leuchtete ihm entgegen. Mit zu Schlitzen verengten Augen suchte er die Reihe der aneinandergebauten Häuser ab und fand recht schnell das Wohngebäude neben der Kirche da Senhora da Glória. Wegen des drei Meter hohen Stahlzauns kam er nicht näher als eine Fußballplatzlänge heran. Aufgeschüttete Abraumhügel versperrten teilweise die Sicht, aber es war nicht zu übersehen, dass zwei Spurrillen von der Senke, in der das umzäunte Stück Land endete, bis hinauf zu dem fünfstöckigen Kasten führten, in dem der Professor wohnte. Auf dieser Seite verfügte es wegen seiner Hanglage sogar über eine sechste Etage. Den Weg, der dort hinaufführte, als Zufahrt zu bezeichnen wäre zwar übertrieben gewesen, aber nichtsdestotrotz erreichte man darüber die Rückseite des Hauses. Vorausgesetzt, man besaß einen Schlüssel für eines der Tore, die in großzügigen Abständen in die Umzäunung integriert waren.

War dort in den unteren, unverputzten Teil der Hausmauer etwa ein Tor eingelassen? Je länger er hinüberstarrte, desto sicherer war er sich damit. Und es existierte auch eine Art Laderampe. Die Finger immer noch in die Stahlmaschen der Umzäunung verhakt, überlegte er, ob ihm diese Beobachtung in irgendeiner Weise nützte. Wieso hatte der alte PIDE-Spitzel das mit dem Keller erwähnt? Diesem Teil des Kellers, zu dem angeblich nur Silva Zutritt hatte.

Er kam zu dem Schluss, dass die aktuelle Ermittlung durch seine Unterhaltung mit José eine recht kuriose Wendung genommen hatte. Allerdings eine Wendung, von der er keine Ahnung hatte, ob sie ihm bei der Aufklärung von Fabiana Guedes' Tod überhaupt weiterhalf.

25

Seine Unruhe wuchs. Vor allem machte er sich Sorgen um Gisela. Und darum, ob sie ihrer Mission wirklich so unauffällig nachging, wie er es ihr aufgetragen hatte. Da er deswegen ohnehin nicht schlafen konnte, wanderte er mitten in der Nacht wieder Richtung Alfama, um sich in Sichtweite des Pôr do sol zu postieren, versteckt in einer Gebäudenische, von wo aus er den Eingang des Restaurants im Blick hatte. Er war zeitig genug da, um zu beobachten, wie letzte Gäste das Lokal verließen. Anschließend geschah eine ganze Weile nichts, außer dass es die Kälte der Nacht schaffte, unter seine Jacke zu kriechen; dann endlich erschienen die ersten bekannten Gesichter aus der Belegschaft. Henrik erkannte Fernanda und ihre Kolleginnen. Kurz darauf ein paar der Leute aus dem Service-Team, einen der Spüler, dann Marcio und Casimiro. Jedes Mal drückte er sich tiefer in den Schatten und hielt die Luft an, wenn sie einzeln oder in Grüppchen mit kaum zwei Metern Abstand an ihm vorbeigingen. Danach dauerte es eine quälende Ewigkeit, in der er heftig zu frieren begann, bis endlich auch Gisela im Lichtkegel der Beleuchtung über dem Restauranteingang auftauchte und mit müdem Schritt die Gasse heraufschlurfte. Um sie nicht zu erschrecken, wartete er, bis sie vorbei und um die Kurve war. Nach einem letzten prüfenden Blick zum Pôr do sol schlug er denselben Weg ein. Erst als er ganz sicher war, keinem der Leute vom Restaurantpersonal mehr zu begegnen, rief er leise ihren Namen in die nächtliche Gasse.

Gisela zuckte zusammen, hielt inne und drehte sich nach ihm um. »Merda, Henrik!«, zischte sie. »Kannst du nicht schlafen, oder was?«

Er schloss zu ihr auf und versuchte dabei zu verbergen, wie sehr die eisige Nachtluft ihm zusetzte. »Wollte nur auf Nummer sicher gehen, dass du die gesetzlich vorgeschriebene Arbeitszeit einhältst.«

»Sehr lustig.« Sie schnaubte, dann musterte sie ihn aus schmalen Augen. »Ist dir kalt?«

»Bringt wohl nichts, das zu leugnen«, erwiderte er und konnte kaum ein unwillkürliches Zähneklappern unterdrücken.

Gisela grinste. »Vielleicht nimmst du ja jetzt einen Tee, bevor ich dich rüber in dein Viertel scheuche.«

Sie brauchten keine fünf Minuten mehr bis zu ihr, und auch wenn die Wohnung über keine Zentralheizung verfügte, war es zwischen all dem Chaos und der Unordnung doch deutlich wärmer als draußen. Henrik platzierte sich wieder auf dem Stuhl, auf dem er schon heute Vormittag gesessen hatte, während Gisela den Wasserkocher anwarf. Danach kramte sie aus irgendeiner Ecke einen Heizstrahler, der schnell dafür sorgte, dass er zu zittern aufhörte. Gleich darauf konnte er auch seine kalten Finger um die heiße Tasse mit Ingwer-Limette-Tee legen. Gisela, ebenfalls mit einem Becher bewaffnet, verschaffte sich Platz auf einem Sofa, von dem er bis eben nicht gewusst hatte, dass es unter den Bergen von Zeug vorhanden war, und plumpste dann in die Kissenlandschaft. Mit einem Seufzer tiefer Erleichterung streifte sie ihre Schuhe ab. »Meine Füße bringen mich um«, stöhnte sie, und auch wenn er sie einerseits bedauerte, empfand er eine gewisse Befriedigung, dass es nicht nur ihm nach seiner ersten Schicht als Kellner so ergangen war. Es konnte also nicht ausschließlich am Alter liegen, dass man diesen Knochenjob nicht so einfach wegsteckte.

Sie schlürften ihren Tee. Eigentlich hatte er Gisela etwas Zeit geben wollen, doch schon nach dem dritten Schluck konnte er nicht mehr an sich halten. »Dann erzähl mal!«

»Anfangs habe ich dich echt dafür verflucht, dass du mich dort hingeschickt hast. Robert ist ein Sklaventreiber, und alle, die meinen, in dieser Küche auch nur ein bisschen was zu sagen zu haben, tun es ihm gleich. Das macht es eigentlich unmöglich, sich neben den tausend Aufgaben, die man aufgebrummt kriegt, noch auf was anderes zu konzentrieren.«

Er hatte nicht erwartet, dass es ihr besser erging als ihm, und war daher nicht enttäuscht darüber, dass auch Gisela keine nennenswerten Beobachtungen hatte machen können. »Ist schon in Ordnung«, lenkte er ein. »Ich musste es einfach mit dir versuchen ...«

»Halt, halt, ich hab da was für dich«, unterbrach sie ihn. »Basierend auf meiner mehrmonatigen Erfahrung als Privatschnüfflerin in deinen Diensten, würde ich mal sagen, das könnte dir weiterhelfen.«

»Ja?« Er legte genug Ungeduld in seine Stimme, um klarzumachen, dass sie ihn besser nicht weiter auf die Folter spannte.

»Da ist diese eine Kollegin, Carde ...«

»Carde, ja, kenn ich, was ist mit ihr?«, wollte er wissen. Plötzlich flammte seine Befürchtung wieder auf, dass sie sich doch nicht an seine Anweisung gehalten hatte, ausschließlich die stille Beobachterin zu geben.

»Na ja, sie weiß, wer Fabiana war.«

Henrik spürte, wie ihm die Hitze ins Gesicht stieg. »Ich fasse es nicht, dass du mit ihr darüber gesprochen hast«, fauchte er. Dabei war es gar nicht unbedingt Giselas Leichtsinn, der ihn aufbrachte, sondern seine eigene Unfähigkeit, die ihn dazu getrieben hatte, die junge Frau unbedacht in Gefahr zu bringen.

Gisela krauste nun ihrerseits verärgert die Brauen. »Jetzt hör mal, mach mich hier bloß nicht an! Carde hat das Gespräch ganz von sich aus in diese Richtung gelenkt – und zwar völlig unbeabsichtigt.«

»Ach ja? Wie geht denn so was?«, blaffte er, weil er sich trotz seiner Einsicht, dass es seine eigene Schuld war, einfach nicht bremsen konnte. Es war kaum zu fassen, dass Gisela mit jemandem aus dem Restaurant über Fabiana gesprochen hatte. Er hatte sie doch mehrfach darauf hingewiesen, genau diesen Namen nicht in den Mund zu nehmen. Selbst wenn es nur Carde gegenüber war, die er noch für relativ harmlos und vertrauenswürdig hielt.

»Kann ich das jetzt vielleicht mal loswerden, verdammt? Immerhin ist es meines Erachtens die einzige relevante Information, die ich an diesem beschissenen, ätzenden Abend, den ich dir verdanke, überhaupt aufgeschnappt habe!«

Für mehrere Sekunden hielt sie trotzig seinem Blick stand, so lange, bis er die Hände in einer entschuldigenden Geste hob.

»Schieß los!«

»Arschloch!«

»Danke.«

»Ich mach mir nur Sorgen um dich«, äffte sie ihn nach.

»Können wir uns jetzt wieder aufs Wesentliche konzentrieren?«

Gisela ließ sich Zeit und pustete mehrfach über ihren Tee, bevor sie davon schlürfte. »Also, wir waren draußen beim Rauchen, bei den Mülltonnen, du weißt schon«, begann sie endlich.

Er nickte. Schon die Erwähnung reichte aus, um wieder den ekelhaften Gestank aus den Abfallcontainern zu riechen.

»Ich hab Carde gefragt, wie sie an den Job gekommen ist. Ist doch eine völlig unverfängliche Frage unter Kolleginnen, findest du nicht?«

»Ja, okay.« Obschon wieder kurz vorm Überkochen, mahnte er sich zur Geduld, schließlich hörte sich das, was sie ihm gerade mitzuteilen versuchte, bei näherer Betrachtung äußerst vielversprechend an. *Carde kannte Fabiana. Teufel noch mal!*

Gisela lächelte oberlehrerhaft, bevor sie fortfuhr. »Jedenfalls erzählte sie mir, dass sie über ihren Freund an die Stelle im Pôr do sol gekommen ist. Weil der ebenfalls dort gearbeitet hat, während seiner Studienzeit und auch danach noch eine Weile. Doch dann, und jetzt kommt's, ist eine Bekannte von ihm gestorben, was ihn ziemlich mitgenommen hat, und von da ab konnte oder wollte er den Job nicht mehr machen.«

Henrik schossen tausend Fragen gleichzeitig durch den Kopf, aber er riss sich zusammen und ließ Gisela weiterreden.

»Da blieb mir quasi nichts anderes übrig, als nachzufragen, ob sie den Namen dieser Bekannten weiß, und sie sagte ...«

»Fabiana«, platzte es aus ihm heraus.

»Fabiana, exatamente!«

»Hat Carde dir auch verraten, wie ihr Freund heißt?«

»Klar, sie sprach von Cristiano.«

Cristiano!

Er hätte sie küssen können, hielt sich aber gerade noch zurück. Unfassbar. Fabianas Ex-Freund, der *nette Kerl*, war jetzt mit Carde liiert. Das war ein verdammt guter Ermittlungsansatz. »Du musst rausfinden, wo dieser Cristiano wohnt oder wie ich am besten an ihn rankomme!«

»Wie, ich soll da noch mal hin?«

Natürlich konnte er sich Carde selbst vornehmen. Da die Studentin mit Fabianas Ex-Freund eine Beziehung führte, würde er früher oder später auch selber rausbekommen, wo er diesen Cristiano fand. Letztlich brauchte er Carde nur nach der Arbeit zu folgen – im Idealfall wohnten die beiden zusammen, und falls nicht, hieß es nur so lange an ihr dranbleiben, bis das Paar sich irgendwann traf. Doch genau diese Form der Observation nahm manchmal eine Menge Zeit in Anspruch, vor allem, da dieses *irgendwann* nicht kalkulierbar war.

Und das war nicht der einzige Grund, wieso er Gisela trotz aller Bedenken erneut dorthin entsandte. Das unerwartete Auftauchen von Cristianos Namen verlieh der Morduntersuchung eine neue Dynamik, und Gisela schien am besten dafür geeignet zu sein, jetzt schnell und unkompliziert mehr Details für ihn zu besorgen. Unter anderem die wichtige Information, ob Cristiano an jenem Abend im Restaurant gearbeitet hatte, als Fabiana dort mit Danilo Neves gegessen hatte.

Der Ex-Freund Cristiano ist also ebenfalls einer von Roberts Knechten. Unglaublich! Er konnte es immer noch nicht so recht fassen.

Endlich wusste er, wie er weitermachen konnte. Da war nur eine Sache, die noch nicht so recht ins Bild passen wollte. In die Freude über seinen Durchbruch mischte sich für einen kurzen Moment die Erinnerung an die nachmittägliche Unterhaltung mit José in der Eckkneipe. Diese Unterhaltung über Professor Pascoal Silva und seinen ominösen Keller. Henrik musste jetzt sehr genau abwägen, ob er dem überhaupt noch eine Bedeutung beimessen sollte.

SAMSTAG

Menu do dia

Empanadas de alheira com espinafre
Teigtaschen mit Spinatfüllung

Pipis ao piri-piri
Geflügelragout mit Piri-Piri

Baba de camelo
»Kamelspucke«, Karamellcreme mit Mandeln

26

Obwohl er diesmal noch später ins Bett gefunden hatte, blieb ihm der erholsame Schlaf verwehrt, den er bitter nötig gehabt hätte. Doch der gestrige Tag war zu ereignisreich gewesen. Endlich trug das, was er in Erfahrung gebracht hatte, Früchte. Wobei es da dieses eine Puzzleteil gab, das nicht zu den anderen passte. Das sich querlegte, mehr als ihm lieb war. Es war wie jener Stein, an dem sich der Fluss ungünstig brach und der für tückische Verwirbelungen sorgte. Wenn Cristiano als ehemaliger Freund von Fabiana über ihre Herzschwäche Bescheid gewusst hatte, mochte er dieses Wissen aus Eifersucht oder gekränkter Eitelkeit durchaus gegen seine Ex-Freundin verwendet, ihr also etwas ins Essen geschmuggelt haben, um sich an ihr zu rächen. Nicht nur weil sie ihn verlassen hatte, sondern auch weil sie die Dreistigkeit besaß, ihm ihren Nachfolger zu präsentieren, mit dem sie ausgerechnet in dem Lokal auftauchte, wo der Geschasste seine Brötchen verdiente. Insgesamt bildete das ein hervorragendes Motiv. Natürlich waren da immer noch reichlich Fragen offen. Wie Cristiano beispielsweise etwas hatte auftreiben können, das sowohl geschmacksneutral als auch tödlich war. Und wie es ihm dann gelungen war, diese Substanz in das richtige Essen zu schmuggeln. Und vor allem blieb da Casimiros Bemerkung, die nicht zu Cristianos Motiv passte.

Sie war nicht die Einzige!

Wenn das wirklich stimmte, musste Henrik sich die berechtigte Frage stellen, warum Cristiano auch noch jemand anders als nur Fabiana in den Tod hätte schicken wollen. Zu Übungszwecken, damit es bei seiner Ex auch klappte? Quatsch, das war doch völlig absurd, außer der Typ war geisteskrank!

Während Henrik unter der Dusche stand, beschloss er, seine Ermittlungen nicht ausschließlich auf Cristiano auszurichten. Schade. Dieser Ansatz hatte gestern, nach Giselas Bericht, so verlockend gewirkt. Aber flexibel zu bleiben war wichtig, damit man sich nicht verrannte.

Noch während er damit beschäftigt war, sich einen wärmeren Pullover auszusuchen, unterbrach das Klingeln des Handys seine Überlegungen. Er fand es in der Küche, am Ladekabel hängend, und stellte fest, dass er zu langsam gewesen war. Das Display listete Helenas Namen ganz oben unter den verpassten Anrufen auf. Er atmete ein paarmal tief durch, bevor er die Rückruftaste drückte.

»Hallo. Ich war nicht schnell genug«, entschuldigte er sich.

»Hattest du wieder Spätschicht im Restaurant?«

»So ähnlich, aber du hast mich nicht geweckt. Gibt es irgendwas Neues?«

»Ich wollte mit dir reden, bevor ich ins Büro gehe, denn wie du dir denken kannst, möchte ich nicht, dass meine Kollegen unsere Gespräche auch nur ansatzweise mitkriegen.«

»Wird es so anstößig heute?«

»Haha! Ich kann auch wieder auflegen.«

»Nein, sorry. Ich hatte einfach nur wenig Schlaf.« Was für eine bescheuerte Ausflucht, dachte er, doch Helena ging ohnehin nicht darauf ein. Er stellte sich vor, dass sie auf dem Parkplatz vor dem Präsidium der PSP in der Avenida Brasília in ihrem klapprigen Peugeot saß und schnell noch dieses Telefonat hinter sich bringen wollte, bevor sie ihren Dienst antrat.

»Also gut, hör zu! Es existiert ein Eintrag über den ungeklärten Tod einer Frau, einer Elvira Barreto, die ein paar Tage zuvor im Pôr do sol gegessen hatte. Diese Anmerkung, die ja erst mal nichts mit dem Tod der Frau zu tun hat, landete nur deshalb in der Akte, weil sie in einer Zeugenaussage vorkam, die aufgenommen worden war, um den zeitlichen Tagesablauf des Opfers in der Woche vor seinem Tod zu rekonstruieren.«

Und natürlich, dachte Henrik, konnte die Verbindung wesentlich relevanter sein, als der beiläufige Aktenvermerk es vermuten ließ? War Elvira Barreto ein weiteres Opfer der Küche des Pôr do sol geworden? »Sag mir deine Meinung«, bat er Helena. »Hältst du es für möglich, dass diese Frau auf die gleiche Weise gestorben ist wie Fabiana Guedes?«

Sie schwieg einen kurzen Moment. »Ganz ehrlich, ich hätte diese Sache auch nicht weiterverfolgt, wenn ich nicht im Protokoll gelesen hätte, dass die Leiche eingeäschert wurde. Feuerbestattungen sind nicht zwingend ein Trend bei uns in Portugal, dafür haben wir einen zu tief verwurzelten Glauben, der diese Form der Beisetzung noch nicht allzu lange akzeptiert. Und zudem haben wir zu viele hübsche Mausoleen und Grabhäuschen, in denen sich Urnen nur verlieren würden. Ja, und außerdem …«

»Außerdem«, wiederholte Henrik wie elektrisiert. Er hatte das Gefühl, dass sich in dieser Ermittlung gerade ein Abgrund auftat.

»Außerdem«, wiederholte Helena, »gibt es wie schon bei Fabiana auch bei Senhora Barreto keinen Untersuchungsbericht.«

»Kannst du rausfinden, warum das so ist?«

»Sobald mir mal niemand auf die Finger schaut.«

»Gut, das ist gut! Ich bin dir sehr dankbar, dass du weiterrecherchierst. Auch wenn ich es nicht heraufbeschwören will, aber womöglich kommt da noch mehr ans Licht.«

»Noch *mehrere*, meinst du.« Sie seufzte. »Merda, Henrik, was hast du da bloß wieder ausgegraben?«

»Eigentlich möchte ich das gar nicht wissen«, sagte er mit belegter Stimme und in dem Gefühl, keine Wahl zu haben. Dabei stimmte das gar nicht. Im Gegensatz zu Helena, die einen Diensteid abgelegt hatte, hatte er sehr wohl die Wahl und konnte seine Ermittlungen jederzeit einstellen, anstatt noch weitere grässliche Verbrechen zutage zu fördern. Er nahm sich zusammen. »Aber wenn du schon dran bist, kannst du vielleicht noch jemanden überprüfen?«

»Wird schwer, unter diesen Umständen noch Nein zu sagen. Also, wen hast du im Visier?«

»Professor Pascoal Silva. Ein Biologe. War früher im Staatsdienst, in der Forschung. Ich weiß nicht, ob der Mann in irgendeiner Form wichtig für den Fall ist. Aber mir wäre ja schon geholfen, wenn ich ihn von der Ermittlung ausschließen kann.« Er gab ihr Silvas Adresse durch, und zu seiner Erleichterung fragte sie nicht, woher er diese kannte. Dann kam er noch einmal auf das Pôr do sol zurück. »Vielleicht reicht unsere Absprache noch nicht weit genug«, gab er zu bedenken.

»Was meinst du?«

»Ich denke an eine Durchsuchung der Räumlichkeiten.«

»Eine offizielle Ermittlung mit Hausdurchsuchung?« Sie klang nachdenklich. »Wie stellst du dir das vor?«

»Ich weiß, die Faktenlage ist dünn«, gab er zu. »Du hast recht, es war nur so ein Einfall.«

»Bring mir einen konkreten Verdacht, und ich bekomme vielleicht einen Termin beim Staatsanwalt.« Damit verabschiedete sie sich.

Er hatte einen wunden Punkt getroffen, war zu schnell vorgeprescht. Aber nachdem sich abzeichnete, dass nicht nur eine einzelne Frau betroffen war, hatte er mehr Verständnis von Helena erwartet. Andererseits wusste er sie endlich auf seiner Seite und war sich darüber klar, dass sie tat, was für sie in der jetzigen Situation möglich war. Und bis dahin musste er die Sache eben alleine in die Hand nehmen. In der Gewissheit, bald wieder von Helena zu hören, machte er sich fertig. So wie sich die Dinge entwickelten, kam er nicht umhin, ein weiteres Mal rüber zum Pôr do sol zu fahren. Heute passte auch der Himmel zur kalten Temperatur. Von der Sonne war nichts mehr zu sehen. Über Nacht hatte sich eine tiefgraue Wolkendecke vom Atlantik her über die Stadt geschoben, die keine Lücken aufwies. Der Regen würde wohl nicht mehr lange auf sich warten lassen.

Der Kleinlaster eines Obst- und Gemüsehändlers parkte vor dem Restaurant. Am frühen Vormittag war der Eingang noch verschlossen, doch das Tor, das den Zugang zum Hof versperrte, war nur angelehnt, damit die Lieferanten rein- und rauskonnten. Er drückte das Tor einen Spaltbreit auf, schob sich hindurch und ging an den Müllcontainern vorbei zum Hintereingang. Kaum stand er im Gang zur Küche, hüllte ihn auch schon wieder die vertraute intensive Geruchskulisse ein. Trotz der Abzüge und des Belüftungssystems und auch wenn heute noch nichts am Kochen und Brutzeln war, hing der aromenreiche Dampf schwer in der Luft. Stimmen waren zu hören. Er drückte sich an die gefliese Wand und spähte um die Ecke. Es war Vasco, der ältere der Köche, der im hinteren Teil der Küche mit dem Gemüselieferanten lautstark über eine Palette frischen Spinat diskutierte, der seines Erachtens nicht über die angemessene Qualität verfügte. Sonst war niemand zu entdecken, doch lange konnte es nicht mehr dauern, bis auch die Küchenhilfen auftauchten. Henrik eilte geduckt hinter die Reihe der Arbeitstische, auf denen in Holzkisten schon Salate, Kartoffeln und diverses Gemüse bereitstanden, um heute verarbeitet zu werden. Zwei Tage lang hatte er sich an diesem Platz die Finger wund geschnitten. In der Hocke arbeitete er sich leise daran entlang, bis er ungesehen den Korridor erreichte, der zum Lager und den Waschräumen führte. Er konnte sich selbst nicht erklären, was ihn geritten hatte, seit er vor knapp zwei Minuten über den Hinterhof hier eingedrungen war, jedenfalls fand er sich jetzt an Roberts Schreibtisch wieder. Darauf türmte sich ein wirres Durcheinander an Papieren. Rechnungen, Notizen, Menülisten, Kontoauszüge, Angebote von Getränke- und Nahrungsmittellieferanten. Dazwischen versteckten sich Kugelschreiber, Bleistifte, Büroklammern, ein Tacker, ein Aschenbecher mit fünf ausgedrückten Kippen, eine Menge Krümel und eine angenagte Weißbrotscheibe. Er setzte sich und griff nach der obersten von drei Schubladen, die – wie hätte es anders sein können – abgeschlossen war. Genau wie die anderen zwei.

Henrik stupste gegen die Maus – vorsichtig, da man darauf Fingerabdrücke ohne jegliche forensische Hilfsmittel nachweisen konnte. Der Bildschirm leuchtete auf, aber wie befürchtet verlangte der Rechner nach einem Passwort. Er wischte ein paar Papiere zur Seite, um die Tastatur freizulegen. Dann tippte er *pordosol* ein, aber das System verweigerte die Annahme. Erneut betrachtete er das Chaos auf dem Schreibtisch, fand aber keine Haftnotiz am Monitor oder sonst wo. Es gab auch keine Fotorahmen. Weder das Bild einer Frau noch von Familienangehörigen oder einem Haustier. Auch nicht von einer Jacht. Er versuchte noch *robert*, aber auch das funktionierte nicht. Eigentlich hatte er von vornherein gewusst, dass sein Versuch, an Reservierungslisten oder Schichtpläne zu gelangen, ein zweckloses Unterfangen werden würde. Er wandte sich dem Tresor in der Ecke zu. Rollte mit dem Bürostuhl bis an den Stahlkasten heran und drehte am Zahlenschloss. Beugte sich hinunter und lauschte dem Klicken des Schließmechanismus. Auch den würde er nie im Leben knacken. Als er sich wieder aufrichtete und zum Schreibtisch zurückdrehte, stand Fernanda davor. Sein Herz setzte einen Schlag aus, und ihr erging es wohl ähnlich.

»Was machst du hier?«, brachte sie schließlich heraus.

Henrik deutete auf den Computer. »Kennst du das Passwort?«
Fernanda keuchte. »Spinnst du?« Sie sah über ihre Schulter zur Tür, die sich lautlos wieder geschlossen hatte.
»Und wie sieht's mit der Nummernfolge für den Tresor aus?« Sie rieb sich mit dem Unterarm über die Stirn. Blinzelte mehrmals nervös. »Du bist doch gefeuert«, stellte sie schließlich fest.
»Robert schuldet mir noch meinen letzten Lohn.« Eine schwache Ausrede, und ihr skeptischer Blick verriet, dass sie das genauso empfand. Sinnlos, mit irgendwelchen anderen Ausflüchten zu kommen. Also konnte er gleich das Wesentliche ansprechen. »Hast du Cristiano gekannt?«

Dass er ganz dreist einfach sitzen blieb und ihr Fragen stellte, schien Fernanda zu beeindrucken, und sie nickte nur.

»Erinnerst du dich, ob Cristiano an dem Tag gearbeitet hat, als diese Frau vor dem Restaurant kollabiert ist?«

Nun runzelte sie die Stirn. »Merda, weißt du, wie lange das her ist?«

»Aber du hast von dem Vorfall gehört, ihn womöglich sogar mitbekommen«, konstatierte er ungerührt. »So ein Tag bleibt doch in Erinnerung.«

»Ja, verdammt, aber was weiß ich, wer damals vom Personal alles anwesend war.« Sie geriet ein wenig ins Wanken. Vermutlich hatte sie längst vergessen, warum sie eigentlich ins Lager gekommen war.

»Von wem weißt du sicher, dass er an diesem Abend gearbeitet hat?«

Ihr Gesicht verzog sich abwehrend. »Das ist mir gerade echt zu viel.«

»Bitte, denk nach, es ist wichtig. Die junge Frau war nicht die einzige, die nach einem Essen hier nicht überlebt hat.«

»Kommst du von einer Versicherung?«

Jetzt fing auch sie damit an. Er schüttelte resigniert den Kopf. »Ich versuche nur, Leben zu retten.«

Ihre tief in den Höhlen liegenden Augen wurden noch größer. Er sah ihr an, dass sie am liebsten die Flucht ergriffen hätte, was in erster Linie an ihrer Angst davor liegen mochte, dass jeden Moment jemand diesen Raum betreten konnte. Und sie dann keine Erklärung dafür hatte, warum sie sich hier drin mit Henrik unterhielt, der hier absolut nichts mehr zu suchen hatte.

»Und was ist mit Silva, was weißt du über ihn?« Auf keinen Fall wollte er sie einfach so gehen lassen.

»Silva?«

»Ja, Silva. Wusstest du, dass er ein Professor ist?«

Fahrig schüttelte sie den Kopf. »Keine Ahnung, ob der überhaupt schon mal mit mir gesprochen hat. Robert sagt, er kann sich keinen besseren Angestellten wünschen als so einen, der seit Jahren einfach seine Arbeit macht und dabei durchweg das Maul hält.«

»Und du, was denkst du? Findest du so ein Verhalten auf Dauer nicht seltsam?«

»Seltsam? Ich weiß nicht, hab mir nie groß Gedanken darüber gemacht. Er mag jedenfalls keine Frauen«, fügte sie nach kurzem Nachdenken hinzu.

»Du meinst, er ist schwul?«

»Nein, so mein ich das nicht. Ich kann mir nicht vorstellen, dass der was mit Männern hat. Aber zumindest geht er mit den Kollegen einigermaßen respektvoll um.«

»Aber nicht mit euch Frauen?«, hakte er nach.

Sie zuckte mit den knochigen Schultern. »Nur so ein Gefühl«, murmelte sie dann.

Henrik überlegte einen Moment. »Er ist Akademiker. Also, was glaubst du, warum macht er diesen Job?«

Auch darauf hatte sie keine Antwort. Offensichtlich hielt sie sich selbst an das, was sie ihm bei ihrem Gespräch vor vier Tagen draußen bei den Mülltonnen geraten hatte: sich raushalten, weghören.

»Wie lange geht er Nuno schon beim Anrichten der Speisen zur Hand?«

»Seit ich hier arbeite. Ich habe ihn nie etwas anderes machen sehen.«

»Und dir ist auch nie was aufgefallen?«

Erneut wandte sie den Kopf unruhig Richtung Tür. »Ich schätze, er hat Spaß dran. Vielleicht war ja sein früherer Job einfach scheiße.«

Konnte es so einfach sein? Wurde man besser Gehilfe in einer Restaurantküche, statt für ein korruptes System Forschung zu betreiben? Himmel noch mal, er musste rauskriegen, an was genau dieser Mann gearbeitet hatte. Ein Biologe ... Mit was mochte Silva herumexperimentiert haben?

Henrik schaltete den Monitor aus, stand auf und ging um den Schreibtisch herum. Fernanda wich zurück, als er auf sie zutrat. Sie kam nicht weit, dann stand sie mit dem Rücken an dem Raumteiler, der Roberts Büronische vom Lager abgrenzte. Jetzt konnte er Alkohol in ihrem Atem riechen. Es war nicht einmal zehn Uhr Vormittag.

»Bist du hier glücklich?«, wollte er in sanfterem Ton wissen.

»Ich ... was? Darum geht es doch gar nicht. Was ich hier tue, egal, ob ich es mag oder nicht, hilft mir dabei zu leben.«

Er schenkte ihr ein verständnisvolles Nicken, während seine Augen zu den Spirituosen glitten, die im Regal hinter ihr aufgereiht waren. Sherry, Portwein, Whisky, Wodka, Tequila, Chancaca, Liköre und Obstbrände. Nicht alle waren ungeöffnet. Mit einem Mal ahnte er, warum sie sich vor ihrer Schicht in Roberts

Büro geschlichen hatte. Und warum sie niemandem von seinem Eindringen berichten würde. »Schau nach, ob die Luft rein ist! Es hilft uns beiden, wenn ich hier ungesehen wieder rauskomme.«

Sie schaffte es nicht, seinem Blick standzuhalten, und wischte sich erneut über die faltige Stirn. »Stimmt es?«, fragte sie dann mit gesenkten Lidern.

»Was?«

»Was du vorhin behauptet hast. Dass Menschen gestorben sind, weil sie bei uns gegessen haben.«

Henrik gab ihr keine Antwort. Stattdessen steckte er ihr eine seiner Visitenkarten in die Tasche ihrer Schürze. »Ruf mich an, wenn dir noch was zu Cristiano oder Silva auffällt!«

Kurz zögerte sie noch, ehe sie zur Tür eilte, sie vorsichtig öffnete und in den Gang lugte. Dann nickte sie ihm zu. Er schloss zu ihr auf und schlüpfte durch den Türspalt, ohne sie noch einmal anzuschauen. Ungesehen schaffte er es auf die Straße, atmete aber erst auf, als er nach gut hundert Metern in eine abzweigende Gasse eingebogen war. Er war Fernanda hart angegangen, stellte aber fest, dass es ihm nicht leidtat.

27

Als Erstes versuchte er, Gisela zurückzupfeifen, doch er bekam bloß die Nachricht, dass ihr Handy aus war. Vermutlich schlief sie noch. Kurz spielte er mit dem Gedanken, bei ihr vorbeizugehen, doch das hätte bedeutet, dass er sie auf jeden Fall wecken würde. Er konnte sie auch später noch anrufen. Unschlüssig, wie sein nächster Schritt aussehen sollte, lungerte er noch eine Weile an der Ecke Costa do Castelo und Rua da Saudade herum. Dabei fiel ihm erstmals der Name dieser Straße auf, die steil in einem Linksknick mitten hinein ins Alfama-Viertel führte. Saudade, dieser melancholische Ausdruck, der im Portugiesischen Begriffe wie Sehnsucht, Wehmut, Traurigkeit und Fernweh vereinte und in Tausenden von Fado-Liedern inbrünstig besungen wurde. Ein Gefühl von Weltschmerz, der auch tief in seiner eigenen Seele steckte. Vielleicht passte er gerade deswegen so gut hierher in diese Stadt. Vielleicht hatte ihn sein Schicksal darum ausgerechnet nach Lissabon geführt, weil seine innere Zerrissenheit nirgendwo besser verstanden wurde als in der Metropole am Tejo.

Saudade!

Bevor das Selbstmitleid ihn noch mehr vereinnahmen konnte, entdeckte er plötzlich den Professor, der vom Arco do Castelo her die Gasse herunterkam. In seinem schnellen, effektiven Schritt, die Hände in den Manteltaschen vergraben, stapfte er direkt auf ihn zu. Henrik drückte sich in den nächstbesten Hauseingang und schalt sich selbst für seine Nachlässigkeit, nicht aufmerksamer auf die Umgebung geachtet zu haben. Auch wenn er davon ausging, dass Silva ihn nicht gesehen hatte. Dafür waren mittlerweile zu viele Leute auf dem Schlossberg unterwegs. Ein Gewusel bergan, das man nur schwer überblicken konnte. Dass ihm der Professor – oder besser gesagt, dessen energischer Gang – überhaupt aufgefallen war, lag allein daran, dass er ihm gestern eine ganze Weile hinterhergeschlichen war und sich ihm deshalb eingeprägt hatte, wie Silva sich fortbewegte. Plötzlich wurde ihm klar, was es bedeutete, dass Pascoal Silva in diesen Minuten seine Schicht im Pôr do sol antrat: Der Mann würde für die nächsten acht Stunden nicht zu Hause sein.

Dieser Gedanke ließ ihn nicht mehr los. Auch wenn es ihm schwerfiel, harrte er im Antiquariat aus, bis es seines Erachtens an der Zeit war. Ihn interessierte weniger Silvas Wohnung, in der er sich nach Josés Beobachtung ja nur selten aufhielt. Henrik wollte vielmehr den Keller sehen, den außer dem Professor nie jemand betrat. Mit dem nötigen Werkzeug ausgerüstet, machte er sich auf den Weg. Er brauchte eine Weile, um die passende Stelle zu finden, wo er über den Zaun steigen konnte. So bemerkte er erst danach, wie dunkel es bereits geworden war. Aber er war froh darüber. Die Dämmerung bot ihm Schutz, als er sich durch das Brachland bewegte, andererseits erschwerte sie auch sein Vorankommen. Er trat in Erdlöcher und geriet in Schlammpfützen, die so morastig und tief waren, dass er bis zu den Knöcheln versank. Schließlich stieß er auf die Spurrillen, und damit wurde es einfacher. Er folgte den ausgefahrenen Rinnen, die in Serpentinen den Berg hinauf verliefen, und gelangte wie beabsichtigt zur Rückseite des Hauses, in dem Professor Silva wohnte. Der ominöse Hintereingang entpuppte sich als doppelflügelige Stahltür. Wie von José prognostiziert, führte sie tatsächlich auf eine Rampe hinaus, die hoch genug war, dass man sperriges Material bequem in einen Lieferwagen oder auch von dort ausladen konnte. Für den Moment wollte er lieber nicht darüber nachdenken, worum es sich bei dieser Fracht handeln mochte. Was nicht leicht war, sobald das Kopfkino sich erst einmal in Gang gesetzt hatte.

Kurz darauf stellte er fest, dass man sich trotz der schwierigen Bedingungen, die sich auf dem Weg hierher boten, viel Mühe mit dem Schloss gegeben hatte. Natürlich kam niemand zufällig hier vorbei, da alles eingezäunt oder – was den Zugang von der Rua da Senhora da Glória anging – mit Brettern vernagelt war. Und doch war die Türsicherung raffiniert und von hoher Qualität. Eine Herausforderung, aber eine, die er nach rund zwanzig Minuten bewältigt hatte – trotz schlechter Lichtverhältnisse. Mit einem Gefühl von Stolz schob er schließlich die Tür nach innen, die sich so lautlos in den Angeln drehte, wie es sich jeder Einbrecher nur wünschen konnte.

Henrik starrte in einen finsteren Korridor, in dem sich auch nach einer Minute noch keine Konturen abzeichneten. Ebenso war nichts von irgendwelchen elektronischen Sicherheitsvorkehrungen zu bemerken. Weder blinkten von irgendwoher aus dieser Schwärze heraus verräterische Dioden, noch war ein akustischer Alarm zu vernehmen. Endlich wagte er es, seine Taschenlampe anzuknipsen. Der Gang war leer, die Wände nackter Beton, ebenso wie der Boden. Über seinem Kopf verliefen Rohrleitungen. Eine einfache Baustellenlampe war an die unverputzte Decke geschraubt. Nach drei Metern endete der Korridor an zwei im rechten Winkel zueinander liegenden Türen. Eine schmale, die mit zwei massiven, über die ganze Breite reichenden Riegeln gesichert war – offenbar die unüberwindliche Tür, die hinaus ins Treppenhaus führte und für die allein Silva die Schlüssel besaß. Die andere Tür glich jener, durch die Henrik eben eingetreten war. Nach nur einem Schritt wehte ihm dieser spezifische Geruch entgegen, der ihm während seiner Dienstzeit bei der Kriminalpolizei bisweilen ordentlich zugesetzt hatte, wenn er sich in den Arbeitsbereich der Leichenbeschauer hatte begeben müssen. Der Tod roch nach Desinfektionsmittel, unter dessen scharfe Dämpfe sich erst nach einem zweiten oder dritten Atemzug dieser eindringliche Fäulnishauch mischte, von dem man glaubte, ihn nie wieder aus der Nase zu bekommen. Auch der aggressivste Reiniger war nicht in der Lage, die in der Luft schwebenden und in allen Rillen und Fugen sitzenden Partikel von Verwesung und Verfall völlig zu eliminieren.

Henrik begann, flach zu atmen. Das Herz schlug ihm bis zum Hals.

28

Nach einer halben Stunde war er sicher, dass sich keine Leiche in Silvas Keller befand. Zumindest nicht im Moment. Was blieb, waren die Ausdünstungen von verwesenden Körpern, ihr olfaktorisches Echo. Moleküle, die noch immer in der abgestandenen Luft schwebten und die er nun gezwungenermaßen einatmen musste. Kein erbaulicher Gedanke.

Passend zum Verwesungsgeruch, standen da zwei Kühltruhen. Ebenfalls leer, aber intakt und am Laufen. Und allem voran ein Obduktionstisch. Ein Gestell aus mattem Edelstahl, mit blank polierter Arbeitsfläche, an den gebördelten Kanten etwas angelaufen. Ein ausrangiertes Stück, wie er annahm, das nun hier unten in *Frankensteins Laboratorium* seinen Zweck erfüllte. Um was genau es sich auch immer dabei handeln mochte.

Die Einrichtung war zwar alt und definitiv gebraucht, aber dennoch klinisch rein. Vielleicht hätte ihm Luminol weitergeholfen, das Blutspuren unter UV-Licht sichtbar machte, doch mit bloßem Auge war absolut nichts zu erkennen.

Blutspuren ... von wem?

Sein Verstand suchte nach einer Erklärung für diesen Keller. Taxidermie kam theoretisch infrage, doch wo waren dann die toten Tiere und das nötige Zubehör für die Präparation? Schächtelchen mit Glasaugen, Füllmaterial, Draht zum Aufbau und Formen der Körper.

Nein, dieser Gedanke war nur der schwache Versuch seines Unterbewusstseins, vom Offensichtlichen abzulenken. Auf dem Edelstahltisch unter der lichtstarken Operationslampe hatten keine Tiere, sondern menschliche Körper gelegen. Eine andere Interpretation dieser Einrichtung erschien ihm widersinnig. Silva war Biologe. Was trieb er hier unten, womit beschäftigte er sich, wenn er nicht im Pôr do sol das Essen anrichtete? Er sah sich noch ein wenig in dem fensterlosen, bis auf Schulterhöhe weiß gekachelten Raum mit dem Obduktionstisch um. An dessen Fußende befand sich ein tiefes Waschbecken, ebenfalls aus mattiertem Stahl, sauber geschrubbt bis in den Ablauf hinein. An zwei der Wände reihten sich Labortische mit unterschiedlichsten Gerätschaften darauf. Er erkannte eine Zentrifuge. Dazu einen Blechkasten, in den man Glasröhrchen stecken konnte. Analyseapparate. Messgeräte. Davor stand ein fahrbarer Wagen, auf dem sauber nach Größe und Funktion sortierte Instrumente lagen. Gegenstände und Werkzeuge, die man für Operationen oder Obduktionen verwendete. Skalpelle, Zangen, Knochensägen.

Vor seinem geistigen Auge erschien die Szene einer von Silva illegal vorgenommenen Abtreibung. Eine erschreckende Vorstellung, die sich allerdings nicht richtig anfühlte. Dafür war dieser Raum zu wenig Operationssaal, zu sehr Labor.

Henrik schritt langsam alles ab, suchte nach eindeutigen Hinweisen. Gegenüber den Laborvorrichtungen stand ein Schreibtisch mit einem Rechner. Älteres Baujahr, aber sauber. Nicht im Entferntesten so abgegriffen wie der Computer in Roberts Büro. Er überlegte, den Rechner anzumachen, unterließ es aber. Stattdessen widmete er sich dem angrenzenden Regal mit Ordnern und einer Reihe von Notizbüchern, akribisch durchnummeriert. Er fuhr mit dem Zeigefinger die Buchrücken entlang, scheute sich aber, eines herauszunehmen, um einen Blick hineinzuwerfen. *Später*, vertröstete er sich, ohne zu wissen, was genau ihn zurückhielt. Neben dem Bücherregal entdeckte er eine weitere Stellage mit Reagenzgläsern, Kolben und Glasbehältern und überdimensionalen Einmachgläsern, die zum Glück leer waren. Der Zustand, in den ihn die Entdeckung dieses Geheimlabors versetzt hatte, wäre durch den Anblick von in Spiritus eingelegten Leichenteilen oder gar Föten nicht eben verbessert worden.

Links vom einzigen Zugang stand ein Feldbett. Darauf ein in sich verwundener Schlafsack, als hätte jemand sich eilig daraus befreit. Das kleine Regal darüber enthielt eine Brille, einen Becher, in dem eine Zahnbürste steckte, eine Box mit Papiertaschentüchern und eine handliche Ausgabe der Bibel.

Henrik stellte sich wieder in die Mitte des Raums, den Edelstahltisch in seinem Rücken, und wartete auf eine Eingebung. Was war das hier bloß? Entweder fürchtete er sich dermaßen vor der Antwort, dass er sie nicht zuließ, oder er verstand schlichtweg zu wenig von dem, was er hier vor sich sah.

Er versuchte, sich zusammenzureißen und sachlich zu bleiben, keine voreiligen Schlüsse zu ziehen. Wie hätte der nächste Schritt von Kriminalkommissar Henrik Falkner ausgesehen? Nun, als Erstes hätte dieser die Spurensicherung verständigt. Die Forensiker, die wussten, wie man einen Ort systematisch sichtete, erfasste und dokumentierte. Also fing er an, alles zu fotografieren. Besonders sorgfältig lichtete er die Apparaturen ab. Diese technischen Geräte, die so typisch für Laboreinrichtungen waren, deren Funktion sich aber nur dem Fachpersonal erschloss.

Womit experimentierte Silva herum? Und sezierte er dafür Leichen?

Als er das sichere Gefühl hatte, alles ausreichend inspiziert und Handy-Aufnahmen von allem gemacht zu haben, ging er zurück zu dem Regal mit den Notizbüchern und Akten. Die Ordner enthielten schlampig abgeheftete Ausdrucke von Diagrammen, Grafen und Zahlentabellen. Forschungsreihen von was auch immer. Gelegentlich hatte Silva mit Bleistift die Spitze einer im Zickzack verlaufenden Linie eingekringelt oder etwas Unleserliches neben einen besonders hohen Amplitudenausschlag gekritzelt.

Henrik fotografierte auch einige dieser Computerausdrucke, bevor er eines der schwarzen Notizbücher aus dem Regal zog, von denen er insgesamt zweiundvierzig zählte. Er schlug die Kladde auf und blätterte sie oberflächlich durch. Auch hier dominierten chemische Formeln und Gleichungen. Nichts, womit er auf Anhieb etwas hätte anfangen können. Erneut sah er sich um. Wie einfach wäre es gewesen, er hätte hier unten eine Drogenküche vorgefunden.

Unter den Strukturformeln der chemischen Verbindungen von Elementen hatte der Wissenschaftler mit krakeliger Handschrift lange Texte verfasst, von denen Henrik nur wenige Worte entziffern konnte. Was vor allem daran lag, dass in erster Linie Fachausdrücke Verwendung fanden, für die weder sein Portugiesisch noch seine rudimentären Kenntnisse über Chemie ausreichten. Er nahm sich ein weiteres Notizbuch vor, doch es glich dem ersten. Formeln, Texte, Strukturen chemischer Verbindungen. Die kleine Hoffnung, hier so eine Art Tagebuchreihe vor sich zu haben, war dahin. Trotzdem machte er Fotos, auch wenn er keinen Plan hatte, wem er sie zeigen sollte.

Das einzig Interessante an Silvas Aufzeichnungen waren die fortlaufenden Datumsangaben. Nach ein wenig Herumsuchen stellte sich heraus, dass der Biologe vor vierzehn Jahren seinen ersten Eintrag verfasst und folglich damals auch mit seinen Experimenten begonnen haben musste. Vor vierzehn Jahren! Drei vollgeschriebene Bücher pro Jahr. Das war die Ausbeute.

Mit einem Mal kam Henrik eine Idee. Aufgeregt suchte er nach den Notizen, die der Professor vor fünf Jahren angefertigt hatte. Er brauchte nur zwei davon durchzusehen, bis er auf einen Eintrag stieß, der seine Nervenenden zum Vibrieren brachte. Selbst wenn er nicht wirklich etwas von dem lesen konnte, was Silva dort hingeschmiert hatte, so beseitigte dieser Vermerk doch jeglichen Zweifel.

29

Er hatte vergessen, Gisela anzurufen. Und jetzt war es zu spät. Sehr wahrscheinlich ging sie schon seit Stunden im Pôr do sol ihrer neuen Tätigkeit als Kellnerin nach. Und – was dummerweise noch schlimmer war – sofern sie die Gelegenheit erhielt, würde sie Carde Fragen zu ihrem Lebensgefährten Cristiano stellen. Er schrieb ihr eine SMS, in der er sie aufforderte, alle Nachforschungen unverzüglich abzubrechen. *Verschwinde von dort!!!*, fügte er abschließend hinzu und hoffte damit, deutlich genug zu sein.

Eine Weile hatte er mit dem Gedanken gespielt, in dem geheimen Labor einfach auf Silva zu warten und ihn zur Rede zu stellen. Aber da es dort unter den Massen an Stahlbeton keinen Empfang gab, hatte er diese Überlegung gleich wieder verworfen. So wie er den Professor einschätzte, würde ihm dieser ohnehin keine einzige Antwort liefern. Ganz abgesehen davon, dass die Drohung, die Polizei einzuschalten, den Mann vermutlich nicht beeindruckte, war es in dieser Phase der Ermittlung auch gar keine Option. Diese Aufgabe konnte Helena übernehmen, sobald sich alle Puzzleteile zu einem Gesamtbild zusammengefügt hatten. Dann würde er mit der Inspetora eine Strategie ausarbeiten, wie sie diese Geschichte an die Öffentlichkeit bringen oder, besser noch, eine juristisch einwandfreie Polizeiuntersuchung daraus machen konnten, mit der sie beim Staatsanwalt vorstellig wurde. Doch bis dahin war noch einiges zu erledigen. Und vor allem galt es, hieb- und stichfeste Beweise zusammenzutragen, die Silvas Schuld am Tod von Fabiana Guedes belegten. Und diese ließen sich am besten finden, wenn er Silvas Motiv für diesen Mord kannte.

Henrik war sicher, dass er in Silvas Keller nichts verändert hatte. Aber natürlich würde der Professore merken, dass jemand in sein verborgenes Refugium eingedrungen war. Allein schon aus dem Grund, weil er die Tür zum Labor nicht wieder hatte vollständig verriegeln können. Zwar bestand hier zumindest die kleine Chance, dass Silva sich fragen würde, ob nicht er selbst einfach vergessen hatte, die Tür nach seinem letzten Aufenthalt wieder ordentlich abzuschließen. Doch spätestens wenn er das Fehlen eines seiner schwarzen Notizbücher bemerkte, musste er Verdacht schöpfen. Henrik hatte es eingesteckt, nachdem er noch ein paar weitere durchgesehen hatte. In allen von ihnen hatte er zwischen den Formeln und Skizzen immer wieder auch Namen gefunden. Zu viele Namen, um nicht Angst zu bekommen. Es war wirklich an der Zeit, Helena von seiner Entdeckung zu berichten. Leider war auch die Kommissarin nicht zu erreichen. Es blieb ihm nichts anderes übrig, als ihr ebenfalls eine Botschaft zu hinterlassen.

Melde Dich! Ich kenne den Schuldigen!

Das sollte ausreichen, um sie zu alarmieren. Obwohl es ihm schwerfiel, zurück in die Rua do Almada zu fahren, zwang er sich dazu. Er wollte noch einmal in Martins Sammelsurium stöbern. Immerhin bestand die Möglichkeit, dass dort weitere Informationen zum Tod von Fabiana Guedes versteckt waren. Da er nun über neue Hinweise verfügte, konnte er auch gezielter suchen.

Das Haus war dunkel, das Antiquariat verschlossen. Er überlegte, wann er eigentlich Catia zuletzt gesehen hatte, schlüpfte dann durch den Vorhang und setzte sich an den Schreibtisch. Er knipste die Lampe an und legte Silvas Notizbuch unter den grellen Lichtkegel. Er blätterte bis zu der Seite, auf der Professor Silva in seiner eckigen Handschrift den Namen Fabiana Guedes vermerkt hatte. Das Datum über dem Eintrag lag etwa drei Monate vor ihrem Tod. Henrik vermutete, dass es sich um den Zeitpunkt handelte, an dem Silva die junge Frau für seine Pläne ausgewählt hatte. An diesem Tag musste sie dem Professor im Pôr do sol aufgefallen sein. Vielleicht als sie an der Bar auf ihren Freund Cristiano wartete. Der Tresen war von der Essensausgabe aus, wo Silva seine Arbeit verrichtete, gut zu sehen. War das der Moment gewesen, an dem sein bösartiger Plan entstanden war? Und lief es so auch mit den anderen Frauen? Wählte er seine Probandinnen immer auf diese Weise aus?

Plötzlich wurde ihm die Kehle eng. Wie viele Frauen befanden sich wohl ohne ihr Wissen in Silvas Versuchsreihe? Frauen, die noch *lebten*?

Nicht in allen hastig durchgeblätterten Notizbüchern hatte er auch Namen entdeckt. Aber das musste nichts heißen.

Zweiundvierzig Bücher, vierzehn Jahre!

Verflucht, er hätte gründlicher suchen müssen! Ungeduldig schaute er auf sein Handy. Helena hatte seine Nachricht gelesen, warum zur Hölle rief sie nicht zurück?

Er hörte, wie jemand die Tür vom Treppenhaus in den Laden öffnete. Wie immer schleifte sie über den Holzboden. War Catia noch einmal heruntergekommen, um nach dem Rechten zu sehen? Er wollte gerade aufstehen, da wurde auch schon der Vorhang zur Seite gewischt.

Ajit stand im Türrahmen und lächelte. »Habe ich mich doch nicht verhört.«

»War ich so laut?«

»Nein, nein! Störe ich?«

Henrik runzelte die Stirn, dann schüttelte er den Kopf. »Was kann ich für dich tun?«

Ajit trat bis an den Schreibtisch heran und tapste von einem Fuß auf den anderen. »Wegen der Miete ...«

»Das haben wir doch besprochen«, erinnerte Henrik ihn.

Das Grinsen des Inders lief noch weiter auseinander. Gleichzeitig zog er ein Geldbündel aus der Tasche. »Ich kann jetzt doch bezahlen«, verkündete er mit stolzgeschwellter Brust.

Henrik hob zustimmend die Hände. »Wunderbar! Aber du weißt, es ist nicht ...«

»Hab ein gutes Geschäft gemacht, alles prima!«

Henrik versuchte, nicht darüber nachzudenken, welcher Art dieses *gute Geschäft* war oder wo es so plötzlich hergekommen war. Der Inder zählte indes die Scheine ab und legte sie einen nach dem anderen auf den Schreibtisch.

»Ah, du bist interessiert«, bemerkte er nebenbei.

Henrik sah erstaunt zu ihm hoch und blickte in seine dunklen Augen. »Interessiert? Woran?«

»Molekularbiologie«, antwortete Ajit freundlich lächelnd und zeigte auf Silvas Notizbuch.

30

Henrik war baff. »Du kannst das lesen?«
»Ist leicht«, entgegnete Ajit.
»Ich meine, du verstehst was von dem, was da beschrieben wird?« Henrik konnte seine Verwirrung nicht verbergen.
»Darf ich?«, fragte der Inder zurück und griff sich Silvas Notizen. Henrik konnte immer noch nicht fassen, dass der schmächtige Mann vom indischen Subkontinent, der sich hier in der Stadt am Tejo als Fenster‚ putzer verdingte, mit komplexer Chemie vertraut sein sollte – oder um was auch immer es in diesen Notizen ging.
»Bist du … ich meine, hast du einen Doktortitel oder so was in der Art?«
Ajit warf ihm über den Rand des schwarzen Buches einen vergnügten Blick zu. »Doktor, ja. Leider nicht anerkannt in diesem wunderbaren Land.« Er klang nicht ironisch.
»Aber … du könntest doch trotzdem was anderes machen, müsstest nicht unbedingt Fenster reinigen …«
»Ist kompliziert«, murmelte sein Mieter, »genau wie das hier.« Er deutete auf Silvas Buch, in dem er bereits mehrmals vor- und zurückgeblättert hatte. »Möglicherweise brauche ich ein paar Minuten. Kann ich es mitnehmen?«
Henrik hatte es eigentlich Helena zeigen wollen. Doch es war anzunehmen, dass sie trotz ihres Vorteils als Muttersprachlerin mit der wissenschaftlichen Abhandlung ebenso wenig weiterkommen würde wie er. Außerdem hatte er die entscheidende Seite ohnehin längst mit dem Handy fotografiert. »Okay, nimm es mit. Aber kannst du mir vorab schon mal irgendwas dazu sagen, vielleicht in groben Zügen umreißen, worum es geht?«

Ajit vertiefte sich einige Minuten in die Notizen und zeigte ihm dann eine der Seiten, die mit Strukturformeln und Zeichnungen gefüllt war. »Radioaktive Isotope«, erklärte er nun mit deutlich ernsterer Miene.

Es hielt Henrik nicht mehr auf seinem Stuhl. Er eilte um den Schreibtisch herum, stellte sich neben Ajit und schaute gebannt mit ihm auf die von Silva hinterlassenen Vermerke und Skizzen. »Radioaktive Isotope? Moment, wie kommt man da dran?«

»Künstliche Herstellung, gemessen an der Halbwertszeit. Radiologie, biomedizinische Forschung, nuklearer Abfall, vom Militär, viele Möglichkeiten, wie du siehst.«

Henrik verstand nur Bahnhof, und sein verständnisloses Gesicht brachte den Inder nun doch wieder zum Lachen. Wenn auch nur für zwei Sekunden. »Hast du das im Antiquariat gefunden?«

»Nein.«

Ajit musterte ihn durchdringend. »Aber du kennst die Person, die diese Experimente betreibt?«

Henrik nickte.

»Es ist keine theoretische Forschung«, sagte Ajit, und das war keine Frage.

Henrik schüttelte den Kopf.

Der Inder wirkte betroffen. »Ich kann dir nicht oder noch nicht sagen, von wo die Isotope stammen. Das ist womöglich auch nicht so wichtig. Ich denke, was du eigentlich wissen willst, ist, was damit gemacht wurde.«

Henrik hätte es selbst nicht besser formulieren können. »Und?«

»Ich kann natürlich nur spekulieren ...«

»Egal! Was bezweckt man damit?«

»Veränderungen«, sagte Ajit.

Henrik schluckte. »*Was* wird verändert?«

»Erbgut.«

31

»Erbgut!«, keuchte Henrik.

»Gene, du weißt schon.«

»Wie?«

»Beschuss, nein, wohl eher Bestrahlung, die zur Aufspaltung führt ... Ich muss erst mehr darüber lesen«, erklärte Ajit.

Die Art, wie er das sagte, klang nicht nur äußerst beängstigend, Ajits Worte bestärkten auch Henrik in seinem Entschluss, Silva aufzuhalten. Wenn er an die vielen Notizbücher dachte, die noch im Kellerlabor des Professors standen ... »Ajit, hör zu. Kannst du dich unverzüglich da dransetzen? Ich fürchte nämlich, diese Experimente sind noch nicht abgeschlossen. Ich schicke dir ein paar Fotos von einer Laboreinrichtung. Vielleicht erkennst du die Geräte und kannst mir erklären, wofür man sie verwendet.«

Ajit salutierte, machte auf dem Absatz kehrt und eilte aus dem Büro. Für ein paar Sekunden wusste Henrik nicht, was er als Nächstes tun sollte. Was er soeben erfahren hatte, verursachte einen Wirbelsturm an Gedanken in seinem Kopf, der sich nicht mehr legen wollte.

Nur eines war völlig klar.

Mehrfach versuchte er, Helena zu erreichen, aber es ging immer nur die Mailbox dran. Offenbar war sie gerade in einem Polizeieinsatz. In höchste Unruhe versetzt, tigerte er durchs Antiquariat, ohne einen Plan zu haben, was er zu entdecken hoffte. Existierte noch etwas in Martins Archiv, das ihm bei den Ermittlungen weiterhelfen konnte? Oder waren die Rechnungsbelege aus dem Pôr do sol diesmal alles, was Martin dazu hinterlassen hatte? Das Antiquariat verfügte zwar auch über eine größere Anzahl von Büchern mit naturwissenschaftlichen Inhalten, aber die alle durchzusehen – dazu fühlte er sich in seiner aktuellen Verfassung nicht imstande. Selbst wenn er sich auf Chemie- und Biologiebücher beschränkte.

Radioaktive Isotope!

Gab es zu diesem speziellen Thema überhaupt Literatur in den Regalen? Oder zum Fachbereich Genetik? Wie weit reichte diese Wissenschaft zurück, dass Druckwerke darüber in einem Antiquariat ihren Platz fanden? Ihm fehlte hier selbst das einfachste Grundwissen. Er tippte die Begriffe ins Handy, doch die Seiten dazu erschlugen ihn mit Formeln und Fachbegriffen. Er stellte schnell fest, dass er nicht die Konzentration aufbrachte, sich dazu etwas anzulesen. Abgesehen davon, dass er es gar nicht wirklich verstand.

Das energische Hämmern an der Ladentür war wie eine Erlösung. Vor allem, da tatsächlich die Kommissarin im Licht der Straßenlaterne stand. Als sie seinen gehetzten Gesichtsausdruck bemerkte, hob sie skeptisch eine Augenbraue.

»Besser, wir gehen hoch«, schlug er vor und wartete gar nicht auf eine Antwort. Alles, was er brauchte, hatte er auf seinem Handy. Er war bereits im ersten Stock angekommen, als sie beschloss, ihm zu folgen. An der Tür zu seiner Wohnung wartete er auf sie. Noch hatte sie kein Wort gesagt. Er schloss auf und ließ ihr den Vortritt. Wieder steuerte sie die Küche an und setzte sich auf ihren Stammplatz.

»Wein?«, fragte er und hörte selbst, wie nervös er klang.

»Du hast mich nicht fünfmal angerufen, um mir Wein einzuschenken.«

Vielleicht war Wein tatsächlich keine besonders gute Idee. Ein klarer Kopf war im Moment wichtiger als alles andere. Er zog sich einen Stuhl heran und rückte damit an ihre Seite. Dann suchte er das Foto auf seinem Smartphone, das den Notizbucheintrag zeigte, und deutete auf eine bestimmte Stelle.

»Fabiana Guedes«, las Helena.

»Er hat sie gekannt«, bestätigte Henrik.

»Wer?«

»Silva!«

»Professor Pascoal Silva?«

Wenigstens hatte sie sich das gemerkt. »Hast du was über ihn gefunden?«

»Bin noch nicht dazu gekommen. Wir haben einen Container voll mit Leichen. Flüchtlinge, die mit einem vietnamesischen Frachter gekommen sind. Leider hat man nach dem Entladen des Schiffs vergessen, sie aus ihrem stählernen Gefängnis zu lassen.«

Für einen Moment fragte er sich, wann er zuletzt Nachrichten gehört hatte. Wie so oft, wenn er sich intensiv mit einer Ermittlung befasste, geriet er dabei in einen Tunnel, der seine Umwelt weitgehend aussperrte. Dann vergaß er schnell alles um sich herum und bekam nicht mehr unbedingt mit, was in der Welt sonst noch geschah.

»Tut mir leid«, murmelte er. Gleichzeitig ärgerte es ihn, dass Helena keine weiteren Informationen über Silva liefern konnte. Er versuchte, seine Enttäuschung darüber zu verbergen. »Ich habe diese Aufzeichnungen bei ihm gefunden, und wie du siehst, verweisen sie auf Fabiana.«

»Du bist bei ihm *eingebrochen*?«, fragte sie vorwurfsvoll.

»Ich musste handeln. Ich bin jetzt zu hundert Prozent überzeugt, dass es neben Fabiana noch andere gab oder gibt. Was ist mit dieser Elvira Barreto? Wissen wir hier schon mehr?«

»Wie gesagt, ich hatte noch keine Gelegenheit ...«

»Helena, verdammt, ich dachte, du hast verstanden, wie dringend diese Sache ist!«

»Dringend genug, um meinen Job zu riskieren?«, fauchte sie zurück.

Auch wenn ihm nicht danach war, versuchte er, eine versöhnliche Miene aufzusetzen. Er konnte es sich nicht leisten, ihre Kooperation zu verlieren. Und eigentlich wusste er doch ganz genau, was er da ständig von ihr verlangte. Dennoch fiel es ihm schwer, Nachsicht zu zeigen. »Gut, okay! Tut mir leid. Trotzdem ... du musst dich da jetzt wirklich dahinterklemmen! Ich schicke dir Aufnahmen von den Aufzeichnungen, die ich gefunden habe. Außerdem Bilder von der Laboreinrichtung. Und dann habe ich weitere Namen für dich. Alles Frauen, die Silva in seinen Notizen vermerkt hat.«

Helena sah ihn durchdringend an, während er fortfuhr: »Du musst damit zum Staatsanwalt und irgendwie durchsetzen, dass die weiblichen Stammgäste des Restaurants umfassend befragt, am besten untersucht werden ...«

»Stopp, stopp! Wie stellst du dir das vor? Allein schon, dass ich damit zu meinem Chef gehe. Und dann die Leute, die dort verkehren. Man wird mir vorhalten, dass ich eine Hysterie unter den betuchten Gästen schüren will, die niemand nachvollziehen kann. Nein, Henrik, wir haben einfach noch nichts Stichhaltiges, das deine Theorie unterstützt. Erklär mir lieber erst mal, was dieser Silva deiner Meinung nach mit diesen Frauen veranstaltet.«

Radioaktive Isotope, genetische Veränderungen! Nein, dafür war es zu früh. Damit konnte er nicht jetzt schon um die Ecke kommen, zumal er da selber noch nicht durchstieg. Hoffentlich lieferte Ajit bald etwas, das ihn weiterbrachte.

»Gut, also noch mal von vorne. Silva betreibt irgendwelche Experimente. Dazu hat er in seinem Keller ein komplett eingerichtetes Labor. Ich lasse Silvas Aufzeichnungen gerade von jemandem durchsehen, der was von Molekularbiologie versteht.«

»Molekularbiologie? Du ... kennst einen Molekularbiologen?«, fragte sie ungläubig.

»Ajit!«

»Dein Mieter?«

Er hob die Hände. »Okay, ich wusste das bis vor einer Stunde auch nicht. Jedenfalls sieht er sich gerade Silvas Notizen dazu an. Ich hoffe, wir wissen danach mehr darüber, was dieser Irre mit diesen Frauen angestellt hat und womöglich immer noch anstellt. Ich glaube nämlich nicht, dass er damit schon am Ende ist. Er oder besser wir können wirklich von Glück reden, dass es bisher nur zwei bestätigte Tote gibt.«

»Und selbst das wissen wir doch gar nicht«, erinnerte Helena ihn. »Wir wissen nicht, ob der Tod von Fabiana Guedes und Elvira Barreto nicht doch auf natürlichen Ursachen basierte. Wir haben keinerlei konkrete Hinweise auf Mord, nur Spekulationen.«

»Es war Silva, das garantiere ich dir. Er hatte damit zu tun«, beharrte Henrik.

»Aber wie? Was tat oder tut er?«

»Silva hat Fabiana etwas verabreicht, was sie das Leben gekostet hat. Ich sage nicht, dass es grundsätzlich seine Absicht war, sie zu töten. Nein, ich bin mir sogar ziemlich sicher, dass das nicht sein vorrangiges Ziel war. Er experimentiert mit Substanzen und will wissen, was diese bewirken; sehr wahrscheinlich haben die betroffenen Frauen keine Ahnung, dass sie als Versuchskaninchen missbraucht werden. Wie auch immer, in jedem Fall nimmt er bewusst ihren Tod in Kauf. Sprich, selbst wenn Fabiana ein missglücktes Experiment in seiner Testreihe war, ein Unfall, wenn du so willst, hat er zu verantworten, dass sie daran gestorben ist.«

»Das sind schwere Anschuldigungen. Und ich kann deine Bedenken verstehen ...«

»Ich will ihn stoppen!«, fuhr er ihr ins Wort.

Sie suchte seinen Blick. Legte ihm die Hand auf den Unterarm und signalisierte so ihr Verständnis – aber auch, dass sie von ihm erwartete, einen kühlen Kopf zu bewahren. »Lass mich mal rekapitulieren, was du mir gerade zu erklären versuchst. Da ist dieser Professor Silva, ein Wissenschaftler und ehemaliger Staatsbediensteter, der – warum auch immer – seinen Unterhalt inzwischen als Küchenhilfe bestreitet. Dennoch hat dieser Mann ein Labor in seinem Keller. Das allein klingt schon mal ziemlich schräg.«

Henrik schüttelte den Kopf und holte die Fotos, die er im Labor gemacht hatte, auf den Handybildschirm. »Du kannst nicht daran zweifeln, was ich gesehen habe!«

»Okay, das wirkt in der Tat besorgniserregend«, gestand sie ihm zu. »Aber bist du auch sicher, dass das Labor tatsächlich diesem Silva gehört?«

Es war nicht gerade so, als hätte dort unten ein Diplom an der Wand gehangen. Trotzdem hegte er keinerlei Zweifel.

Sie seufzte. »Wie auch immer, gehen wir mal davon aus, dass du deine Ermittlungen akribisch geführt hast und Silva seinen momentanen Job dazu missbraucht, Frauen etwas in ihr Essen zu mischen, um ihre Reaktion darauf zu studieren. Das setzt meines Erachtens schon mal voraus, dass er diese Personen kennt.«

»Genau das sage ich doch! Er wählt sie gezielt aus und weiß gewiss auch, wo sie wohnen. Ich gehe davon aus, es sind Stammgäste, auf die er sich vorbereitet, bevor er zuschlägt. Er führt Aufzeichnungen über diese Menschen, so wie die da.« Erneut zeigte er Helena das Foto der Notizbuchseite.

Diesmal verweilte ihr Blick etwas länger auf dem Bild. Er ärgerte sich, nicht auch noch die Kladde herausgesucht zu haben, in der der Name von Elvira Barreto vermerkt war. Aber er hatte natürlich nicht gewusst, unter welchem Datum er diese Frau finden konnte. Und er hatte nicht unbegrenzt Zeit gehabt. Dass es allerdings ein schwarzes Notizbuch in Silvas Labor gab, in dem auch dieser Name zu finden war, daran glaubte er fest.

»Setzen wir voraus, dass er so vorgeht.« Helena verzog nachdenklich das Gesicht. »Er wählt seine Probanden aus, wartet den Tag ab, an dem sie ins Pôr do sol zum Essen gehen, und verabreicht ihnen dann über ihre Bestellung seine Mittel. Danach beobachtet er, was mit diesen Leuten passiert. Von welcher Zeitspanne reden wir hier?«

»Weiß ich nicht, nur dass er vor vierzehn Jahren damit begonnen hat, vermutlich schon bevor er im Pôr do sol zu arbeiten anfing.«

Helena kräuselte die Brauen. »Gut, gehen wir einen Schritt weiter. Nach deiner Interpretation merken die Versuchskaninchen in den meisten Fällen nichts von alldem. Zumindest nichts, was sie vermuten lässt, dass es auf ihr Essen im Restaurant zurückzuführen ist. Denn wenn doch, hätte das Pôr do sol längst einen Skandal an der Backe und stünde im Fokus der Lebensmittelaufsicht oder anderer Ermittlungen.«

»Exakt. Sagen wir, es geschieht so lange nichts, bis zu jenem Abend, an dem Fabiana Guedes zu Silvas Versuchsobjekt wird. Sie bricht unmittelbar nach dem Essen vor dem Restaurant zusammen und stirbt. Gleiches geschieht später mit Elvira Barreto.«

»Das ... ist doch verrückt!«

Henrik fiel etwas ein. »Er könnte die Frauen auch mehrfach *behandelt* haben.« Aus seiner Sicht eine ziemlich schlüssige Folgerung.

»Und diese Guedes, warum hat ausgerechnet sie die Behandlung nicht überlebt?«

»Er hat womöglich ihr geschwächtes Herz nicht bedacht«, warf Henrik ein. »Bei Senhora Barreto, die ein paar Tage länger lebte,

bevor sie verstarb, gab es vielleicht eine andere Komplikation. Es könnten sich ja auch andere Vorerkrankungen als Problem für Silvas Testreihen herausstellen. Es gibt so viele Möglichkeiten ...«
»Spekulationen über Spekulationen«, warf Helena ein.
»Ich bin noch nicht fertig. Zugegeben, noch scheint vieles davon aus der Luft gegriffen zu sein, aber ...«
»Aber?«
»Silva nimmt es nicht einfach so hin, wenn eine seiner Versuchspersonen stirbt. Wenn das passiert, will er als Forscher natürlich auch darüber Bescheid wissen, *warum* seine Probandin nicht überlebt. Dafür besorgt er sich ihre Leiche und obduziert sie.«
Das ließ Helena nach Luft schnappen.
Henrik fuhr aufgeregt fort. »Wir müssen rausfinden, wie Silva an diese Leichen kommt. Er wird kaum in die Rechtsmedizin spazieren und sich einfach bedienen. Dieser Teil seiner Forschung lässt sich nicht alleine bewerkstelligen. Er braucht einen Verbündeten, und dieser Verbündete kann sich logischerweise nur im unmittelbaren Umfeld der Pathologie befinden. Er muss also dort einen Helfer haben.« Helena scrollte erneut durch die Bilder auf seinem Handy, während er weitersprach. »Ohnehin denke ich, dass er nicht alleine ist. Die Einrichtung dieses geheimen Labors bedurfte einer gewissen Logistik. Selbst wenn es sich um ältere Apparaturen handelt, die womöglich irgendwo ausrangiert wurden, denke ich nicht, dass eine Privatperson da so einfach rankommt. Genau wie an die Leichen. Vermutlich können wir sogar davon ausgehen, dass er seine Experimente nicht alleine zu seiner eigenen Belustigung durchführt, sondern einen Auftraggeber hat. Vielleicht ein Pharmaunternehmen, das medizinische Experimente unter dem staatlich kontrollierten Radar durchführen lässt.«
Helena stützte das Kinn auf die Fäuste. Er hatte sie mit alldem wohl ziemlich überfahren. »Illegale Experimente an Frauen, Lei-

chenschändung unter den Augen der Rechtsmedizin, fragwürdige Geldgeber ... Merda, Henrik, das kann doch alles nicht sein!«

»Ich weiß, wie es sich anhört, aber im Großen und Ganzen muss alles so abgelaufen sein – eine andere Erklärung gibt es nicht. Und erinnere dich! Beide Frauen wurden eingeäschert. Bei Fabiana wissen die Angehörigen nicht mal, wer die Feuerbestattung angeordnet hat. Eltern und Freund gehen jeweils davon aus, dass es die andere Partei war. Ich wette, wenn wir bei den Hinterbliebenen von Senhora Barreto nachfragen, bekommen wir eine ähnliche Geschichte zu hören.«

»Du meinst, nachdem Silva sich die Verstorbenen angesehen hat, wurden diese schnellstmöglich eingeäschert, damit keine weiteren Untersuchungen mehr erfolgen konnten?«

Henrik zuckte mit den Achseln. »Es besteht auch die Möglichkeit, dass man nur *vorgab*, die Frauen wären verbrannt worden, und dass man stattdessen die Leichen anderweitig entsorgt hat.« Er dachte an das ausgedehnte und sicher umzäunte Brachland hinter Silvas Haus.

Bevor Helena etwas darauf erwidern konnte, fischte er ihre Zusammenfassung der Polizeiakte aus der Tischschublade und zeigte auf eine Unterschrift. »Kennst du den?«

Die Kommissarin beugte sich vor und versuchte das Gekrakel zu entziffern. »Hm ... bin mir nicht sicher.«

»Dann lass uns hinfahren!«, verlangte er.

Sie sah auf die Uhr. »Kaum. Es ist weit nach Mitternacht.«

Und wieder einmal musste er feststellen, dass er in den letzten Stunden völlig die Zeit vergessen hatte.

SONNTAG

Menu do dia

Mexilhões
Gratinierte Miesmuscheln

Churrasco
Gegrillte Schweinekoteletts mit Chouriço und Speck

Sericaia
Zimt-Soufflé

32

Seine eigene Couch war noch unbequemer als das durchgesessene Sofa von Helena. Was ihn allerdings nicht davon abhielt, ihr heroisch sein Bett zu überlassen, nachdem sie eingewilligt hatte, den Rest der ohnehin nur noch kurzen Nacht bei ihm zu bleiben. Es war ein seltsames Gefühl, sie in seiner Wohnung zu wissen. Nebenan in seinem Schlafzimmer. Das harte Biedermeier-Möbel, das ihm sein Onkel vermacht hatte, hielt ihn – ebenso wie das Wissen, dass jenseits der Wand die Frau schlief, der sein Herz gehörte – davon ab, wirklich Schlaf zu finden. Ihr schien es ähnlich zu gehen, denn bereits vor sechs Uhr früh liefen sie sich in der Küche über den Weg.

»Ich muss wohl nicht fragen, wie du geschlafen hast«, murmelte er in seine Teetasse.

Sie lächelte gequält und blies ihrerseits über den dampfenden Tee. »Eigentlich könnten wir uns noch eine Stunde hinlegen. Um diese Uhrzeit werden wir niemanden antreffen.«

Als Antwort dehnte er den Rücken und rang ihr damit ein weiteres müdes Lächeln ab. Sie einigten sich darauf, ihre Strategie noch einmal durchzugehen. Dann überließ er ihr das Badezimmer. Wie so oft stellte er sich ans Küchenfenster. Der Himmel zeigte keinerlei Anzeichen dafür, dass die sternlose Schwärze bald einem neuen Tag weichen würde. Unten auf dem Pflaster war noch niemand unterwegs. Plötzlich schoss ihm siedend heiß ein Gedanke durch den Kopf. *Gisela!*

Er hatte sie völlig vergessen. Schnell griff er nach seinem Handy, das wie immer auf der Küchenzeile lag. Verflucht, er hatte vergessen, es ans Ladegerät zu hängen. Gisela hatte auf seine Nachrichten nicht geantwortet. Sehr wahrscheinlich war sie spät aus dem Restaurant gekommen und schlief nun tief und fest. Auch wenn es ihm schwerfiel, entschied er, noch etwas mit seinem Anruf zu warten.

Helena riss ihn aus seinen unruhigen Gedanken. Ihr Haar war noch feucht und wellte sich zu Locken. Es war nicht leicht, den Blick abzuwenden.

»Die Dusche ist frei«, erinnerte sie ihn. Er nickte und ging hinüber ins Badezimmer. Sie musste keine zehn Minuten auf ihn warten. Streng genommen war es immer noch zu früh, trotzdem machten sie sich auf den Weg.

Er war schon auf der Treppe nach unten, da fiel ihm etwas ein, und er machte kehrt. »Bin gleich zurück«, sagte er zu Helena, während er nach oben stürmte. Ungeachtet der Uhrzeit klopfte er bei Ajit. Die Bikkhus hatten kleine Kinder, und die waren sicher schon wach. Ohne dass Schritte zu hören gewesen wären, wurde die Tür geöffnet. Jaya blickte ihm aus großen, dunklen Augen entgegen. Die scheue Jaya, die sich stets lautlos durchs Haus bewegte, wie ihr Mann immer behauptete. Eine zarte, kleine Frau, die vier Kinder geboren hatte und dennoch leicht wie eine Feder zu sein schien. Ihr tiefschwarzes Haar hatte sie zu einem dicken Zopf gebunden.

»Ist Ajit da?«

Sie schüttelte den Kopf. »Bei der Arbeit.«

»Jetzt schon? Er wollte doch was für mich erledigen!«, erwiderte er aufgebracht.

Betroffen schaute sie zu Boden.

Sofort war ihm sein morgendlicher Überfall unangenehm. »Richte ihm aus, er soll mich anrufen«, bat er mit aller Zurückhaltung, die er aufbringen konnte. »Es ist sehr wichtig!«

Jaya nickte und drückte die Tür ins Schloss. Zwei Minuten später saß er neben Helena im Auto. Ihr altersschwacher Peugeot ächzte in jeder Kurve. Die Gänge ließen sich nur noch mit Gewalt einlegen, die Bremsen quietschten besorgniserregend. Dass die Karre noch nicht aus dem Verkehr gezogen worden war, konnte nur daran liegen, dass die Besitzerin selbst bei der Polizei war.

Der Tag schien nicht wirklich hell werden zu wollen. Unter den dichten grauen Wolken hielt sich die Kälte. Die Rechtsmedizin, in der die von der Staatsanwaltschaft angeordneten Sektionen für Lissabon durchgeführt wurden, war in der Universitätsklinik untergebracht, im Centro Hospitalar Universitário de Lisboa Central. Dank Helenas Ausweis durften sie eine Schranke passieren und direkt bis vor den Eingang fahren. Die Tür war mit einem elektronischen Schloss gesichert, doch zu seinem Erstaunen kannte Helena den Code. Er folgte ihr eine Treppe hinab. Auch in Portugal befand sich der heikle Trakt, in dem die Toten untersucht und aufbewahrt wurden, im Untergeschoss. Kurz musste er beim Hinabsteigen in die Katakomben des Universitätsklinikums an den Keller in der Rua da Senhora da Glória denken. Silvas Keller, und er war froh darüber, noch nicht gefrühstückt zu haben. Wie immer musste er feststellen, dass es ihm nicht gelang, sich mental auf die Ausdünstungen von verderbendem Fleisch vorzubereiten. Die Kommissarin kannte den Weg, und nach einem langen, von kaltem Neonlicht erhellten Gang gelangten sie in ein fensterloses Büro, das sie ohne Anklopfen betrat. Hinter einem Bildschirm tauchte der Kopf eines dunkelhaarigen Mannes auf.

»Helena, welch eine Überraschung! Habe ich eine weitere Einlieferung von letzter Nacht verpasst?«

»Nein, nein! Zumindest nicht noch einen Leichnam, der von mir gekommen wäre. Was habt ihr mit den Vietnamesen gemacht?«

»Sind immer noch im Kühllaster, der extra dazu abgestellt wurde. Ich habe noch keine Idee, wie wir das auf die Schnelle hinbekommen sollen.«

Für ein paar Sekunden schwiegen sie alle und dachten an die zahlreichen Opfer eines Schlepperrings, die gestern in einem Schiffscontainer entdeckt worden waren.

Dann zeigte Helena über ihre Schulter. »Das ist übrigens Henrik.«

Der Pathologe erhob sich, kam um seinen Arbeitstisch herum und streckte ihm die Hand hin. »Freut mich, ich bin Tiago.«

Henrik erwiderte den Gruß. Er hätte den sympathischen Mediziner auf Anhieb gemocht, hätte er nicht ein plötzliches Aufwallen von Eifersucht verspürt. Tiago musste in seinem Alter sein und sah ... blendend aus. Groß gewachsen, sportlich und braun gebrannt – recht ungewöhnlich, wenn man den sonnenarmen Arbeitsplatz des Pathologen bedachte.

»Henrik also. Wo kommst du her?«

»Deutschland«, antwortete Helena für ihn. »Er macht bei uns in der Dienststelle ein Praktikum. Damit die deutschen Kollegen mal erfahren, wie ordentliche Polizeiarbeit aussieht.«

Die Bemerkung reichte für ein schmales Lächeln zwischen Helena und Tiago. Henrik berichtigte sie nicht, verzog nur seinen Mund zu einem künstlichen Grinsen. Schnell wieder ernst, blickte Tiago von einem zum anderen. »Was kann ich für euch tun?«

Helena holte ihre Kopie des Polizeiberichts über Fabiana Guedes aus der Tasche und hielt sie dem Rechtsmediziner vor die Nase. »Welcher deiner Kollegen hat das unterschrieben?«

Tiago brauchte nicht einmal genau hinzusehen. »Ach, das ist die Klaue von Paulo. Paulo Freitas. Ist das die Sektion, nach der du mich neulich gefragt hast?«

Helena nickte. »Ich muss mit Freitas reden!«

Tiago schaute auf die Uhr über der Glastür, die hinaus in den Untersuchungsraum führte. »Er wird jeden Moment eintrudeln, schätze ich. Wollt ihr in der Zwischenzeit einen Kaffee?«
Der Geruchscocktail aus Verwesung und Chemikalien hemmte sogar Henriks Bedürfnis nach Koffein. Trotzdem nahm er die Einladung dem Gastgeber zuliebe an. Der Vollautomat befand sich in einer abgetrennten Nische, die auch drei große Kühlschränke beherbergte. Der erste Espresso war noch nicht ganz durchgelaufen, als eine schmächtige, recht übernächtigt wirkende Frau dazukam. Gemessen an ihrer Jugend eine Praktikantin, die es vermutlich im Rahmen ihres Medizinstudiums auch eine Weile mit den Toten aushalten musste.

»Ach, hier bist du«, stellte sie fest und blickte dann fragend in die Runde.

»Helena und Henrik von der Polizei«, erklärte Tiago seiner Assistentin.

Ihr Gruß beschränkte sich auf ein kurzes Nicken. Dann wandte sie sich wieder Tiago zu. »Dr. Freitas hat eben angerufen und sich krankgemeldet, soll ich dir ausrichten.«

»Merda!«, stieß Henrik hervor, und alle Augen richteten sich auf ihn.

33

Sie teilten sich auf. Die Inspetora wollte zuerst den Ehemann von Elvira Barreto aufsuchen, um mehr Details über den Tod seiner Frau in Erfahrung zu bringen, und im Anschluss in der Dienststelle die fünf Namen überprüfen, die Henrik in Silvas Notizbüchern entdeckt hatte. Es war wichtig zu erfahren, ob diese Frauen jemals im Pôr do sol gegessen hatten und wie es um ihre Gesundheit stand. Gleichwohl galt es, Dr. Freitas aufzuspüren, der zumindest ein paar Antworten schuldig war.

Henrik fuhr mit dem Bus hinunter zum Martim Moniz und stieg dort in die Linie, die ihn über das Mouraria-Viertel hinauf in den Stadtteil Graça brachte. Seine Mission bestand darin, Pascoal Silva im Auge zu behalten und im besten Fall noch ein paar eindeutige Indizien gegen ihn zu sammeln. Die Kommissarin ließ ihm freie Hand, was deutlich zeigte, wie ernst sie diese Sache mittlerweile nahm. Er hatte nun vor allem darauf zu achten, dass er durch sein Handeln der zu guter Letzt einsetzenden polizeilichen Ermittlung nicht in die Quere kam.

Bald krochen sie nur noch im Schritttempo den Schlossberg hinauf, bis es wenig später überhaupt nicht mehr vorwärtsging. Diverse Hupkonzerte waren die Folge. *Straßensperrung wegen Feuerwehreinsatz*, schnappte er als Erklärung vom Busfahrer auf. Gleich darauf wurden ihm auch die Sirenen bewusst, die in der Stadt zwar laufend irgendwo zu hören waren, sich heute aber in unmittelbarer Nähe befanden. Es dauerte noch einige Minuten, bis der Busfahrer sich von seinen Fahrgästen endlich dazu überreden ließ, die Türen zu öffnen. Woraufhin sich der Bus in Windeseile leerte.

Noch immer hingen die Wolken dicht über den Dächern der Stadt. Der heftige Wind der letzten Tage war abgeflaut, die Wetterlage verharrte an Ort und Stelle. Während Henrik den Berg hinaufstapfte, wurde aus einer Ahnung eine Befürchtung. Irgendwann konnte er auch Rauch riechen. Etwas brannte dort oben in der Ecke, zu der er unterwegs war. Als er schließlich in die lang gezogene Rua da Senhora da Glória einbog, war diese auf halber Strecke abgeriegelt. Die Sirenen tönten nun sehr laut und von allen Seiten. Er drängte sich vor bis an die Absperrung, wo zahlreiche Schaulustige darum bemüht waren, die besten Plätze zu ergattern. Überall kreiselte der Widerschein von Blaulichtern. Die Straße war durch ihre leichte Krümmung in ihrer vollen Länge nicht einsehbar. Rauchschwaden waren zu erkennen, aber nicht, wo genau sich der Brandherd befand. Henrik versuchte, aus den Gesprächen ringsherum herauszuhören, was geschehen war. Doch es schwirrten einfach zu viele Meinungen und Mutmaßungen herum. Er überlegte, welchen Weg er nehmen konnte, um näher an die Ursache für den Feuerwehreinsatz heranzukommen. Da tippte ihm plötzlich jemand auf die Schulter.

»Was haben Sie bloß angestellt?«, fragte der Alte aufgebracht. Er steckte im selben Anzug wie vor zwei Tagen, hatte aber wegen der Kälte noch einen abgetragenen Mantel übergeworfen und um seinen kurzen Hals einen speckigen Wollschal geschlungen. Henrik roch den Tabak in seinem sauren Atem. »Hoffentlich können sie wenigstens die Kirche retten!«, zeterte er.

»Senhor José! Was ist passiert?«

»Pah, hören Sie doch auf, den Überraschten zu mimen!«

Henrik schüttelte den Kopf. »Wirklich, ich verstehe nicht, warum Sie so böse auf mich sind.«

José musterte ihn wütend. »Was glauben Sie, warum wir hier alle rumstehen und nicht in unsere Wohnungen können?«

»Weil es brennt.«

»Richtig!« Der Alte tippte ihm mit seinem nikotingelben Zeigefinger gegen die Brust. »Und zwar ausgerechnet in dem Haus, für das Sie sich so sehr interessiert haben. Und jetzt tun Sie, als wüssten Sie nicht, was ich meine. Sie haben den Professor aufgescheucht, und diesem Verrückten fällt nichts Besseres ein, als unser Viertel in Brand zu stecken.«

Henriks Gedanken rasten. Also war dem Wissenschaftler sein Eindringen ins Labor tatsächlich nicht entgangen. Offenbar war Silva daraufhin dermaßen in Panik verfallen, dass er sein Labor angezündet hatte, um sämtliche Spuren seines schändlichen Treibens zu vernichten.

»Haben Sie Silva hier irgendwo gesehen?«, fragte er den ehemaligen PIDE-Spitzel aufgeregt.

»Das Haus wurde geräumt, aber er war nicht unter den Leuten, die rauskamen. Das hat mir Mariano gesteckt. Mein Neffe, Feuerwehrmann.« Er schnaubte verächtlich. »Ach, ich weiß gar nicht, warum ich Ihnen schon wieder mit Informationen aushelfe.«

»Was ist denn mit der Polizei? Haben Sie mitbekommen, ob bereits nach Silva gefahndet wird?«

»Was weiß denn ich. Wenn man ihn für denjenigen hält, der das Feuer gelegt hat, dann sicher. Aber vielleicht war er es ja gar nicht.« Seine Miene änderte sich, und der alte durchtriebene Ausdruck machte sich auf seinem Gesicht breit. »Ich frage mich gerade, ob er wirklich so irre wäre, das Haus in Brand zu stecken, in dem er wohnt. Womöglich könnte ich den Bullen einen Tipp geben, wer sonst noch dafür infrage kommt ...«

34

Es hatte keinen Sinn, sich bis zu dem Haus vorzukämpfen, in dem Pascoal Silva mutmaßlich sein Kellerlabor abgefackelt hatte. Henrik würde dort ohnehin nichts ausrichten können, außer sich darüber zu wundern, wie der Professor so schnell hatte reagieren können. Hatte er überhaupt etwas von seinen umfangreichen Aufzeichnungen oder gar seine Apparaturen in Sicherheit gebracht – oder lieber alles dem Feuer geopfert, um alle Spuren zu verwischen? Ohne sich weiter von Josés Anschuldigungen beirren zu lassen, schob er sich wieder aus dem Gedränge an der Straßensperre hinaus und informierte Helena per SMS über die jüngste Entwicklung. Wenn jemand schnell und ohne viel Aufhebens herausfinden konnte, ob Silva wegen des Brandes bereits in Gewahrsam war, dann die Inspetora.

Zu seinem Leidwesen stellte er fest, dass sich Ajit immer noch nicht gemeldet hatte. Er hatte keine Ahnung, wie sich dessen Arbeitszeit beim Fensterputzen gestaltete, aber er musste doch einmal eine Minute verschnaufen können, um auf sein Handy zu schauen! In Henrik wuchs die Befürchtung, dass der Inder mit Silvas Aufzeichnungen womöglich doch nichts hatte anfangen können. Das wäre ein ziemlicher Rückschlag für seine Beweiskette. Doch solche Grübeleien halfen ihm jetzt auch nicht weiter. Mit einem Mal war das untrügliche Gefühl wieder da, dass ihm die Zeit davonrannte. Auch das kannte er nur zu gut; es trat immer auf, wenn er in der heißen Phase einer Ermittlung steckte. Vor allem wenn es darum ging, Menschen zu helfen oder gar Leben zu retten. Untätigkeit war in diesem Zustand das Schlimmste, er musste also in Bewegung bleiben und würde seinerseits ein paar

Erkundigungen einholen. Wieder einmal machte er sich auf, die über neunhundert Jahre alten Mauern des Castelo de São Jorge zu umrunden.

Er beschloss, einen kurzen Abstecher zu Giselas Wohnung zu machen. Doch seine Aushilfskraft reagierte nicht auf sein Klopfen und auch nicht auf den erneuten Versuch, sie ans Telefon zu bekommen. Heute war auch ihr Roller nicht wie üblich im Hausgang abgestellt. Es war immer noch relativ früh, aber vielleicht war sie tatsächlich schon wieder unterwegs. Sich das vorzusagen beruhigte ihn ein wenig.

Vor dem Pôr do sol herrschte der um diese Zeit schon bekannte Lieferbetrieb. Der Kleinlaster der Fleischerei parkte vor dem Eingang zum Hinterhof. Nuno hievte gerade eine Wanne mit Schweinekoteletts von der Ladefläche des Kühlwagens. »Alemão, was treibst du dich noch hier rum?«

»Weißt du, ob Carde schon da ist?«, fragte er.

Nuno lachte dreckig. »Hat's dir wohl angetan, die Kleine.« Der Koch schob sich mit der Fleischladung an ihm vorbei. »Verschwinde besser, bevor Robert dich zu sehen bekommt!«

Henrik packte ihn an der Schulter, und Nuno hätte fast die Wanne fallen lassen. »Punheteiro!«, zischte er.

»Was ist mit Silva? Ist der heute aufgetaucht?«

»Lass mich in Ruhe!«, fauchte Nuno.

»Oder was? Rufst du etwa deinen Chef zu Hilfe?«

»Kein Silva, keine Carde, Himmelherrgott! Und jetzt zieh Leine!« Auf O-Beinen trottete der Koch davon in Richtung Küche.

Vermutlich war es tatsächlich ratsam, vor dem Restaurant nicht wie auf dem Präsentierteller herumzustehen. Er überquerte die Straße und stellte sich in den Eingang des Souvenirladens, der noch nicht geöffnet hatte. Es war besser, nicht frühzeitig auf sich aufmerksam zu machen und damit eventuelle Verdächtige zu verscheuchen. Von seinem Posten aus konnte er die Costa do Castelo nach beiden Seiten gut einsehen, ohne selbst entdeckt zu werden. Das Warten wurde ihm lang. Obwohl er die Vibration gespürt hätte, überprüfte er beinahe jede Minute sein Handy. Doch weder Helena noch Ajit meldeten sich. Und es kam auch kein Lebenszeichen von Gisela. Das zerrte noch mehr an den Nerven. Bald fing es auch noch an zu nieseln. Er drückte sich noch tiefer in die Eingangsnische. Die Hände musste er in die Jackentaschen stecken, weil seine Finger klamm wurden. Während der lang anhaltenden, extremen Hitze des Sommers hatte er sich stets nach Abkühlung gesehnt. Jetzt plötzlich fror er und wünschte sich zehn Grad mehr auf der Temperaturanzeige. Um sich von der unter Jacke und Pullover kriechenden Kälte abzulenken, ging er in Gedanken erneut seine Ermittlung durch. Versuchte zu begreifen, was er da aufgedeckt hatte, grübelte über Ungereimtheiten nach und überlegte, wo ihm mögliche Denkfehler unterlaufen sein mochten. Dazwischen blieb er immer wieder an der Frage hängen, welches Ziel Silva wohl mit seinen Experimenten an diesen Frauen verfolgte. Allmählich kristallisierte sich eine Hypothese heraus. Er zückte erneut das Handy und rief Fabianas Vater an.

»Estou!«

»Hier ist Henrik Falkner. Ich habe noch eine Frage.«

Für Sekunden blieb es still am anderen Ende der Verbindung.

»Warten Sie!«, verlangte Guedes in gereiztem Ton.

Dann war ein Rascheln zu hören, vermutlich weil der Pensionär das Telefon in die Tasche gesteckt hatte. Vor seinem inneren Auge sah Henrik, wie der Mann das Wohnzimmer verließ, in dem er mit seiner Frau gesessen hatte, um nicht vor ihr mit Henrik sprechen zu müssen.

»Ich höre!«, meldete sich Guedes nach einer halben Minute zurück. Die Anspannung war aus seiner Stimme gewichen. Offenbar hatte er eingesehen, dass er beim Tod seiner Tochter einen Fehler begangen hatte. Dass es falsch gewesen war, einfach hinzunehmen, was passiert war, und alle Zweifel zu ignorieren. Nun schien er bereit, das wiedergutmachen zu wollen, auch wenn es ihm Fabiana nicht zurückbrachte.

Henrik kam gleich auf den Punkt. »Gab es bei Fabiana neben der Herzschwäche noch eine andere Diagnose?«

»Worauf wollen Sie hinaus? Ist es nicht schlimm genug, was ihr widerfahren ist?«

»Wie ich Ihnen bereits andeutete, sind sehr wahrscheinlich noch weitere Frauen betroffen. Sie können jetzt helfen, das alles aufzuhalten. Ich weiß, es ist kein Trost für Sie, aber bedenken Sie, es gibt dort draußen andere Väter, deren Töchter womöglich noch zu retten sind. Ersparen Sie ihnen und den Familien das Leid, das Sie getroffen hat!«

Wieder schwieg der andere eine Weile. »Es hing nicht mit ihrem Herzfehler zusammen«, murmelte er schließlich.

»Was?«

»Es war vermutlich sogar besser so. Eine solche Belastung für ihren Organismus wäre medizinisch ohnehin nicht zu vertreten gewesen.«

»Wovon sprechen Sie?«

Guedes klang, als müsste er sich furchtbar anstrengen, um überhaupt ein Wort hervorzubringen. »Fabiana ... konnte keine Kinder kriegen.«

35

Ein Gendefekt. Mehr Erklärung bekam Henrik nicht von Guedes. Allerdings reichte das bereits aus, um seine Mutmaßungen zu untermauern. Und – dummerweise – noch mehr Ungereimtheiten zu produzieren. So musste er sich fragen, ob Silva wusste, wie es gesundheitlich um Fabiana Guedes stand. Und wenn ja, ob er sie womöglich wegen ihrer Diagnose für seine Testreihe ausgewählt hatte. Henrik erschien das durchaus logisch. Genau so würde seiner Vorstellung nach ein Professor der Entwicklungsbiologie und biochemischen Pharmakologie arbeiten. Akribisch, strukturiert und basierend auf den Fakten, die ihm vorlagen.

Diese Überlegung führte jedoch auf einen Abgrund zu, dessen Dimension ihm das Blut in den Adern gefrieren ließ. Denn: Es musste ja jemanden geben, der Silva verbotenerweise mit Krankenbefunden versorgte ... Es war grässlich, über diese ebenso heikle wie verwerfliche Verletzung ärztlicher Schweigepflicht auch nur nachzudenken – und über den Medizinskandal, der sich da abzuzeichnen drohte. Dieser Fall war sogar noch abscheulicher, als er bislang befürchtet hatte. Wer steckte bloß hinter alldem? Ein Pharmakonzern? Irgendeine Ärzteschaft? Das Gesundheitsministerium? Dieser Irrsinn nahm ein Ausmaß an, das ihm Angst machte.

Und wieso ausschließlich Frauen?

Natürlich hatte er nicht alle von Silvas Notizbüchern durchgeblättert, aber wenn er auf einen Namen gestoßen war, dann gehörte er immer einer Frau. Was wollte Silva nur, worin wurzelte seine Motivation? Wollte er womöglich ... Frauen helfen? Henrik erinnerte sich daran, was Fernada über ihren schweigsamen Kollegen gesagt hatte. Dass sie den Eindruck hatte, Silva könne mit

Frauen nichts anfangen. War damit gemeint, dass er Frauen abfällig behandelte?

Er schüttelte den Kopf. Es half nichts. Er würde nicht weiterkommen, solange er Silva nicht zur Rede stellte. Versunken in seine Überlegungen, hätte er sie beinahe verpasst. Ihre Hand lag schon an der Tür zum Restaurant.

»Carde!«, rief er über die Straße.

Sie hielt inne und drehte sich um. Er trat aus dem Eingang des Souvenirladens. Selbst auf die Entfernung war ihr anzusehen, dass sie bereute, auf seinen Ruf reagiert zu haben. Bevor sie sich doch noch ins Pôr do sol flüchten konnte, ging er rasch hinüber, packte sie am Oberarm und zog sie ein paar Schritte mit sich die Costa do Castelo hinunter.

Irritiert, wie sie war, stolperte sie neben ihm her. »Was soll das?«

»Nur eine Minute!«, zischte er.

Einen Moment lang ließ sie sich noch widerwillig mitzerren, dann fauchte sie: »Lass mich los, oder ich schreie!«

Henrik suchte ihre dunklen Augen. »Ich muss wissen, wo Gisela ist.«

Ihr Zorn wich der Überraschung. »Du kennst Gisela?«

»Wann hast du sie zuletzt gesehen?«

Zum Glück hatten sie nun einen vor sich hin rostenden, verbeulten Lieferwagen erreicht, der sie vor neugierigen Blicken verbarg. Carde bedeutete ihm, dass er seinen Griff lösen konnte, und er tat ihr den Gefallen.

»Muss ich das verstehen?«

»Ich erreiche sie nicht und mache mir Sorgen. Also?«

Sie schielte hinauf zum Pôr do sol. »Gestern war viel Betrieb, und ein paar Gäste hatten das Bedürfnis, besonders lange sitzen zu bleiben. Eigentlich hatten wir vereinbart, dass wir nach der

Schicht noch was trinken gehen, aber dann wurde es zu spät. Ich war müde, Gisela auch. Wir haben uns vorm Restaurant verabschiedet.«

»Wann war das?«

»Gegen drei, ich hab nicht auf die Uhr geschaut.«

»Und dann?«

Sie zuckte mit den Achseln. »Sie ist vorne an der Ecke nach links abgebogen und ich nach rechts.«

»Und das war's?«

Carde wollte schon an ihm vorbei, aber er stellte sich ihr in den Weg.

»Was soll denn der Mist?«, fragte sie angriffslustig, hielt dann jedoch inne. »Hey, Moment! Hast du sie etwa beauftragt, mich über Cristiano auszufragen?«

Cristiano war in der Tat ein gutes Stichwort. »Hat dein Freund jemals einen Mann namens Martin Falkner erwähnt?«

Ihn traf ein misstrauischer Blick.

»Ich weiß, dass Cristiano sich dafür interessierte, warum Fabiana sterben musste«, erläuterte er. »Und womöglich war er deswegen bei meinem Onkel, um dessen Hilfe zu erbitten.« Diese Möglichkeit war ihm gerade erst eingefallen.

»Martin Falkner ist dein Onkel?«

»Er *war* es«, klärte er Carde auf. »Martin ist vor rund achtzehn Monaten gestorben.«

»Tut mir leid«, murmelte sie. Sie überlegte kurz. »Also, Cristiano hat wirklich mal von ihm gesprochen«, gestand sie dann. »Er sollte ihm bei etwas helfen ... aber dann ist nichts draus geworden. Ich hab keine Ahnung, um was es ging. Es war eher Zufall, dass wir auf dieses Thema kamen.«

Cristiano wusste vermutlich wesentlich mehr über die Vorgänge im Pôr do sol als ursprünglich angenommen. Offensichtlich hegte er einen hinreichenden Verdacht und hatte damit bei Martin vorgesprochen. Was Carde Henrik eben anvertraut hatte, war eine sehr wichtige Information.

»Ich muss dringend mit ihm reden«, erklärte Henrik. »Aber zuerst will ich Gisela finden. Bitte denk nach! Gestern Nacht, als ihr euch getrennt habt, war da noch jemand anderes von der Belegschaft in der Nähe?«

»Nein, wirklich, ich weiß nicht ...«

»Gisela ist in Gefahr!«

Sie musterte sein besorgtes Gesicht. »Mann, keine Ahnung. Ich hab dir alles ... Nein, warte! Da war wirklich jemand ...«

»Silva vielleicht?«

Erschrocken riss sie die Augen auf. »Silva«, wiederholte sie flüsternd, blickte dabei aber an ihm vorbei. »Da kommt er gerade ...«

Er fuhr herum, folgte ihrem Blick über seine Schulter hinweg, durch die verschmierten Scheiben des Lieferwagens, hinauf zum Eingang des Restaurants. Und tatsächlich, da war er.

Der Professor marschierte in aller Gelassenheit die Straße herunter, als wüsste er nicht, dass das Haus brannte, in dem er wohnte, und dass die Polizei nach ihm suchte. Neu an ihm war allerdings die auffällige rote Jacke, so dick wattiert, dass sie sich ohne Zweifel auch für Polarexpeditionen eignete. Über seiner Schulter baumelte ein ausgefranster Stoffbeutel, der offensichtlich etwas Schweres enthielt.

Henriks erster Impuls war es, hinter dem VW-Bus hervorzuspringen und sich Silva zu schnappen, doch sein Polizisteninstinkt hielt ihn zurück. Was trieb den Biologen erneut hierher? Auf die Schnelle fand er nur eine Erklärung. Henriks Eindringen in das Labor des Professors hatte diesen nicht nur dazu gezwungen, in seinem Keller alle Spuren zu beseitigen. Silva musste auch im Pôr do sol noch ein wenig aufräumen. Beispielsweise seinen Spind im

Umkleideraum. Henrik hatte täglich davorgestanden, ohne auch nur auf die Idee zu kommen, einen Blick zu riskieren. Allerdings waren in dieser Phase seiner Ermittlung auch noch Casimiro und Marcio seine Hauptverdächtigen gewesen.

Er legte den Zeigefinger auf die Lippen, um Carde zu signalisieren, ja keinen Ton von sich zu geben. Das stellte sich wenige Sekunden später als unnötig heraus. Silva betrat zügig das Restaurant, ohne auf seine Umgebung zu achten, so als gäbe es nichts, was ihn aufhalten könnte.

Wider Willen von Silvas Kaltschnäuzigkeit beeindruckt, wandte Henrik sich wieder der Studentin zu und reichte ihr eine seiner Visitenkarten. »Cristiano soll mich anrufen, er weiß, warum. Und du vergisst am besten unsere kleine Zusammenkunft hier!«

Sie verzog den Mund. »Einfach so, oder was?«

»Glaub mir, das ist das Beste für dich – außer du hast vor, deinen Job hier zu kündigen.«

Sie verharrte noch zwei Sekunden, gerade so, als wartete sie darauf, dass er die Situation endlich auflöste und ihr erklärte, nur einen Scherz gemacht zu haben. Dass die Welt, in der sie lebte, wieder so heil und harmlos war wie vor dieser Unterhaltung. »Merda!«, murmelte sie schließlich, als er einfach nur beiseitetrat.

»Geh Silva aus dem Weg!«, rief er ihr unterdrückt hinterher, aber er war nicht sicher, ob sie das noch gehört hatte. Er konnte nur hoffen, dass sich Carde nach ihrem Gespräch jetzt unauffällig benahm und Silva durch ihr Verhalten nicht zusätzlich alarmiert wurde. Was dieser Mann zweifelsohne bereits in höchstem Maße war. Henrik jedenfalls hatte nun alle Karten in der Hand. Der Wissenschaftler in der Verkleidung eines Küchengehilfen konnte ihm nicht mehr entkommen. Auch wenn es ihm schwerfiel, wartete er geduldig, dass seine Annahme sich bestätigte. Silva konnte nicht so abgebrüht sein, dass er seine Arbeit an der Anrichte heute mir nichts, dir nichts wiederaufnahm. Folglich sollte es nicht allzu lange dauern, bis er das Restaurant wieder verließ. Dann brauchte Henrik nur noch zu entscheiden, ob er ihn sofort überwältigte oder sich ein weiteres Mal an seine Fersen heftete, um zu sehen, wie sein nächster Schritt aussah. Ob Silva ihm weitere Indizien für seine Vergehen lieferte oder ihn womöglich sogar zu seinen Hintermännern führte. Diese Idee gefiel ihm am besten. Und tatsächlich behielt er recht. Nach nur drei Minuten kam der Professor wieder heraus, überquerte ohne einen Blick nach links oder rechts die Straße und marschierte in die Richtung davon, aus der er vorhin gekommen war.

Warte zehn Sekunden!, gebot Henrik sich – doch während er diesen Countdown im Geiste herunterzählte, regte sich seine Intuition. Etwas stimmte hier nicht. Bis eben war er davon ausgegangen, dass Silva Beweismittel beseitigt hatte, die sich noch im Pôr do sol befanden und ihm gegebenenfalls zum Verhängnis hätten werden können. *Noch fünf...* Genau wie er es mit den Aufzeichnungen und Gerätschaften in seinem Labor gemacht hatte. *Drei...* Doch jetzt trug er nichts bei sich. Selbst seine verschlissene Stofftasche fehlte. *Eins!*

Er hatte Glück, dass er nach wie vor hinter dem Kastenwagen stand, als die Explosion die Eingangstür des Nobelrestaurants aus den Angeln riss und sie über die Straße fegte.

36

Er spürte die Hitzewelle, die heranraste und ihn einen Wimpernschlag später einhüllte und auf die Knie zwang. Es klingelte in seinen Ohren.

Das hat er nicht getan!

Er bemerkte, dass er seine Arme schützend über den Kopf geschlagen hatte.

Nein, das hat er nicht getan!

Da das Pôr do sol zur Straße hin keine Fenster hatte, musste sich der größte Teil des Detonationsdrucks zur Terrasse entladen haben. Millionen von Glassplittern, die Richtung Fluss hinausgeschossen waren, um in einem rasiermesserscharfen Regen auf das Alfama-Viertel niederzuprasseln. Glitzernde Diamanten, welche die Wucht der Explosion in tödliche Schrapnelle verwandelte. Und das alles geschah jetzt gerade.

Carde! Mein Gott!

Er hatte sie direkt in den Tod geschickt. Mit einem Schrei der Wut und Verzweiflung stemmte er sich hoch und taumelte über die Straße. Von irgendwoher drangen erste entsetzte Rufe an seine wie mit Watte verstopften Ohren. Aus dem schwarzen Loch, das bis vor wenigen Minuten der Eingang zum angesagten Restaurant Pôr do sol gewesen war, quoll dunkler, beißender Rauch. Tränen füllten seine Augen. Noch immer halb blind, trat er in den Schaukasten, in dem das Tagesmenü gehangen hatte und der nun auf dem Pflaster lag. Glas knirschte unter seinen Sohlen, als er sich weiter vorantastete. Er kam an dem Tor vorbei, das in den Hinterhof führte. Auch dort qualmte es über die Mauer hinweg. Für einen Moment fragte er sich, ob er hinten nachsehen sollte.

Wie viele der Angestellten hatten sich für die Vorbereitungen der heutigen Menüauswahl bereits eingefunden? Er dachte an die Köche und Küchenhilfen, die sicher schon zugange gewesen waren. An zwei, drei Leute aus dem Service, die die Tische für die Gäste eindeckten. An Carde, die er hätte zurückhalten können. Aus dem Augenwinkel bemerkte er, dass Menschen auf der Costa do Castelo zusammenliefen. Schockierte und fassungslose Blicke streiften ihn. Menschen zeigten auf das Lokal, schlugen die Hand vor den Mund, riefen sich irgendetwas zu.

Er konnte nicht hierbleiben. Sich nicht unter diejenigen mischen, die bereit waren zu helfen. Sie würden ihn nicht brauchen. Nicht dafür, die Menschen aus den Trümmern zu holen, die womöglich noch am Leben waren. Ihm fiel in diesen furchtbaren Minuten eine andere Aufgabe zu. Er war im Moment der Einzige, der wusste, was geschehen war. Und der denjenigen kannte, der die Schuld an diesem Schreckensszenario trug. Er musste hinter Silva her.

Erste Sirenen waren zu vernehmen. Eine Traube von Menschen strömte von Arco do Castelo her den Berg herab. Getrieben von Entsetzen, aber auch von Neugier. Niemand hielt ihn auf, um ihn zu fragen, wohin er so eilig unterwegs war. Dabei hätte man ihn durchaus für verdächtig halten können – sofern die Menschen, die nun von allen Seiten zusammenströmten, nicht einfach von einer Gasexplosion ausgingen. Sofern erste Spekulationen aufkamen, dass es sich um ein Attentat handeln mochte. Um einen Anschlag von Extremisten. Aber vermutlich waren die Anwohner und die frisch eintreffenden Rettungskräfte noch nicht so weit, derlei in Erwägung zu ziehen. Noch nicht bereit, von der schlimmsten aller Möglichkeiten auszugehen – von dem bösartigen Vorsatz, bewusst Leid zu verursachen und Menschen zu töten. Darum schien auch niemand Notiz von ihm zu nehmen, obwohl er verdreckt war vom Staub der Explosion und dahinwankte wie ein Betrunkener. Tatsächlich gelangte er unbehelligt bis hoch zur Abzweigung. Silva hatte diesen Weg genommen, da war er sicher, auch wenn er ihm nicht unmittelbar gefolgt war. Er bog in die Rua da Saudade ein und lief die Gasse abwärts. Auch hier kamen ihm Leute entgegen und versperrten ihm den Blick.

Verdammt, ich hab ihn verloren!

Er hatte zu lange gezögert. Zu lange gebraucht, um sich nach dem Schock der Explosion in Bewegung zu setzen. Gerade dachte er daran, entweder Helena anzurufen oder loszurennen, als er den silbernen Haarschopf entdeckte. Und darunter die auffällige Daunenjacke, die förmlich aus der Menge herausstach wie die Fähnchen, die bei Stadtführungen hochgehalten wurden, um die Gruppe zusammenzuhalten. Der Professor sah offensichtlich keinen Anlass, sich zu tarnen. Dieser Verrückte benahm sich wie ein unantastbarer Halbgott!

Henrik rieb sich übers Gesicht. *Konzentrier dich auf deine Aufgabe!* Silva war kein Überwesen, bloß ein ganz gewöhnliches Monster. Und spätestens seit er vor wenigen Minuten eine Bombe gezündet hatte, war er ein Massenmörder, den es zu stoppen galt.

Eine Bombe!

Das war so enorm schwer zu fassen. Wieder einmal musste Henrik feststellen, dass der Wahnsinn keine Grenzen kannte. Ohne mit der Wimper zu zucken, hatte Silva Menschen geopfert, mit denen er jahrelang gearbeitet hatte. Und warum? Nur um mögliche Spuren seiner Perversion zu vernichten! Vermutlich ging es dabei nicht allein um das, was er den Gästen verabreicht hatte. Nein, sehr wahrscheinlich auch um Daten über die Restaurantbesucher. Um Reservierungen von Stammgästen, über die man hätte Rückschlüsse auf relevante Personen ziehen können, die er für seine Experimente missbraucht hatte.

Über den Largo São Martinho, vorbei am Centro de Estudos Judiciários, gelangte er in die Rua Limoeiro, die wieder bergauf führte. Silva, immer dreißig, vierzig Meter vor ihm, marschierte unbedarft und zielstrebig weiter. Wo wollte er hin? Zum Largo Portas do Sol, wo sich um diese Zeit vermutlich schon wieder Hunderte von Touristen aufhielten? Hatte er vor, noch mehr Menschen in die Luft zu sprengen? Nein, das ergab keinen Sinn.

Aus dem Baixa-Viertel kommend, zuckelte die Eléctrico den Berg hoch und fuhr eine Weile neben ihm her, ehe sie vorbeizog und mit einem schrillen Schaben an der Haltestelle Miradouro de Santa Luzia zum Stehen kam. Ein gutes Dutzend Fahrgäste ergoss sich auf das schmale Trottoir, und für Sekunden gab es kein Durchkommen. Aufgeregtes Geschnatter in einem wirren Sprachengemisch umfing ihn. Er musste die Worte nicht verstehen, um zu wissen, dass sich die ganz in der Nähe erfolgte Detonation schon herumsprach. Dass unter den Urlaubern Gerüchte die Runde machten und Ängste geschürt wurden.

Seine Angst war eine andere. Erneut hatte er Silva verloren und fühlte sich kaum mehr in der Lage, den Professor im Getümmel wieder aufzuspüren. Es blieb ihm nichts anderes übrig, als auf seinen Instinkt zu bauen. Mittlerweile kannte er die Stadt und besonders diese Ecke von Lissabon. Silva wollte gewiss nicht hoch zum Schloss und nicht hinüber ins Mouraria-Viertel, wo er den Brand gelegt hatte. So gesehen blieb nur eine einzige Richtung übrig. Er war unterwegs ins Herz des Alfama. Also suchte sich Henrik die nächste steile Treppe, die ihn hinab ins alte Fischerviertel führte. Er hatte nicht vor aufzugeben, auch wenn ihm klar war, dass es das verschachtelte Gewirr aus erodierenden Gemäuern noch schwieriger machte, Silvas Spur wiederzufinden. Dieser Ort war ein wahres Labyrinth – aber immerhin eins, durch das er schon häufig gewandert war. Dabei hatte er gelernt, sich an markanten Punkten zu orientieren, und wusste mittlerweile in den meisten Fällen recht gut, wo genau im Viertel er sich befand. Zum Glück fiel er hier in seinem lädierten und schmutzigen Zustand auch weniger auf als an den von Touristen stark frequentierten Hotspots.

Das Pfeifen in seinen Ohren hatte sich in leises Rauschen verwandelt. Der Blick wurde mit jeder Minute klarer, und auch das Atmen ging wieder leichter trotz der zum Teil recht steilen Treppen, die er zu bewältigen hatte. Natürlich war ihm längst nicht mehr kalt, im Gegenteil, unter der Jacke klebte ihm das Hemd am Rücken.

Stoisch hielt er die Richtung bei, die Silva zuletzt eingeschlagen hatte, ohne auch nur einen Anhaltspunkt zu haben, ob der Professor wirklich ein östlich gelegenes Ziel ansteuerte. Aber etwas Besseres fiel ihm momentan nicht ein.

Inzwischen konnte er einen Polizeihubschrauber über dem Viertel kreisen hören. Nach wem suchten sie? Welche Anweisungen, welche Beschreibungen von Verdächtigen hatten die Einsatzkräfte erhalten? War seine darunter? Musste er sich Sorgen machen, oder ergaben die ersten Zeugenbefragungen ein zu verwaschenes Bild? Durch seine Arbeit bei der Polizei wusste er nur zu gut, wie unbrauchbar Aussagen von Augenzeugen in dieser frühen Phase einer Bestandsaufnahme sein konnten, vor allem bei einer so extremen Krisensituation. Ein Bombenanschlag war nicht mit einem simplen Auffahrunfall zu vergleichen. Die Leute, die etwas beobachtet hatten oder vielleicht nur meinten, etwas gesehen zu haben, waren in der Regel viel zu aufgeregt, als dass die vernünftige Beschreibung eines Tatverdächtigen herauszufiltern war. Sie konnten oft nicht einmal erklären, wie es ihnen selbst gerade ging.

Noch während er ein paar mögliche Szenarien durchspielte, erschien plötzlich die rote Jacke wieder. Unverhofft tauchte sie in seinem Augenwinkel auf wie die rote Laterne am letzten Waggon eines Güterzugs. In einer Gasse, an der Henrik eigentlich schon vorbei war. Er bremste, drückte sich an die Hauswand und lugte um die Ecke. Ohne Zweifel, das war Silva.

Wenn die Erfahrung aus seinen vielen Wanderungen durch das verschlungene Viertel ihn nicht täuschte, waren sie ganz in der Nähe von São Vicente de Fora. Er folgte Silva durch die Gasse, und sie erreichten einen kleinen Platz, gesäumt von drei hohen Platanen, der sich Escadinhas Arco da Dona Rosa nannte, auch wenn nicht klar war, wo sich die Treppe aus dem Namen befinden sollte. Silva bog vor einem hell mintgrün gestrichenen Haus ab, das eine angelaufene Blechtafel als Biblioteca do Exército auswies. Eine Militärbibliothek. Henrik hatte noch nie davon gehört, aber er hatte auch keine Zeit, sich jetzt Gedanken darüber zu machen, denn der Professor war zu einem lang gestreckten Gebäude dahinter unterwegs, das nur eine Lagerhalle sein konnte. Ohne die möglichen Konsequenzen abzuwägen, folgte Henrik ihm. Er fühlte sich wie im Rausch, und obwohl er sich dessen auf der einen Seite bewusst war, hielt er es nicht für nötig oder angebracht, Helena zu informieren. Vor allem weil er wusste, dass sie ihm befehlen würde, auf sie zu warten. Und das konnte er nicht. Nicht, solange die schreckliche Vermutung existierte, dass der Wissenschaftler auch Gisela in seiner Gewalt hatte. Sie gefangen hielt, vielleicht hier, in diesem heruntergekommenen Gebäude.

Dreißig Sekunden nach Silva betrat er die Halle. Über einen kurzen Korridor gelangte er auf eine frei stehende Metalltreppe, von der aus man die Lagerfläche überblicken konnte. Das Blechdach wölbte sich über einer von Taubendreck übersäten Konstruktion aus Stahlbögen und Querstreben, die an die Gleisüberdachung einer alten Bahnhofsanlage erinnerte. Fahles Licht fiel durch die Glaselemente, und ein trüber Dunst hing über den in zahlreiche Segmente abgetrennten Bereichen der Halle, die in ihrer gesamten Länge etwa achtzig Meter maß. Es roch nach schwitzendem Metall und, leicht chemisch, nach Säure und fossilen Brenn- und Schmiermitteln – die typische Geruchsmischung, die alte, vor langer Zeit ausrangierte und längst vergessene Maschinen verströmten. Kurz befiel ihn die Vorstellung, er wäre mit dem Betreten der Halle einhundert Jahre in die Vergangenheit gereist, doch eine Sekunde später flammte im hinteren Teil ein sehr modernes, kaltes Licht auf und zerstörte diese Illusion. Dafür wusste er nun, wohin er zu gehen hatte.

Was suchte Silva hier bloß? War das sein Unterschlupf, der Ort, an dem er seine Forschungsergebnisse und Gerätschaften in Sicherheit gebracht hatte, bevor er das Feuer legte? Und plante er nun, auch hier endgültig aufzuräumen? Jetzt, nachdem er Menschen mit einer Bombe getötet hatte? Jetzt, da er keinen Ausweg mehr für sich sah?

Oder hielt er Gisela hier gefangen? Falls sie überhaupt noch lebte ... Henrik schluckte trocken und verdrängte den Gedanken mit aller Kraft.

Leise brachte er die stählerne Treppe hinter sich. Der Steinboden der Halle war rußgeschwärzt und seltsam schmierig. Es fühlte sich an, als würde man in weichen Teer treten, und tatsächlich zeichneten sich in diesem Belag auch Spuren ab. Fußabdrücke ebenso wie parallel verlaufende Rillen, die von irgendwelchen rollbaren Transportgefährten stammten. Hier war erst jüngst etwas längs durch die Lagerhalle bewegt worden.

Henrik blieb im Schatten der eingezogenen Zwischenwände, die sich bis ans hintere Ende zogen und von denen in unregelmäßigen Abständen schmalere Gänge abzweigten. Darin erkannte er

Verschläge, deren Holztüren mit Vorhängeschlössern verriegelt waren. Vermutlich alles Lagerflächen, die man mieten konnte. Er kam an auf Holzpaletten abgestellten, mannshohen Blöcken vorbei, die scheinbar schon vor Jahrzehnten mit ölgetränktem Segeltuch abgedeckt worden waren. Daran reihten sich Metallfässer, die Maschinenöl und Sondermüll … oder auch Leichen enthalten konnten.

Je näher er der Lichtquelle kam, umso leiser arbeitete er sich vorwärts. Die Spuren am Boden, denen er folgte, führten auf eine Schiebetür zu, die am Ende der Halle ein größeres Areal abtrennte. Sie war nicht abgeschlossen, stand sogar einen Spalt offen. Von dort drinnen kam das Licht. *Das ist eine Einladung.* Hatte er sich bereitwillig in eine Falle locken lassen? Wusste Silva, dass er ihm gefolgt war? Oder war dieser Mann einfach nur nachlässig, weil es für ihn ohnehin kein Zurück mehr gab und er vorhatte, auch diesen Ort in ein Inferno zu verwandeln? Durch ein weiteres Feuer oder eine weitere Bombe …

Henrik blieb keine Wahl. Wollte er sichergehen, dass Silva sich nicht auch Gisela geschnappt hatte, musste er dort hinein.

»Ich muss sagen, es war nicht leicht, dafür zu sorgen, dass Sie an mir dranbleiben«, ertönte in diesem Moment eine Stimme hinter ihm.

37

Henrik drehte sich langsam um. Silva hielt eine Waffe auf ihn gerichtet. Kleinkaliber. Faustgroß. Henrik unterdrückte den Reflex, die Arme zu heben. »Also darum die auffällige Jacke?«

»Ich wusste nicht, wie gut Sie sind.«

»Nicht gut genug offenbar.« Henrik versuchte, so entspannt wie möglich zu klingen. »Wann haben Sie mich bemerkt?«

Silva zeigte keine Regung, weder war da Triumph, noch funkelte der Wahnsinn aus seinen Augen. Obwohl er vor nicht einmal einer halben Stunde ein Restaurant in die Luft gejagt hatte, stand er da, als würde er gelangweilt auf den Bus warten.

»Mir war bewusst, dass Sie wegen mir gekommen sind. Schon am ersten Tag, als Sie im Restaurant auftauchten und jemand Ihren Namen erwähnte. Ich wusste es, wegen Ihres Onkels.«

»Sie kannten ihn?«

»Natürlich. Auch er hat nach mir gesucht – auf gewisse Weise. Ich habe nie erfahren, ob er mich je zu seinen Verdächtigen zählte, aber ohne Frage war er mir auf der Fährte.«

Henrik hatte immer noch keinen Anhaltspunkt, wie weit Martin bei diesem Fall tatsächlich gekommen war. Allerdings wusste er mittlerweile, wer seinen Onkel auf diese Verschwörung angesetzt hatte. Er ging davon aus, dass ihm Cristiano noch mehr zu Fabianas Schicksal hätte sagen können, aber vermutlich war das in diesem Moment ohnehin nicht mehr von Belang.

»Wie auch immer, Ihr Onkel ist mir niemals so nahe gekommen wie Sie«, fuhr Silva fort, und vielleicht klang da sogar ein wenig Anerkennung mit. »Als ich hörte, dass er gestorben ist, dachte ich, die Sache sei erledigt. Bis Sie auftauchten.

»Eigentlich sollte es mich freuen, Sie so in Panik versetzt zu haben, dass Sie die Zerstörung Ihres Labors als einzigen Ausweg sahen. Doch dann müsste ich mir auch die Schuld daran geben, dass Sie das Pôr do sol in die Luft gejagt und dabei Menschen getötet haben. Ist Ihnen überhaupt bewusst, was Sie getan, was Sie zu verantworten haben?«

»Sie meinen, ob ich mir meines Wahnsinns bewusst bin?« Erstmals zeigte Silva eine Regung: den Ansatz eines kalten Lächelns. »Was sollte ich tun, Sie waren in meinem Keller und haben gesehen, was Sie nicht sehen sollten. Ich wage zwar zu behaupten, dass Sie mit Ihrer Entdeckung nichts anfangen können, dennoch durfte ich kein Risiko eingehen.« Er zuckte mit den Achseln. »Wenn Sie nun so freundlich wären einzutreten. Mir ist zwar noch nie jemand begegnet, wenn ich mich in dieser Halle der vergessenen Dinge aufgehalten habe, aber ich will das Schicksal nicht herausfordern.« Er fuchtelte mit dem Pistolenlauf in Richtung der Schiebetür. Henrik betrat den Bereich, den er ohnehin hatte inspizieren wollen.

Der Raum war größer, als von außen zu vermuten war, was gewiss auch an seiner Höhe lag. Die eingezogenen Wände, die ihn umgaben, reichten fast bis zum Hallendach und wurden an mehreren Stellen von Kabeln und Belüftungsschächten überspannt. In diesen hinteren Bereich des sonst recht schäbigen Depots hatte jemand um einiges mehr investiert als in den ganzen Rest des Gebäudes. Eine ziemlich perfekte Tarnung für das, was er vor sich sah. Im Prinzip blickte er auf eine ähnliche Einrichtung wie die in Silvas Keller, nur wirkte hier alles noch wesentlich kurioser. Er stand offenbar in einer ehemaligen Autowerkstatt; davon zeugten unter anderem die Werkbank mit dem verrosteten Schraubstock und die Lochbleche für Werkzeug, die an der Wand darüber angebracht worden waren. Unmittelbar davor stand eine Hebebühne.

Sogar ein Stapel Altreifen türmte sich noch in einer Ecke, und daneben lag ein angelaufenes Getriebegehäuse und diverser anderer, vor langer Zeit ausrangierter Schrott, der einst in Fahrzeugen verbaut gewesen war. In krassem Kontrast dazu standen die elektrischen Apparaturen und der Seziertisch, der zu Henriks Erleichterung leer war. Die Ausrüstung an medizinisch-technischen Geräten wirkte neu und modern. Silva hatte ihn zu einem zweiten Labor geführt – und das beseitigte endgültig alle Zweifel, dass dieser Wahnsinn allein der pathologischen Verirrung eines einzelnen Mannes entsprungen war.

Er drehte sich zu dem Professor um, der weiter in aller Ruhe auf ihn zielte. »Wo ist Gisela?«

Silva wiegte den Kopf. »Sie war nicht besonders gut darin, ihre eigentliche Aufgabe zu verschleiern. Ich habe gehört, wie sie Carde über ihren Freund Cristiano ausgefragt hat. Da war es nicht schwer für mich, eins und eins zusammenzuzählen.«

Henrik fühlte Wut und Verzweiflung in sich hochsteigen. »Wo ist sie? Was haben Sie mit ihr gemacht?«

»Kein Wort mehr jetzt!«, zischte jemand in seinem Rücken, und er wirbelte herum. Der Mann war aus einer Tür im hinteren Teil des Labors getreten, die Henrik erst jetzt auffiel. Er trug einen Arztkittel und darüber eine lindgrüne OP-Schürze. Dazu eine Einweghaube in derselben Farbe und Gummihandschuhe, die weit die Unterarme hinaufreichten. Den unteren Teil des Gesichts verbarg ein Mundschutz. »Was zum Teufel tun Sie da?«

»Der hat nichts mit uns zu tun«, erklärte Silva in seinem emotionslosen Tonfall. »Wir arbeiten für den Himmel!«

»Mund halten!«, gebot der Arzt, dessen graue Augen aufgebracht über der Gesichtsmaske funkelten. Trotz der skurrilen Lage, in der Henrik sich befand, bemerkte er ein Detail: Die Chirurgenkluft des Mannes wies keinerlei Verschmutzung auf, vor allem nicht die geringste Spur von Blutflecken. Hatte er sich also noch nicht mit Gisela befasst?

»Warum denn?«, wollte Silva wissen. »Wir haben doch sowieso nicht vor, ihn wieder gehen zu lassen. Also hören Sie auf mit diesem lächerlichen Theater und nehmen Sie Ihren Mundschutz ab, Paulo!«

»Paulo Freitas?«, platzte Henrik überrascht heraus, noch ehe von dem Mediziner eine Reaktion kam.

»Idiota!«, zischte dieser.

Erneut stahl sich ein schmales Schmunzeln auf Silvas Lippen. Wutentbrannt riss Freitas sich den Mundschutz vom Kinn und brachte eine breite Nase und blutleere Lippen zum Vorschein.

»Sie sagten, es gibt Arbeit für mich. Und jetzt schleppen Sie mir diesen Mann hier an. Muss ich das verstehen?«

Silva grunzte etwas Unverständliches. Henrik versuchte zu begreifen, wie das alles zusammenhing. Vor ihm stand Paulo Freitas, der Rechtsmediziner, den Helena hatte finden wollen. Der Mann, der vermutlich Silva die Leichen von Fabiana Guedes und Elvira Barreto hatte zukommen lassen. Und was meinte dieser Kerl mit *Arbeit*? Hatte er tatsächlich von Gisela gesprochen? Jetzt bangte Henrik noch mehr um die junge Frau.

»Das schafft nur weitere Probleme«, kommentierte Freitas und trat nervös von einem Fuß auf den anderen, als könnte er seine Beine nicht mehr kontrollieren.

»Nichts, was sich nicht mit Perchlorsäure lösen lässt«, erklärte Silva trocken.

»Dann kümmern Sie sich auch darum«, erklärte Freitas pikiert und ging dann zu einem an der linken Wand verschraubten Waschbecken. Der Pathologe streifte seine Gummihandschuhe ab, schleuderte sie in einen Abfalleimer und wusch sich ausgiebig die Hände. Er trocknete sie ab, desinfizierte sie und cremte sie gründlich ein, als hätte er Henriks Anwesenheit schon vergessen. Dann griff er in eine Schale rechts vom Seifenspender und holte dort eine Armbanduhr heraus, die er um sein Handgelenk schlang und verschloss. Er betrachtete das Zifferblatt, hauchte darauf und wischte mit dem Ärmel seines Arztkittels über das Saphirglas. Danach fischte er einen Ring aus dem Behältnis und schob ihn sich über den Mittelfinger der rechten Hand. Selbst über den halben Raum hinweg erkannte Henrik das Symbol auf dem Ring und wusste, dass er es schon einmal gesehen hatte. Bei einem Vorfall, der ihm auch nach einem Vierteljahr noch in den Knochen steckte. Hatte er bis zu diesem Moment und trotz der Waffe, die auf ihn gerichtet war, seine Angst relativ gut im Griff gehabt, so stellten sich ihm nun die Nackenhaare auf. Ja, er kannte dieses Zeichen auf dem Ring, diesen in feiner Linie gehaltenen schwarzen Kreis rings um ein Kreuz, dessen Querbalken sich im oberen Viertel befand. Es war das Symbol der Prälatur vom Heiligen Kreuz, von Opus Dei, dem Werk Gottes. Nun endlich verstand er Silvas Andeutung.

Wir arbeiten für den Himmel.

38

Opus Dei war eine umstrittene, direkt dem Papst unterstellte Institution der katholischen Kirche, die von dem Spanier Escrivá in den 1920er-Jahren gegründet worden war und das Ziel verfolgte, die Gesellschaft zu verchristlichen. Man warf dieser Organisation vor, ihre Anhänger in die gesellschaftlichen Machtzentren einzuschleusen, um die Kontrolle über Wirtschaft, Finanzwelt und Politik zu erlangen. Zu welchem Ziel, war fraglich, aber es konnte nichts sein, das mit Freiheit und Selbstbestimmung in Verbindung zu bringen war. Henrik dachte an Büßergürtel mit Metalldornen, die um Oberschenkel geschlungen wurden, und blutige Striemen auf bleichen Rücken, die vom Geißeln mit einer Peitsche herrührten. Diese Leute waren Fanatiker, einer archaischen, absolutistischen Weltordnung verschworen – und all das verbesserte seine momentane Situation keineswegs.

»Ein Kühlfach ist noch frei. Wenn Sie ihn erschießen, erwischen Sie möglichst keine Organe«, wies Freitas den Professor an.

»Und warten Sie damit, bis ich aus der Halle bin!«

Henrik versuchte sich nicht zu sehr damit zu beschäftigen, mit wem das linke Kühlfach belegt war, das sich sehr wahrscheinlich in dem Nebenraum befand, aus dem der Pathologe vor wenigen Minuten gekommen war.

Die Andeutung eines Stirnrunzelns legte sich über Silvas Züge.

»Das ist doch wohl nicht Ihr Ernst, dass Sie mich damit jetzt im Stich lassen?«

»Sie haben uns diese Suppe eingebrockt, also löffeln Sie sie auch aus. Ihnen ist doch hinlänglich bekannt, wie sehr ich Gewalt verabscheue.«

Seit Beginn der Diskussion hatte Henrik ihre Uneinigkeit genutzt, um sich unbemerkt im Labor umzusehen. Ein Geduldspiel, das sich nun auszahlen musste, jetzt, da der stählerne Untersuchungstisch in Reichweite war. In der Hoffnung, das Überraschungsmoment auf seiner Seite zu haben, hechtete er in Deckung. Indem er das letzte Stück über den abgenutzten Industrieboden rutschte, glückte es ihm, das Metallgestell zwischen sich und Silva zu bringen. Allerdings reichte sein kühner Plan vorerst nur bis dorthin, wo er in Hockstellung einen Kugelhagel erwartete. Der blieb jedoch aus. Silvas Finger blieb ruhig auf dem Abzug liegen, entweder weil ihn Henriks Aktion überrumpelt hatte oder weil er schlichtweg zu abgebrüht war, um sich auf diese Art provozieren zu lassen.

»Na toll!«, hörte er Freitas lamentieren. »War ja klar, dass das passiert.«

»Sie sind mir keine Hilfe«, stellte Silva fest, um danach das Wort an Henrik zu richten: »Jetzt stellen Sie sich nicht an. Ich stehe zwischen Ihnen und dem Ausgang. Sie kommen hier nicht raus!«

Ohne viel Nachdenken vollführte Henrik aus der Hocke heraus den nächsten Satz; er brachte ihn bis auf einen Meter vor die offene Tür, die hinaus in den Nebenraum führte. Und diesmal hielt der Biologe sich nicht zurück. Noch während er sich weiterrollte, durchschlug ein Geschoss mit höllisch lautem Knall Türrahmen und Wand knapp neben seinem Schädel. Gips stob auf und überpuderte ihn. Das Echo des Schusses hallte unter der Dachkonstruktion nach. Damit war endgültig klar, dass Henrik in einer Todesfalle steckte.

Der Raum, in den er sich geflüchtet hatte, war schmal und lang gestreckt. Es war stockdunkel, was daran lag, dass die Wände hier drinnen nicht hoch bis zu den Stahlbögen reichten. Folglich musste es sich um einen gemauerten Anbau mit niedriger Decke handeln, bei dessen Konstruktion man leider keine Fenster eingeplant hatte.

»Es gibt keinen zweiten Ausgang«, teilte der Professor ihm von draußen mit. Daraufhin folgte Gemurmel, und aus einigen Wortfetzen glaubte Henrik den Dialog nachvollziehen zu können. Hatte er richtig verstanden, verlangte Silva zu wissen, ob der Mediziner das Operationsbesteck weggeschlossen hatte. Woraufhin der Pathologe erklärte, er sei gerade im Begriff gewesen, es zu sterilisieren, als der Professor mit seiner Geisel im Labor aufgetaucht war. Demnach lagen hier in der Dunkelheit also irgendwo scharf geschliffene Edelstahlwerkzeuge herum, die gegebenenfalls der Verteidigung dienlich sein konnten. Was immer er auch mit einem Skalpell oder einer Knochensäge gegen eine Handfeuerwaffe ausrichten mochte, schon allein der Gedanke half ihm, ein wenig Zuversicht zu schöpfen. Henrik überließ sich ganz seinen Instinkten und tastete sich tiefer in den Raum vor. Nach vier geduckten Schritten fühlte er eiskaltes, sanft vibrierendes Metall unter seinen Fingern und wusste, er war auf eines der erwähnten Kühlfächer gestoßen. Wie zur Bestätigung vernahm er nun auch das Brummen des Aggregats.

Recht viel weiter kam er allerdings nicht, denn im nächsten Moment betrat Silva die Kühlkammer und knipste die Deckenleuchte an. Henrik warf sich nach links hinter eine Plastiktonne und bemerkte zu spät den leuchtend gelben Aufkleber darauf, der vor Verätzungen warnte. *Perchlorsäure!* Davon hatten sie doch gesprochen. Ein Schuss durch die Wandung, und das Zeug würde sich über ihn ergießen. *Ganz schlechte Wahl der Deckung!* Er brauchte einen anderen Plan, und zwar schnell.

Der Professor trat zwei Schritte näher. »Das ist doch kindisch, Senhor Falkner!«

Er hatte nur dann eine Chance, wenn Silva nicht augenblicklich schoss, sondern den Austritt der zerstörerischen Säure ebenfalls scheute. Henrik erhob sich langsam und zeigte seine leeren Hände.

»Sehr gut«, lobte der Wissenschaftler und nickte wohlwollend. »Na los, kommen Sie her, Sie schaffen das!«

Henrik umrundete das Fass und ging auf Silva zu, bis sie nur noch ein guter Meter voneinander trennte. Sie starrten einander an. Henrik baute darauf, dass sein Blick ebenso undurchschaubar war wie der des Professors.

»Und? Worauf warten Sie?«

Zwei Atemzüge verstrichen in nervenzerreißender Qual. Dem Mann mit der Pistole war nach wie vor nicht die kleinste Gefühlsregung oder gar Unsicherheit anzusehen, aber Henrik vertraute auf seine Intuition und somit auf die waghalsige Einschätzung, dass der Biologe noch nie jemanden von Angesicht zu Angesicht getötet hatte.

Jetzt riss er blitzschnell die Schublade der Leichenkühlung auf, die keine Last trug und daher leichtgängig über die Rollen herausrauschte und Silva unvermittelt und mit viel Schwung in den Magen traf. Die Wucht des Aufpralls schleuderte den Professor an die gegenüberliegende Wand, wobei ihm die Waffe entglitt. Als sie zusammen mit Silva auf den Betonboden schlug, löste sich ein Schuss. Das Projektil jagte gegen die Metallabdeckung der Leichenkühlung, prallte als Querschläger ab und steckte im nächsten Moment in der Decke. Henrik war schon über Silva, als von dort oben Verputz und Ziegelstaub herabrieselten. Er trat die Pistole außer Reichweite und packte den Professor am Kragen. Mit der Kraft, die ihm der Zorn verlieh, zerrte er den schmächtigen Mann ohne große Mühe hinaus in den Laborraum. Dort schleuderte er ihn hart zu Boden und stellte ihm den Fuß auf die Brust. Freitas, der wie angewurzelt neben dem Sektionstisch stand, quollen fast die Augen aus dem Kopf.

»Ich hätte es wissen müssen«, stammelte er jetzt. »Sie hätten Ihnen niemals freie Hand geben dürfen, aber auf mich wollte ja keiner hören.«

»Ruhe jetzt!«, brüllte Henrik und bereute, die Pistole nicht an sich genommen zu haben. »Zuallererst will ich wissen, wo Gisela ist!« Er erhöhte den Druck auf Silvas Brustkorb, der rachitisch krächzte.

»Sie wird nicht mehr zu retten sein«, erwiderte Freitas weinerlich. »Sonst hätte er mich sicher nicht herbestellt.«

Für einen Augenblick fühlte Henrik den Boden unter sich schwinden, und er geriet kurz ins Wanken. Doch mit dem nächsten Herzschlag rollte wieder die Wut über ihn hinweg, noch heftiger als zuvor. Ohne jeden Skrupel trat er dem Wissenschaftler gegen das Kinn und hörte dessen Unterkiefer brechen. Der Professor krümmte sich zusammen wie ein aufgespießter Wurm und begann zu wimmern.

»Sie rühren sich nicht vom Fleck!«, brüllte Henrik dem Pathologen an und stürmte zurück in den Nebenraum. Fieberhaft riss er das verbliebene Kühlfach auf. Ein zugedeckter Körper schwebte aus der stählernen Kammer. Wieder befiel ihn ein leichter Schwindel. Er war nie ein gläubiger Mensch gewesen, und doch schickte er jetzt ein Stoßgebet in den Himmel, während er mit zitternder Hand das Leichentuch zurückschlug.

39

Das kühle Licht der Deckenleuchte verlieh dem kalten, blassen Gesicht eine bläuliche Färbung. Henrik konnte seinen rasenden Puls in den Ohren spüren. Durch seine zugeschnürte Kehle drang kaum mehr Luft in seine bebende Lunge. *Es ist nicht Gisela.* Entgegen seiner Erwartung fühlte er nichts. Weder die Wut von gerade eben noch Angst oder Erleichterung. Sein Kopf war für den Moment wie leer gewischt.
Es ist nicht Gisela.
Die Frau war noch jung, allenfalls dreißig. Ihr Kopf war geschoren, unter den Schlüsselbeinen sah man die Ansätze des bereits wieder vernähten Y-Schnitts, mit dem der Rechtsmediziner für gewöhnlich den Körper öffnete.
Es ist nicht Gisela.
Er bedeckte das Gesicht der Frau wieder und schob sie sanft zurück in die Kühlung. Für ein paar Atemzüge lehnte er sich gegen die Metallfront, weil das Gedankengewitter in seinem Kopf ihn handlungsunfähig machte. Eine ungewisse Zeitspanne verstrich, bis er sich so weit zusammennehmen konnte, um wieder hinaus in den provisorisch eingerichteten Untersuchungsraum zu treten. Diesmal nahm er die Pistole mit.

Freitas hatte seiner Anweisung tatsächlich Folge geleistet und stand noch am selben Fleck. Professor Silva hingegen lag nicht mehr dort, wo er ihn zurückgelassen hatte. Wütend stapfte er auf den Pathologen zu und packte ihn am Kragen.

»Ich hab ihn nicht dazu aufgefordert zu verschwinden«, beteuerte Freitas.

»Wo will er hin?«

Er bekam nur ein eingeschüchtertes Schulterzucken zur Antwort, was ihn veranlasste, den Kragen des Mediziners noch enger zusammenzuziehen.

»… Ihre … Freundin …«, krächzte dieser.

»Was?«

»Er … ich denke, er versucht, sich ihrer zu entledigen.«

Gisela! Bitte lass sie noch am Leben sein!

Der Zorn darüber, was ihr eventuell widerfahren war, verursachte ihm Krämpfe im Magen. Wie hatte er sie nur dieser Gefahr aussetzen können? Und jetzt in diesem Moment vergeudete er erneut kostbare Zeit. Nun gut, wie weit konnte der Verrückte schon gekommen sein, mit dem pochenden Schmerz eines gebrochenen Unterkiefers? Es war bedauerlich, aber er musste Freitas hier zurücklassen. Er hatte gar keine andere Wahl, denn der Rechtsmediziner würde ihn nur aufhalten. Ohne ein weiteres Wort stieß er ihn von sich und stürmte zum Ausgang.

An der Tür zum Labor bremste er hart ab. Er starrte erneut in die Mündung einer Pistole.

40

»Wo ist er hin?«, platzte es aus ihm heraus, was die beiden Uniformierten der Polícia Municipal, die ihn mit ihren Dienstwaffen anvisierten, noch mehr zu irritieren schien.

»Nehmen Sie die Hände hoch!«, forderte der größere der beiden ihn auf.

Vorsorglich tat er ihnen den Gefallen und streckte die Hände noch oben. »Ich bin der Falsche!« Henrik hatte keine Ahnung, wie er in aller gebotenen Eile erklären sollte, was hier vor sich ging.

»Uns wurden Schüsse gemeldet. Tragen Sie eine Waffe bei sich?«

Verdammt! Silvas Revolver steckte hinten in seinem Hosenbund.

»Er hat mich bedroht!«, kam Freitas' Stimme von hinten.

»Und *er* hat eine Leiche da drin«, konterte Henrik. »Das ist der Mann, den Sie verhaften müssen. Und derjenige, der geschossen hat, entkommt gerade, weil Sie mich hier aufhalten.«

Für einen Moment schienen die beiden Polizisten nicht zu wissen, auf wen sie zielen sollten. »Ruhe jetzt!«, verlangte der größere der beiden schließlich.

Henrik stöhnte. »Kontaktieren Sie Inspetora Helena Gomes von der PSP, sie wird Ihnen alles erklären!«

Kurz tauschten die Uniformierten einen Blick, aber keiner machte Anstalten, ein Telefon zu zücken. Offensichtlich waren sie zu sehr damit beschäftigt, mit beiden Händen ihre Pistolen zu umklammern.

»Glauben Sie ihm kein Wort!« Das war wieder Freitas. »Ich bin Rechtsmediziner, wollen Sie meinen Dienstausweis sehen?«

»Es geht um ein Menschenleben!«, rief Henrik.

»Er hat eine Waffe im Hosenbund«, meldete Freitas in seinem Rücken. Diese Information schuf weitere Verunsicherung. Wieder suchte der eine Polizist den Blick des anderen. Henrik nickte verzweifelt. »Ja, stimmt. Aber ich händige sie Ihnen gerne aus, kein Problem. Ich hab sie lediglich sichergestellt.«

»Sie schweigen jetzt! Beide!«, befahl der größere Uniformierte und nickte dann seinem Kollegen zu.

Henrik drehte sich ergeben um, damit die Polizisten die Waffe sehen konnten.

»Keine Bewegung!«, zischte der Große.

Zwei Sekunden darauf spürte Henrik, wie die Pistole aus seinem Gürtel gezogen wurde.

»Auf die Knie! Beide!«, brüllte der andere Polizist.

Freitas legte erneut Protest ein, doch auch der Pathologe kam um ein Paar Handschellen nicht herum. Henriks sämtliche Argumentationsversuche liefen ins Leere. Die Polizisten schenkten ihm kein Gehör, obwohl er trotz des erteilten Sprechverbots noch mehrfach darauf hinwies, dass eine junge Frau in Lebensgefahr war.

Eine halbe Stunde nach der Verhaftung fand er sich zusammen mit Freitas in einer Zelle in einer kleinen Polizeidienststelle irgendwo im Alfama wieder. Die Arrestzelle war fensterlos und heruntergekommen wie das ganze Revier. Die sechs Quadratmeter boten lediglich zwei am nackten Steinboden verschraubte, beinharte Holzbänke, die kaum breit genug waren, um darauf liegen zu können. Das Licht an der Decke kam von einer schwächelnden Glühbirne. Für die Verrichtung der Notdurft stand ein mit Blech eingefasstes und leicht abgesenktes Loch im Boden zur Verfügung, dem üble Kanalisationsgerüche entströmten. Irgendwo eierte eine nicht sonderlich effektive Lüftung vor sich hin.

Doch das alles kratzte Henrik nicht. Es war die Hilflosigkeit, wenn er an Gisela dachte, die ihn zermürbte. Immer wieder versuchte er, sich Mut zu machen. Immerhin war davon auszugehen, dass die Tote im Kühlfach entdeckt worden war. Was bedeutete, dass die Polícia Municipal die Divisão de Investigação Criminal eingeschaltet hatte. Und im Idealfall schickte das Dezernat für Gewaltverbrechen Helena.

Eine schwache Hoffnung, an der er dennoch eine Weile festhielt. Teilnahmslos hockte ihm Freitas auf seiner Pritsche gegenüber und starrte Löcher in die Luft.

Irgendwann war die Stille nicht mehr auszuhalten. »Wie konnten Sie sich als Rechtsmediziner bloß in diesen Wahnsinn reinziehen lassen?«, fragte er.

Der Pathologe sah ihn lange an. »Sie haben offenbar keine Ahnung.«

»Wovon? Wie man Recht und Unrecht unterscheidet?«

Freitas grinste schief. »Im Gegensatz zu Ihnen habe ich es nicht eilig, hier rauszukommen. Solange ich in dieser Zelle sitze, kann mir nichts passieren. Wobei ich mit ziemlicher Gewissheit zu behaupten wage, dass es schnell gehen wird. Schneller jedenfalls als bei Ihnen. Sie schicken einen Anwalt, einen von den richtig guten, und dann bin ich weg.«

»Und was stört Sie daran, wieder schnell auf freiem Fuß zu sein?«, wollte Henrik wissen.

»Wie ich schon sagte, Sie haben keine Ahnung.«

»Dann klären Sie mich auf!«

Doch der Pathologe wandte sich ab und schaltete offenbar wieder auf Durchzug.

Am liebsten wäre Henrik ihm an die Gurgel gegangen. Es fiel ihm schwer, sich zu beherrschen. »Sie haben Silva geholfen«, sagte er schließlich nach langem Schweigen.

»Der Professor schneidet nicht gerne an Leichen herum, zumindest nicht, wenn sie noch in einem Stück sind«, erwiderte Freitas im Flüsterton, als befände er sich in einem Beichtstuhl, nur durch ein hauchdünnes Holzgitter vom Ohr des Priesters getrennt. Tatsächlich sprach er in Richtung des bröckelnden Wandverputzes, in dem sich schon zahlreiche Insassen auf mehr oder weniger bizarre Weise verewigt hatten.

»Wie lief dieser ... dieser Handel ab?«

Wieder vergingen einige Sekunden. »Anfangs bekam ich lediglich Bescheid, wenn eine Leiche eingeliefert wurde, für die Silva sich interessierte. Beinahe zur selben Zeit erhielt ich Dokumente, die eine Einäscherung anwiesen. Es fehlte nur noch meine Unterschrift auf den entsprechenden Formularen. Wer oder was dann in dem Sarg verbrannt wurde, entzieht sich meiner Kenntnis. Dafür war jemand anders zuständig. So eine große Stadt liefert immer irgendwelche Verstorbenen, von denen niemand was wissen will, um die nicht viel Aufhebens gemacht wird. Obdachlose, illegale Immigranten, die nie registriert wurden. Was auch immer. Menschenmaterial, das nach seinem Dahinscheiden entsorgt werden muss.«

»Und dieses *Material* wurde dann gegen die Leichen getauscht, die Silva haben wollte. Und das hat nie irgendjemand bemerkt?«

»Dafür wurde gesorgt. Man sagte mir, ich soll mir darüber keine Gedanken machen.«

»Wie lange geht das schon so? Von wie vielen Toten sprechen wir?«

Freitas blinzelte und sah Henrik an, als wäre ihm erst in diesem Moment bewusst geworden, dass er streng vertrauliche Informationen verraten hatte. Dann legte sich ein schmales, bitteres Lächeln über seine Züge, als wäre ohnehin alles zu spät für ihn. Vermutlich stimmte das auch.

Solange ich in dieser Zelle sitze, kann mir nichts passieren.

»Man wird Sie zum Schweigen bringen«, stellte er fest, um dann eindringlich fortzufahren: »Wer sind diese Leute? Wofür das alles?«

Doch trotz seiner aussichtslosen Lage schien Freitas noch nicht bereit, sein Gewissen vollends zu erleichtern. Henrik hatte allerdings nicht die Absicht, jetzt lockerzulassen. Also trat er gedanklich einen Schritt zurück. »Sie sagten vorhin, anfangs mussten Sie nur dafür sorgen, dass Silva seine Leichen bekam. Wann wurden Sie dazu aufgefordert, ihm beim Sezieren der Toten zu assistieren?«

»Vor etwa zwei Jahren. Da bestellte man mich zum ersten Mal in diese Lagerhalle.«

»Verstehe. Sie waren zu diesem Zeitpunkt längst zu erpressbar, als dass Sie sich dieser Aufforderung noch hätten entziehen können. Richtig?«

Freitas schwieg.

Was Henrik aus den Augen des Pathologen leuchten sah, war größtenteils Sarkasmus. Es war schwer nachvollziehbar für ihn, wie jemand so tief sinken konnte. Wer oder was hatte diesen Mann zu dem gemacht, was er heute war? Ihm gegenüber hockte ein seelisches Wrack ohne Perspektive, nur noch zusammengehalten von Zynismus und Verachtung. Er versuchte es mit einer neuen Frage. »Liege ich richtig damit, dass Silva für seine Experimente ausschließlich Frauen missbrauchte?«

»Er hat angedeutet, dass Sie ihm auf der Spur waren. Allerdings war er zuversichtlich, dass Sie nicht wissen, worin seine Mission bestand, und Ihre Frage bestätigt das. Sie haben nicht die geringste Idee, worum es hier geht. Wozu diese Probandinnen Silva all die Jahre von Nutzen waren.«

»Sie verehren ihn«, stellte Henrik abfällig fest. »Sie bewundern, was dieser Mörder getan hat.«

Wieder zeigte Freitas sein schiefes Grinsen. »Er mag als Mensch ein Scheusal sein, aber er ist ein Genie, was seine Wissenschaft angeht. Darin war man sich einig. Vermutlich würden Sie ähnlich denken, wenn Sie eine Vorstellung davon hätten, an was er forscht. Was er tat, hat er für uns getan. Um uns zu retten.«

»*Uns*?« Henrik verstand nicht, was Freitas meinte. »Hören Sie endlich auf, in Rätseln zu sprechen. Wen gedenkt Silva mit seiner perversen Wissenschaft zu retten?«

Der Rechtsmediziner schüttelte fast mitleidig den Kopf, weil Henrik einfach nicht verstand. »Uns Männer natürlich!«

41

Wir arbeiten für den Himmel.
Henriks Blick fiel auf den Ring am Mittelfinger von Freitas' rechter Hand, den er für eine Weile ganz vergessen hatte.
»Empfinden Sie Ihren Glauben nicht als Widerspruch zu dem, was Sie diesen Frauen antun?«
»Wenn sie bei mir auf den Untersuchungstisch landen, sind es nur noch Körper. Hüllen ohne Seele. Ich habe mir nichts vorzuwerfen.«
Das war heuchlerisch, aber Henrik behielt diesen Vorwurf für sich, um den Redefluss des Pathologen nicht zu unterbrechen.
»Und Silva? Wie rechtfertigt er sein Handeln vor dem Herrn?«
Freitas lachte abfällig. »Das einzige Bestreben des Professors besteht darin, seine Experimente weiterführen zu können. Dafür brauchte er Unterstützer, die ihn nicht nur finanzierten, sondern auch abschirmten. Und die hat er dank seiner überzeugenden Theorie gefunden.«
Erneut musterte Henrik den Ring. Opus Dei. Konnte es wirklich möglich sein, dass es sich bei den Mitgliedern dieser Glaubensgemeinschaft um die Auftraggeber handelte, von denen Freitas sprach? Die Anhängerschaft einer erzkonservativen kirchlichen Organisation? Aus der Zeit gefallene Dogmatiker, die alles dem vermeintlichen Wort Gottes unterordneten? Konnte man tatsächlich davon ausgehen, dass die katholische Kirche als übergeordnete Institution von Opus Dei solche fragwürdigen, wissenschaftlichen Experimente an Frauen durchführen ließ? Henrik dachte an die Diskussionen, die seit einiger Zeit in den Medien geführt wurden. Über die Gleichberechtigung der Frauen in der katholischen

Kirche und darüber, dass der seit zweitausend Jahren andauernde Stillstand nach dem Willen des unfehlbaren Stellvertreters Gottes auf Erden weiterhin keine Reformation erfuhr.

Doch er kam nicht mehr dazu, in diese Richtung weiterzufragen, denn unverhofft wurde die Zellentür aufgeschlossen. Der Rechtsmediziner zuckte heftig zusammen. Er hatte definitiv Angst. Angst vor der Freiheit, die er offensichtlich als die schlechtere Option für sich sah.

»Ihr Anwalt ist da«, verkündete der Uniformierte, der in der Tür erschien. Es war keiner der beiden, die sie verhaftet hatten.

»Wie prophezeit«, verkündete Freitas resigniert und stemmte sich mühsam von der Bank hoch.

»Machen Sie eine Aussage!«, drängte Henrik.

»Das wird mich nicht retten.« Freitas schien zu wissen, worauf er anspielte. Wenn er gestand, was er über die Jahre getan hatte, würde man ihn zwar vermutlich nicht aus der Haft entlassen, aber auch Henrik war klar, dass dies dem Pathologen nicht viel nützen würde. Wenn das Vollzugssystem und seine Behörden unterwandert waren, war eine Gefängniszelle keine sichere Zuflucht mehr.

Der Rechtsmediziner trat aus der Zelle.

»Haben Sie schon Inspetora Gomes informiert?«, rief Henrik dem Beamten hinterher, bekam jedoch nur das Zuschlagen der Zellentür als Antwort. Zurück blieb das leise, blecherne Schnarren der Lüftungsanlage. Sie hatten seine Papiere, seine Personalien waren erfasst. Es konnte nicht mehr allzu lange dauern, bis sein Name jemandem vom PSP ins Auge stach. Und bis dahin musste er trotz seiner bohrenden Sorge um Gisela seine Gedanken sortieren. Den Fall analysieren. Ihn verstehen!

Opus Dei ...

Freitas hatte bei Henrik den Eindruck hinterlassen, diesen Ring ohne echte Überzeugung zu tragen. Aber vielleicht war ihm diese

Überzeugung auch bloß irgendwann abhandengekommen. Genau wie sein Glaube an einen gerechten Gott. Henrik empfand das untrügliche Gefühl, dass er diesen Mann nie wiedersehen würde. Dass er nicht von seinem Rechtsbeistand abgeholt worden war, sondern von seinem Henker. Eine Überlegung, die er nur zu gerne als überzogen und paranoid abgetan hätte, doch das gelang ihm nicht. Ebenso wenig, wie er sich wirkungsvoll gegen seine Angst um Gisela stemmen konnte. Hatte Silva sie tatsächlich in seiner Gewalt? Oder hatte ihn der Professor das nur glauben lassen, um ihn in seine Falle zu locken?

Wir arbeiten für den Himmel. Zur Rettung der Männer. Genau genommen hatte er immer noch nicht begriffen, was damit gemeint war. Wozu diese perfiden Experimente an Frauen letztlich dienen sollten. Experimente mit radioaktiven Isotopen! *Verdammt, warum hatte Ajit sich nicht zwischenzeitlich einmal gemeldet?*

Von plötzlicher Verzweiflung gepackt, legte er das Gesicht in die Hände. Das Quietschen aus dem Lüftungsschacht verursachte ihm Kopfschmerzen. Hätte er es kommen sehen müssen? Silvas Wahnsinn? Den Anschlag auf das Pôr do sol? Hatte wenigstens die Polizei schon eine Verbindung hergestellt? Zu der Bombe im Restaurant und den Schüssen in der Lagerhalle? Offenbar noch nicht, sonst wäre doch längst jemand von der Kripo hier aufgetaucht. Oder ging man gar immer noch von einer Gasexplosion aus? »Lasst mich endlich telefonieren!«, schrie er gegen die Zellentür an.

Die Verriegelung knirschte laut. Er schreckte zusammen, wusste für eine Sekunde nicht, wie ihm geschah. Hatte jemand vor der Tür gewartet und beschlossen, dass nun der Zeitpunkt gekommen war, um ihm wegen seines Geschreis eine Abreibung zu verpassen?

Die Tür wurde aufgezogen. Nervös blinzelte er in das deutlich hellere Licht, das den Flur zu den Zellen erleuchtete. Er sah nur ihre Umrisse. Endlich! Die Erleichterung währte nur eine Sekunde, dann erinnerte ihn seine Sorge um Gisela daran, dass er keine Zeit zum Durchatmen hatte, und er sprang auf.

Helena blieb ihm Türrahmen stehen und versperrte ihm den Weg. »Du hast einiges zu erklären!«

»Silva ist irgendwo da draußen! Er hat einen gebrochenen Kiefer, er muss sich behandeln lassen. So können wir ihn eventuell aufstöbern«, begann er, doch noch immer wich sie nicht zur Seite. »Er hat das Pôr do sol hochgejagt. Und was ist mit der Frau im Kühlfach? In dieser Lagerhalle? Konntet ihr sie identifizieren? Und Freitas, der Rechtsmediziner, er verfügt über wichtige Informationen. Ihr dürft ihn nicht gehen lassen, sonst machen sie ihn mundtot.«

Helena erwiderte nichts. Sie stand nur da. Verstand sie denn nicht, was er ihr zu erklären versuchte? Er wollte ihr auch noch von Gisela erzählen, doch ihr finsterer Blick hielt ihn zurück.

»Worauf warten wir?«

Mit einem Mal bemerkte er, dass noch jemand im Gang stand. Ihr Kollege. Der lange Lui. Alles andere als ein Freund von ihm. Das erklärte natürlich ihr Verhalten.

Lui trat nun ganz nahe hinter sie. Er war so groß, dass er sich bücken musste, um in die Zelle blicken zu können. »Leg ihm endlich die Handschellen an!«, verlangte er.

Henrik wich so weit nach hinten, bis er die Kante der Bank in seinen Kniekehlen spürte. »Was? Das versteh ich nicht ...«

»Wir überstellen dich zur Befragung zu uns ins Präsidium«, erklärte sie kühl.

Spielte sie das nur? Wegen Lui? Weil sie keine Wahl hatte? Henrik war verunsichert. Und überhaupt hatte er keine Zeit für eine ausführliche Zeugenaussage, solange er Gisela nicht in Sicherheit wusste. »Was wirft man mir vor?«

»Illegaler Waffenbesitz, Einbruch, Brandstiftung. Und wir reden noch nicht mal vom Legen eines Sprengsatzes, da das von der Kriminaltechnik noch nicht bestätigt wurde. Aber womöglich wissen wir auch das sehr bald mit Bestimmtheit. Jedenfalls wurden Sie unmittelbar nach der Detonation dort gesehen, wie Sie sich vom Tatort entfernt haben«, erläuterte Lui und wirkte sichtlich zufrieden. Er bot das gewohnte Bild. Schwarzes, mithilfe eines öligen Gels nach hinten gekämmtes Haar, ein heller, schäbiger Anzug, der an Ärmeln und Hosenbeinen zu kurz war, und darunter ein bunt gemustertes Hemd, das den Eindruck erweckte, er ermittelte auf einer Karibikinsel.

Henrik suchte Helenas Blick, doch sie starrte durch ihn hindurch. Er sah ein, dass jeder Versuch einer Rechtfertigung im Moment sinnlos war. Resigniert streckte er ihr die Arme entgegen. Ohne ihm in die Augen zu sehen, schloss sie die kalten Stahlringe um seine Handgelenke.

42

Es war dunkel geworden. Über diesen unendlich langen Tag hatte sich die Nacht gesenkt. Henrik saß im Heck eines zivilen Dienstwagens. Die Handschellen drückten, dabei konnte er sich noch glücklich schätzen, dass er sie nicht hinter dem Rücken tragen musste. Seit sie ihn aus dem kleinen Revier geführt und ins Auto verfrachtet hatten, war kein Wort mehr gesprochen worden. Mittlerweile waren sie auf der Uferstraße unterwegs und fuhren Richtung Westen. Bald würde er in einem Verhörraum der Divisão de Investigação Criminal sitzen. Erneut gefangen, weiter nicht in der Lage, nach Gisela und dem Professor zu suchen. Er ging nicht davon aus, dass man Helena die Vernehmung führen ließ. Allein schon, dass man ihr seine Überstellung aufgetragen hatte, musste für sie einer Demütigung gleichkommen. Wieder sollte sie auf perfide Weise dafür büßen, mit dem *alemão* befreundet zu sein.

Selbst wenn sich alle Vorwürfe entkräften ließen, würde er lange genug festsitzen, damit Silva endgültig davonkam. War das die Absicht, die hinter dieser Inszenierung steckte? Das hätte bedeutet, dass wieder einmal jemand von sehr weit oben die Fäden zog. Vermutlich eine Person, die denselben Ring wie Freitas trug und der Meinung war, im Namen des einzigen und wahren Gottes zu handeln. Das war krank, aber ihm fiel keine bessere Erklärung ein.

Es war Luis Handy, das sich mit einem schrillen Dauerton bemerkbar machte. Der Kriminalkommissar, der seiner Kollegin das Steuer überlassen hatte, nahm das Gespräch entgegen. Seine Antworten fielen knapp aus. *Sim, sim, sim, noa, sim, sim!* Was auch immer ihm mitgeteilt wurde, es kippte seine Stimmung. Mittlerweile glichen die Worte, die er hervorpresste, eher einem Knurren.

»Planänderung!«, verkündete er, noch bevor das Gespräch richtig beendet war. Dann redete er so schnell auf Helena ein, dass Henrik seinem undeutlichen Portugiesisch kaum folgen konnte – zweifellos war das Absicht. Doch es war nicht zu leugnen, dass der Anruf die beiden Kripobeamten in Aufruhr versetzte. Helena schaltete das Blaulicht an und wendete mitten auf der Straße, nicht ohne den Gegenverkehr zu scharfen Bremsmanövern zu zwingen. Mit durchdrehenden Reifen rasten sie in die Richtung, aus der sie eben gekommen waren.

»Was ist los?«, wollte Henrik wissen.

»*Ich* rede mit ihm!«, stellte Helena klar, bevor Lui sich ihm zuwenden konnte. »Sobald wir da sind.« Für Henrik klang das wie: »*Halt noch eine Weile durch!*«

Lui warf ihm ein abfälliges Grinsen zu. Mit hoher Geschwindigkeit jagten sie am Fluss entlang und ließen die Altstadt hinter sich. Hafenkräne, Frachtschiffe und Industrieanlagen flogen vorbei. An jeder Kreuzung mit roter Ampel schlängelte Helena sich am wartenden Verkehr vorbei, bis sie endlich nach drei, vier Kilometern wieder links abbogen und vom Wasser weg landeinwärts fuhren. Henrik schätzte, dass sie sich mittlerweile auf Höhe des Flughafens befanden und nun darauf zuhielten. In unregelmäßigen Abständen horchte Lui in sein Handy und gab knappe Antworten, die sich auf ihre Position bezogen. Sie wurden offensichtlich dringend erwartet, und es hörte sich ganz danach an, dass dies auch Henrik mit einschloss. Jemand wollte etwas von ihm, und das konnte nichts Gutes bedeuten.

Nach weiteren drei Minuten wilder Fahrt durch Wohngebiete und Industrieareale scherten sie auf die Stadtautobahn ein. Es ging also nicht zum Flughafen, sondern zurück Richtung Zentrum. Schon kam das gegen den Nachthimmel hoch aufragende Estádio José Alvalade XXI in Sicht, in dem der Fußballklub

Sporting Lissabon beheimatet war. Das Flutlicht, das es taghell erfüllte, blendete ihnen entgegen. Offenbar wurde gerade gespielt.

Helena setzte den Blinker, scherte gefährlich dicht vor einem Wagen ein, den sie soeben überholt hatte, und nahm mit pfeifenden Reifen die Ausfahrt. Mit seinen gefesselten Händen konnte Henrik sich gerade so festhalten. Sie folgte der Beschilderung zur Fußballarena. Wo wollten sie bloß mit ihm hin?

Schon von Weitem blinkten ihnen Blaulichter entgegen. Hinter der nächsten Ecke bremste Helena scharf vor einer Straßensperre. Sie ließ das Fenster herunter und machte den Uniformierten mit ein paar scharfen Worten Dampf, damit sie durchgelassen wurden. Im grellen Licht der Scheinwerfer der Einsatzfahrzeuge konnte er Luis süffisantes Grinsen erkennen. Nach kurzem Ärger über die Planänderung schien er nun doch wieder Spaß an der Sache gefunden zu haben.

Sie fuhren in dem von der Polícia Municipal gesicherten Bereich auf das Stadion zu, von dessen Stirnseite das Vereinslogo leuchtete. Auf den weitläufigen Parkflächen nordöstlich der Haupttribüne konnte man über die Dächer Hunderter Autos blicken. An allen Zu- und Ausfahrten hatten sich Einsatzfahrzeuge postiert, und das Polizeiaufgebot war deutlich größer, als man es bei einem normalen Fußballspiel erwartet hätte. Das Areal vor dem Eingang zur Osttribüne schien besonders gesichert zu sein, wobei die Zufahrt dorthin laut der Beschilderung ohnehin nur für Berechtigte erlaubt war. Helena hielt hinter der ersten Reihe von Streifenwagen, die man dort quer über der Fahrbahn geparkt hatte. Sie stellte den Motor ab. Geisterhaft kreiselte blaues Licht durch das Wageninnere. Henrik versuchte zu erkennen, was sich unmittelbar vor dem Stadioneingang abspielte. Von seiner Position auf dem Rücksitz aus konnte er die Umrisse eines kastenförmigen Autos erkennen, das dort offensichtlich unerlaubt zum

Halten gekommen war. Ein Van, ein älteres Modell der Marke Seat, dessen Schweinwerfer in ihre Richtung blendeten. Gegen die Lichter dahinter waren die Umrisse einer Person am Steuer auszumachen. Erst jetzt bemerkte Henrik auch das charakteristische Knattern von Rotorblättern. Am Himmel über dem Stadion kreiste ein Hubschrauber. Ein greller Lichtkegel wischte mehrfach über den Van. Weitere zwei Polizeiwagen näherten sich mit Blaulicht und Sirene und parkten in zweiter Reihe neben dort bereits abgestellten schwarzen Transportern, wie sie von SEK-Einheiten benutzt wurden. Ohne sie wirklich ausmachen zu können, wusste er mit einem Mal, das rund um das gesicherte Areal Gewehrläufe auf die Person im Wagen gerichtet waren. Was hielt dieses immense Aufgebot an Einsatzkräften wohl davon ab, gegen den Fahrzeuglenker vorzurücken? Er dachte an die vierzig- bis fünfzigtausend Zuschauer, die auf den Rängen das Spiel verfolgten und die sehr wahrscheinlich noch gar nichts von dem Polizeieinsatz in ihrer unmittelbaren Nähe mitbekommen hatten.

»Ist das Silva in dem Wagen?«, fragte Henrik mit trockenem Mund.

Ohne zu antworten, stieg Helena aus. Lui brauchte etwas länger, um seinen langen Körper aus dem Auto zu hieven und zu entfalten, dann folgte er seiner Kollegin. Henrik beobachtete, wie sie zu einer Gruppe von fünf Polizisten gingen. Zwei davon waren in Zivil, trugen aber wie der Rest Schutzwesten. Zwei weitere steckten in der Uniform der Stadtpolizei und einer in der martialischen Montur einer Spezialeinheit. Das war es also, das Team, das diesen Einsatz koordinierte. Das Scharfschützenkommando, die Eingreiftruppe, diejenigen, die für die Absperrungen sorgten und für den Schutz unbeteiligter Personen abgestellt waren. Sämtliche Mitglieder der Einsatzleitung hielten Funkgeräte oder Telefone in den Händen, in die sie sprachen oder hineinhorchten.

Allein von ihrer Körperhaltung und der Art, wie sie gestikulierten, erkannte Henrik, dass sie noch nicht lange in dieser Konstellation zusammenstanden. Dementsprechend schienen sie sich nicht einig zu sein, was die Situation anging, in die sie gezwungen worden waren. Auch wenn ein derartiges Krisenmanagement ständig trainiert wurde, war so etwas doch niemals Routine und schon gar nicht kalkulierbar. Außerdem handelte es sich nach der Explosion im Alfama-Viertel bereits um die zweite mutmaßliche Gefährdungslage, die an diesem Tag in Lissabon eintrat.

Helena und Lui wurden begrüßt und auf den neuesten Stand gebracht. Danach steigerte sich die Intensität der Diskussion. Henrik konnte sie reden hören, selbst auf die Entfernung und durch die geschlossenen Fenster, auch wenn keine Worte zu verstehen waren. Schwer zu erkennen, wer von diesen Leuten das Sagen hatte, doch irgendwie gelang es Inspetora Gomes nach kurzer Zeit, die Aufmerksamkeit aller zu erregen. Sie hörten ihr zu, gelegentlich blickten sie auch in seine Richtung. Lui zündete sich eine Zigarette an. Er hielt zwei, drei Schritte Abstand von den anderen. Henrik war schon mehrfach aufgefallen, dass der lange Lui sich gerne so benahm, als hätte er eine Sonderstellung innerhalb der Truppe inne. Die Aufgabe des Beobachters. Wie ein Spitzel der Internen. Oder aber für jemanden außerhalb des Polizeiapparates.

Plötzlich schien es, als hätte man sich auf etwas geeinigt. Gleich darauf kam Helena wieder auf ihn zu. Sie öffnete die hintere Tür und beugte sich zu ihm herunter. Zum ersten Mal seit sie vor einer guten, halben Stunde seine Zelle betreten hatte, blickte sie ihm direkt in die Augen. »Wir müssen reden!«, sagte sie.

43

Er mühte sich aus dem Fond. »Was geht hier eigentlich vor?«, fragte er aufgebracht. Immerhin war es verdammt noch mal höchste Zeit, dass er erfuhr, warum sie mit ihm einmal quer durch die Stadt gerast waren. Helena griff nach seinen Händen. Ehe er wusste, wie ihm geschah, hatte sie ihn von den Stahlfesseln befreit. Demonstrativ rieb er sich die gereizten Stellen über den Gelenken.

»Ja!«, sagte sie, nachdem sie sich ein paar Schritte von ihrem Dienstwagen entfernt hatten.

»Ja, was?«, fragte er irritiert.

Mit dem Kopf wies sie auf das einsame, von allen Seiten angeleuchtete Auto. »Es ist Silva«, bestätigte sie seine Vermutung von vorhin. »Er hat mit uns Kontakt aufgenommen. Und er ist nicht allein. Laut Zeugenaussagen ist eine junge Frau bei ihm. Eine Angabe, die er nicht bestätigt, aber auch nicht dementiert. Mittlerweile haben wir Aufnahmen einer Wärmebildkamera, die belegen, dass eine zweite Person auf den hinteren Sitzen liegt.«

Sie lebt noch? Das war das Erste, was er dachte. Wäre sie tot gewesen, wäre ihr Körper kalt und mit der Infrarottechnik nicht zu erkennen gewesen.

»Du weißt, wer sie ist«, folgerte Helena, die ihn genau beobachtet hatte.

»Gisela«, flüsterte er, immer noch unschlüssig, ob das eine gute oder eine schlechte Nachricht war. Was hatte dieser Verrückte ihr angetan? Warum stand er mit ihr vor dem Fußballstadion?

Sie nickte wissend. »Deine kleine Freundin also.« Sie war natürlich darüber informiert, dass er Gisela ab und an einen Ermittlerjob zuschanzte. Noch so eine Geschichte, die ihr nicht wirklich passte, die sie aber duldete.

Jetzt war er es, der sie nicht direkt ansehen konnte. »Sie hat ganz kurz für mich im Pôr do sol gearbeitet, um ein Auge auf die Belegschaft zu haben.«

»Im Speziellen auf Silva?«

»Nicht unbedingt. Es war mir nicht mehr gelungen, sie zu warnen, als mir bewusst wurde, von wem genau im Restaurant die Gefahr ausgeht. Sie war unvorsichtig, aber es ist selbstverständlich meine Schuld. Ich habe sie in diese missliche Lage gebracht. Was kann ich tun? Warum bin ich hier?«

Helena hob die Hand und gebot ihm Einhalt. »Zuerst will ich wissen, was du seit unserem letzten Gespräch noch alles über Silva herausgefunden hast.«

Seine Anspannung war zu groß, als dass er im Moment parat gehabt hätte, inwieweit sie schon eingeweiht war. *Wir arbeiten für den Himmel. Zur Rettung der Männer!* »Ich kann dir immer noch nicht sagen, welche Art von Forschung er betreibt. Aber es ist definitiv so, dass er seine Probandinnen für diese Studie im Pôr do sol auswählt. Ich hab noch nicht durchschaut, nach welchen Kriterien er vorgeht. Allerdings steht inzwischen fest, dass es um wesentlich mehr Frauen geht als um die, auf die wir aufmerksam geworden sind.«

»Aufmerksam geworden, weil sie gestorben sind. Ja, so weit waren wir schon.«

»Ja. Der größte Teil der Frauen, die von Silva für seine perfiden Experimente missbraucht wurden, leben noch und haben keine Ahnung davon, dass sie als Studienobjekt dienen. Sobald ihr die Reservierungslisten des Restaurants ausgewertet habt, können wir zumindest die Frauen kontaktieren und untersuchen lassen, deren Namen ich in Silvas Notizbüchern gefunden habe ...« Mit einem Mal wurde ihm klar, dass das Pôr do sol wohl nicht mehr existierte. »Verdammt, die Explosion«, murmelte er. Ihm fiel wieder ein, was er schon längst hatte fragen wollen. »Gab es Tote bei der Explosion?«

Helena schüttelte den Kopf. »Soweit ich gehört habe, werden alle überleben. Der Sprengsatz detonierte im hinteren Bereich des Restaurants, wo sich Wasch- und Umkleideräume für die Belegschaft befinden, und dort hat sich zum Zeitpunkt der Explosion niemand aufgehalten. Die meisten Verletzungen sind Schnittwunden durch Glassplitter und andere Teile, die bei der Druckwelle herumgeflogen sind. Dazu noch ein paar Knochenbrüche. Insgesamt sind wohl sechs Personen betroffen, allesamt von der Belegschaft.«

Henrik empfand Erleichterung, doch das Gefühl währte nur kurz. Es kam ihm vor, als ständen sie noch ganz am Anfang dieses Dramas. »Wer ist die Frau im Kühlfach? Konntet ihr sie schon identifizieren?«

»Tânia Martins, zweiunddreißig, vor zwei Wochen überraschend verstorben ... und angeblich bereits eingeäschert und im Urnengrab bestattet. Ihr Ehemann war ziemlich überrascht, als man ihm das Foto der Toten zeigte. Und ja, wie er zu Protokoll gab, waren sie mehrfach zu Gast im Pôr do sol.«

Henrik nickte. Bis hierher fügte sich alles in seine Theorie. Sollte er Helena auch schon von Silvas Hintermännern berichten? Von Opus Dei? Aber das würde für sie im Augenblick vermutlich wieder zu sehr nach Verschwörung klingen. Er blickte über die Dächer der Streifenwagen hinweg auf den alten Seat. »Was wissen deine Kollegen? Mit was rechnen sie, mal abgesehen von der Geiselnahme? Mit einem weiteren Bombenanschlag?«

»Dir wird nicht entgangen sein, dass dort drinnen ein Fußballspiel läuft. Das Stadtderby. Über fünfzigtausend Zuschauer, die entweder Sporting oder Benfica anfeuern.« Sie spähte auf die Uhr an ihrem Handgelenk. »Und dieses Spiel wird in nicht mal dreißig Minuten abgepfiffen. Noch weiß von den Zivilpersonen innerhalb des Stadions niemand von diesem Polizeieinsatz hier draußen, und im Idealfall bleibt es dabei. Im Moment versucht die Einsatzleitung mit den Verantwortlichen abzuklären, ob es möglich ist, alle Zuschauer beim Verlassen des Stadions so umzulenken, dass sie nicht an Silvas Wagen vorbeimüssen. Was nach meiner Einschätzung eigentlich unmöglich ist, da es sich um den Haupteingang handelt. Ohne Frage hat Silva diesen Standort sehr bewusst angesteuert, nachdem er sich dem Zugriff durch eine Streife entzogen hat.«

»Er wurde gestoppt?«

»So weit kam es nicht. Wir hatten den Wagen nach dem Brand in seinem Haus zur Fahndung ausgeschrieben, und als er entdeckt wurde, forderten die Kollegen ihn zum Anhalten auf. Er ignorierte das und fuhr stattdessen ohne Umwege bis vor das Stadion. Zum Glück haben die Streifenpolizisten nicht versucht, ihn auf eigene Faust aus dem Wagen zu holen, sondern unverzüglich Verstärkung angefordert. Das war vor einer knappen Stunde, unmittelbar nachdem das Spiel angepfiffen wurde. Wir hatten danach relativ schnell telefonischen Kontakt.«

»Und was genau verlangt er?«

Sie sah ihm in die Augen, und diesmal konnte er ihrem Blick standhalten, bis sie schließlich verkündete: »Er will dich!«

44

»Du musst das natürlich nicht machen.«
Er dachte an die vielen Leute im Stadion, aber vor allem an Gisela. »Ich gehe«, fiel er ihr ins Wort. »Steht ihr noch mit ihm in Verbindung?«
Helena nickte. »Er lässt sie laufen, wenn er dich dafür bekommt.«
Rein rational betrachtet, ergab dieser Austausch von Geiseln keinen Sinn. Eigentlich erwartete man Forderungen wie freies Geleit zum Flughafen, einen aufgetankten Jet und keine Polizei im Umkreis von fünfhundert Metern. Aber Silva wollte *ihn*. Das war verrückt.
Er nickte zu der Einsatzleitung hinüber. »Was wissen sie?«
Helena presste kurz die Lippen aufeinander. »Sie glauben, er ist ein äußerst frustrierter Mensch, den sein persönliches Schicksal in diese für ihn ausweglose Situation getrieben hat. Ein durchaus angesehener Wissenschaftler – bis er vor etwa fünfzehn Jahren aus dem Staatsdienst entlassen wurde –, der sich seitdem mit schlecht bezahlten Aushilfsjobs über Wasser hält. Keine Auffälligkeiten, nicht einmal ein Strafzettel. Lange Jahre war er wie die Magmakammer unter einem Vulkan, in der sich Hass auf die Gesellschaft aufstaut. Darum die Bombe. Um denen, die ihn haben fallen lassen, seine Verachtung zu demonstrieren. Aber er ist noch nicht fertig damit, hat seiner gesammelten Abscheu noch nicht ausreichend Ausdruck verliehen. So jedenfalls in grober Zusammenfassung die Worte des Polizeipsychologen.«
»Ich sollte wohl froh sein über eure Einschätzung; immerhin bin ich damit raus, was die Explosion im Restaurant angeht«, kommentierte Henrik spitzzüngig.

Helena warf einen Blick hinüber zu Lui, der an einem der Einsatzfahrzeuge lehnte und seine Zigarette paffte. »Du kennst ihn, er hat Spaß an so was. Lui wusste genauso gut wie ich, dass du es nicht warst.«

Wenn das die Entschuldigung dafür war, wie man ihn im Gewahrsam behandelt hatte, dann konnte er dem nicht wirklich etwas abgewinnen. »Du hast ihn aber auch nicht aufgehalten.«

Helena verdrehte die Augen. »Wir haben dich aus diesem Loch geholt, was willst du? Merda! Wir haben für diese Befindlichkeiten jetzt echt keine Zeit, Henrik! Wir müssen davon ausgehen, dass Silva durchaus die Absicht verfolgt, noch mehr Menschen in Gefahr zu bringen. Da stimme ich mit dem Psychologen überein.«

Ja, sie hatten im Moment wahrlich Wichtigeres zu tun, doch es fiel ihm schwer, die Willkür, mit der er wieder einmal von der hiesigen Polizei behandelt worden war, auf sich sitzen zu lassen.

»Und dieser Verdacht wegen der Brandstiftung, den Lui ausgesprochen hat? Wie kam er eigentlich darauf?«

»Jemand hat uns ein Überwachungsvideo zugespielt, worauf zu sehen ist, wie du in das Haus einbrichst.«

Henrik schüttelte den Kopf. »Das ist doch verrückt!«

»Aber du warst dort und hast mich gewissermaßen zur Mittäterin gemacht.«

Das konnte er schlecht leugnen. »Ja, ich war da, allerdings einen Tag bevor es dort gebrannt hat, wie du weißt. Und falls du dich noch erinnerst: Du hast in der Nacht, als der Brand gelegt wurde, bei mir übernachtet.«

»Das konnte ich ja wohl schlecht zu deiner Verteidigung vorbringen! Dann hätte ich ja auch gleich zugeben können, von deinem Einbruch in diesen Keller zu wissen. Ich habe in einer beschissenen Zwickmühle gesteckt, Senhor Falkner!«

Er hob beschwichtigend die Hände und zog eine reumütige Miene. Sie hatte ja recht, sie hätte ihm unmöglich helfen können.

»Ich versteh es trotzdem nicht. Diese Videos aus den Überwachungskameras verfügen doch über eine Datumsangabe.«

»Der Zeitcode auf der Aufnahme kann manipuliert werden. Ich habe einen unserer IT-Spezialisten drangesetzt, ich hoffe, er wird diese Annahme bestätigen.«

Henrik nickte. »*Die* setzen wirklich alles daran, Silvas Experimente zu vertuschen.«

Helena zog die Brauen hoch. »Die?«

Aufgrund der aktuellen Krisenlage war es nicht sinnvoll, seinen Verdacht loszuwerden. Und mehr als einen Verdacht konnte er im Moment nicht liefern. Also erklärte er, er wüsste nichts über die Hintermänner oder Auftraggeber des Wissenschaftlers.

»Was das Vertuschen angeht, geb ich dir diesmal allerdings recht«, erwiderte Helena zu seinem Erstaunen. »Silvas Keller war weitgehend leer geräumt worden, bevor er abgefackelt wurde. Was dort verbrannt ist, waren ausrangierte Möbel und anderer Kram, den man eben in so einem Untergeschoss für gewöhnlich lagert. Von einer Laboreinrichtung keine Spur.«

Er behielt für sich, was er dachte, auch weil er sich jetzt auf seine Mission konzentrieren wollte. »Gibt es sonst noch irgendwas, das ich wissen sollte? Zum Beispiel darüber, was die Polizei in der kurzen Zeit zu Silva ermitteln konnte?«

»Du meinst, was ich hätte für dich herausfinden sollen, als du mich darum gebeten hast?« Er hörte zumindest ein wenig Schuldbewusstsein aus ihren Worten.

»Das, was heute passiert ist, hätten wir unmöglich vorausahnen können, egal wie gut wir uns davor abgestimmt hätten«, erklärte er. Niemandem half es, wenn sie sich mit Vorwürfen torpedierten. Am allerwenigsten Gisela.

»Okay, die Kurzversion«, begann Helena. »Silva war früher Professor der Molekularbiologie und für das Gesundheitsministerium tätig. Wo genau sein Aufgabengebiet lag, ist uns zum aktuellen Zeitpunkt noch nicht bekannt. Mangelnde Autorisierung. Die Einsatzleitung ist bereits darum bemüht, die Geheimhaltungsstufe aufheben zu lassen. Aufgrund der Gefahrenlage hat das Ministerium zumindest eingestanden, dass Silva während dieser Zeit unautorisiert einige fragwürdige Experimente durchgeführt hat, weshalb man nicht anders konnte, als sich von ihm zu trennen. Aber natürlich herrscht auch darüber höchste Geheimhaltung.« Sie zuckte mit den Achseln. »Den Rest kennst du. Was er neben seinem Job als Küchenhilfe sonst noch in all den Jahren getrieben hat, darüber ist nichts bekannt. Er schaffte es beinahe zwei Jahrzehnte, unter dem Radar zu bleiben, wie man so schön sagt.«

»Und zu den identifizierten Frauen, die er ausgewählt hat, was habt ihr da?«

»Sowohl Tânia Martins als auch Elvira Barreto standen mit beiden Beinen fest im Leben. Barreto war Geschäftsführerin einer bedeutenden Investmentgruppe, die weltweit operiert. Und Martins hatte trotz ihrer Jugend bereits den Aufsichtsratsvorsitz des aktiendotierten Familienunternehmens übertragen bekommen. Irgendwas mit Computersoftware für den Sektor Finanzdienstleistungen.«

»Also zwei Frauen mit Einfluss«, sinnierte Henrik. Seltsam, wie passte bloß Fabiana mit ihrer Herzschwäche in dieses Muster?

»Wir versuchen gerade rauszufinden, ob es in den letzten Jahren noch weitere Frauen gab, denen ein ähnliches Schicksal widerfahren ist. Und ja, auch hier muss ich dir im Nachhinein recht geben. Ich hätte in dieser Sache stärker auf meinen Vorgesetzten einwirken müssen ...«

Noch während Helenas Ausführungen fiel ihm siedend heiß ein, dass er etwas vergessen hatte. »Hör mal, bevor ich mich Silva ausliefere, muss ich kurz telefonieren!«

Helena reichte ihm sein Handy, das man ihm nach seiner Verhaftung abgenommen und das die Kommissarin zu seiner Überraschung einstecken hatte. Hastig griff er danach, wandte sich ab und suchte Ajits Nummer im Verzeichnis seiner Kontakte. Wieder war es Jaya, die das Gespräch entgegennahm. Schon an der Art, wie sie sich meldete, merkte er, dass etwas passiert war.

»Ist was mit Ajit?«, fragte er sofort.

»Ein Unfall, bei der Arbeit«, stammelte sie.

»Mein Gott ... Ist es schlimm?«

»Sie operieren ihn gerade, sagen aber, es wird wieder alles gut.« Jaya sprach sehr leise und gefasst. Vermutlich hockte sie im Wartebereich eines Krankenhauses und wartete dort auf die befreiende Nachricht, dass die Operation ihres Mannes gut verlaufen war.

»Was ist passiert?«

»Ein Verschluss an seinem Sicherheitsgurt ist gebrochen, und er ist abgestürzt. Aus vier Metern Höhe, hat mir seine Firma gesagt ... und dass er Glück hatte, weil er sich schon so weit nach unten gearbeitet hatte. Außerdem hat dort, wo er runtergefallen ist, ihr Lieferwagen geparkt, und das Autodach hat seinen Fall abgemildert ...« Sie schluckte hörbar. »Ich weiß nicht, ob ich ihnen glauben soll. Kann sein, sie behaupten das auch nur wegen der Versicherung ... aber vielleicht war er gar nicht wirklich versichert. Seinen Lohn haben sie ihm ja immer bar ausbezahlt ... Ach, ich bin so durcheinander, Henrik.«

»Es wird alles gut, vertrau auf die Ärzte, Jaya!« Was für eine müde Floskel, aber er wusste nicht, was er ihr sonst sagen sollte. In seinem Kopf schoben sich noch mehr grauschwarze Wolken zusammen. Er dachte daran, dass Ajit die Aufzeichnungen von Silva gelesen hatte. Spielte mit dem Gedanken, Jaya zu fragen, ob ihr Mann noch mit jemand anderem darüber gesprochen hatte, bevor er in seinen Klettergurt gestiegen war, um seinem riskanten Job als Fensterputzer nachzugehen. Ajit, der sich mit einem Doktortitel in Biologie rühmen konnte. Verdammt, es war eigentlich unmöglich, dass es einen Zusammenhang zwischen dem brisanten Material aus Silvas Labor und dem defekten Verschluss an Ajits Klettergurt gab! Also bloß ein Fehler im Material der Gebäudereinigungsfirma, für die Ajit arbeitete? Oder doch Manipulation, um ihn zum Schweigen zu bringen? War das tatsächlich denkbar? Henrik biss sich auf die Unterlippe. Zumindest konnte er es nicht ausschließen. Mit Genesungswünschen und dem Versprechen, sobald es ihm möglich war, ins Krankenhaus zu kommen, verabschiedete er sich von Jaya und wandte sich wieder Helena zu.

»Schlechte Nachrichten?«, fragte die Kommissarin, was in Anbetracht der momentanen Situation wie ein unangebrachter Scherz klang. Jetzt war es womöglich nicht mehr nur Gisela, die er mit in diese Geschichte hineingezogen und in Lebensgefahr gebracht hatte. Nun lastete auch noch Ajits Unfall auf seinen Schultern und vor allem auf seinem Gewissen.

»Kann es denn noch schlechter werden?« Seine Antwort klang zynischer, als er vorgehabt hatte.

Helena musterte ihn kurz, trat dann nah an ihn heran und strich mit dem Daumen zärtlich über seine unrasierte Wange. »Du musst das nicht machen«, erklärte sie erneut.

»Ich hab keine Wahl.« Er holte tief Luft. »Wollt ihr mich noch verkabeln? Was habt ihr denn vor, sobald Gisela aus dem Auto raus ist?«

»Da haben wir schon eine Idee, komm mit!« Er folgte ihr ein Stück die Zufahrt hinunter zu einem Lieferwagen. Sie klopfte gegen die Schiebetür, die sogleich ein Stück zurückglitt. Im gedämpften Licht des Innenraums konnte er Computermonitore und jede Menge Überwachungstechnik erkennen. In dem Spalt tauchte der Kopf eines jungen Mannes auf. Schmal, bleich, mit lichtem, wirrem Haar und Brille. Ein Kriminaltechniker, wie er im Buche stand.

»Das ist Raul«, stellte Helena ihren Kollegen vor. »Gib ihm dein Handy!«

Henrik entsperrte das Mobiltelefon und reichte es dem Nerd. Der nahm es entgegen und verschwand wortlos wieder in dem hochgerüsteten Kastenwagen.

»Was hat er vor?«

»Er spielt eine Software auf, die es uns erlaubt, dein Mikrofon anzuzapfen, auch wenn das Handy aus ist. Wir hören alles, was gesprochen wird. Du musst das Gerät nur mit ins Auto nehmen.«

Das bedeutete wohl, er konnte sich nach dieser Sache das nächste neue Handy zulegen. Doch dafür musste er diesen Abend erst einmal überleben. Der Kriminaltechniker war fix, er brauchte keine zwei Minuten, dann hatte Henrik sein Telefon wieder.

»Lassen Sie es an, bis Sie drüben sind«, sagte Raul, dann zog er sich wieder an seine Computertastatur zurück.

»Braucht er noch eine Sprechprobe?«, fragte Henrik, aber Helena war schon wieder auf dem Weg zum Ort des Geschehens. Mit einem tiefen Seufzer schloss er zu ihr auf.

»Willst du eine Schutzweste?«

»Klingt beinah höhnisch, diese Frage«, erwiderte er und ahnte mit einem Mal, dass da noch etwas kommen musste. Etwas, das ihm ganz und gar nicht gefallen würde.

Sie wandte sich ihm zu und kam ihm dabei wieder ganz nah.

»Gut, hör zu! Wir brauchen zuallererst Klarheit darüber, ob er noch einen weiteren Sprengsatz mit sich führt.«

45

Natürlich. Wäre da nicht ein hoher Unsicherheitsfaktor wie zum Beispiel explosives Material gewesen, hätten sie in Hinblick auf die zahllosen Fußballfans vermutlich trotz der Geisel auf dem Rücksitz längst gestürmt. Aber weil sie den Sprengstoff nicht ausschließen konnten, hatten sie vorhin abgestimmt. Vier zu drei. Wobei Lui die entscheidende Stimme dazu abgab, dass man Henrik über die Zufahrt zum Stadioneingang schickte. Es ging darum, die Lage einzuschätzen, teilte Helena ihm mit. Aber was hieß das schon. Alles und nichts!

»Sie wissen, dass du ein ehemaliger Ermittler bist, und vertrauen deshalb darauf, dass du mit so einer Situation umgehen kannst.« Aufmunternde Worte, die dennoch aus ihrem Mund nicht überzeugend genug klangen. Er kannte sie zu gut, um darauf hereinzufallen. »Sonst hätten sie niemals zugestimmt, einen Zivilisten mit dieser Aufgabe zu betrauen.«

Die Wahrheit lag wohl eher irgendwo dazwischen. Ihnen lief die Zeit davon, und es standen ihnen kaum andere Optionen zur Verfügung, bevor das Fußballspiel zu Ende war. Nun, man konnte vielleicht versuchen, die Leute im Stadion zu halten, bis die Sache unter Kontrolle war. Aber offenbar wollte niemand das Risiko eingehen, fünfzigtausend vom Stadtderby aufgeheizte Fans einfach mal eben darum zu bitten, vorerst ihre Ränge nicht zu verlassen. Egal, welche Erklärung man ihnen dazu lieferte, jede barg die Gefahr, dass daraus eine Panik resultierte. Es brauchten sich nur ein paar wenige falsch zu verhalten, um eine Hysterie auszulösen, die sich unter den Menschenmassen ausbreitete wie eine Seuche. Hier stand viel auf dem Spiel – verdammt viel!

Helena drückte ihn an sich. Das Zeichen dafür, dass nun alles gesagt war. Er erwiderte die Umarmung und spürte gleichzeitig Luis brennenden Blick im Nacken. Er küsste sie auf die Stirn. Helena sah ihm in die Augen, fand aber keine Worte mehr. Stattdessen tippte sie sich auf den Ohrstöpsel, der in ihrem linken Gehörgang steckte. Er nickte und verstaute das Telefon, das er nach der Spezialbehandlung durch den Techniker noch in der Hand trug, in der Innentasche seiner Jacke. Dann trat er ein paar Schritte von ihr weg. »Kannst du mich hören?«, murmelte er und wandte sich ihr wieder zu.

Sie nickte. Ihr Lächeln war kein Trost.

»Gebt ihm Bescheid, dass ich komme!«

Helena machte ihrem Kollegen ein Zeichen, der offenbar in ständiger Verbindung mit Silva stand. *Ich sollte noch irgendwas sagen. So was wie: Alles wird gut.* Doch er wollte nicht lügen. Außerdem wusste er, dass nun alle zuhörten.

Die Einsatzbeamten in vorderster Reihe ließen ihn passieren. Er ging ohne Eile, auch wenn nur noch gut eine Viertelstunde blieb, bis der Schlusspfiff auf dem Rasen ertönte. Aus dem Stadionrund waren Fangesänge zu hören, die hinauf in den wolkenverhangenen Nachthimmel schallten. Der Lärm aus Tausenden von Kehlen, untermalt von Trommeln, rhythmischem Getrampel und Klatschen. Er versuchte, nicht an diese Menschen zu denken und an das Chaos, das eine Detonation unter ihnen auslösen würde.

Henrik näherte sich in einem Winkel, in dem er vom Professor gesehen werden konnte. Er zählte dreiundsechzig Schritte, bis er unmittelbar vor dem Wagen stand. Silva hatte die Hände ums Lenkrad gelegt. Von seiner Position aus konnte Henrik die auf der Rückbank liegende Person nicht erkennen. Gisela. Er im Austausch für sie, das hatte der Verhandlungsführer mit Silva vereinbart. Aber was, wenn sie gar nicht in der Lage war, den Wagen eigenständig zu verlassen und bis hinüber zu den Polizisten zu gehen? Hatte sich das jemand überlegt?

Sie hätten mich informiert, wenn dem so wäre, beruhigte er sich selbst. Dann nickte er dem Biologen zu.

Silvas Lächeln hinter der Windschutzscheibe war glatt wie ein Kieselstein. Der Wissenschaftler deutete einladend auf die Beifahrertür. Henrik umrundete den Wagen und öffnete sie. Sofort drang ihm ein merkwürdiger Geruch in die Nase. Chemikalien. Er dachte an instabilen ANC-Sprengstoff, der schon bei nicht allzu hohen Temperaturen zu schwitzen begann. Natürlich hätte er nachfragen können, was bei dem Anschlag auf das Restaurant verwendet wurde. Aber hätte ihm dieses Wissen wirklich genutzt? Wenn er es nicht schaffte, Silva davon abzuhalten, eine Explosion auszulösen, war es irrelevant, wodurch diese verursacht wurde.

»Senhor Falkner! So schnell sieht man sich wieder.« Silva sprach einigermaßen undeutlich – ohne Zweifel hatte er ziemliche Schmerzen dank Henriks Tritt gegen den Unterkiefer. »Leeren Sie Ihre Taschen!«

Henrik bemühte sich, in wenigen Sekunden das Wageninnere zu erfassen. Wobei er vor allem nach einem Auslöser suchte. Irgendein Knopf in Silvas Reichweite und die dazugehörige Verkabelung, die zu einem Zünder führte. Doch nichts dergleichen fiel ihm ins Auge. Das musste natürlich nichts bedeuten. Heutzutage konnte man dazu auch einfach ein Handy benutzen – und das befand sich am Armaturenbrett. Silvas kabellose Verbindung zur Einsatzleitung und auch zu dem möglichen Zünder für den Sprengsatz, der sich vermutlich im Kofferraum befand. Aus Silvas kaputtem Kiefer drang ein ungeduldiges Knurren, und Henrik folgte schließlich der Aufforderung und legte alles, was er bei sich trug, auf den Beifahrersitz. Schlüsselbund, Geldbeutel, Handy.

»Ausmachen!«, verlangte der Professor und deutete auf das Mobiltelefon.
Raul hatte wirklich gut vorausgedacht. Henrik tat, wie ihm aufgetragen, und zeigte dem Professor das schwarze Display. Der Wissenschaftler drückte darauf herum. Das Gerät regte sich nicht, und er wirkte zufrieden. Der Plan funktionierte.
»Nehmen Sie Platz!«
»*Ich* steige ein, wenn *sie* geht!«, erinnerte ihn Henrik und suchte den Rücksitz nach Gisela ab. Doch alles, was er sah, waren die Umrisse eines Körpers unter einer verdreckten Wolldecke.
Silva streckte ihm eine Spritze entgegen. »Ein kleiner Schuss Adrenalin, den wird sie brauchen, um wach zu werden. Nur eine subkutane Injektion, das kriegen Sie hin!« Ein Gemisch aus Blut und Speichel rann über die Unterlippe des Wissenschaftlers und tropfte auf den Beifahrersitz. Wegen der Fraktur konnte er den Mund nicht mehr ganz schließen. Er wedelte mit der Spritze, und Henrik nahm sie an sich. Dann öffnete er die Schiebetür, um in den Fond zu gelangen. Der Innenraum war ein Saustall, zugemüllt mit Schmutz und Abfall – vor allem leere Plastikflaschen und zusammengeknüllte Tüten, die einst Süßigkeiten enthalten hatten. Dazu vergilbte Zeitungen, die sich in sämtlichen Stadien der Auflösung und Zersetzung befanden. Er zog die Decke von dem reglosen Körper. Sie lag auf dem Bauch, aber der zerzauste Haarschopf ließ keinen Zweifel daran, dass es sich um seine Teilzeitmitarbeiterin handelte.
Er keuchte leise. »Gisela! Ich bin's, Henrik, kannst du mich hören?«
»Los, los, Senhor Falkner, nur nicht schüchtern. Rammen sie ihr die Nadel einfach durch die Jeans in den Hintern!«
Henrik klemmte sich die Spritze zwischen die Zähne und bemühte sich, Gisela auf den Rücken zu drehen. Von ihr kam dabei

weder ein Zucken noch irgendein Geräusch. Alles, was er registrierte, war die kaum wahrnehmbare Bewegung ihres Brustkorbs. Sie atmete! Das war mehr, als er zu hoffen gewagt hatte. Er schaffte es, sie so hinzulegen, dass er ihre blassen Wangen tätscheln konnte, was allerdings auch keine Reaktion bei ihr auslöste. Also nahm er wieder die Spritze in die Hand. Die Kanüle war nicht beschriftet. Die klare Flüssigkeit, die sich in dem kaum bleistiftdicken Röhrchen befand, konnte alles sein.

»Habe ich Sie je enttäuscht, Senhor Falkner?«, kam es vom Fahrersitz.

»Ich würde Ihren kranken Kopf gerne verstehen«, fauchte er. »Was haben Sie ihr nur angetan?«

»Bisher nicht viel, vor allem weil Sie mich ständig davon abgehalten haben. Und jetzt kriegen Sie sie sogar wieder zurück, also stellen Sie sich nicht so an!«

Er spürte, dass es ihm mit jeder Sekunde schwerer fiel, einen kühlen Kopf zu bewahren, also zog er die Verschlusskappe mit den Zähnen von der hauchdünnen Nadel, schob den T-Shirt-Ärmel hoch bis über die linke Schulter und injizierte Gisela den Inhalt der Spritze in den Oberarmmuskel. Während er die Nadel wieder herauszog, zählte er in Gedanken von zehn rückwärts, ohne wirklich zu verstehen, wieso. Vielleicht brauchte er diesen Countdown einfach, um sich in irgendeiner Form zu erden, damit er nicht augenblicklich den Verstand verlor.

Er war bei *vier* angekommen, als Gisela die Augen aufschlug und heftig nach Luft rang, wie jemand, der es kurz vorm Ertrinken noch an die Oberfläche geschafft hatte.

46

Er blickte ihr nach, als sie in einer Schlangenlinie den Einsatzkräften entgegentorkelte. Eine Betrunkene auf der Flucht. Dann nahm ein Sanitäter sie in Empfang und legte ihr eine Decke über die Schultern. Das Adrenalin hatte Gisela wie mit einem Elektroschock aus der Ohnmacht geholt. Ihm war keine Zeit geblieben, ihr zu erklären, was mit ihr passiert war. Sie selbst schien es jedenfalls nicht zu wissen. Sie war noch immer schwer benommen, und er bezweifelte, dass sie ihn überhaupt erkannt hatte, als er ihr aus dem Wagen geholfen und sie auf die wackligen Beine gestellt hatte.

Kaum war er sicher, dass sie nicht wieder in sich zusammensacken würde, hatte er sie in die Richtung der tanzenden Blaulichter dirigiert, eine Anweisung, die sie wie ferngesteuert befolgte.

Doch jetzt ist sie, Gott sei Dank, in Sicherheit.

Er wandte sich wieder dem Professor zu und stellte fest, dass dieser vom Fahrer- auf den Beifahrersitz gewechselt hatte. Dazu war er umständlich über die Mittelkonsole geklettert, ohne dass Henrik es bemerkt hatte.

»Was soll das?«

»Besser, Sie übernehmen, bei meinem Zustand.«

Henrik ging langsam um den Wagen herum, klemmte sich hinters Lenkrad und schlug die Tür zu. Immer noch war da keine griffbereite oder gar auf ihn gerichtete Waffe. Silva verhielt sich absolut nicht wie jemand, der im Fadenkreuz von einem halben Dutzend Scharfschützengewehren stand. Das einzig Beunruhigende in Sichtweite war Silvas Handy, das unmittelbar neben den Reglern für den Heizlüfter in einer Halterung steckte. Nur wenige Zentimeter von Silvas Fingern entfernt.

»Starten Sie den Motor!«

»Wir fahren?«

»Nein, aber mir ist kalt«, erklärte Silva. Henrik tat ihm den Gefallen. Trotz seines Alters und obwohl die Scheinwerfer die ganze Zeit über aufgeblendet gewesen waren, sprang der Wagen sofort an. Unverzüglich drehte der Professor den Heizungsregler hoch. Die digitale Anzeige am Radio zeigte zwölf Minuten nach neun Uhr. Der Tank war gut über die Hälfte voll.

»Dieser Tausch war nicht klug«, murmelte Silva.

Henrik konnte nicht abschätzen, ob dem Professor dieser Gedanke gerade eben erst gekommen war, aber immerhin teilte der Biologe damit seine Befürchtung, dass es dem SEK nun leichter fallen würde, auf den Wagen und seine Insassen zu schießen. Jetzt, da die junge Frau, die er als Geisel gehalten hatte, in Sicherheit war. So gesehen zögerten die Scharfschützen nur wegen des nach wie vor nicht ausgeräumten Risikos, dass sie hier im Wagen auf einer Ladung Sprengstoff hockten.

»Warum haben Sie sich dann darauf eingelassen?«, wollte Henrik wissen. »Oder sollte ich fragen, was Sie sich nun von meiner Wenigkeit erhoffen?«

»Wie steht es mit Rache?«

Henrik lächelte gequält. »Dafür sind Sie irgendwie nicht der Typ.«

Trotz der Schmerzen, die ihn plagen mussten, stahl sich der Hauch eines Grinsens in Silvas Mundwinkel. Dann beugte er sich vor, öffnete das Handschuhfach und holte zwei identische rote Schirmmützen heraus, die das Vereinslogo von Benfica Lissabon zierten. »Setzen Sie die auf!«, befahl er und stülpte sich selbst eine der Kappen über den Kopf.

»Das wird nicht funktionieren«, stellte Henrik fest, tat ihm aber den Gefallen.

»Kein Grund, nervös zu werden. Bevor sie sich meiner entledigen, werden sie so was wie einen Abschlussbericht von mir fordern. Sie wollen erfahren, ob es sich gelohnt hat, mir all die Jahre ihr Vertrauen und ihre finanzielle Unterstützung zu gewähren. Bis das nicht passiert ist, wird niemand auf uns schießen.«

Henrik war klar, dass Silva dabei nicht ausschließlich an die Scharfschützen des SEK dachte, die ohnehin nur auf Befehl ihre platzierten Schüsse abgaben. In den Kopf oder den Nacken, um jegliche Körperkontrolle unwiederbringlich zu unterbinden. Als könnte Silva Gedanken lesen, griff er nach dem Handy, das bislang am Armaturenbrett gesteckt hatte, und legte es sich in den Schoß, mit dem rechten Daumen auf dem Knopf, um es bei Bedarf zu aktivieren.

»Und da sind Sie sich so sicher? Haben *die* nicht bereits Ihr Labor in der Rua da Senhora da Glória leer geräumt und sich alle Ihre Aufzeichnungen geholt, bevor sie das Feuer gelegt haben?«

»Sie werden niemanden finden, der Ihnen daraus ein brauchbares Dossier verfasst.«

Henrik war hin- und hergerissen, welche Frage er als Nächstes stellen sollte. »Von wem reden Sie überhaupt? Wer sind Ihre Förderer?«

Silva wischte sich blutigen Schleim von der Unterlippe. »Seien Sie kein Idiot, Sie wissen doch, dass Sie keine Namen von mir kriegen.«

Verdammt noch mal! Aber was hatte er auch erwartet? Verstohlen schielte er auf die Uhr. Er durfte die Zeit nicht aus den Augen verlieren. Hoffentlich wurde noch ein paar Minuten nachgespielt, und das Derby blieb zudem spannend genug, dass die Zuschauer nicht beschlossen, vorzeitig zu gehen. »Dann helfen Sie mir wenigstens zu verstehen, womit sich Ihre Forschung beschäftigt. Was ist Ihr Ziel?«

»Ich bin überrascht, dass Freitas sein Plappermaul hat halten können, nachdem ich Sie beide in trauter Zweisamkeit zurückgelassen habe.« Er zögerte, weil ihm offenbar etwas eingefallen war. »Haben die beiden Bullen Sie erwischt?«

Silva hatte die Streifenbeamten der Polícia Municipal also noch ankommen sehen. »Freitas und ich wurden in Verwahrung genommen. Da hatten wir dann ein wenig Zeit zum Plaudern.« Vielleicht konnte er dem Professor ja doch noch ein paar Informationen entlocken. »Er hat mir von Ihrem kühnen Plan erzählt, der ›Rettung der Männer‹.« Den letzten Satz ließ er amüsiert klingen.

»Der werte Doktor muss schon sehr verzweifelt gewesen sein, wenn er Ihnen sein Herz ausgeschüttet hat.« So leicht würde Silva es ihm wohl nicht machen.

Aus einem Impuls heraus beschloss Henrik, sich vorerst dumm zu stellen. »Leider hatten wir keine Gelegenheit, die Sache zu vertiefen. Ich kann daher nur mutmaßen, was Sie getrieben haben. Dass Sie irgendwelche Substanzen an willkürlich ausgewählten Restaurantbesucherinnen testeten und dafür diesen armen Frauen heimlich etwas in ihr Essen gemischt haben.«

Wieder streifte der Suchscheinwerfer des Hubschraubers über das Autodach. Wegen der Schirmmütze auf Silvas Kopf verschwand dessen Augenpartie kurzzeitig im tiefen Schatten und verlieh ihm einen diabolischen Ausdruck. »Ach ja, die *armen Frauen*«, bemerkte er abfällig.

Henrik überhörte das. »Ich bin ziemlich sicher, es lag nicht in Ihrer Absicht, sie zu töten. Das waren schlicht Unfälle, habe ich recht?«

»Unfälle«, wiederholte Silva. Wieder wischte er sich über den Mund. »Könnte man so sagen. Dennoch brachten diese Unfälle wertvolle Erkenntnisse, Senhor Falkner. Sie können also aufhören, sich eine Verteidigungsstrategie für mich zurechtzulegen. Vor allem, wenn Sie keine Ahnung haben, worum es hier wirklich geht!«

Seit er bei Silva im Auto saß, war der Lärm aus dem Stadion für Henrik zu einem Hintergrundrauschen geworden, doch mit einem Mal brach gewaltiger Jubel los, zu laut, um ihn zu ignorieren.

»Tor«, kommentierte Silva.

Ein Tor. War es das? Das Tor in den berühmten Schlussminuten, das die Entscheidung herbeiführte? War das Spielergebnis damit besiegelt, und würden in Kürze erste frustrierte Fans der unterlegenen Mannschaft den Heimweg antreten? Wie auch immer, die Uhr tickte, und die Angst, die Henrik im Nacken saß, verwandelte sich auf einen Schlag in Zorn. Zum Teufel mit den Regeln der Verhandlungstechniken mit Geiselnehmern. Plötzlich konnte er nicht mehr an sich halten. »Erleichtern Sie endlich Ihr Gewissen, Sie verfluchter Scheißkerl! Oder bringen Sie es zu Ende! Darum sitzen wir doch hier.«

47

Silvas Blick zuckte hinüber zu den Polizisten. Sein Mobiltelefon lag in seinen Händen wie in einer Schale. Unverkennbar war unter den Einsatzkräften jenseits der Absperrungen eine sich steigernde Unruhe zu bemerken.

»Wir waren von jeher im Nachteil, haben Sie sich das jemals klargemacht?«, fragte der Professor kaum hörbar über den Lärm hinweg, der immer noch in an- und abschwellenden Wellen aus der Fußballarena drang.

Henrik runzelte die Stirn. »Im Nachteil? Wem gegenüber?«

»Gegenüber den X-Chromosomen.« Silva wandte sich ihm zu, aus seinem deformierten Unterkiefer triefte der Speichel. Er musste etwas eingeworfen haben, um die Schmerzen ertragen zu können.

»Den X-Chromosomen?«, wiederholte Henrik verständnislos.

»Schwer zu glauben, aber wir verdanken es einer Laune der Natur, dass das starke Geschlecht genetisch unterlegen ist. Ein nicht hinnehmbarer Zustand, wenn Sie mich fragen, und mit dieser Meinung bin ich zum Glück nicht alleine, wie Sie sich denken können. Meine Mission besteht darin, eine Lösung für dieses Problem zu finden – das ist die Antwort auf Ihre Frage.«

»Ich will nicht begriffsstutzig rüberkommen, aber worin genau besteht denn *das Problem*?«

Silva rollte mit den Augen und signalisierte damit, dass er Henrik sehr wohl für begriffsstutzig hielt. »Das degenerierte männliche Y-Chromosom muss gerettet werden«, erklärte er, und trotz seiner Artikulationsprobleme war der herablassende Tonfall nicht zu überhören.

Wie bitte? Wirre Überlegungen schossen Henrik durch den Kopf. X- und Y-Chromosomen. Radioaktive Isotope. Rettung der Männer. Wir arbeiten für den Himmel! Wissenschaft und Religion? Keine besonders vertrauenswürdige Kombination. »Glauben Sie wirklich, der Himmel wird von Männern regiert?« Die Frage war natürlich an sich schon sinnlos, doch im Moment fiel ihm keine bessere ein.

»Daran sollten Sie nicht zweifeln, Senhor Falkner, ebenso wenig wie am Glauben selbst!«

Henrik schüttelte den Kopf. »Das passt gar nicht zu Ihnen, diese verklärte Gottergebenheit.«

Silva zog eine Braue hoch. »Für mich liegt kein Widerspruch darin, den Herrn und die Wissenschaft gleichermaßen zu würdigen. Zumal der Schöpfer mir eine schwere Prüfung auferlegt hat, die nur durch den rationalen Verstand eines Akademikers gelöst werden kann. Ich weiß, Sie halten mich für unzurechnungsfähig, aber das interessiert mich nicht. Fest steht, das Y-Chromosom ist gegenüber Schadstoffen und Umweltgiften wesentlich anfälliger und der Niedergang des Mannes über kurz oder lang damit vorgezeichnet. Dazu kommt, dass das weibliche X-Chromosom evolutionsbedingt von jeher zu mächtig war. Männliche Embryonen wurden deswegen schon immer leichter abgestoßen. Zwei Herausforderungen, die endlich einer Lösung bedürfen.«

»Aber genau darin steckt doch der Widerspruch! Warum sollte Gott, der per definitionem unfehlbar ist, bei der Schöpfung von Mann und Frau so geschludert haben?«

»Das ist eben die Prüfung, Senhor Falkner. Wir sind dazu aufgefordert, das Werk Gottes zu korrigieren, um uns ein für alle Mal als das würdigere Geschlecht hervorzutun. In der Art, wie die von Männern mit Recht dominierte Kirche seit Jahrhunderten die weltlichen Angelegenheiten für ihre Lämmer regelt, so sieht sie auch

ihre Pflicht darin, die Vormachtstellung des Mannes weiterhin zu wahren. Es waren die Männer, die sich die Erde untertan gemacht haben, und daran soll sich auch in Zukunft nichts ändern.«
»Amen!«, platzte es aus Henrik heraus. Dieser völlig irrsinnige religiöse Fanatismus brachte ihn noch mehr auf. Und für so etwas hatten Fabiana und die anderen Frauen sterben müssen! Er ballte die Fäuste so fest, dass seine Knöchel knackten, sein Zorn ließ sich nur noch schwer in Zaum halten. Ein Gefühlszustand, der nicht besonders gut zu einem Verhandlungsführer passte. Sofern sie immer noch mithörten, hatten Helena und ihre Leute nun allen Grund, noch nervöser zu werden. Zumal auch abgesehen von Henriks nicht sonderlich professionellem Benehmen Silvas wirre Ansichten es mehr als deutlich machten, dass die Lage noch prekärer war als bislang angenommen.

Henrik dachte an Opus Dei und daran, dass die Anschauungen dieses Vereins durchaus mit denen des Professors in Einklang zu bringen waren. *Setzen Sie alles daran, den Untergang des männlichen Geschlechts zu unterbinden! Sie erhalten unsere uneingeschränkte Unterstützung.*

Doch je länger er darüber nachdachte, desto unfassbarer kam ihm die ganze Geschichte auch vor. Basierte das Handeln von Silva und seinen Auftraggebern allen Ernstes auf der Angst, dass es in absehbarer Zukunft keine Männer mehr geben würde, sofern sie nicht mithilfe der Wissenschaft einschritten? Er wagte diese Frage nicht direkt zu stellen. »Erklären Sie mir eins! Wenn es um die Optimierung des Y-Chromosoms geht, warum führen Sie Ihre Experimente dann an Frauen und nicht an Männern durch?« Er dachte an die erfolgreichen Frauen Tânia Martins und Elvira Barreto, die sich laut Helenas Informationen in ihren immer noch von Männern dominierten Branchen durchgesetzt hatten. Und so kam es, dass er die Antwort mit einem Mal zu kennen glaubte.

48

Er hatte keine Ahnung, ob seine Verbindung zu Helena noch intakt war und ob sie Zeugin wurde, wie Silva just in dieser Sekunde in Worten sagte: »Glauben Sie mir, Senhor Falkner, viele in unseren Reihen haben genau das über Jahrzehnte hinweg versucht – seit der Wissenschaft die Möglichkeiten der Genetik offenstehen. Doch nichts führte zum Erfolg, weshalb nur der einzige andere Weg übrig blieb. Dieser steinige Weg, den ausschließlich ich zu gehen bereit war.«

Henrik zwang sich mit aller Kraft dazu, ruhig zu sprechen. »Und der wäre?«

»Das liegt doch auf der Hand. Wenn sich das männliche Y-Chromosom nicht stärken lässt, bleibt nur die Option, ein Gleichgewicht herzustellen, indem man das weibliche X-Chromosom schwächt.«

Das raubte Henrik die Fassung. »Was haben Sie vor, wollen Sie aus den Frauen über kurz oder lang Männer machen?«

Silva schnaubte. »Das ist Unsinn! Wir brauchen das weibliche Geschlecht für die Fortpflanzung.«

»Geht doch heute auch schon alles künstlich.«

»Geht, ist aber wider die Natur. Gegen den Plan Gottes und seine Vorsehung, wie wir uns zu vermehren haben. Bloß muss die Frau dafür robuster und widerstandsfähiger sein als der Mann? Nein! Alles, was sie können muss, ist, unsere Nachkommen auszutragen. Dafür bedarf es im Übrigen keiner besonderen Intelligenz. Das einzig Nötige sind Demut und Respekt dem Herrn und demjenigen gegenüber, der sie auserwählt hat, seine Kinder zu gebären.«

49

Nach dieser Beichte wartete Henrik mehrere Sekunden lang auf den finalen Schuss aus einem Scharfschützengewehr. Als dieser nicht erfolgte, war klar, dass ihm noch etwas mehr Zeit für seine Befragung eingeräumt wurde. Wobei die Zurückhaltung für den Schießbefehl vermutlich eher darin gründete, dass das Einsatzkommando immer noch nicht wusste, ob Silva einen Finger auf dem Auslöser hatte. Trotz der extremen Anspannung musste Henrik an Fabiana denken. Noch immer wollte er eine Erklärung dafür haben, wie diese junge Frau mit ihrer Herzmuskelschwäche in Silvas Versuchsreihe der *starken Frauen* gepasst hatte. »Verstehe ich das richtig, Sie haben vor lauter Angst vor der Übermacht der Frauen an einer Methode gearbeitet, deren Chromosomen zu verändern?«

Silva zuckte mit den Achseln. »Für Laien lässt es sich wohl so ausdrücken.«

»Gut, dann erklären Sie mir doch bitte auch, wann dieser angebliche katastrophale Niedergang des männlichen Geschlechts zu erwarten ist. Ich persönlich verspüre nämlich noch keine Anzeichen. Also, von welcher Zeitspanne reden wir?«

»Das ist völlig irrelevant!«

»Allerdings, Sie sagen es. Genau wie Sie werden nämlich auch diejenigen, die Sie finanzieren, nicht mehr am Leben sein, sollte es überhaupt jemals zum Aussterben des Mannes kommen.«

Der Professor musterte ihn erneut so befremdet, als säße ein ahnungsloses Kleinkind neben ihm. »Natürlich betreibe ich meine Forschungen nicht, um *meine* Haut zu retten, Sie Einfaltspinsel! Es geht darum, vorausschauend zu denken, wenn wir auch in Zukunft bestehen wollen. Visionäres Denken ist leider nur wenigen gegeben. Nur wer Visionen hat, kann Epochen überdauern. Oder warum, glauben Sie, propagierte Hitler das ›Tausendjährige Reich‹? Wie ihm geht es uns nicht um das eigene Leben, sondern um den Erhalt der Vorherrschaft, die Weitergabe der Macht an künftige Generationen.«

Hitler! Henrik konnte nur noch den Kopf schütteln. Plötzlich fiel es ihm schwer zu glauben, dass Silvas Wahnsinn tatsächlich Unterstützer gefunden hatte; nicht einmal den Extremisten und Fanatikern aus den Reihen der katholischen Kirche traute er so etwas zu. Wie gut hätte er jetzt Brunos Rat gebrauchen können ...

»Sind Sie deshalb Ihren Job beim Gesundheitsministerium losgeworden, weil Sie schon damals diesem Irrsinn aufgesessen sind?«

»Genau wie früher fehlt den Behörden auch heute die Weitsicht«, knurrte Silva. Wieder tropfte rötlich gefärbter Schleim von seinem Kinn.

Henrik schielte auf das Handy und auf Silvas Daumen, der nach wie vor auf dem Einschaltknopf lag. Wie lange hielt der Mann unter diesen Umständen wohl noch durch? »Ach, aber der Vatikan ist natürlich für seinen Willen zur Veränderung und seine Zukunftsvisionen bekannt.«

»Wie kommen Sie auf den Vatikan?«

»Opus Dei«, eröffnete Henrik die nächste Runde.

Silva verdrehte übertrieben die Augen, vielleicht damit Henrik die Anerkennung nicht bemerkte, die für eine Sekunde darin funkelte. »Freitas, ich verstehe. Sie haben seinen Ring gesehen. Vergessen Sie das!«

»Höre ich da Angst in Ihrer Stimme? Hat der visionäre und furchtlose Professor Silva doch vor jemandem Schiss?«

»Maßen Sie sich nicht zu viel an, Senhor Falkner!«, warnte der Biologe.

Er spielt auf Zeit, erkannte Henrik auf einmal. Er war sich noch nicht über den Grund im Klaren, aber der Mann neben ihm hatte trotz seiner wahnwitzigen Vorstellungen bisher nichts dem Zufall überlassen. Er entschied, ihn weiter mit Fragen zu löchern, bis sich ihm Silvas Absichten erschlossen. »Was haben Sie mit den Leichen der Frauen gemacht, nachdem Freitas sie für Sie aufgeschnitten hat?«

»Verrennen wir uns jetzt in Details?«

Nun gut, wenn es so ist, fahre ich die großen Kaliber auf. »Warum Fabiana?«, fragte er herausfordernd.

Bei der Erwähnung dieses Namens zuckte der Biologe kaum merklich zusammen, was Raum für ganz verschiedene Interpretationen ließ. Hatte Silva für Fabiana eventuell mehr empfunden als nur rein wissenschaftliches Interesse?

»Fabiana war so selbstbewusst, dass sie sich nicht einmal von ihrer Herzschwäche hat unterkriegen lassen. Eine starke Frau, wie es so schön heißt.«

Was zur Hölle ...?

»Sie war eines meiner Langzeit-Studienobjekte«, fügte Silva an und klang dabei tatsächlich ... traurig.

Konnte das möglich sein, hatte der Wissenschaftler Zuneigung für Fabiana verspürt? Henrik schüttelte sich innerlich. Wie perfide, wenn er sie trotz vorhandener Gefühle als Versuchskaninchen missbraucht hatte! Oder war sie womöglich seiner gekränkten Eitelkeit zum Opfer gefallen, weil sie seine Sympathie nicht erwidert hatte? Verdammt, es gab noch so viele Unklarheiten, und seine Ausbeute war gemessen an der Zeit, die ihm noch blieb, viel zu dürftig. Immerhin belegten Silvas Äußerungen, dass er seine Probandinnen tatsächlich aufgrund ihres selbstbewussten Auftretens ausgewählt hatte. Wenn das die Prämisse gewesen war, erklärte das, warum auch Frauen wie Fabiana darunter waren,

Frauen mit körperlichen Defiziten, von denen Silva vermutlich gar nicht immer etwas wusste. Zumindest nicht, bis sie ihm wegstarben.

»War es ein Versehen, das mit Fabiana? Haben Sie falsch dosiert?«

»Halten Sie mich für einen Dilettanten? Falsch dosiert, ich bitte Sie!« Silva schnaubte empört.

»Wie haben Sie es gemacht? Beim Anrichten des Essens vor der Ausgabe an die Kellner, das weiß ich. Aber wie genau haben Sie Ihre radioaktiven Isotope dazugemischt?«

Silva schreckte hoch. Offenbar hatte er nicht damit gerechnet, dass Henrik auch nur irgendetwas aus seinen Aufzeichnungen hatte entnehmen können. *Danke, Ajit!*

»Ich muss Ihnen nicht jeden Trick verraten«, antwortete er schnell, wie um seine Überraschung zu kaschieren. »Nur so viel, es kam ins Dessert, das ließ nie eine von ihnen stehen ...«

Er konnte nicht sagen, ob der Professor noch mehr über seine Vorgehensweise berichtet hätte, denn der erneut aufbrandende Jubel aus dem Stadion schnitt ihm das Wort ab. So laut und euphorisch, wie er über sie hinwegfegte, war wohl ein weiteres Tor gefallen. Oder der Pfiff war ertönt, der das Ende des Spiels besiegelte. Würden in den nächsten Sekunden die ersten Zuschauer aus dem Stadion kommen und dabei nichts ahnend den Seat passieren, in dem er mit diesem Verrückten hockte? Zusammen mit einer Ladung Sprengstoff im Kofferraum ... Das war natürlich weiterhin bloß eine Vermutung, keine Gewissheit. Lag dort hinten wirklich eine Bombe?

Eine Entwarnung, das war es doch, worauf die Einsatzleitung in erster Linie wartete. Oder zumindest darauf, dass er den Professor dazu bewegen konnte, sich einen anderen, bestenfalls weit abgelegenen Parkplatz zu suchen.

»Ich kann jederzeit wegfahren«, erklärte Silva, als hätte er erneut seine Gedanken gelesen. »Das hat er mir gesagt, der Polizist am Telefon, noch während Sie auf dem Weg zu mir waren. Ich dürfte fahren, sobald Sie mit Gisela den Platz getauscht haben. Niemand hätte die Absicht, mich aufzuhalten. Finden Sie das nicht auch unheimlich großzügig?«

»Und ... warum fahren wir dann nicht einfach?«

»Na, ich wollte wissen, wie das Spiel ausgeht!«

50

Tatsächlich begannen jetzt Leute aus dem Stadion zu strömen. Zuerst jene, die nach der Niederlage ihrer Mannschaft nicht eilig genug den Ort der Schmach verlassen konnten. An ihren Trikots, Schals und Fahnen war zu erkennen, dass Sporting Lissabon, also ausgerechnet die Heimmannschaft, heute als Verlierer vom Platz gegangen war. Natürlich spielte das hinsichtlich Henriks Situation absolut keine Rolle. Allerdings fragte er sich, warum es den Behörden und Sicherheitskräften nicht gelungen war, wenigstens den Ausgang abzuriegeln, in dessen unmittelbarer Nähe Silvas Wagen parkte. Der Wagen mit der Bombe im Kofferraum.

Was war schiefgelaufen?

Ohne jede Ankündigung öffnete Silva die Autotür. Mit dem Mobiltelefon in den schlanken Händen stieg er unter leisem Stöhnen aus dem Wagen. Immer mehr Leute aus dem Stadion drängten an ihm vorbei. Mittlerweile auch solche, die den Sieg ihrer Mannschaft ausgelassen johlend und mit Fangesängen feierten. Offensichtlich wunderte sich weder jemand über das in Mitleidenschaft gezogene Gesicht von Silva noch über das widerrechtlich abgestellte Fahrzeug, das hier mitten im Weg stand. Silva musste sich mit einer Hand am Türholm festhalten, um nicht mitgeschwemmt zu werden. Wenn er jetzt, in diesem Geschiebe, versehentlich die Taste drückte, auf der weiterhin sein Daumen ruhte ...

Der Biologe beugte sich zu Henrik in den Wagen. »Fahren Sie los, halten Sie nicht an und lassen Sie die Mütze auf!«

»Glauben Sie wirklich, die fallen darauf rein, nachdem sie uns die ganze Zeit im Visier hatten? Die haben unseren Platztausch vorhin doch mitgekriegt!«

»Senhor Falkner, Sie wissen doch, ich bin nicht allein. Und jetzt geben Sie mir Ihr Handy, damit Sie nicht abgelenkt werden!«

Er konnte sich nicht weigern, sonst wäre Silva das womöglich verdächtig vorgekommen. Henrik konnte nur hoffen, dass man ihnen über die Handyverbindung bis jetzt zugehört hatte. Aber sonst hätte man sie ja sehr wahrscheinlich schon längst außer Gefecht gesetzt.

»Fahren Sie, jetzt sofort!«, verlangte Silva erneut und schlug die Tür zu. Augenblicklich wurde er von der vorbeiströmenden Masse verschluckt. Ob die Männer vom Präzisionsschützenkommando, die den Professor bisher durch ihre Zielfernrohre beobachtet hatten, ihn auch jetzt noch im Auge behalten konnten? Er musste hupen, damit die Leute unmittelbar vor dem Wagen Platz machten. Verständnislose Blicke trafen ihn. Mit schleifender Kupplung fuhr er los, kam aber nicht schneller voran als die Fußballfans ringsum. Er stellte sich vor, wie Helena, die Einsatzleitung und alle anderen rund um das Stadion verteilten Polizeikräfte die Luft anhielten, nun da er den Sprengsatz in Bewegung setzte.

Immer noch begriff er nicht, wieso überhaupt zugelassen wurde, dass Tausende von Menschen sich um dieses Auto drängten. Die Kommunikation innerhalb des Krisenstabs musste komplett schiefgelaufen sein, anders war dieses Versagen nicht zu erklären.

Im Schritttempo rollte er weiter auf die Ausfahrt zu. Erst als der Menschenstrom sich teilte und zwei verschiedene Richtungen einschlug – die einen hin zu den Parkplätzen, die anderen auf die Metrostation Campo Grande zu –, konnte auch er schneller fahren. Er ging davon aus, dass sich jede Sekunde Polizeiautos vor und hinter ihn setzen würden, um ihm und der Bombe Geleit durch die Stadt zu geben. Weg von den bebauten Gebieten, hinaus in die Nacht, bis auf ein leeres Feld oder in eine Kiesgrube. Jedenfalls an einen Ort, an dem nicht mit Kollateralschäden zu rechnen war. Doch vorerst passierte nichts dergleichen. Er entfernte sich einfach immer weiter vom Stadion, und mit jedem Meter schrumpften die Blaulichter im Rückspiegel. Selbst den Hubschrauber konnte er nicht mehr hören. Hatte Silva, gleich nachdem er ausgestiegen war, wieder Kontakt zu dem Verhandlungsführer aufgenommen, um strikte Anweisungen zu geben, was den weiteren Ablauf betraf? So wie sich seine Fahrt in die Nacht gerade entwickelte, blieb gar keine andere Erklärung übrig. Ließen sie ihn also einfach fahren in der Hoffnung, dass er die Autobombe weit genug wegbrachte?

Sie wissen doch, ich bin nicht allein.

Was hatte Silva damit andeuten wollen? Dass längst jemand anders die Regie in diesem Drama übernommen hatte? Er fluchte in sich hinein, weil ihm keine Möglichkeit mehr geblieben war, mit Helena in Verbindung zu treten. Jedenfalls sah es ganz danach aus, dass sich sämtliche Einsatzkräfte von ihm fernhielten. Es blieb allerdings die quälende Frage, ob diese Order aus den Reihen der Polizei oder von anderer Stelle gekommen war.

Den Kopf voller wirrer Überlegungen, fuhr Henrik auf die Stadtautobahn und nahm die Eixo Norte-Sul nach Süden, auf der nach dem Spiel vor allem rund um die Sportstätte ein erhebliches Verkehrsaufkommen zu erwarten gewesen wäre. Doch offenbar hatte man nun doch dafür gesorgt, dass er alleine war. Die drei Fahrstreifen waren gespenstisch leer. Die Reifen des Seat trommelten überlaut auf dem grobporigen Asphalt. War geplant, ihn demnächst anzuhalten? Vorerst konnte er dafür noch keinerlei Anzeichen entdecken. Er fuhr langsam, nicht mehr als einhundert, bekam dann aber Bedenken, dass auch das noch zu schnell war. Er musste der Polizei die Zeit geben, ihm einen Weg frei zu machen. Also reduzierte er die Geschwindigkeit auf achtzig Stundenkilometer, was auf der freien Schnellstraße fast so wirkte, als könnte man neben dem Wagen herlaufen. Dieses zähe Vorankommen, die Nacht um ihn herum und diese völlig leere Straße, die in rhythmischem Schlagen unter der Motorhaube verschwand, erzeugten ein beängstigendes Gefühl von Einsamkeit und Enge in der Brust. Mit einem Mal befiel ihn die Vorstellung, dass er diesen Wagen nie wieder verlassen würde, sondern auf ewig dazu verdammt war weiterzufahren. Er dachte an Helena, die er nie wieder in den Arm nehmen würde ... und dieser Schmerz rüttelte ihn wach.

Etliche Minuten später näherte er sich einem Autobahnknoten. Fuhr er weiter gerade aus, steuerte er auf die Brücke des 25. April zu, die drei Kilometer voraus den Tejo überspannte. Doch als er bis auf einen weiteren halben Kilometer heran war, wurde deutlich, dass die Polizei nicht vorhatte, ihn den Fluss überqueren zu lassen. Eine in der Ferne blinkende Lichterflut signalisierte, dass er auf die A5 nach Westen einbiegen sollte. Mit einem Mal war auch der Helikopter wieder da und leuchtete vom Nachthimmel.

Er scherte also auf die ebenso verwaiste Autobahn A5 ein, die ihn nun direkt in Richtung Atlantik lenkte. Hatte er die Einsatzkräfte vorhin noch verflucht, so musste er ihnen nun die logistische Meisterleistung zugestehen, in kürzester Zeit freie Fahrt für ihn geschaffen zu haben. Er hatte nur nicht wirklich eine Vorstellung, wohin sie ihn dirigierten. Die Besiedlung wurde stetig dünner. Vielleicht ließ man ihn ja weiter und weiter fahren, bis man Silva mitsamt seinem Handy gestellt hatte. Bis man sicher war, dass der Wissenschaftler seine Bombe nicht mehr über Handy zünden konnte. Wie auch immer die Pläne der Polizei aussahen, er fühlte sich in jedem Fall wie auf einem Himmelfahrtskommando.

Fast unbewusst passierte er Gemeinden wie São Domingos de Rana oder die zersiedelte Peripherie von Estoril, in immer gleich bleibendem Tempo, immer weiter nach Westen, bis ihn schließlich die Beschilderung darauf aufmerksam machte, dass die Autobahn A5 in São Gabriel endete. Der Ort, in dem er noch nie zuvor gewesen war, gehörte bereits zur Markung des Küstenstädtchens Cascais. Hier lebten Helenas Eltern. Für ein kurzes Stück orientierte er sich nach Süden, bis er, von einer Straßensperre gelenkt, auf die Küstenstraße N247 stieß, der er nun offenbar zu folgen hatte. Links von ihm brandete ein wütender Atlantik gegen die Felsenküste und in die seichten, sandigen Buchten. Auch hier war kein Mensch auf der Straße, was aber wohl eher dem Wetter zu verdanken war. Der Sturm kam völlig unerwartet. Peitschende Winde rüttelten plötzlich an dem Van, und er packte das Lenkrad noch fester. Während er durch Cascais rollte, setzte ein heftiger Platzregen ein. Die abgenutzten Wischerblätter kämpften mit den schweren Tropfen und hinterließen großflächige Schlieren auf der Windschutzscheibe. Die Lichter des Küstenorts zersprühten zu einem wässrig-grellen Funkenregen wie aus Hunderten von Wunderkerzen. Danach war er dem tosenden Wetter ungeschützt ausgeliefert. Meeresgischt spritzte bisweilen über die Fahrbahn, und die Sturmböen rissen lange Fahnen salzigen Dunstes mit sich landeinwärts. Dort, wo einst die Welt zu Ende gewesen war, bevor große Entdecker wie Christoph Kolumbus es gewagt hatten, das Schicksal herauszufordern, nach Westen segelten und die Erde damit von der Scheibe zur Kugel wurde, tobten noch immer die gleichen Naturgewalten.

In der winzigen Atempause zwischen zwei salzwassergetränkten Böen erblickte Henrik das Schild. *Farol do Cabo Raso*. Ohne darüber nachzudenken, bog er ab und folgte der schmalen Zufahrt hin zu der Steilküste, an der Fabianas Vater für gewöhnlich seine Angel in den Atlantik warf. Er fuhr am Leuchtturm vorbei, jetzt wieder nordwärts, auf einem schlammigen Fahrstreifen, der direkt in die Endlosigkeit zu führen schien, hinaus über den Rand der Welt. Die Abrisskante der Steilküste war nicht zu erkennen, und als er anhielt, tat er es bloß aus einem Gefühl heraus. Weil ihn ein Impuls dazu aufforderte, dass jetzt der Moment gekommen war, um auf die Bremse zu treten.

Nur mit Gewalt gelang es ihm, die Tür gegen den Wind aufzudrücken. Er mühte sich aus dem Wagen und musste sich daran festhalten, um nicht weggeblasen zu werden. Dafür wehte es ihm die Mütze vom Kopf, die er vollkommen vergessen hatte. Ein roter Punkt, der in die Nacht hinausgewirbelt wurde.

Noch einmal drehte er sich dem Atlantik zu und starrte mit zu Schlitzen verengten Augen nach unten. Sein Herz setzte für einen Schlag aus. Keine halbe Wagenlänge, dachte er. Nur dieses kurze Stück weiter, und er wäre über die Kante gerollt, hinab in das schäumende Inferno, das sich zehn, fünfzehn Meter unter ihm in ungebändigter Wut an den schwarzen Felsen brach.

51

Längst war da kein Hubschrauber mehr. Er war fortgeblasen worden wie alles, was sich in den letzten Minuten der Küste genähert hatte. Gegen den Sturm, der nun auch ihn vor sich herschob. Geduckt taumelnd bewegte er sich in die Richtung, die das Unwetter ihm aufzwang. Fort vom Meer, fort von dem Wagen mit der Bombe im Kofferraum. Er sah nichts. Es gab nur wassergetränkte Finsternis. Er wusste nicht einmal, ob er noch auf dem morastigen Weg war, den er vorhin befahren hatte. Obendrein machte ihn der Sturm praktisch taub. Das Gelände war uneben, von bodennahen Gewächsen überwuchert, die der immerwährende Wind dazu zwang, landeinwärts zu wachsen. Er war durchnässt bis auf die Haut. Die Kälte machte ihn steif und lähmte seinen Geist. Er suchte Halt an den Gedankenfetzen, die ihm durch den Kopf schossen wie Querschläger, auch wenn es ihm schwerfiel, sie länger festzuhalten als bis zu der nächsten Sturmböe.

Radioaktive Isotope.
Y-Chromosomen im Nachteil.
Genetischer Gleichstand.
Der Tod steckt im Nachtisch.
Helena!

Nach einer unbestimmten Zeit des Umherirrens durchschnitt plötzlich ein Lichtstrahl die Dunkelheit und schreckte ihn auf. *Cabo Raso. Der Leuchtturm. Schutz.*

Mit letzter Kraft quälte er sich auf den alle paar Sekunden durch den Regenschauer huschenden Lichtkegel zu. Erst als sich die Silhouette des Turmes aus der Sturmnacht schälte, entdeckte er das Blinken an dessen Basis. Ein Auto. Blaues Kreiseln. Bis dorthin waren sie ihm also hinterhergekommen, bevor der Aufruhr der Elemente sie getrennt hatte. Er schaffte es irgendwie in den Windschatten des Gebäudes. Dann noch ein paar wenige Schritte, die er beinahe aufrecht gehen konnte. Eine Autotür öffnete sich. Jemand warf ihm eine Decke über, schob ihn in den Wagen. Ins Warme.

»Geht's dir gut?«

Ihre Stimme.

Helena.

52

Der erste Herbststurm des Jahres, titelte die Diário de Notícias und sprach gleichzeitig von Windgeschwindigkeiten in Orkanstärke, welche die Meteorologen nicht in dieser Heftigkeit vorausgesagt hatten. Dass es keine Verletzten gab, grenzte an ein Wunder, und selbst die Sachschäden waren kaum nennenswert, nicht einmal in den Orten unmittelbar an der Küste.

Die Schellen über der Ladentür kündigten einen Besucher an, und Henrik legte die Tageszeitung beiseite. Es wäre besser gewesen, heute noch im Bett zu bleiben, denn ihm steckte immer noch die eisige Kälte der vorletzten Nacht in den Gliedern. Doch bis auf das klamme Gefühl in seinen Muskeln verspürte er bislang keine Anzeichen einer sich anbahnenden Erkältung. Irgendwie war er weitaus besser durch diese Sturmnacht gekommen, als es anfänglich den Anschein gehabt hatte.

Der Mann trat direkt an die Verkaufstheke. Er trug sein langes dunkelblondes Haar zu einem Knoten am Hinterkopf hochgebunden, einem trendigen Topknot, wie es die Mode zurzeit verlangte. Dazu passte auch die sauber getrimmte und mit Bartöl gepflegte Gesichtsbehaarung. Die hellbraunen Augen lagen nahe beisammen, das Kinn sprang weit vor. Er lächelte zurückhaltend und wirkte in seiner Gesamterscheinung sympathisch. Henrik musste nicht fragen, was er wollte oder wer er war.

»Du bist vielleicht überrascht?«

»Nicht wirklich, ich hab damit gerechnet, dass du hier auftauchst. Wie geht es Carde?«

»Sie kommt wieder in Ordnung, vermutlich bleibt nicht mal eine Narbe in ihrem hübschen Gesicht. Aber danke der Nachfrage!«

»Kann ich dir was anbieten, Cristiano?«

Der junge Mann schüttelte den Kopf. Sah sich um. »Ich war nur einmal hier. Ist schon eine Weile her. Dein Onkel ... ich mochte ihn auf Anhieb.«

»Du warst nach Fabianas Tod hier und hast meinem Onkel deinen Verdacht geschildert.«

»Wie sie gestorben ist – das kam mir von Anfang an seltsam vor. Natürlich wusste ich von ihrer Herzmuskelschwäche, aber trotzdem ...«

»An dem Abend, als es passierte, hast du da im Pôr do sol gearbeitet?«

Cristiano schüttelte den Kopf, Betroffenheit verschleierte für eine Sekunde seine Augen. »Ich weiß, es ist verrückt, sich deshalb Vorwürfe zu machen, weil meine Anwesenheit ja nichts daran geändert hätte. Und doch fühle ich mich schlecht deswegen. Immer noch. Zuerst wollte ich mich unmittelbar danach mit ihren Eltern treffen. Aber ich war wie gelähmt, hab es nicht geschafft, überhaupt irgendwas zu unternehmen. Und später, nachdem ich mich wieder einigermaßen gefangen hatte, hat es für mich keinen Sinn mehr gemacht, mit den beiden zu reden. So gut kannten wir uns ohnehin nicht.«

So ähnlich hatte sich auch Danilo Neves geäußert, fiel Henrik ein, doch da redete Cristiano schon weiter.

»Was hätte es auch gebracht, nachdem man sie eingeäschert hatte und keine Untersuchung ihrer Leiche mehr möglich war?«

»Warum hast du es dir dann später anders überlegt?«, fragte Henrik.

Cristiano zögerte einen Moment. »Du musst wissen, ich habe zwei Semester Medizin studiert, bevor ich mich umorientierte, weil ... Na ja, spielt jetzt keine Rolle. Jedenfalls ist ein bisschen was hängen geblieben von diesem Jahr an der Medizinischen Fakultät, und ich habe mich bei meinem Restaurantkollegen, die an dem Abend arbeiteten, ganz genau erkundigt, was sie beobachtet hatten. Also, wie gesagt, ich konnte oder wollte das Ganze nicht einfach so hinnehmen, wie ihre Eltern das taten. Oder die Polizei. Also beschloss ich, der Sache auf den Grund zu gehen, vielleicht auch damit ich meinen Frieden mit Fabianas Tod machen konnte.«

»Das hört sich für mich an, als hättest du sie zumindest zu diesem Zeitpunkt immer noch geliebt.«

Für ein paar Sekunden schien der junge Mann keine Antwort auf diese Frage zu finden, was einer Bestätigung gleichkam. »Im Nachhinein kann ich dir nicht mehr wirklich erklären, warum wir uns damals getrennt haben. Irgendwie hielten wir uns mit einem Mal für zu jung für eine so feste Beziehung. Wir gingen irgendwie beide davon aus, dass mit dem Ende unserer Studienzeit eine Veränderung anstand. Räumlich und ... ach, keine Ahnung.«

Henrik nickte nachsichtig. Er brauchte nicht weiter darauf herumzureiten und musste auch nicht darüber Bescheid wissen, was Cristiano von Danilo Neves hielt. Er hatte nicht vor, hier ein Verhör zu führen, vor allem nicht, da der junge Mann freiwillig zu ihm gekommen war. Andere Dinge beschäftigten ihn wesentlich mehr. »Wie genau kamst du eigentlich auf Martin?«

Wieder dieses zögerliche Lächeln. »Bei uns im Viertel haben sie manchmal von dem Antiquar aus Deutschland erzählt, der sich um Kriminalfälle kümmert, die von der Polizei nachlässig untersucht worden waren. Ich dachte mir einfach, ich könnte es versuchen. Ihm die Geschichte aus meiner Perspektive erzählen und sehen, was er dazu meint. Zuallererst wollte er wissen, wen ich für verdächtig halte. Oder besser, wer meiner Meinung nach ein Interesse an Fabianas Tod haben könnte. Darauf konnte ich ihm beim besten Willen aber keine Antwort geben. Daher bin ich vorerst ohne große Hoffnung wieder abgezogen. Einige Tage später meldete er sich allerdings bei mir und fragte mich über das Pôr do sol aus, ohne mir eine Erklärung zu geben, warum er plötzlich das Restaurant im Visier hatte.«

Da war sie also wieder, diese Frage, woher Martin seine Informationen bezog. »Er war danach mehrfach zum Essen dort. Wusstest du davon?«

»Da er seine Besuche vorher nicht mit mir abgesprochen hatte, war ich ziemlich überrascht, ihn plötzlich an einem Tisch sitzen zu sehen. Auf meine Nachfrage meinte er nur, dass er ein paar Dinge abklären wollte.«

»Hatte Martin jemals erwähnt, dass auch andere Frauen in Gefahr sein könnten?«

Cristiano wirkte nicht überrascht, aber vielleicht hatte er darüber auch schon mit Carde gesprochen und sich zusammenreimen *können*, was in etwa vorgefallen war. »Soweit ich mich erinnere, war das bei seinem dritten Besuch. Trotz des Regenwetters wollte er einen ganz bestimmten Tisch auf der Terrasse, der recht günstig steht, wenn man ab und an ungestört ein paar Sätze mit seinem Kellner wechseln möchte. An diesem Abend jedenfalls deutete er genau das an. Dass Fabiana vielleicht nicht die Einzige sein könnte. Mehr habe ich aber nicht erfahren, und letztlich schienen seine Recherchen im Sande zu verlaufen, denn irgendwann tauchte er nicht mehr auf, und ich habe danach auch nie wieder von ihm gehört.«

Henrik konnte Cristiano ebenfalls keine Erklärung dafür geben, warum Martins Ermittlungen ins Stocken geraten waren. Womöglich hätte vieles verhindert werden können, wenn er hinter die Machenschaften von Pascoal Silva gekommen wäre. Für Henrik blieb daher nur noch eine Sache, die er unbedingt verstehen wollte. »Warum wusste Casimiro Bescheid?«

»Wusste er nicht, jedenfalls nicht, bis Martin das Lokal besuchte. Als ich ihn an jenem Abend auf die Terrasse gesetzt hatte, habe ich nicht dran gedacht, dass es ausgerechnet der Tisch war, der am nächsten bei der Abgrenzung zum Hinterhof stand. Erst später, nachdem Casimiro ein paar Andeutungen hat fallen lassen, ist mir klar geworden, dass er meine Unterhaltung mit deinem Onkel belauscht haben muss, als er jenseits der Hecke draußen beim Rauchen stand.«

Manche Erklärungen wirkten schrecklich banal.

»Nachdem dein Onkel nichts mehr von sich hören ließ, ließ ich die Sache selbst im Sand verlaufen. Und als ich dann für mich festgestellt habe, dass ich es im Pôr do sol nicht länger aushalte, habe ich auch bald darauf gekündigt. Niemals hätte ich damit gerechnet, dass Fabiana doch noch Gerechtigkeit widerfährt, auch wenn es ihr selbst nichts mehr nutzt.«

53

»Was war denn nun eigentlich die ganze letzte Zeit los? Was weißt du über die Explosion im Pôr do sol? Und die Sache beim Stadion?«

Sie lehnten inzwischen beide entspannt am Tresen, und Cristiano machte mit seinen Fragen deutlich, dass er nicht nur ins Antiquariat gekommen war, um Henriks Wissenslücken zu füllen.

»Hat die Polizei diesen Verrückten erwischt? Man erfährt ja nichts, sie bringen nichts in den Nachrichten. Alles, was ich lese, ist dieser Schwachsinn, der zum Teil in den sozialen Netzwerken verbreitet wird. Und darauf kann man ja nichts geben.«

»Allerdings«, erwiderte Henrik und dachte darüber nach, was er bereit war zu offenbaren. Denn was Cristiano sagte, stimmte. Bislang hatten weder die Zeitung noch das Fernsehen über die Vorfälle berichtet. Die von der Polizei angekündigte Pressekonferenz hatte schlicht noch nicht stattgefunden, und somit gab es keinerlei offizielle Stellungnahme zu dem Bombenanschlag auf das Pôr do sol, zum Großeinsatz am Stadion, zu möglichen Zusammenhängen zwischen diesen Ereignissen oder ganz generell zum Stand der Ermittlungen. Wie er gehört hatte, war wohl noch nicht einmal ein Termin geplant. Natürlich halfen sich die Leute unter diesen Umständen mit den Gerüchten aus, die in der ganzen Stadt herumschwirrten. Darunter auch wüste Spekulationen, die für weitere Verwirrung sorgten. Nichts also, worüber die Gazetten schreiben konnten, sofern sie sich als seriöses Medium bezeichneten. Henrik hatte auch noch keinen Artikel über den Toten in der Metrostation gefunden, aber davon war er ohnehin nicht ausgegangen.

Allerdings wusste er natürlich weit mehr als alle anderen, und zwar von Helena, die ihn bei der Rückfahrt von Cabo Raso im Fond des Streifenwagens liebevoll im Arm gehalten hatte. Herausgeschält aus seinen nassen Klamotten und gemeinsam unter derselben Wolldecke. Sobald er wieder bei einigermaßen klarem Verstand war und seine Zähne nicht mehr fortwährend aufeinanderschlugen, hatte sie ihm unter anderem berichtet, was vorgefallen war, nachdem er vor dem Estádio José Alvalade XXI in Silvas Auto gestiegen war. Ihm war, als vernähme er erneut ihre leise, einfühlsame Stimme. Sie war ein wunderbarer Trost gewesen während dieser Fahrt, als ihm die eisige Kälte noch in den Knochen steckte und diese schwarze Angst vor der Einsamkeit, die ihn durch die Nacht begleitet hatte und immer noch nachwirkte. Nichts half besser dagegen als ihre Worte, die ihn liebevoll wärmten, und obwohl die Nachrichten nicht sonderlich erfreulich waren, wünschte er sich dennoch, sie würde immer weitersprechen.

»Silva ist im Pulk Hunderter von Fußballfans in die Metrostation Campo Grande entkommen«, hatte sie gesagt. »Es war unmöglich, ihn in dieser Menschenmasse auszumachen, aber bis zu diesem Zeitpunkt war bei dem Einsatz schon so viel schiefgelaufen, dass es gar nicht anders kommen konnte. Wir hatten ja alles mitgehört, wussten, was er getan hatte, wozu sein kranker Geist fähig war. Aber immer wieder hieß es, wir dürften wegen des vermeintlichen Sprengsatzes, den er mit sich führt, kein Risiko eingehen. Dabei wuchs das Risiko doch mit jeder Minute, die wir uns dem Ende des Fußballspiels näherten.

Ich war natürlich froh, dass kein Schießbefehl erteilt wurde, weil ich dann noch mehr Angst um dich hätte haben müssen. Gleiches galt für einen Zugriff, der immer wieder diskutiert wurde. Dennoch war das Krisenmanagement wirklich eine Katastrophe, gelenkt von Entscheidungsträgern, die nicht mal vor Ort waren.« Sie schüttelte verärgert den Kopf. »Selbst als Silva aus dem Wagen stieg, gab es weiterhin widersprüchliche Anweisungen. Letztlich hat der Polizeipräsident die Verantwortung dafür übernommen – oder vielleicht sogar das Innenministerium. Wir sollten dich jedenfalls fahren lassen, darauf vertrauen, dass du die Bombe wegschaffst von all diesen Menschen, irgendwie raus aus der Stadt. Ich versteh bis jetzt nicht, wer das koordiniert hat, und auch nicht, wieso du intuitiv den richtigen Weg genommen hast. Wir hatten den Hubschrauber und wussten, wo du warst, konnten dir also folgen. Doch dann, kurz vor Cascais, kam die Sturmfront, und der Helikopter musste abdrehen. Also hab ich darauf vertraut, dass du weiter bis zur Landspitze fahren würdest. Allerdings zwang uns das Unwetter zu guter Letzt dazu, selber Schutz zu suchen, und wir hielten am Leuchtturm. Den Rest kennst du ja. Ich bin so froh, dass du mich gefunden hast«, fügte sie nach einer kleinen Pause hinzu und umarmte ihn noch fester.

»Und ... Silva?«, war das Einzige, was er über seine blau gefrorenen Lippen brachte.

»Die Einheit, die dazu abgestellt war, ihn aufzuspüren«, fuhr Helena fort, »musste mehrere Fluchtmöglichkeiten einkalkulieren. Silva konnte auf dem Parkplatz vom Stadion ein zweites Auto abgestellt haben, aber das war mit Sicherheit die riskanteste Variante, weil es nur wenige Ausfahrten gab und die alle sehr leicht kontrolliert werden konnten. Eine ähnlich geringe Chance hätte er gehabt, wäre er in einen der Busse der zahlreichen Fanklubs aus dem Umland gestiegen. Wofür man sich dann innerhalb weniger Minuten entschieden hat, war die Möglichkeit seiner Flucht zu Fuß und mit der Metro. Silva wählte die nächstgelegene Station, vermutlich weil dorthin die größte Anzahl an Leuten pilgerte. Es waren ausreichend Einsatzkräfte vorhanden, der Zugriff konnte daher sehr gezielt koordiniert werden.«

Sie haben ihn also erwischt. Dort unten in der U-Bahn. Er wartete darauf, dass sie mit diesen Worten ihren Bericht abschloss. Aber sie kamen nicht. Nicht nach einer Sekunde, nicht nach zwei oder drei. Also hatte er sich ihrer Umarmung und der Wärme unter der Decke, die sie sich teilten, entzogen, um ihr ins Gesicht zu blicken.

54

»Alles in Ordnung?«, fragte Cristiano, der immer noch am Tresen lehnte und auf eine Antwort wartete.

Henrik blinzelte und richtete sich auf.

»Entschuldige, ich bin noch etwas mitgenommen von den Ereignissen der letzten Tage. Jedenfalls danke ich dir, dass du hergekommen bist, um mir deine Sicht der Dinge zu schildern.«

Die Freundlichkeit wich aus Cristianos Gesicht. »Was, das war's? So willst du mich wegschicken? Genau wie dein Onkel vor vier Jahren?«

Henrik hob beschwichtigend die Hände. »Es tut mir leid, ich weiß nicht mehr als du, wir müssen die Ermittlungen der Polizei abwarten. Das ist vermutlich nicht das, was du hören willst, aber du hast doch nun immerhin die Gewissheit, dass du dich bei Fabianas Tod nicht geirrt hast. Es war nicht ihre Krankheit, die ihr das Leben genommen hat, sondern ein Verrückter, der sich willkürlich Frauen herauspickte und sie vergiftete.«

Fabianas ehemaliger Lebensgefährte beugte sich über die Verkaufstheke. »Haben sie ihn denn erwischt, dieses Drecksschwein? Weißt du das wenigstens?«, fauchte er.

Henrik wich nicht zurück vor seiner Wut. Auch er kannte diesen aus Hilflosigkeit geborenen Zorn, gegen den es kaum ein Mittel gab. Nicht einmal die Wahrheit half dagegen. Doch ob sie nun wie ein Guss Benzin in dieser emotionalen Glut wirken und den Zorn befeuern oder ihn im Gegenteil wie ein Eimer Wasser löschen würde – er entschied sich dafür, sie auszusprechen. »Nein, sie haben ihn nicht gekriegt.«

55

Statt an die Decke zu gehen, ging Cristiano in die Knie. Zumindest sackte er ein paar Zentimeter in sich zusammen. Henrik erinnerte sich noch ganz genau daran, wie er sich gefühlt hatte, als Helena ihm davon erzählt hatte. Wer auch immer die Jagd nach Professor Silva über die Köpfe der Einsatzleitung hinweg wirklich gelenkt hatte, hatte offenbar von Anfang an einen Plan verfolgt, der in jeder Eskalationsstufe dieser Inszenierung aufging. Wie dieser Plan im Einzelnen auch ausgesehen haben mochte, so umfasste er doch stets ein Kriterium, das auf jeden Fall erfüllt sein musste: Egal, was passierte, wie sich die Lage entwickelte und sich die Krise zuspitzte, Pascoal Silva durfte nicht in die Hände der Polizei fallen. Der Biologe wusste das und war sich dessen zu jeder Zeit sicher gewesen.

Offenbar hatte sein Kumpan Dr. Freitas eine reellere Sicht auf die Dinge bewiesen, vor allem was die weitere Verwendung seiner Person oder vielmehr seines Geschicks im Umgang mit Leichen betraf. Es hatte kein Lebenszeichen von ihm gegeben, seit ihn sein Anwalt aus der Arrestzelle des Polizeireviers im Alfama geholt hatte. Möglicherweise, so mutmaßten die Behörden, hatte er sich mithilfe eines Frachtschiffes Richtung Mittelamerika abgesetzt. Diese Information kam von Helena, wobei Henrik ihr angemerkt hatte, dass wohl auch ihre Abteilung hier noch im Trüben fischte. Seinem persönlichen Empfinden nach hatte Freitas, der in die Spirale dieser verbrecherischen Machenschaften geraten war, ein weitaus bedauernswerteres Schicksal ereilt als eine Seereise auf einem Containerschiff.

Und Silva? Nur ganz zuletzt hatte sich auch für ihn etwas Entscheidendes geändert. Offiziell gingen die ermittelnden Beamten davon aus, dass Silva nach seiner Flucht in die Metrostation Campo Grande und wegen seiner inzwischen ausweglosen Lage vor den einfahrenden Zug der Linha Amarela gesprungen war. Doch Henrik wusste es besser. Nach Abwägung der Risiken wurde am Schluss entschieden, dass Silva ein zu unstabiler Faktor geworden war, und man hatte ihm – buchstäblich – einen Schubs in die richtige Richtung gegeben. Auch wenn Silva sich in der Gewissheit wiegte, dass man ihn weiterhin brauchen würde, um die Ergebnisse seiner Forschung zu erklären, hegten diese Leute offenbar keine Bedenken, einen Nutzen aus seinen Experimenten und Forschungsaufzeichnungen ziehen zu können. Sehr wahrscheinlich hatten sie längst einen weiteren skrupellosen Wissenschaftler an der Hand, der Silvas grauenvolles Erbe auswertete und die Testreihen womöglich sogar fortführte. Bestenfalls mit neuem *Material*, weil man ja nicht sicher sein konnte, wie viele der bisher im Programm befindlichen Probandinnen von den hiesigen Behörden über kurz oder lang identifiziert und ausfindig gemacht werden konnten.

Da war nämlich noch etwas, das ebenfalls sehr gut in dieses Intrigenspiel passte. Etwas, das Helena ihm erst gestern eröffnet hatte. Im dem Auto, das er nach seiner Irrfahrt draußen an der Steilküste abgestellt hatte, war kein Sprengsatz gefunden worden.

Henrik musterte seinen Besucher, der nicht bereit war, das Antiquariat ohne eine Antwort auf seine Frage zu verlassen.

»Er ist tot«, erklärte Henrik. »Fabianas Mörder ist tot!«

56

Eine knappe Stunde nachdem Cristiano sich verabschiedet und Catia im Antiquariat ihren Posten bezogen hatte, machte auch er sich auf den Weg, denn es galt, zwei Krankenbesuche zu machen. Praktischerweise würde er beide Patienten im Hospital de São José vorfinden, in dem er auch selber schon versorgt worden war. Während er in die Empfangshalle trat, dachte er mit Wehmut an die Ärztin Filipa Mola, die bis vor Kurzen noch hier gearbeitet hatte und die er als Freundin bezeichnete. Leider hatte sie Lissabon recht überstürzt verlassen, woran er nicht ganz unschuldig gewesen war. Es zeigte sich immer wieder, dass er über das Talent verfügte, Menschen, denen er nahestand, in Schwierigkeiten zu bringen.

Gisela traf er, wie vorher verabredet, in der Krankenhaus-Cafeteria. Sie war noch etwas blass um die Nase, aber aus ihren Augen funkelte es schon wieder herausfordernd.

»Wie geht es dir?«

»Ich weiß gar nicht, wieso sie mich noch hierbehalten wollen. Viel Flüssigkeit zu mir zu nehmen, damit das Dreckszeug ausgeschwemmt wird, was mir dieser Irre injiziert hat, kann ich auch zu Hause.« Sie reckte das Kinn. »Da fällt mir ein, bin ich eigentlich über dich krankenversichert?«

Henrik hob entschuldigend die Hände. »Trifft leider nicht auf Aushilfskräfte zu. Aber vielleicht denkst du jetzt noch mal über mein Angebot nach, im Antiquariat zu arbeiten.«

»Pah, zusammen mit der knochigen alten Schrulle?«

»Catia kann auch sehr nett sein, ehrlich.«

Gisela grinste frech, und Henrik musste lachen. Wie ernst ihr Geplänkel zu nehmen war, wusste er selbst nicht so genau. Er war nur unendlich erleichtert, dass es der jungen Frau wieder gut ging und sie keine Folgeschäden davontragen würde. Tatsächlich war sie nicht mit den radioaktiven Substanzen in Kontakt gekommen, die der Professor sonst zu verabreichen pflegte. Der Wissenschaftler hatte Gisela allein aus dem Grund entführt, um Henrik erpressbar zu machen. Dazu hatte Silva sie nach ihrer letzten Schicht im Pôr do sol bis vor ihre Haustür verfolgt. Dort hatte er sie betäubt und in seinen Wagen verfrachtet, den er in nächster Nähe abgestellt hatte.

»Kannst du dir überhaupt eine zweite Mitarbeiterin leisten? Noch dazu eine, die es weniger mit Büchern, sondern eher mit Rumschrauben und Reparieren hat?«

Nein, das konnte er eigentlich nicht, allerdings war er ihr auch eine Menge schuldig. Immerhin hatte er sie in eine fürchterliche Lage gebracht. Und vielleicht ließ sich mit Gisela ja das Geschäftsfeld erweitern. »Du weißt doch, ich habe auch antike Möbel rumstehen ... möglicherweise könnte man diese Sparte ausbauen.«

Sie beugte sich über den Tisch. »Aber nur unter der Voraussetzung, dass ich auch weiterhin in dein anderes Business integriert werde!«

Als Henrik einen tiefen Seufzer ausstieß, strahlte sie wie ein Honigkuchenpferd.

Nachdem er sich von Gisela verabschiedet hatte, nahm er den Aufzug in den dritten Stock, wo Ajit untergebracht war. Der teilte das Krankenzimmer mit drei weiteren in Gips und Stützkorsette gebetteten Herren. Der Inder selbst schien trotz seines Absturzes aus über vier Metern Höhe in seiner Mobilität von allen noch am wenigsten eingeschränkt zu sein. Seine geprellte Wirbelsäule und die Fraktur des linken Fersenbeins machten es dennoch nötig, ihn mithilfe eines Rollstuhls durch die Gänge zu schieben, bis zu einem Aufenthaltsbereich, wo sie ungestört reden konnten.

Ajit freute sich nicht nur sichtlich über Henriks Krankenbesuch, er wusste auch, warum sein Vermieter ihm nun gegenübersaß. »Du hast Glück, ich hatte in den letzten zwei Tagen viel Zeit zum Nachdenken.«

Henrik versicherte sich, dass sie nach wie vor allein waren, und beugte sich Ajit noch ein Stück mehr entgegen. »Hast du das Notizbuch noch?«

»Was denkst du von mir?«, erwiderte Ajit. Eine Halskrause verhinderte, dass er auf die ihm eigene Weise mit dem Kopf wackeln konnte, um seine Empörung zum Ausdruck zu bringen.

»Und du hast mit niemandem darüber gesprochen?«

»Wann auch!«

»Ich hab mir nur Sorgen gemacht ...«

»Brauchst du nicht! Mein Unfall war nur ein Unfall, du musst dir deswegen kein schlechtes Gewissen machen. Und stell dir vor, mein Arbeitgeber hat mir schon ausrichten lassen, dass seine Versicherung für alles aufkommt. Wenn die Schmerzen nicht wären, hätten wir einen Grund zu feiern.«

»Deinen Optimismus möchte ich haben.«

Der Inder lächelte. »Es ist eine Gabe, allem etwas Gutes abzugewinnen, Henrik. Du solltest dich auch mal darin üben!«

Er nickte, hatte aber keine Vorstellung davon, wie er diesen Ratschlag jemals umsetzen sollte. »Und die Aufzeichnungen sind auch wirklich in Sicherheit?«, hakte er noch einmal nach.

»Jaya hat sie versteckt, du kannst dich auf sie verlassen.«

Henrik hatte sie heute Morgen noch danach gefragt, denn bei der fraglichen Kladde handelte es sich immerhin um eines der letzten, verbliebenen Beweisstücke gegen Silva und dessen Machenschaften. Und nachdem Helena wusste, dass er das Büchlein in seinen Besitz gebracht hatte, würde sie demnächst die Herausgabe verlangen. Jaya hatte jedenfalls stur darauf beharrt, dass sie keine Ahnung hatte, wonach er sich erkundigte.»Sie tat so, als wüsste sie nicht, wovon ich rede«, erklärte er.

Ajit lachte.»Ja, das kann sie gut. Aber keine Angst, ich werde ihr erlauben, dir das Buch zurückzugeben.« Wieder grinste er breit, und Henrik schob es auf die Schmerzmittel, die sie Ajit einflößten.

Er gab sich geschlagen.»Okay, dann sag doch einfach mal, was du aus den Aufzeichnungen herauslesen konntest.«

Schlagartig wurde Ajit ernst.»Es ist nicht schön, was dieser Mann getrieben hat. Und es ist gut, dass du ihm das Handwerk legen konntest.«

»Danke. Es ist aber immer noch wichtig zu erfahren, was mit diesen Frauen passieren wird, denen diese radioaktiven Isotope zugeführt wurden.«

»Das lässt sich kaum verallgemeinern, weil jeder Körper anders auf den Versuch einer genetischen Manipulation reagiert. Vielleicht werden manche von Krebs befallen, anderen könnte ein Organversagen drohen, und bei wieder anderen treten überhaupt keine Symptome auf. Die Studien, die dieser Mann betrieb, sind ebenso widersinnig wie falsch, und es ist schwer, den Plan dahinter zu erkennen.«

Da konnte Henrik ihm weiterhelfen.»Schwächung des X-Chromosoms, das war der Plan.«

»Zu welchem Zweck?«, fragte Ajit mit gerunzelter Stirn.

Zur Rettung der Männer. Doch das war so bizarr, dass er die Frage unbeantwortet ließ.

Ajit zuckte mit den Achseln.»Jedenfalls war er bestens ausgestattet, um den angerichteten Schaden hinlänglich untersuchen zu können, wie die Fotos der Laborgeräte und der Ausstattung, die du mir zugeschickt hast, zeigen. Deshalb frage ich mich, ob hinter diesen Experimenten nicht noch mehr steckte.«

»Du meinst, andere können mit Silvas Forschungen weiterarbeiten?«

»Nun, auch wenn dieser Mann seine Experimente aus einem mir nicht verständlichen Wahn heraus betrieben hat, so hat er sie dennoch mit einer Gründlichkeit durchgeführt, die nicht zu verachten ist. Die Genforschung ist ein weites Feld und birgt natürlich Gefahren, weshalb sie auch weltweit durch strenge Gesetze reglementiert ist. Wäre ich jemand, der ein über das Erlaubte hinausreichendes Interesse an Genetik hat, dann würde ich mir die Studien dieses Professors sehr genau ansehen.«

Was Ajit da sagte, ließ den Umstand, dass Silvas Forschungsergebnisse nicht mehr auffindbar waren, nicht sonderlich beruhigend erscheinen. Im Gegenteil, nun musste er wohl erst recht Alarm schlagen. Oder besser selber tätig werden, denn so wie das hier klang, hatte er allenfalls den Schwanz der Schlange für einen kurzen Moment zu packen bekommen. Ihr Kopf hingegen war noch unerreichbar weit entfernt.

57

Sechs Wochen später.

Seit Anfang Dezember schwebten goldene Regenschirme aus purem Licht über der Rua Garett. Unten auf dem Praça Dom Pedro IV hatte man einen gigantischen, begehbaren Weihnachtsbaum aufgestellt. Außerdem war von drei Millionen Lichtern, verteilt auf die wichtigsten Plätze und Straßen in der Innenstadt, die Rede. Die Adventszeit machte Lissabon zu einem Fest aus Licht und Weihnachtsmärkten. Ruhig und besinnlich ging es hier definitiv nicht zu, egal in welchen Stadtteil man sich wagte, und auch die Anzahl der Touristen war im Vergleich zum Vormonat wieder deutlich gestiegen. Darin glich Lissabon allen anderen Metropolen der Welt.

Am Flughafen herrschte der erwartete vorweihnachtliche Trubel, unterlegt von Jingle-Bells-Klängen aus Lautsprechern. Sara schrammte mit ihrem kleinen pinkfarbenen Rollkoffer gegen seinen Knöchel, und er konnte nur mit Mühe einen Fluch unterdrücken.

»'tschuldigung!«, kiekste sie hinter vorgehaltener Hand.

»Pass doch auf!«, mahnte ihre Mutter.

»Ja, ja! Wann kommen sie denn endlich?«

»Sie sind auf dem Weg, und es geht nicht schneller, wenn du alle dreißig Sekunden danach fragst.«

Das Mädchen zog eine Schnute und fing wieder an, ihren Koffer über die polierten Bodenfliesen hin und her zu schieben.

»Das Taxi ist gleich da«, wandte sich Helena nun an Henrik, als befürchtete sie, dass auch er zu quengeln anfing.

»Alles gut, wir haben noch Zeit«, bemerkte Henrik und rieb sich den Schmerz aus seinem Knöchel.

»'tschuldigung!«, wiederholte Sara.

Er lächelte und strich ihr übers Haar.

Noch war er relativ entspannt in Anbetracht dessen, was für die nächsten Tage geplant war. Abgesehen vom Weihnachtsfest an sich, dem er schon lange nicht mehr viel abgewinnen konnte, ging es diesmal obendrein in seine alte Heimat, und das stimmte ihn nicht eben versöhnlicher. Aber er hatte nun einmal Albrechts Drängen – das sich immer mehr in ein Betteln verwandelte – nachgegeben. In erster Linie, weil Helena der ganzen Idee nicht abgeneigt war. Das machte es für ihn nur umso unwirklicher. Eine Einladung nach Deutschland zu Weihnachten bei Henriks Eltern. Es sollte sogar Schnee geben. Sara würde Schlitten fahren können, wie Albrecht es sich gewünscht hatte. Und zum Festmahl gab es traditionell Gans, wenn es nach seiner Mutter ging. Nun, da könnte er intervenieren. Ein portugiesisches Essen vorschlagen. Vielleicht gar selber zubereiten. Leitão kam ihm sofort in den Sinn. Spanferkelkeule. Die sah im Pôr do sol immer sensationell lecker aus. Mit Migas als Beilage. Er stellte fest, dass ihm das Wasser im Mund zusammenlief. Auch weil er an die Pasteis denken musste, die er als Mitbringsel in seinem Koffer verstaut hatte. Aber das Essen war freilich nicht die einzige Hürde.

Helena wollte ihre Eltern an Weihnachten nicht alleine lassen. Doch auch das wurde im Hause Falkner als unproblematisch erachtet. Es gebe genug Platz für alle, hatte es geheißen – und nun warteten sie hier, im Terminal eins auf dem Aeroporto de Lisboa, darauf, dass das Taxi aus Cascais endlich eintraf. Dass Fátima und António Gomes ihre Koffer durch die Automatiktür zogen und sie alle endlich einchecken konnten.

Doch Henrik sah es nach wie vor gelassen, dass er mit einer portugiesischen Familie, der er sich plötzlich irgendwie zugehörig fühlte, der Einladung seiner Eltern folgte, um mit all diesen Leuten Christi Geburt zu feiern. Er verspürte nicht einmal Nervosität, als eine schwer verständliche Lautsprecherdurchsage die weihnachtliche Beschallung unterbrach, weil ihr Flug nach Stuttgart zum Bording aufgerufen wurde. Er warf nur einen kurzen Blick auf die Kommissarin und fühlte Freude. Freude, Glück und Liebe.

Luis Sellano

Sonne, Mord und Portugal

978-3-641-17854-3

978-3-641-17852-9

978-3-453-41946-9

978-3-453-43922-1

978-3-453-43923-8

Leseproben unter **www.heyne.de**

Christian Kuhn

Vom Großstadtbüro an die windgepeitschte Nordsee: Kriminalhauptkommissar Tinus Velten soll auf Juist einen Mord verhindern

978-3-453-42421-0

Leseprobe unter **www.heyne.de**